LE DERNIER BAIN
DE GUSTAVE FLAUBERT

RÉGIS JAUFFRET

LE DERNIER BAIN DE GUSTAVE FLAUBERT

roman

ÉDITIONS DU SEUIL
57, rue Gaston-Tessier, Paris XIXe

ISBN 978-2-02-145366-9

www.seuil.com

Il échangeait ses œuvres complètes
contre un matin neuf.

je

Le 8 mai de cette année-là l'été semblait en avance tant le temps était doux. Je vivais seul dans la grande maison de Croisset achetée par mon père trente-cinq années plus tôt. La domestique des lieux s'appelait Suzanne mais la vieille Julie habitait une maisonnette non loin. Je l'entendais approcher en traînant ses sabots sur le sentier caillouteux. Un songe prémonitoire l'avait peut-être avertie de mon imminent décès et elle venait me faire ses adieux.

Je paressais dans la baignoire que Suzanne avait remplie à force de seaux. Aussi loin qu'il m'en souvienne j'ai toujours été frigorifié. Elle vint apporter de l'eau bouillante pour la troisième fois.

– Vous allez finir par cuire.

J'étais la proie d'un violent accès de béatitude. Je n'imaginais pas que bientôt mon âme corpulente comme un zeppelin s'envolerait. J'avais terminé la veille l'avant-dernier chapitre du premier tome de *Bouvard et Pécuchet* et le second ne m'inquiétait guère. D'ailleurs à cet instant je me foutais du livre et de l'art. Mon esprit flottait bienheureux dans les vapeurs du bain.

– J'entendis soudain comme le vrombissement d'une guêpe.

Je secouai la tête pour l'éloigner. Quand le bruit cessa apparut Emma Bovary vêtue d'une robe à rayures visiblement taillée dans l'étoffe d'un rideau.

– Te voilà accoutrée.

– Vous m'avez percluse de dettes, je me vêts de ratail-lons.

Elle commença à se déshabiller. Je lui ai jeté des gouttelettes pour la faire fuir mais elle les évita en tourbillonnant, sa chemise flottant derrière elle comme une queue blanche.

– J'ai plongé la tête sous l'eau.

Quand je suis remonté à la surface elle avait disparu. Les personnages n'existent pas davantage que les dieux.

– N'empêche.

J'aurais préféré que cette coquine me soit apparue pendant l'écriture du roman. En ayant l'original sous les yeux j'aurais pu la portraiturer plus exactement. Du reste si elle avait eu assez de substance pour pouvoir s'adonner à l'amour je l'aurais prise sur mon divan de maroquin vert entre deux paragraphes. Ensuite je me serais remis au travail aussi détendu qu'après avoir nagé dans la Seine par une chaude après-midi de juillet.

– Un clignement de paupières, elle serait apparue.

Un hochement aurait suffi pour qu'elle s'évanouisse. La nature est obstinée, elle refuse de se laisser circonvenir pour réaliser les desiderata des humains. J'aurais voulu d'une réalité comme des rêves soumis dont on puisse à volonté changer le décor et les gens.

À travers les carreaux je voyais la Seine remonter jusqu'à Rouen et au-delà je devinais les rails de chemin de fer qu'emprunterait demain le train qui m'emmènerait à Paris.

– Julie a frappé à la porte.

Elle pénétra dans la pièce avant que j'aie eu le temps de lui répondre. Vu que la vie lui plaisait, malgré sa décrépitude elle souriait. Entre nous aucune pudeur n'existait. Elle me lavait lorsque j'étais enfant et plus tard elle ne m'a jamais vraiment considéré comme un homme. J'étais tout au plus devenu un vieux poupon.

– Julie, fais-moi la barbe.

– Dans votre bain ?

– Tu as peur que je te jette à l'eau ?

Du temps où elle habitait encore la maison elle me rendait parfois ce service car j'étais malhabile et me tailladais. L'âge ne lui avait pas donné la tremblote ni à moi l'habileté que je n'avais jamais eue. Elle fit pesamment les trois pas qui la séparaient de la coiffeuse. Elle s'empara du rasoir dont la large lame aurait pu servir à me trancher le cou. Elle entreprit de savonner mes joues.

Je lui ai demandé de me raconter une histoire.

– Celle de la Tour maudite.

Elle a secoué plusieurs fois la tête comme si elle pompait les mots dans le réservoir de sa mémoire. Elle a soupiré.

– Près de Caudebec-en-Caux, on aperçoit encore les ruines d'un ancien donjon.

Dès qu'elle racontait sa voix rajeunissait et en fermant les yeux je retrouvais mon enfance. J'éprouvais la même excitation, la même joie, la même peur en sentant sur ma nuque le souffle des revenants. Je sortis un bras hors de la baignoire pour lui montrer mes poils hérissés par la frayeur.

– Vous serez donc toujours crédule ?

Tout en déroulant l'histoire elle m'avait rasé sans à-coup. Elle puisa à plusieurs reprises de l'eau dans ses mains arrangées en coquille pour rincer mon visage qu'elle essuya ensuite avec un linge fin.

– Voilà, petit homme.

Elle me laissa seul. J'ai regardé la porte se refermer derrière elle sans savoir que je la franchirais bientôt pour la dernière fois car elle donnait sur ma mort. L'eau avait fraîchi, pourtant la sueur me perlait au front. Ma mémoire s'était répandue, les souvenirs flottaient devant moi comme des jouets de liège. J'avais des visions d'Orient. Je me revoyais chevauchant avec Maxime dans la vallée des Rois.

Vous arrivez à Rouen par le train. Vous marchez sous le crachin. Vous ne tardez pas à rencontrer une avenue à mon nom puis vous apercevez l'ancien hôtel-Dieu dont mon père fut chirurgien en chef. Vous passez la grille. Vous traversez un bout de jardin. Vous ouvrez la porte vitrée. Vous pénétrez dans le musée Flaubert et d'Histoire de la médecine où sortant tout gluant de ma mère j'ai poussé la première gueulante de ma vie. Après avoir donné votre obole à la caisse vous traverserez les salles du rez-de-chaussée. Dans des vitrines sont exhibés de vieillots instruments de chirurgie qui autrefois étaient aussi modernes que vous.

Ne vous attardez pas devant le tronc de parturiente en chiffon destiné à donner une idée de l'accouchement aux élèves sages-femmes de 1830. Montez plutôt l'escalier de bois et de tomettes qui vous tend ses marches. Arrivé à l'étage faites un pas à gauche, poussez la première porte et pénétrez dans la chambre d'Achille Cléophas Flaubert et Anne Justine Caroline née Floriot. Une chambre à deux fenêtres munie d'une alcôve où se niche un lit de trois mètres carrés sur lequel mes parents ont trouvé la place de faire quatre de leurs six enfants dont la moitié périt en bas âge.

Enlevez vos bottines, allongez-vous sur cette couche où je naquis au milieu des morts entre deux survivants. Si vous n'êtes pas seul, libre à vous de faire un enfant en toute hâte avant que le gardien vienne vous taquiner. Sinon profitez de votre imagination pour vous transporter deux siècles plus tôt à l'orée des cuisses d'Anne Justine Caroline d'où j'aperçus à la lumière pauvre d'une lampe à huile la figure glabre d'Achille Cléophas en train de me dépoter.

– Énumérons cette fratrie dans laquelle une chatte ne retrouverait pas ses petits.

En février 1813 naquit Achille qui vécut. En février 1816 une première Caroline apparut pour mourir l'année suivante. À l'automne 1818 ce fut la naissance d'un Émile-Cléophas qui décéda au début de l'été 1819 tandis qu'à l'automne naissait Jules Alfred qui eut la délicatesse d'attendre que je me sois acclimaté à la vie pour faire son bagage en juin 1822. À la mi-juillet 1824 arriva Joséphine Caroline, dite Caroline, comme sa mère et sa sœur aînée décédée. Vingt-deux années plus tard elle mettra au monde une Désirée Caroline, dite Caroline pareillement, avant de mourir deux mois après des fièvres puerpérales.

– Chez les Flaubert toutes les filles s'appelaient Caroline.

Conçu à la mi-mars 1821 d'un coup de reins que j'ai toujours eu quelque peine à imaginer je suis né le mercredi 12 décembre à quatre heures du matin. Il neigeait sur Rouen, une légende familiale prétend que ma mère se montra si stoïque pendant le travail qu'on pouvait entendre tomber les flocons sur les toits de la ville. Quant à moi, je serais bien resté quelques années de plus dans le ventre à l'abri de l'imbécillité du monde.

– Irrité par mon inertie mon père m'arracha.

Désespéré de naître j'ai poussé un atroce hurlement qui passant outre la fenêtre partit effrayer un chien errant dont un dormeur irascible fit taire les aboiements en lui fendant le crâne d'une balle de fusil. Épuisé par son premier cri le nouveau-né semblait si peu gaillard qu'on attendit le lendemain pour le déclarer à l'état civil car s'il était mort entre-temps on en aurait profité pour signaler son décès par la même occasion.

Je peux dater avec précision le premier souvenir de ma vie car je me rappelle très nettement le jour où mon père s'est cassé la jambe et j'ai su plus tard que l'accident avait eu lieu le 11 juin 1825. Nous sommes ensuite partis en famille à la campagne le temps de sa convalescence. Devant la maison était planté un cerisier si prolixe qu'il s'effondra un beau matin sous le poids de ses fruits.

Ma nièce Caroline a écrit des années après mon décès que j'avais été selon ma mère un petit enfant tranquille et naïf, demeurant de longues heures un doigt dans la bouche, absorbé, l'air presque bête. Ce souvenir est apocryphe. Il s'agissait pour elle de parfaire mon image en me donnant une enfance de génie au-dessus des nuées que ses ailes de géant empêchent de marcher sur le plancher des vaches. Un auteur du XXe siècle gavé d'amphétamines profita de cette fausse confidence pour me traiter d'idiot de la famille alors que mon intelligence se révéla supérieure dès ma prime jeunesse. Je fus un écolier brillant, obtenant des prix et sans coup férir le baccalauréat malgré son renvoi du collège quelques mois plus tôt pour avoir été à l'origine d'une rébellion à l'encontre d'un professeur qui avait condamné toute la classe à un écrasant pensum.

Sitôt alphabétisé j'ai commencé à rédiger des fabliaux. Mais bien vite jugeant mes textes sans grandeur je me suis attelé à la confection d'œuvres historiques. Le 28 juillet 1831 j'ai offert à ma mère une biographie de Louis XIII qui ne comportait pas moins de huit feuillets.

– Je fus réellement un enfant, cependant.

Quand il était petit même Jésus-Christ fit pipi au lit. Lorsque Achille me demandait d'aller voir si je n'étais pas tombé par inadvertance dans la boîte à couture de ma mère, il est vrai que je la retournais sur le tapis du salon et me cherchais dans le fatras des fils et des épingles. Mais je ne fus pas plus crédule que n'importe quelle jeune pousse d'humain.

– Je refusai quelque temps d'apprendre à lire.

Ma mère s'obstinait à me montrer des cubes à l'effigie de lettres que je renâclais à relier dans mon esprit au son qu'elle répétait en frappant dans ses mains. Il me semblait que la voix humaine se suffisait à elle-même, point n'était besoin de la frotter contre du papier pour en laisser la trace.

– Je préférais colorier des gravures.

J'en ai retrouvé après la mort de mon père lors de notre déménagement de l'hôpital. Des rochers peints en bleu, des arbres vert d'eau, des maisons striées de noir. Me sont revenues alors à la mémoire les terreurs du petit poltron que j'étais. Quand elle m'avait couché, Julie s'en allait avec le bougeoir. J'entendais mes dents claquer et je finissais par avoir encore plus peur de ce sinistre bruit que de l'obscurité. Je la suppliais de rapporter le frêle candélabre dont à présent la flamme éclairait les parois de l'escalier en vacillant au rythme de ses pas.

– En ce temps-là les nuits étaient noires.

Les rues opaques, la lampe à pétrole n'avait pas encore été inventée et je me souviens des veillées dans la pénombre du salon, la lumière des bûches qui se consumaient dans la cheminée colorait les visages d'une teinte orangée identique à celle que l'on voit au grand jour en plissant les paupières.

– Vers l'âge de dix ans je décidai de m'aguerrir.

M'échappant la nuit du dortoir, m'obligeant à errer dans le collège plongé dans un silence sépulcral afin de ne plus craindre ni les voleurs d'enfant ni les spectres. M'insinuant le jeudi après-midi dans le clocher d'une église et marchant au-dessus du vide sur une étroite poutre pour à force d'entraînement n'avoir plus jamais le vertige. Il ne me fallut que quelques mois pour devenir un brave.

J'avais quatre ans quand Caroline Hébert, jeune fille de vingt et un ans, arriva chez nous à l'époque où ma sœur Caroline fut sevrée. Ma mère estima qu'elle était la Caroline qui ferait déborder le vase. Elle s'appellerait désormais Julie.

– Ce prénom vous convient ?

Elle ne dit mot et par là même consentit. Cette ex-Caroline nous nourrit, nous vêtit, nous baigna, nous aima.

Elle était originaire du village de Fleury-sur-Andelle, distant de Rouen d'une vingtaine de kilomètres qu'elle accomplit à pied en une matinée avec à l'épaule son balluchon au bout d'une canne de jonc. Le bocage normand était fertile en histoires de chevalerie et de revenants. Je passais des journées entières assis sur son tablier à l'écouter me raconter sans fin. Quand elle était arrivée à la fin de son répertoire elle inventait des historiettes dont le héros s'appelait toujours Gustave. J'étais émerveillé de me voir perché sur un destrier portant armure et heaume, cavalcadant nuitamment dans la campagne avec pour témoin l'œil perçant de la lune.

Si Julie était trop absorbée par quelque tâche pour s'occuper de moi, je poussais en m'arc-boutant la lourde grille de l'hôtel-Dieu et traversant la rue Lecat je me précipitais dans la maisonnette toujours ouverte d'un vieil ami de la famille qu'on appelait le père Mignot. Sa femme m'offrait de l'orangeade et du sucre de pomme. Il me mettait à califourchon sur un cheval à bascule et tandis que je me balançais il me racontait des myriades d'histoires de fées, de sorcières, de trésors cachés au fond des mers qu'il était aisé de cueillir avec la complicité d'une baleine en cotte de mailles et d'une escouade d'espadons au bec hérissé de fragments de roche effilés comme des tessons. Il me ramenait dans ses bras à la nuit quand bercé par sa voix flûtée je m'étais endormi sur le tapis où j'avais coutume de m'asseoir en tailleur lorsque j'étais lassé du cheval de bois.

Quand j'eus atteint ma cinquième année il commença à me lire *Don Quichotte* dans une grande édition illustrée. J'ai fondu en larmes en entendant le récit de sa défaite dans son combat contre les moulins à vent. J'ai relu dans mon lit cet épisode la veille de ma mort et plus d'un demi-siècle plus tard je me suis endormi l'œil humide. J'ai su par cœur des passages entiers de cet ouvrage avant de savoir lire. Ils se sont alors évaporés de ma mémoire comme si désormais c'était le rôle du papier de se souvenir.

Un beau jour ma mère décida de nous réunir chaque matin avec ma sœur pour nous faire la classe dans une pièce de débarras dont la lucarne découpait un morceau carré de ciel. Caroline sut au bout d'un mois épeler le mot *genou* et tracer en majuscules cinq ou six lettres de l'alphabet.

Le soir, mon père me tançait.

– Tu resteras toute ta vie un petit âne si tu n'apprends pas à lire.

J'avais l'ingénuité de lui répondre que cela ne me servirait à rien puisque le père Mignot lisait à ma place. Cependant à force de voir passer les mots qu'il déchiffrait avec son lorgnon j'avais appris à lire à mon corps défendant. Un jour de Toussaint alors que nous allions fleurir le caveau familial, longeant le mausolée d'un avocat nommé Seurat qui avait fait graver cette locution latine en lettres d'argent sur le marbre noir de sa stèle, je fus le premier surpris de m'entendre crier *Requiescat in pace*. Mon père m'interpella d'un ton sévère.

– Tu sais donc lire, Gustave ?

– Je jure que je ne le savais pas.

Et sans doute pour prouver ma bonne foi je me mis à pleurer des litres. Il m'adressa finalement un sourire bonhomme en me donnant une tape sur l'épaule.

– De toute façon, tu n'aurais pu emmener le père Mignot au collège.

Dans les semaines qui suivirent ma mère m'apprit à écrire. Je n'avais désormais aucun mal à tracer les lettres. Je leur trouvais à chacune un air de famille avec un animal. Quand on me demandait à quelle bestiole je faisais allusion j'étais incapable de répondre. Je fus émerveillé vingt ans plus tard de découvrir tout un bestiaire parmi les hiéroglyphes lors de mon voyage en Orient.

Depuis l'âge de six ans je passais cependant mes journées à l'école de la rue Malpalu située non loin de l'église Saint-Maclou. Une jeune dame prénommée Ophélie qui dans mon souvenir était fraîche comme un glaïeul nous faisait faire des rondes, chanter des comptines, nous montrant souvent de grandes lettres en bois coloré que les plus malins d'entre nous se chargeaient d'assembler pour constituer des mots de trois ou quatre lettres qu'elle nous faisait applaudir comme des prodiges. Quand d'ignare je devins savant et fieffé constructeur de vocables elle me donna en exemple aux autres. J'incarnais à ses yeux l'efficacité prodigieuse de son enseignement lamentable.

Je devais avoir sept ans quand au retour de l'école, traversant la place de la Cathédrale avec Julie nous vîmes une guillotine qui venait de servir. Il y avait du sang frais sur le pavé et un aide nettoyait le panier où quelques minutes plus tôt une tête avait dû tomber. Julie pressa le pas. Près de vingt-cinq années plus tard j'ai rêvé une nuit de cette guillotine. Chose étrange ma nièce fit au même moment le même cauchemar alors que je n'avais jamais en sa présence évoqué ce souvenir.

– Je fus réveillé par ses cris.

J'en déduisis que la pensée était un fluide qui pouvait circuler d'une tête à l'autre. J'en parlai un jour à

Théophile Gautier qui opina du bonnet en me donnant une explication basée sur la théorie spirite de la migration des âmes qui m'arracha un fou rire dont il tira ombrage. Le lendemain son cœur lui fit faux bond. Puisqu'il était cardiaque depuis plusieurs années je ne me suis pas senti responsable de son décès.

Désormais aucune phrase ne me résistait. J'avais l'impression de casser chaque mot comme une coque dont en guise d'amande le sens se trouverait caché dedans. Je grimpais sur un tabouret pour attraper au hasard un volume de la bibliothèque de mon père. Je me posais sur un siège pour l'absorber à grosses bouchées. Peu m'importait qu'il s'agisse d'un recueil des contes de Voltaire, des fables de La Fontaine ou d'une austère traduction des *Métamorphoses* d'Ovide. J'étais émerveillé de voir surgir d'une couche d'encre plate et inerte des dieux, des lions, des princesses et de vulgaires bonshommes en frac sans le truchement d'une voix, même pas de la mienne car je m'entraînais peu à peu à déchiffrer les phrases en silence.

Dans ma tête avançaient des armées, apparaissaient des forteresses, se livraient des batailles et j'apercevais au loin des îles fantastiques où je rêvais d'emmener Caroline fonder une tribu. Il m'arrivait d'écrire mon prénom à la mine de plomb au milieu d'un récit. Je me voyais alors vingt-trois siècles plus tôt casqué, cuirassé, épée brandie vers le ciel à bord d'une galère d'Eurybiade voguant vers Salamine à la vitesse d'une comète car à présent il me semblait faire partie du livre.

Je pouvais rester des heures entières assis sur une mauvaise chaise, tortillant mes cheveux, mordant ma langue, tournant les pages d'un geste mécanique. Ivre de fiction je m'effondrais parfois sur le carreau comme un pochard. À dix ans je me suis une fois saoulé de mots au point de briser dans ma chute la glace d'une vitrine d'un coup de tête malencontreux sans même sortir de ma torpeur pour me protéger de mes bras. J'ai été vers quatorze ans si impressionné par *Faust* qu'emporté par ma lecture je me suis retrouvé à une lieue de Rouen lisant toujours sous une pluie battante près d'un champ où des jeunes gens explosaient de vieilles poupées de porcelaine à coups de pistolet. Frissonnant, je me suis alité en rentrant. La fièvre est montée dans la nuit, mon père crut un moment à une pneumonie mais je me suis vitement rétabli.

Je n'ai plus cessé d'ingurgiter des livres tout au long de ma vie. Les recherches que je fis pour l'écriture de *Bouvard et Pécuchet* qui occupa mes dernières années m'amenèrent à avaler plus de mille cinq cents volumes en prenant des tombereaux de notes dûment conservées par ma nièce et aujourd'hui numérisées que vous pouvez consulter si le cœur vous en dit.

Certains souvenirs d'enfance sont radieux. Ils semblent si accueillants qu'il suffirait de plonger dans leur eau cristalline pour revivre la scène dont ils sont le réceptacle. Ainsi je me rappelle une gamine surmontée d'un diadème qui traversait fièrement le jardin de l'Hôtel-de-Ville. Un valet portant livrée la tenait avec respect par la main. S'apercevant que je la dévisageais, entrouvrant à peine les lèvres elle a lentement déroulé sa langue jusqu'à la mettre à nu tout entière avant de la remonter précipitamment dans sa bouche en tirant sur le bras du domestique comme sur la laisse d'un chien. Ils se sont tous deux alors mis à trotter et ont disparu dans une ruelle qui débouchait sûrement sur le Paradis.

Le petit bout de chair rose qu'elle avait déroulé devant moi m'avait ensorcelé. Le lendemain j'ai cherché la ruelle en vain. Une armée de gnomes l'avait bouchée dans la nuit. À la place une maison rébarbative dont la porte cochère ne donnait certainement pas sur les jardins d'Éden. Le soir je me suis enhardi jusqu'à parler de la fillette à mon père. Bien que je ne connaisse pas son adresse j'entendais lui faire parvenir un cadeau.

– Pourquoi, tu es amoureux, mon garçon ?

– Je voudrais lui envoyer mon cœur.

Rien de plus facile pour un chirurgien de scier ma poitrine et de l'arracher tout palpitant. Julie l'enfermerait dans une bourriche qu'elle entourerait d'un de ces rubans rouges dont on nouait les cheveux de Caroline.

– Tu es un sacré farceur.

Vous n'employez plus guère ce mot aujourd'hui. Mon époque en était friande. Dans mon adolescence nous avions avec mes amis inventé un personnage ridicule que nous chargions de tous les travers des bourgeois rouennais. Nous l'avions intitulé *Le Garçon* et nous logions cet infortuné à *L'Hôtel des Farces*. J'y reviendrai peut-être plus tard mais dans le cas contraire vous n'aurez qu'à consulter internet pour en apprendre davantage. Un défunt ne prend pas la peine de se manifester pour reproduire Wikipédia. Je vous donne ici des phrases de mon cru dont le plus souvent vous ne trouverez trace ni dans mes œuvres ni dans ma correspondance ni d'une façon générale dans aucune archive. Deux siècles après sa naissance un auteur doit se renouveler.

Il est des souvenirs d'hiver dont la réminiscence vous fait un instant frissonner. Le jour de l'an, Julie nous réveillait à six heures. La maison était froide. Elle avait préparé deux tasses de chocolat que nous buvions dans la cuisine obscure. Nous nous pressions contre le fourneau tiède du souvenir du feu de la veille. Elle nous débarbouillait, nous revêtait de nos plus beaux habits. Nous allions souhaiter la bonne année à nos parents qui comme chaque matin avant le premier déjeuner buvaient une tasse de café en robe de chambre doublée d'hermine à la table ronde de leur chambre glacée. Ma mère brodait tandis que mon père écrivait une lettre en chatouillant parfois son nez des barbes de la plume. Nous recevions en étrennes une orange chacun que ma mère faisait surgir d'on ne savait où dans la pièce mal éclairée par un bougeoir à trois branches.

Nous sortions dans les frimas. Deux petites créatures enrobées de manteaux, d'écharpes, de bonnets, de gants fourrés malgré tout frigorifiées sous la bourrasque. Nous traversions la ville d'un bon pas pour être les premiers à présenter nos vœux à notre grand-père paternel mais déjà l'accès à son salon était embouteillé. Julie devait nous frayer un chemin pour arriver jusqu'à lui. Quand il baisait nos fronts nous manquions nous évanouir tant son épaisse moustache puait la pipe dont il nous semblait recevoir la fumée en pleine gueule. Il nous glissait un napoléon dans la main que Julie récupérait aussitôt de crainte que nous le perdions en route.

– Nous courions dans Rouen toute la matinée.

À chaque halte on insistait pour nous faire avaler du lard grillé, une épaisse tranche de jambon, du fromage à la crème et nous nous remplissions peu à peu comme des outres. Nous visitions des gens que nous ne voyions jamais le reste de l'année et dont je n'ai jamais su quel lien nous unissait. Quand nous rentrions vers deux heures, la maison était remplie de monde qui se bousculait jusque dans le jardin verglacé. Mon père n'en finissait plus de recevoir les hommages de malades guéris, de veuves, de veufs, peu rancuniers ou ravis de devoir la perte de leur conjoint à une opération dont l'issue s'était avérée fatale.

À la fin de ma vie, quand je passais la fin décembre à Croisset en tête à tête avec mon chien, au matin du 1er janvier Julie quittait au petit jour la maisonnette que depuis le décès de ma mère elle habitait à cinq cents mètres de chez nous pour venir m'embrasser et se faire gronder de n'avoir pas attendu ma visite au lieu de risquer une pleurésie.

Il me semble aujourd'hui que je pourrais passer trois jours délicieux dans ce souvenir d'enfance qui m'attend quelque part immaculé. À croire que le temps est imputrescible.

– Les secondes pareilles aux gouttes d'eau qui font les stalagtites.

Phrase obscure mais élégante dont un écrivain décédé a bien le droit de cadeauter la postérité.

Notre maison était animée en toute saison. Les amies de ma mère défilaient à l'heure du goûter, amenant leurs enfants, des gâteaux, des tartes, des fruits déguisés. Victoire Le Poittevin nous visitait chaque semaine avec Laure et Alfred, à moins que ce soit nous qui nous déplacions jusque chez eux. Laure avait le même âge que moi, Alfred cinq années de plus. Laure mettrait au monde mon fils spirituel Guy de Maupassant.

J'ai aimé Alfred autant que mon père.

– D'un amour différent cependant.

Une passion, la première de mon existence. Il me trahira par le mariage en 1846 et m'abandonnera définitivement deux ans plus tard en mourant. Je l'ai tant aimé que je l'aime encore aujourd'hui. Depuis mon décès je n'ai pas revu Alfred ni ma sœur ni personne des êtres aimés. Les morts hélas ne se visitent ni ne se fréquentent en aucune façon.

Ma mère aimait évoquer les débuts de son mariage quand avec mon père ils avaient élu domicile au 8, de la rue du Petit-Salut. Rue aux maisons étroites, penchées, qui semblaient prêtes à se courber tout à fait pour se fracasser l'une contre l'autre en faisant la révérence. C'est là que furent conçus et naquirent Achille et la première Caroline de ma fratrie. Elle aimait à faire un détour jusque là-bas quand nous étions en course dans Rouen. Elle me montrait religieusement du doigt les fenêtres de leur appartement d'autrefois. J'imaginais un lieu merveilleux suspendu dans le temps. Je fus déçu le jour où un vieillard en perruque apparut et vida pardessus bord le contenu d'une bassine d'eau usée.

Ma mère me semblait fragile comme une flammèche. Je redoutais qu'elle s'éteigne dans la nuit. Je dormais un étage plus haut à l'aplomb du lit conjugal. Parfois le bruit des ressorts grinçant sous le poids de mon père fourbu qui se couchait au fond de l'alcôve et s'endormait aussitôt me réveillait. Je me levais en chemise, petit fantôme qui descendait la volée de marches et tournait doucement la poignée. J'entrouvrais la porte, je m'immisçais dans la pièce. Je m'approchais peu à peu. Quand un rayon de lune filtrait des persiennes je contemplais son visage. Il me semblait à travers son front voir passer ses rêves.

Tendant l'oreille, j'attendais pour reprendre mon souffle d'avoir clairement entendu le sien. Je me disais que les humains ont leur tic-tac comme les montres. Personne cependant pour les remonter quand leur ressort a fini de se détendre. Celui de ma mère lui permettrait de garder longtemps encore la tête hors de l'eau. Elle s'autoriserait pourtant à mourir quand j'aurais atteint la cinquantaine et je lui en voudrais toujours un peu de n'avoir pas eu la patience d'attendre que je meure pour s'en aller.

Je n'ai pas souvenir d'avoir surpris ni entendu de coït. Après la naissance de Caroline mes parents avaient dû s'estimer assez pourvus d'enfants pour éviter cet exercice susceptible d'engrosser ma mère. À moins que par pudeur j'aie effacé avec soin ces épisodes gênants de ma mémoire.

La dernière fois que je suis descendu dans leur chambre j'étais adolescent. Je n'avais plus la légèreté d'ange des enfants. Ma mère a entendu le bruit de mes pas. Elle s'est redressée dans le lit. Elle m'a reconnu dans la pénombre.

– Gustave ?

Je suis remonté en courant fourrer ma tête sous mes couvertures comme un garçonnet honteux. Le lendemain matin j'ai baissé les yeux quand je l'ai retrouvée à la salle à manger. Elle m'a effleuré la main.

– Tu sais, je ne me souviens de rien.

Elle a souri, j'ai rougi et nous n'avons jamais plus évoqué cet incident. Je me suis parfois demandé si au cours des années précédentes elle n'avait pas deviné ma présence, flattée peut-être de la visite nocturne d'un fils aimant, attendant pour se manifester que la nature m'ait équipé du même attirail que mon père et que ma présence en pleine nuit soit devenue malsaine.

Après le décès de mon père j'ai pris l'habitude de pénétrer dans sa chambre sur la pointe des pieds quand je rentrais tard à la maison pour effleurer sa joue d'un baiser et l'entendre murmurer *Bonsoir, mon Gustave* entre deux bouffées de sommeil. Il en fut ainsi jusqu'à la fin de sa vie.

À sa mort je donnai à Julie plusieurs de ses tenues en héritage. Je la faisais souvent venir après le dîner pour la contempler dans une de ses robes à damiers qui me rappelait le temps de sa vie. J'avais l'impression d'étancher ainsi un besoin de tendresse qu'aucun vivant ne pouvait plus me permettre d'assouvir. D'ailleurs j'avais gardé précieusement le reste de ses vêtements. Je me faisais parfois apporter son étole de loutre. Je pouvais demeurer toute une après-midi immobile, caressant la fourrure comme un chat, me vautrant dans le souvenir de la seule femme que j'ai absolument aimée.

Mes dents ont commencé à pourrir prématurément. J'avais huit ans quand un dentiste m'en arracha une pour la première fois. J'ai hurlé plus fort encore qu'à ma naissance. Dans les années qui ont suivi la dentisterie progressa. On se mit à gratter les caries, les brûler à l'acide, les recouvrir de plomb fondu mais quelques mois plus tard surgissaient des abcès qu'on perçait avec des pointes effilées rougies au feu et on finissait malgré tout par ôter à vif la dent martyre à la tenaille. Au cours de ma vie on m'ôta tant de dents qu'on pourrait légitimement se demander si au lieu des trente-deux réglementaires chez le *sapiens sapiens* ne m'en étaient pas échues neuf mille deux cent quatre-vingts comme au poisson-chat.

À l'époque où j'existais les malades sauvaient parfois leur peau mais la santé était une chimère à laquelle personne ne croyait. Les praticiens autopsiaient puis après avoir essuyé distraitement leurs mains souillées à leur blouse sanglante sans autre cérémonie opéraient un vivant. Les patients mouraient en masse quelques jours après avoir subi l'enfer de l'intervention sans autre anesthésique qu'un coup de tord-boyaux.

Avec amour, de ses mains grouillantes de bacilles mon frère Achille avait accouché Caroline. Ma sœur infectée, ma sœur bouillante de fièvre, ma sœur achevée par les saignées qu'il lui prodiguait avec une lancette à peine torchée du sang du précédent malade, lui-même humble wagon de tout un train de malheureux saignés dans la crasse. La lancette de mon père avait incisé vingt-cinq mille veines sans avoir été stérilisée depuis sa première utilisation en 1740 par le prédécesseur de son prédécesseur à la charge de chirurgien en chef qui la lui avait offerte symboliquement comme on passe un bâton de relais après l'avoir reçue lui-même en étrenne de son mentor et avait échoué à sa mort dans les mains d'Achille qui par piété filiale la conservait dans le petit coffre de son bureau où il serrait ses honoraires. L'épuisante, l'imbécile, la criminelle saignée pratiquée par des générations d'obscurs officiers de santé comme par les génies de la médecine qui la révéraient autant que le pape la transsubstantiation – ainsi Laennec dont mon père était un des plus brillants disciples.

Du salon j'avais une vue panoramique sur les jardins de l'hôpital. Les religieuses en cornette blanche poussaient les convalescents dans des voitures à bras ressemblant à des brouettes au porte-charge allongé garni de molleton. Elles les déposaient sous les arbres pour qu'ils prennent un bain de grand air à l'abri du soleil et du crachin. Je jouissais aussi d'une vue plongeante sur les vastes chambrées aux hautes fenêtres sans jalousies ni rideaux. Les malades étaient installés par six, tête-bêche dans de grands lits dont vous pouvez contempler un exemplaire au musée Flaubert dans le grand salon encombré aujourd'hui d'un bric-à-brac issu de la défunte chapelle – Vierge en plâtre, cloche en étain, candélabres, tableaux pieux, maître-autel en chêne ciré. Certains malades se traînaient pour aller coller leur museau contre la vitre. Leurs visages étaient maigres comme des têtes de mort. On dissimulait les plus mal en point derrière un paravent en toile de jute destiné à cacher aux survivants le spectacle de leur agonie.

Au fond du jardin dans lequel vous pénétrez avant de pousser la porte vitrée du musée se trouvait l'amphithéâtre où mon père disséquait. Suite à un malheureux coup de lancette qu'il se donna par accident à la cuisse tandis qu'il découpait une grosse femme en présence d'un groupe d'étudiants fraîchement reçus bacheliers qui pour certains n'avaient encore jamais vu un sexe féminin de leur vie, il mourut de septicémie.

L'amphithéâtre était séparé du jardin où les jours de beau temps il arrivait que Julie nous fasse goûter avec Caroline sur une table pliante par un treillage en métal peint disparaissant sous une grasse végétation où se reposaient les mouches avant de retourner butiner les cadavres. Ces mouches qui s'aventuraient l'été à l'intérieur de la maison, obligeant à des fumigations pour les occire. Nous passions alors des soirées entières dans le brouillard et pour lire rapprochions notre livre de la bougie à enflammer les pages.

Escaladant le treillage avec ma sœur nous contemplions les corps en attente étalés devant l'entrée de l'amphithéâtre. Parfois notre père levait les yeux et du même geste qu'il faisait pour éloigner les mouches qui agaçaient son visage tandis qu'il procédait, il nous enjoignait de décamper. S'il avait réellement voulu nous interdire la vue des corps, ma mère nous aurait empêchés de baguenauder aux alentours. Il ne leur avait visiblement donné aucune consigne en ce sens. Ce féroce rationaliste croyait sans doute ce spectacle éducatif.

D'ailleurs je n'avais pas huit ans quand il m'a emmené pour m'aguerrir visiter le pavillon de l'hospice général de Rouen où on remisait les fous. Quand le vent soufflait de l'ouest, de jour comme de nuit leurs cris continuels parvenaient jusqu'à nous. Un lieu rempli d'êtres torse nu, échevelés, hurlants, perdus dans le chaos de leur tête qui se déchiraient le visage de leurs mains griffues.

Si on avait voulu nous empêcher de voir ces corps il eût fallu aussi aveugler la chambre de Caroline car au travers de la verrière qui coiffait l'amphithéâtre, se penchant à sa fenêtre, on avait une vue plongeante sur le crâne paternel en suspension au-dessus du macchabée dont il explorait les abysses. Cette scène aurait mérité d'être filmée par un drone dont les images aideraient aujourd'hui les lecteurs à se faire une idée précise de mon père depuis longtemps poussière, en train de dépecer, dans ce frêle bâtiment depuis envolé, un cadavre jeté trois jours plus tard à la fosse commune.

– À l'heure où nous traçons ces lignes les drones n'ont pas d'odorat.

La mort était pourtant le fond de l'air que nous respirions. Cette odeur glaçante et inoubliable pour ceux qui l'ont une fois humée comme une basse continue dans nos narines malgré le fumet des rôtis et l'explosion du printemps quand pour rentrer chez nous il fallait piétiner les fleurs qui poussaient follement comme si sortant enfin de l'hiver la nature était devenue hystérique.

J'ai donc su très tôt ce qu'il advenait des corps. Traversant les civilisations le marbre narguait le décédé sculpté à son image, les maisons survivaient aux habitants qu'elles avaient autrefois contenus et quand au lieu de les laisser s'évaporer avec son haleine on les figeait sous forme de traces d'encre, devenus alors imputrescibles, les mots survivaient aussi. On jetait les brouillons, les journaux et la plupart des livres finissaient par disparaître à force de n'être plus compris par personne mais en atteignant au sublime une œuvre pouvait traverser les siècles. Autrefois des moines recopiaient sans relâche les chefs-d'œuvre puis ce fut l'imprimerie qui à l'infini les dupliqua. Le sublime permet de sauver un vestige de la fugitive existence d'un exemplaire humain. J'étais convaincu que seul l'art échappait à la vulgarité de l'existence.

– Que seul l'art sauvait.

Bien portant ou malade j'écrivis jusqu'à la fin de ma vie car les rongeurs rongent quoi qu'il advienne.

Je me suis toujours vanté de mon indifférence face à la mort et même de mon souhait de disparaître. Je fus souvent sincère. Parfois ce fut coquetterie, affectation, manière de faire sonner le langage. Mourir, mort, périr, cadavre. Voilà des mots pesants, solennels qu'il suffit de glisser dans une phrase pour la faire tonner. Aujourd'hui je regrette de ne plus disposer de corps qui m'appartienne, même vieux, douloureux et répugnant au lieu d'en être réduit à camper dans la tête du signataire de ce livre. Toujours mieux vaut exister que ne pas.

En mars 1846, veillant Caroline la nuit précédant ses obsèques je me souviendrais de tous ces moments passés dans la contemplation hébétée des cadavres. Étendue sur le lit à colonnes elle portait sa robe de mariée. Je pleurais, dans son berceau pleurait sa fille, notre mère pleurait, Julie pleurait, toute la maisonnée pleurait et mon père aurait versé aussi son content de larmes s'il n'était pas décédé deux mois plus tôt. Dans cette maison des pleurs Caroline était la seule à avoir sur les lèvres un sourire dont nul ne tirait réconfort. Un sourire paisible, presque ironique, un sourire de sphinx.

Le sculpteur rouennais Félix Bonet était venu la veille prendre l'empreinte de son visage qui servirait de modèle à James Pradier pour exécuter le buste qui demeura jusqu'à mon décès dans mon cabinet de travail.

En 1936, lors de l'instauration des congés payés par le Front populaire – les morts sont fantasques – je décidai d'aller me promener dans l'ancienne propriété familiale de Déville-lès-Rouen. Mon père l'avait achetée l'année de ma naissance et s'en était débarrassé vingt ans plus tard quand la ligne de chemin de fer vers Le Havre la traversa. Elle abrita tous les étés de mon enfance.

Ne restaient plus debout que les vestiges du perron au milieu d'un champ où broutaient des vaches rendues à ce point sourdes par le vacarme des trains qu'elles ne levaient même plus le mufle lorsqu'ils passaient. J'ai grimpé de mon pas léger d'âme d'athée les cinq marches qui autrefois menaient au vestibule.

Perché au-dessus du paysage, je revis nos jeux de balle avec Caroline qui un jour tomba dans une mare désormais comblée pour en attraper l'unique canard. Elle hurlait, on m'interdit de sauter à l'eau pour la sauver. Le jardinier la repêcha avec un long roseau auquel elle s'agrippa. Elle fut désapée ensuite devant un poêle, plongée dans un bain chaud et on trempa ses habits dans une bassine dont aussitôt l'eau devint terreuse. Une journée si riche d'événements, de sensations, de peurs, d'émerveillements cachés dans les infinis replis du peu dont je me souvienne que ces vingt-quatre heures ont sûrement duré plusieurs années. Le temps des horloges est fruste, grossier.

– C'est une mauvaise pendule.

L'enfance est plus étendue que l'âge adulte. Vous pourrez vivre cent ans, elle occupera malgré tout plus de place dans votre mémoire que le reste de votre vie. Elle ne m'a jamais intéressé du temps où je vivais car ce n'était pas la mode de la ressasser. On la considérait comme une simple préface à l'existence.

– Moins encore.

On ne lui accordait en ce temps-là guère plus d'importance qu'à une page de garde. Je me rends compte aujourd'hui que manquera toujours à mon œuvre un grand livre où j'aurais déposé soigneusement mes souvenirs d'enfance comme des fleurs séchées entre les pages d'un herbier. Mais dix siècles ne suffiraient pas pour raconter ses dix premières années.

– Quand les instants s'attardent, s'écarquillent.

Ensuite, le temps ne prend même plus la peine de vous serrer la main, il passe en coup de vent et peu à peu les heures deviennent les secondes des vieux.

En sortant du musée Flaubert et d'Histoire de la médecine vous vous envolez jusqu'à la rue du Renard puis vous empruntez la rue Saint-Gervais, la rue Jean-Lecanuet et quand vous aurez atteint la place du Général-de-Gaulle vous ne serez plus qu'à quelques brasses du lycée Pierre-Corneille. Que la municipalité le débaptise promptement à mon profit car c'est ici que se déroula l'entièreté de ma vie de collégien. Qu'elle accorde à la place au tragédien l'actuel lycée Flaubert qu'on m'a attribué en manière de lot de consolation à la fin des années 1960.

– Je plaisante ?

Certes oui, la postérité est affaire de vivants.

Bien que l'année scolaire débutât mi-octobre, j'ai fait mon entrée au Collège royal de Rouen le 15 mai 1832. Les élèves suivaient un cours d'histoire quand le concierge me poussa dans la classe chargé d'un échafaudage de livres, de cahiers, un quignon dans la poche et un porte-plume planté comme un cierge dans mon poing serré. La flopée d'enfants éclata de rire puis ce fut un brouhaha que le professeur eut le plus grand mal à mater par la menace d'un zéro général. Mon visage était chaud d'avoir rougi comme une braise ranimée par un coup de soufflet.

– Voici l'élève Gustave Flaubert, monsieur le professeur.

Au commencement du chahut le concierge m'avait instinctivement attrapé par le cou et il me tenait fermement à la manière d'un fermier qui ne veut pas que lui échappe l'animal dont il propose l'emplette à un boucher.

– L'élève Flaubert.

Le professeur alors hurla mon nom dont je reçus la gifle en plein visage.

– Flaubert, troisième rang.

Il pointa du doigt ma place. Je craignais que la pièce montée de mes affaires s'effondre sous les risées. Je parvins à l'installer en équilibre sur le haut du pupitre. Un immonde garçonnet se retourna et d'un coup de poing la mit bas. Évidemment je fus moqué, le chaos revint et l'enseignant me traita si fort d'imbécile qu'aussitôt tout le monde se tut. Je reconstruisis patiemment mon petit édifice sur le sol poussiéreux et attrapant un cahier j'entrepris de suivre la leçon – trempant périodiquement mon porte-plume dont la pointe s'était tordue au cours de la bataille dans l'encrier encastré du pupitre à côté de la rainure où nous étions censés déposer nos crayons.

J'ai toujours prétendu avoir contracté dans ce collège une profonde aversion pour les hommes. La société des enfants étant aussi cruelle pour ses victimes que celle des adultes, j'y fus froissé dans tous mes goûts, dans la classe pour mes idées, aux récréations pour mon penchant à la solitude, presque à la sauvagerie.

– Je m'aperçois aujourd'hui que j'ai exagéré mon malheur.

Mes souffrances d'élève ne méritaient pas d'être rapportées car pendant qu'on nous contrariait des gosses plus petits que moi trimaient alentour dans des fabriques sous les cris et les cinglées de hideux contremaîtres plus cruels et abrutis que nos garde-chiourmes portant faux col privés du droit de nous battre et de nous affamer. Les masures qu'habitaient les ouvriers rouennais étaient moisies, insalubres, on y mourait à tire-larigot. Des êtres humains exploités dans des teintureries où les produits chimiques les dévastaient dès l'âge de huit ans, parfois même bien avant car plus leur taille était réduite plus ils pouvaient partout se faufiler, plus leurs doigts étaient minuscules, plus ils étaient aptes à accomplir les travaux minutieux qu'aucune machine n'était en mesure de réaliser à leur place.

J'ai trop souvent pleurniché sur mon sort pour ne pas faire amende honorable aujourd'hui. Que l'humanité d'autrefois me pardonne de m'être montré douillet. Pour expier cette faute je mériterais l'ablation d'un tiers de mes œuvres complètes. Cela ne se peut, je porterai donc jusqu'à la dislocation du néant cette culpabilité sur les épaules comme les dernières années de ma vie, car les mots sont goguenards, la chaude douillette – lourd manteau d'ecclésiastique – qui me fit parfois prendre pour un curé.

Les dortoirs étaient glacés. Je me réveillais frigorifié. Il me semblait que si l'on m'avait condamné au bûcher j'aurais été réduit en cendre avant que les flammes soient parvenues à me réchauffer. J'en ai gardé un goût immodéré pour les flambées même au cœur de l'été quand la température chute avec la pluie. Après m'avoir méthodiquement ruiné, à la fin de mon existence le mari de ma nièce me reprocha sans vergogne les stères de bois qui disparaissaient en fumée dans la cheminée de mon cabinet de travail. Je lui répondais qu'à force d'économiser les bûches mon sang se cristalliserait et qu'on me retrouverait bientôt pipe au bec à l'état de bonhomme de neige avec mon grand nez rouge en guise de carotte.

Le seul professeur qui m'ait laissé un fort et bon souvenir se nommait Chéruel. Il devint plus tard un grand historien. À cette exception près j'ai toujours haï le petit peuple des enseignants d'alors, mal payé, aigre, aussi bête que des bourgeois sans avoir comme eux l'excuse de se goberger.

– Ils ne me rendaient pas heureux.

Il m'arrivait de sucer en classe de vieux sous en cuivre pour m'empoisonner du vert-de-gris qui les recouvrait. Une fois je tentai même d'avaler des épingles dans les latrines, réussissant à me piquer profondément la langue dont je ne tardai pas à arracher la banderille qui de part en part la transperçait. Le dimanche en fin d'après-midi la perspective de retourner au collège après un jour et demi de liberté me désespérait. Je montais au grenier dont j'ouvrais grand la lucarne au travers de laquelle je passais la moitié de mon corps. Debout sur la pointe des pieds il m'aurait suffi d'une impulsion pour me jeter dans le vide à quelques mètres de l'amphithéâtre où mon père eût peut-être examiné mon corps afin de déterminer la cause exacte de mon décès.

La tentation du suicide, quelle délicieuse façon de se donner assez d'importance pour comploter son propre assassinat.

Un souvenir antérieur me tombe du crâne. Je le déploie avant que l'air des vivants le dessèche et que le vent dissipe sa poussière. Je pouvais avoir quatre ans quand par une fin d'après-midi de février nous cheminions en famille dans les rues de Rouen après une visite chez une vieille tante. Mon père serrait ma menotte tandis que ma mère poussait Caroline recroquevillée dans son landau devenu étriqué pour son corps de fillette assez montée en graine pour avoir fait la veille ses premiers pas, Achille courait devant nous en brandissant une hallebarde de bois doré plus grande que lui. Notre cortège stoppa soudain. Notre père disparut dans une bâtisse neuve à trois étages ornée de palmes et de fruits sculptés dans la pierre pour ausculter une ancienne maîtresse qu'il avait eue avant son mariage.

– Elle m'a fait dire hier qu'elle était malade.

Ma mère n'avait pas moufté ni manifesté aucune jalousie. Mes parents n'étaient point collet monté, ne pratiquaient la religion que dans la mesure strictement nécessaire à l'occasion des baptêmes, des mariages, des enterrements et ma mère perdit tout à fait la foi lors du décès de ma sœur.

Une longue visite au cours de laquelle mon père avait sans doute demandé à la femme de se déshabiller afin de pouvoir mieux l'examiner. Il avait retrouvé l'odeur que dégageait sa peau. Ils avaient dû évoquer le passé. Elle avait sûrement sorti de son secrétaire ce petit portrait à l'huile qu'il lui avait offert quinze ans plus tôt. En ce temps-là il était encore chevelu, mince et c'était seulement pour se donner un air docte qu'il portait binocles. Il l'avait sûrement embrassée légèrement sur les lèvres avant de partir brusquement pour ne pas succomber. Il s'était aperçu dans l'escalier qu'il avait oublié de rédiger une ordonnance mais il avait haussé les épaules car cette prétendue fluxion n'avait été qu'un stratagème pour l'obliger à effleurer sa poitrine en l'écoutant tousser.

Il faisait nuit noire quand il nous a rejoints. Ma mère lui demanda sans acrimonie si son amie d'autrefois était gravement atteinte. Il lui a souri.

– Une fausse alerte, heureusement.

D'ailleurs, il était resté assez longtemps chez elle pour succomber et même derechef en se pressant.

Quand le samedi je rentrais à la maison je prenais Caroline dans mes bras. Notre étreinte était comme un refuge. Nos corps enlacés nous protégeaient de toute la méchanceté du monde. Nous voguions parfois sur le parquet comme une arche dont nous étions à la fois Noé et tous les animaux de la création, quitte à renverser les meubles et finir par nous étaler cul par terre en riant. Quand ma sœur atteignit sa onzième année notre mère nous sépara à chaque fois qu'elle nous surprenait en train de dériver de la sorte. Nous nous bornions désormais à nous baiser sur les joues, à entrelacer nos doigts, à nous regarder au fond des yeux pour en définitive éclater d'un rire aussi tonitruant que lorsque notre arche naufrageait sur le parquet.

Quand elle eut atteint treize ans elle fut comme moi pensionnaire. Une institution confortable en plein centre de Rouen construite autour d'un parc sur lequel les chambres des jeunes filles avaient vue. Outre la littérature et quelques notions de mathématiques on leur enseignait l'astronomie. Un observatoire muni d'une forte lunette permettait le soir venu aux pensionnaires de contempler les étoiles et les planètes. Lorsque la directrice jugeait la nuit particulièrement limpide, elle n'hésitait pas à les faire réveiller à deux heures du matin pour les convier tout embrumées à venir l'une après l'autre compter les veines bleues de la lune et chercher Neptune dans le firmament.

L'institution comportait un potager qu'elles binaient sous la houlette d'une ancienne paysanne de Tilly-sur-Seulles reconvertie dans l'enseignement des sciences naturelles. Il y avait aussi un terrain de croquet et une petite écurie où créchaient trois poneys que chacune à son tour ces demoiselles chevauchaient. Elles passaient les mardis en cuisine, apprenant l'art de la broche, des terrines, des civets, des ragoûts, préparant des gâteaux, des crèmes, des tartes surmontées de fruits de la région et d'autres africains offerts par le père d'une élève qui possédait nombre d'orangeraies, de bananeraies ainsi que des champs d'ananas dans des pays dont les noms fondent délicieusement sous la langue comme des pâtes de coing.

Les récits qu'elle me faisait de ce pensionnat fabuleux me donnaient une folle envie de le visiter. Hélas, l'entrée était protégée des regards indiscrets par de hautes murailles et une porte épaisse comme les troncs d'arbre qui avaient servi à la construire. On l'entrouvrait à peine pour laisser entrer les gamines en file indienne et pour les laisser sortir pareillement. Caroline m'apportait des dessins des bâtis, des plantes et des meubles ainsi que des croquis pris sur le vif de ses camarades en train de mitonner, regarder Vénus ou cavaler sur les poneys véloces comme des motos.

Quand je sortais assez tôt du lycée je ne manquais pas d'aller la chercher. Elle avait sur la tête un petit chapeau de velours vert que j'ai conservé toute ma vie comme une relique.

La mort de Caroline a sonné pour moi le glas de la possibilité du bonheur. Si elle n'avait pas laissé sa fille dans son sillage, au retour de son enterrement je me serais empoisonné comme madame Bovary ne l'aurait jamais fait puisque je n'aurais plus été là pour l'écrire. J'avais quelques grammes d'arsenic dans une boîte à pilules en onyx que je gardais pour cet usage au fond d'une poche de mon gilet.

– Moi qui ai toujours refusé de devenir père, ma sœur m'a fait oncle.

Quelque temps après son décès, le conseil de famille éloigna le père légitime de la petite sous prétexte qu'il était fou – ce qui ma foi était vrai. Je l'ai aimée comme ma fille mais sans être torturé par la culpabilité d'avoir jeté à la vie un ancien non-être qui sans mon intervention aurait continué à connaître éternellement le plaisir de ne pas exister. Je lui enseignais l'histoire, elle m'appelait son *Vieux* et je lui donnais du *mon Loulou*.

– Un bouquet de Caroline orna ma vie.

Chaque soir j'attendais que le pion ait soufflé sa chandelle derrière le rideau qui le séparait des élèves pour allumer les brins de bougie que je dissimulais sous mon matelas. C'est là que j'ai lu Chateaubriand et relu cent fois *René*. Chateaubriand dont juste avant notre première rupture Louise Colet m'enverrait une mèche de cheveux coupée à la maison mortuaire selon une coutume de l'époque. Quand elle était arrivée là-bas le crâne du maître depuis longtemps clairsemé était devenu à peu près chauve tant les visiteurs l'avaient ratiboisé. Elle avait arraché une des dernières touffes de ce soupirant trop âgé à qui elle s'était donnée tant de fois sans qu'il soit en état de la prendre.

Je révérais mêmement *Ahasvérus* d'Edgar Quinet où l'éternité reproche au néant de faire trop de bruit. J'adulais Michelet et me vautrais dans son *Histoire romaine* et ses *Mémoires de Luther* qui m'éblouissaient. J'engloutissais aussi *Notre-Dame de Paris*, *Les Orientales*, *Hernani* et toutes les œuvres que publiait Victor Hugo.

Quand elle était pleine je m'approchais d'une fenêtre pour lire à la lueur de la lune. Dans l'encre des phrases se trouvaient des étreintes, des assassinats, des femmes aux corps mystérieux sous la soie brodée des corsages.

Une nuit sans lune où ne me restait pas le moindre trognon de bougie je m'étais endormi avec la version originale d'*Hamlet* sous l'oreiller en espérant par je ne sais quelle alchimie nocturne rêver en français cette pièce qui est la plus belle chose au monde avec l'océan et le Don Juan de Mozart que j'entendis pour la première fois à onze ans au Théâtre des Arts de Rouen.

– De mon corps ne s'est jamais échappée une note juste.

À l'occasion je chantais à pleine voix l'air « du catalogue » seul dans mon cabinet de travail dont tremblaient les vitres. Je hurlais si fort et si faux qu'après un pareil récital je trouvai un jour sur le parquet une souris foudroyée. La musique n'est pas de la prose, mais une phrase, un roman obéissent aux mêmes lois que la composition.

Je continuais à écumer la bibliothèque de mon père, engloutissant d'un même appétit les traités d'anatomie, l'*Histoire des animaux* d'Aristote, le *Mémoire sur la noncontagion de la fièvre jaune* de Pierre Lefort. J'avais lu à douze ans tant d'ouvrages qu'il me semble aujourd'hui avoir été une sorte de petit éléphant dont la trompe n'avait qu'à s'insinuer entre les pages d'un volume pour en aspirer d'une seule goulée toute la substance. J'absorbais sans hoquet Molière, Rousseau, Racine et Rabelais jusqu'à la moelle.

La lecture de comédies, de tragédies et de drames fut à l'origine d'une extrême passion pour le théâtre qui me fit composer des piécettes que je jouais avec Caroline, Laure et Alfred Le Poittevin dans le grand salon du premier étage sur le billard dont nous avions fait notre scène à laquelle on accédait commodément par un escabeau. Comme il avait cinq ans de plus que nous, échoyaient à Alfred les rôles de vieillard, de géant, de dieu arpentant l'Olympe en maudissant la pusillanimité des mortels.

– Nous improvisions aussi l'oraison funèbre de vivants.

Ainsi que des plaidoiries pour la défense d'un chat coupable d'avoir dérobé un rôti, d'un bourdon agressif voletant dans le verre avec lequel on l'avait capturé. Nous dévalisions la garde-robe de ma mère, découpant des péplums dans ses châles chamarrés, transformant ses chapeaux en casques de centurion, gâchant même un jour une robe neuve que la couturière venait de livrer pour tailler une toge à César. Nous conviions famille, domestiques, convalescents trouvés dans les jardins de l'hôpital et le père Mignot qui ne manquait jamais une représentation. Nous tentions sans grand succès de leur faire payer un ticket d'entrée figuré par un rectangle de bristol enluminé par nos soins aux encres de couleur. Les animaux de compagnie qui se trouvaient en visite ce jour-là avec leur maître manifestaient parfois leur colère à notre endroit en aboyant comme des humains sifflent au Français les mauvaises Phèdre et les Géronte empruntés.

– Nous vivions les meilleurs moments de notre vie.

À la puberté la logorrhée me poussa plus drue encore que la barbe au pubis. Désormais je luttais sans cesse contre le silence qui m'effrayait comme enfant me terrifiait la nuit. En compagnie, je déblatérais sans répit comme si je craignais que les autres se taisent. Seul, je hurlais des strophes, des sonnets, des tirades, des pages entières de prose et quand je n'en trouvais plus je remuais les chaises, tapais du pied et me mettais à la fenêtre pour engueuler les corneilles.

J'ai passé ma vie à gueuler pour ne pas percevoir la rumeur sourde du silence que je n'ai cessé pourtant de réclamer à cor et à cri. Au milieu des dîners j'occupais tout l'espace sonore de mes anecdotes normandes qui n'amusaient personne. La princesse Napoléon chez qui j'ai usé des centaines d'heures de ma vie à faire le beau m'a décrit vingt ans après ma mort comme un de ces parleurs insupportables qui croient avoir des qualités de comédien.

– Flaubert fut le plus bel exemplaire de la race des provinciaux ridicules.

J'ai toujours essayé de m'élever au-dessus de la bourgeoisie. J'ai longtemps rêvé d'être un prince oriental, un tsar, un potentat richissime et munificent. Napoléon III n'était pas Ivan le Terrible ni Louis XIV et il n'était pas même Bonaparte mais il avait une cour et autour de lui gravitait une noblesse qui bien que récente et prêtant à rire m'impressionnait. J'étais reçu au Louvre et flatté de pouvoir baiser l'empreinte des pas que laissait Eugénie sur les tapis de la Savonnerie. Je contemplais au loin le monarque, m'approchant de lui en espérant qu'il vienne à moi, me prenant pour un de sa cour.

– Je rentrais à Rouen joyeux.

Jetant des coups d'œil par les fenêtres du train sur le bocage, les châteaux et puis Rouen arrivait dans ma ligne de mire et dans ma tête je tirais à l'aveugle sur ces bâtiments remplis de notaires, de juges, d'employés dont j'avais toujours méprisé la petitesse, l'avarice, la mauvaise naissance qui les obligeait à travailler. Je n'ai jamais de ma vie échangé un seul de mes instants contre de la monnaie. Travailler pour de l'argent est le sort de l'esclave affranchi que la certitude d'échapper au fouet rend insolent envers ses maîtres. J'aurais aimé être assez riche pour pouvoir renter mon ami Louis Bouilhet qui survivait en donnant des leçons. À la fin, quand le mari de ma nièce me plaignit le sou, pour survivre j'avais imaginé transformer mon cabinet de travail en salle d'étude où moyennant finance j'aurais secoué des cancres pour leur enfoncer dans le crâne des notions de latin et d'orthographe.

Tous les êtres qu'abritait Croisset avaient reçu un jour la déferlante de ma prose en plein visage. Entre sa mauvaise audition et son esprit déclinant, à la fin de sa vie ma mère ne devait rien comprendre à mes textes mais elle demeurait stoïque sans manifester aucun signe de lassitude.

Pour échapper à mes gerbes de langage, Suzanne prétextait une course au village, la vieille Julie s'en retournait à sa maisonnette et le jardinier pompette partait cuver derrière la cabane à outils. Je quittais alors la propriété pour m'en aller quérir un auditeur. J'avisais sur le chemin de halage bordant la Seine un homme désœuvré attendant à côté de sa paire de chevaux qu'un capitaine fasse appel à lui pour aider son embarcation à remonter le fleuve. Je lui offrais un cigarillo et l'aspergeais de mon texte tandis qu'il essayait de faire flamber une allumette sous la bourrasque de mots que parfois le vent emportait avant d'atteindre ses ouïes. De retour dans mon cabinet de travail je tentais de réparer les malfaçons qui pendant la lecture m'avaient écorché le cœur.

Sur une feuille vierge je recopiais ensuite le texte couturé de corrections, de rejets, de biffures. Je relisais alors bouche close la page ordonnancée afin de laisser le texte capté silencieusement par mes yeux se déployer dans mon cerveau sans me laisser distraire par la fanfare de ma voix. Parfois je dodelinais de la tête pour exprimer ma joie d'avoir réussi à faire plier le langage. Cependant dès le lendemain matin je regrettais un adjectif, un adverbe et l'après-midi il me semblait déjà que toutes les phrases de la veille boitaient entre les virgules qui leur servaient de béquilles et je retournais courageusement à ma table me remettre à l'ouvrage.

J'avais arpenté l'écrit depuis le plus ancien vocable grec qui nous soit parvenu jusqu'aux avatars de mes contemporains. Je n'avais nulle part trouvé d'œuvre atteignant au degré de perfection dont je rêvais. C'est à peine si – les soirs d'indulgence – quelques phrases de La Bruyère et de Montesquieu trouvaient grâce à mes yeux.

Je souffris davantage les affres du style que de la syphilis, de la pulpite et de l'épilepsie. Une phrase disgraciée était un péché mortel que Virgile lui-même n'aurait pu me pardonner. Du temps où je vivais, mon plus mauvais souvenir était de n'avoir pu éviter un double génitif quand madame Bovary découvre dans la chambre de son veuf de mari le bouquet *de fleurs d'oranger* qui avait servi de bouquet de mariée à sa première femme. L'avant-veille de mon décès je m'étais demandé si je n'aurais pas mieux fait d'écrire à la place un bouquet *de fleurs séchées* puisque le plus souvent les fleurs séchées sont d'oranger. Cependant, s'abstenir de préciser la race des fleurs aurait pu conduire certains lecteurs à imaginer des roses, des marguerites ou des iris – autant alors cesser d'écrire et pour tuer le temps barbouiller des tableautins.

J'aurais voulu me faire livrer des caisses de mots nouveaux afin de pouvoir citer *ad libitum* le même objet sans tomber dans la fange de la répétition. Je regrettais que des pages entières ne puissent tenir à l'intérieur d'une syllabe, un roman tout entier dans une phrase. La pureté d'un diamant, d'un ciel, d'un flocon qui tourbillonnerait dans l'époque avant de rejoindre les neiges éternelles où depuis l'Antiquité s'accumulent les chefs-d'œuvre.

– Le gueuloir ?

Je le transportais jusque dans le vacarme des grands boulevards parisiens où il m'arrivait même de bramer des vers d'Alfred Le Poittevin pour le ressusciter. Il me semblait alors sentir son souffle sur ma joue, ses bras autour de mon cou. Gueuler ses poèmes c'était l'étreindre dans la foule.

Il est vrai que j'ai toujours hurlé mes livres sous prétexte d'en dénicher les scories. Me croyant sur parole des générations d'auteurs m'ont imité.

– Pauvres sots.

La voix humaine colmate les phrases, les rythme, leur prête un éclat, une beauté qu'elles n'ont pas. Ce procédé fait la joie des abrutis qui s'admirent en déclamant leurs billevesées estropiées. Elles sonnent bien les phrases quand on les crie mais il en est de même des chiffres, des équations, des *ouille*, des *aïe*, des *ouf*, des *hou là là*, des borborygmes et même des soupirs physiologiques si vous savez les harmonier. Les mots quels qu'ils soient résonnent, font trembler les vitres et pourvu qu'on la gueule n'importe quelle soupe verbale paraît puissante comme un torrent.

– Je croyais sincèrement moi-même à l'efficacité de ce procédé.

Lorsque mes croisées étaient ouvertes les passants pouvaient entendre des phrases en cours de fabrication hurlées comme des appels à l'aide. Un instant il me semblait faire taire le monde et le remplacer par le mien – compte rendu d'une réalité modifiée, avilie, sublimée, inventée qu'est le roman, le conte, la pièce, la saynète, l'*Iliade*, l'*Odyssée* et toutes les histoires que l'humanité se raconte pour tromper sa peur, son ennui, pour jubiler. Je gueulais pour m'entendre comme les schizophrènes tailladent leur chair pour se sentir exister. En définitive j'étais pourtant bien obligé de m'imposer le silence afin d'examiner sérieusement mes pages. Le silence cruel qui n'aide pas les mots. Un silence à entendre le battement de son cœur qui est le contraire de la mort.

Ce matin de juillet 1836 à six heures la plage de Trouville était déserte. Je la regardais nager à quelques mètres du rivage. Elle sortit de l'eau. Elle portait une de ces chemises en coton léger dont on harnachait les jeunes filles des pensionnats pour ménager leur pudeur pendant la toilette. Le tissu était collé à sa peau, au travers je distinguais son corps à peine flou. Elle réussissait à être à la fois mince et potelée. Sa poitrine était gonflée, haute, drue. Quand l'espace d'un instant elle se retourna je raflai d'un œil habile l'image de son derrière large, bombé dont la raie semblait profonde entre les joues que j'imaginais pomponnées de rose comme celles d'un visage de chérubin.

Elle enfila un peignoir, ouvrit une ombrelle et se promena sur le sable qui à chaque pas gardait le moule de son pied. Elle était grande, de magnifiques cheveux noirs tombaient en tresse dans son dos. Elle avait le nez grec, des yeux ardents, des sourcils arqués, un duvet brun ourlait sa lèvre supérieure, lui donnant une expression mâle et énergique qui me bouleversait. Cette fine moustache traversa mon œuvre car j'en ai affublé toutes mes héroïnes dont Emma Bovary qui me reprocha cette faute de goût jusqu'à mon dernier souffle.

Quand elle fut rentrée à l'hôtel j'aperçus sur le sable le manteau bleu oublié qu'au moment de sortir elle avait sans doute jeté sur ses épaules par crainte de prendre froid après son bain. La marée montait, des vaguelettes commençaient à le lécher impudemment. Je me suis succinctement vêtu. J'ai couru sur la grève. J'ai sauvé l'habit. J'aurais rougi de le lui rapporter, craignant d'être accusé de l'avoir observée derrière les volets entrouverts de ma chambre. Je me bornai à le déposer à l'abri des vagues plus haut sur le rivage.

À midi, tandis que nous déjeunions avec ma mère et Caroline à la salle à manger elle vint me remercier de ma galanterie.

– Pourquoi ?

– Vous avez ramassé mon manteau, n'est-ce pas ?

Raide et trempé je ne pus m'empêcher de clore un instant les paupières.

– En tout cas, je vous remercie.

Elle s'en retourna à sa table où l'attendait Maurice, son mari, qui me salua d'un signe de la main. Je remarquai qu'il se mordait la joue pour ne pas éclater de rire tant j'illuminais la salle de mon visage rendu incandescent par l'orgasme. Ma mère dut rappeler à l'ordre Caroline qui je ne sais pourquoi me traita de gommeux.

Ce fut la seule occasion de mon existence où en l'absence de tout contact physique un être humain déclencha en moi le processus de jouissance. Ce fut la première fois que j'éprouvai une passion pour une femme – ce fut la dernière aussi.

Adèle, fille d'Élisa, avait à peine trois mois cet été-là. J'ai envié ce bébé qui avait le droit d'agripper sa poitrine et d'en mordiller les pointes à sa guise. À cette époque, les femmes cachaient leur corps de la nubilité au tombeau mais pour nourrir leur petit sortaient fièrement leur sein gonflé. Un sein auquel je rêvais de me désaltérer. Je jalousais aussi Néro, le terre-neuve du couple. Elle l'étreignait parfois comme un amant sous les yeux de Maurice qui craignait les miasmes déposés par l'animal sur son visage en la langotant.

Les trois étés qui ont suivi nous avons continué à les fréquenter. Pourtant époux de mon béguin, je trouvais Maurice sympathique et lui pardonnais de la tromper éhontément. Bien que riche à cette époque – il serait un jour ruiné – il était resté simple et bonhomme. Il organisait des bals sur la plage quand venait son ami polonais Panofka qui grattait un violon mal en point.

– Tout le monde dansait.

J'évitais Élisa depuis qu'un soir j'avais taché mon pantalon de coutil blanc en dansant avec elle une chaste polka.

J'ai revu Élisa quand je suis monté à Paris étudier le droit. Encore prospère le couple habitait un vaste appartement rue de Gramont. Je dînais fréquemment chez eux. Elle dégageait la même odeur de verveine qu'autrefois. Une large mèche de cheveux blancs rendait son visage émouvant. Au cours du printemps 1841 ma montre avançant de trois quarts d'heure j'arrivai un soir avant le retour de Maurice. Elle m'introduisit dans un boudoir isolé des pièces de réception par un long corridor sinueux. Aucun canapé, juste deux bergères et une méridienne. Elle s'allongea, je m'assis. Elle me demanda des nouvelles de mes parents, s'étonnant qu'ils ne viennent pas plus souvent à Paris. Je ne pouvais arracher mon regard de son pied gauche dessinant dans l'air des arabesques. Il me semblait plutôt ganté que chaussé tant il paraissait flexible et doux comme une main. J'avais l'impression que les murs se resserraient peu à peu sur nous. En tout cas je suis sûr que mon siège se rapprochait d'elle. De son côté la méridienne semblait sautiller vers moi. En définitive le fauteuil où j'étais posé se cabra, me jetant sur elle comme un ballot.

– Le choc nous abasourdit.

Quand nous sommes revenus à nous il y avait une lampe allumée sur le rebord de la fenêtre qu'un domestique avait dû apporter car la nuit tombait. Nous nous sommes mutuellement excusés de nous trouver nus. Nous nous rhabillâmes vaille que vaille. Nous passâmes par son cabinet de toilette où elle se repoudra et renoua ma cravate qui pendait flaccide sur le plastron de ma chemise. Quand huit mois et demi plus tard naquit son fils Adolphe-Maurice j'ai craint qu'il soit de moi mais Dieu merci il était le portrait du légitime époux.

En rentrant j'ai trouvé sa jarretière au fond d'une poche. Je ne me souvenais pourtant pas l'avoir chapardée. J'eus le sentiment de posséder d'elle un réel fragment. Il me suffisait d'en respirer la fragrance pour bander. Je m'en détournais aussitôt afin de retarder mon plaisir prêt à fuser comme le champagne d'une bouteille secouée Hélas ma portière déroba l'objet un jour en faisant le ménage de mon logement. Je n'osai lui réclamer cette fanfreluche qui depuis plusieurs mois faisait mon bonheur.

Aujourd'hui encore je me demande si nous avons réellement consommé. Peut-être qu'une fois débarrassés de nos habits nous nous sommes endormis saisis par la fraîcheur de ce pluvieux mois d'avril avant de nous réveiller ahuris recroquevillés sur nos organes frigorifiés. En tout cas un pareil incident ne se renouvela jamais.

Après mes fugitives études de droit je continuai à fréquenter Élisa à chacun de mes séjours à Paris. D'ordinaire Maurice était présent mais il arriva qu'elle vienne me surprendre à des heures indues échevelée. Elle bousculait le groom de l'hôtel Sully où je descendais en ce temps-là avec ma mère.

– Elle frappait violemment à la porte.

Elle se jetait pleurante dans mes bras. Elle me racontait qu'elle voulait mourir, se plaignait que son mari lui refuse un coup de pistolet et me mettait une arme entre les mains en me suppliant de lui faire sauter le caisson. J'avais le plus grand mal à la rasséréner, l'asseoir et lui faire boire un verre d'eau auquel je mêlais quelques gouttes de laudanum dont j'usais parfois pour calmer mes rages de dents. Je la transportais endormie sur mon lit. Son visage peu à peu se détendait et une sorte de sourire apparaissait. Elle retrouvait son charme, sa beauté. Je lui retirais ses bottines. Je m'emparais d'un peigne pour arranger sa chevelure. Je remontais son corsage pour cacher sa gorge dont on voyait le sillon. Je passais un grand moment à la contempler avant de faire porter un mot à Maurice pour lui signaler que sa femme était chez moi.

– Je la ramenais avec lui en fiacre.

Nous la déposions dans sa chambre toujours assoupie. Maurice avait fait installer des serrures à toutes les croisées de l'appartement qu'il maintenait closes même au plus chaud de l'été tant il craignait qu'elle se défenestre.

Quand en 1852 le couple fut installé en Allemagne j'ai continué à entretenir une correspondance avec elle. Si son état la rendait provisoirement incapable de rédiger la moindre lettre, c'était Maurice qui sous sa dictée m'écrivait. Des épîtres désespérées car ni les séjours en altitude ni les tisanes ni les cures thermales ne guérissaient sa neurasthénie.

Parfois Maurice revenait en France quelques jours pour régler de vieilles affaires. Quand Élisa l'accompagnait elle me donnait rendez-vous à son insu. Je montais exprès à Paris pour la voir le temps d'une tasse de thé, d'un déjeuner, d'une courte et chaste sieste tout vêtus dans ma chambre de l'appartement qu'à présent je louais rue du Temple.

Après le décès de Maurice Élisa vint me rendre visite à Croisset en 1871. Elle avait alors atteint la soixantaine. Le désespoir ne lui avait laissé que la peau sur les os. Nous avons causé du passé en promenant dans le jardin. Nous nous tenions par la main. En partant elle me dit *Adieu Gustave, je crois que nous ne nous reverrons jamais plus*.

Une semaine avant ma mort j'eus la surprise de la voir arriver chez moi suivie de deux garçons qui portaient sa malle. Elle prétendit que Maurice la rejoindrait le lendemain. Elle était folle sous sa capeline, sous le fard, derrière ses mains dont elle cachait son visage qui n'était plus que l'affreuse cicatrice dont jadis sa beauté avait été la plaie magnifique.

– Image audacieuse mais sagace.

Elle passa la nuit à marcher de long en large dans le couloir du rez-de-chaussée. Elle n'avait pas voulu dîner la veille et elle refusa de s'alimenter au matin. Son fils vint la chercher en début d'après-midi. Elle avait évoqué tant de fois cette visite à Croisset qu'il ne doutait pas de la trouver chez moi.

– Il la poussa dans la voiture.

Elle disparut à l'intérieur de l'habitacle comme une escamotée. On aurait dit qu'il venait de la défalquer de ma vie. Quand les chevaux les eurent emportés je remarquai assis sur le parapet un couple flanqué de deux garçonnets et d'un panier de victuailles. Ce n'était pas la première fois que je les voyais. Ils assistaient à ma vie comme à une pièce de théâtre. La notoriété avait fait de moi un spectacle.

Je leur octroyai un hurlement assourdissant et sinistre comme un suicide au pistolet.

– Ils s'enfuirent.

Abandonnant leur panier que je précipitai dans la Seine d'un coup de pied.

– Alfred Le Poittevin venait d'avoir vingt ans.

J'en aurais quinze à la fin de l'année. À mon retour de Trouville d'amis nous sommes devenus amants.

– Un jour que nous étions seuls.

Je lui parlai ému de mon impossible amour pour Élisa. Me prenant dans ses bras, baisant mes yeux larmoyants il me demanda de lui glisser à l'oreille les tendresses et les horreurs que je n'oserais jamais lui murmurer.

– Je lui obéis avec délice tandis qu'il bousculait mes vêtements et qu'il s'aventurait.

Par la suite l'évocation d'Élisa devint notre aphrodisiaque. Sans l'avoir jamais vue, une image d'elle d'autant plus merveilleuse qu'elle ne devait rien à la perception brute imposée par nos sens – image constituée des seuls sédiments laissés par mes paroles – finit par apparaître dans la psyché d'Alfred. Une Élisa sublimée qu'à son tour il me décrivait, bonifiant de la sorte mon souvenir dont auparavant je lui avais fait un moins lumineux récit. Ce ne fut pas en vain que dix-huit mois plus tard je dédiai à Alfred ces *Mémoires d'un fou* dont elle était l'héroïne issue tout autant de notre ressassement que du réel. L'été suivant, la charnelle Élisa cheminant sur la plage ne put détrôner en moi la sublime statue que nous avions érigée. Cependant peu à peu nous nous lassâmes de l'évoquer en même temps que ma passion pour elle s'amoindrit et la statue sombra dans l'oubli laissant seul au monde son douloureux modèle.

C'est avec Alfred que j'ai découvert la volupté, c'est aussi auprès de lui que j'ai établi le plan de ma vie. Nous communiions dans la passion de l'art auquel nous avions décidé de nous vouer. Nous en serions les dévots, sacrifiant pour lui mariage, enfant et réussite sociale. Nous avions fait le pacte solennel que rien d'autre que la littérature n'occuperait notre existence. En guise de descendance nous accoucherions d'une haute pile de romans qui jamais ne brailleraient ni ne souffriraient d'être au monde. Nous pensions que le bonheur était une affaire de bourgeois avides, nous cherchions dans l'art quelques moments d'exaltation et le reste du temps l'ataraxie.

– Alfred me fit découvrir le marquis de Sade.

La lecture de ses œuvres me transporta et comme aurait dit le marquis lui-même, *elle me coûta bien du foutre*. Outre les scènes d'orgie je goûtais son désespoir exubérant. Cette fête perpétuelle de l'homme dans l'univers sans dieux condamné à l'absolue liberté. Les crimes dont son œuvre regorge me paraissaient aussi fantasques que la passion du Christ et les massacres de l'Ancien Testament. J'étais exempt de cette croyance en la magie noire des mots auxquels les sots prêtent le pouvoir de véritablement humilier et assassiner dans l'univers clos du langage comme si les personnages étaient des êtres incarnés accessibles à la joie, à la douleur

– comme si les mots pouvaient jouir, comme s'ils pouvaient saigner.

Nous faisions de longues lectures à voix basse, allongés côte à côte sur mon lit étroit. Une targette de cuivre permettait de verrouiller la porte mais par précaution nous poussions mon secrétaire afin de prévenir tout débarquement intempestif. Caroline ne sut jamais pourquoi s'échappaient de la pièce gloussements et soupirs.

– À sa mort j'ai jeté au feu les trois lettres où elle abordait la question.

À la mienne, sa fille jeta dans la cheminée tous les ouvrages libertins que je dissimulais derrière les œuvres complètes de Voltaire. Elle sacrifia aussi une lettre oubliée dans le dossier de *La Tentation de saint Antoine* où Maxime Du Camp évoquait longuement nos ébats. Elle avait échappé à l'autodafé de fin février 1877 où chacun de son côté nous en avions brûlé plusieurs centaines. J'avais envoyé à Maxime les dix-neuf lettres de lui que je disais vouloir garder afin qu'il me donne son aval. J'avais approuvé son choix quand il m'avait soumis la demi-douzaine des miennes qu'il entendait sauver. Il tint parole, quant à moi outre les épîtres que je lui avais soumises j'en avais conservé soixante-trois autres. Les jours de spleen j'en tirais une au petit bonheur dans la boîte d'acajou où je les conservais afin de m'accorder en la relisant le plaisir de tremper un mouchoir de pleurs et à l'occasion un autre de plus voluptueux sanglots en me remémorant son corps brûlant dont les doigts agiles avaient recouvert la page de serpentins de langage tracés à l'encre noire comme du sperme de charbonnier et posant mon autre main sur le papier je caressais la peau de ses phrases tendrement.

Dans les lettres survivantes que vous pouvez consulter aujourd'hui demeurent çà et là des passages bavards. Ils sont perdus au milieu de missives si longues que ni ma nièce ni moi-même ne les avions repérés. La postérité les a longtemps passés sous silence comme si l'auteur de *Madame Bovary* ne pouvait comme elle avoir eu des amants. En revanche, on fait souvent étalage de ce que j'appelle dans ma correspondance *l'œuvre des bains* – actes voluptueux avec des gitons dans la chaleur des hammams – que je consommai lors de mon voyage en Orient. À l'époque utiliser à des fins sexuelles des mâles appartenant à une *race inférieure* comme les nommaient les bien-pensants ne portait pas à conséquence et ne vint pas à l'esprit des destinataires de détruire les lettres où j'en causais. Cependant, lors de ce périple je n'ai jamais de ma vie eu autant de rapports avec des femmes. Des prostituées, car je n'étais guère embobelineur. Je fus même fort ému par la célèbre putain Kuchiuk-Hanem qui prit mon argent et m'offrit la syphilis en très sincère hommage.

Passé les premières années le rôle de la sexualité dans ma relation avec Alfred s'amenuisa. Notre amour en revanche s'était affermi, comme moi il était devenu adulte. Alfred couchait avec des femmes tant et plus. J'en baisais aussi quelques-unes dont nous nous échangions les adresses et les spécialités comme deux gastronomes celles de restaurants. D'ailleurs depuis mes seize ans il me traînait dans les bordels rouennais où ma haute stature me permettait de passer pour un adulte. Nous croisions là des notables, des amis de nos parents, des cousins éloignés si peu gênés par cette rencontre qu'ils partageaient avec nous leur bouteille de champagne avant de monter l'escalier avec leur vénale dulcinée. Nous réservions souvent la même fille que nous installions entre nous pour éprouver le plaisir de nous étreindre de part et d'autre de ce moelleux matelas de chair. Il me laissait toujours la place du con et mon bonhomme de plonger tête la première entre les lèvres de ce ravissant organe dont la fréquentation me consola plus tard de ma pusillanimité.

J'avais vingt-trois ans lorsque j'écrivis à Alfred que visitant solitaire les arènes de Nîmes je le désirais d'un *étrange appétit*. Éloigné de lui je sentais qu'il y avait en moi quelque chose d'errant, de vague, d'incomplet. Une impression de n'être plus qu'un Gustave éclopé auquel on aurait arraché des lettres. C'est Platon qui décrit le mieux ma sensation d'alors. À l'origine Alfred et Gustave formaient un seul être que Zeus avait coupé en deux et jeté au vent, condamnant chacun à rechercher sa moitié dans le vaste monde. Abouchés l'un à l'autre nous redevenions cet être à quatre bras, quatre mains que nous étions à l'origine. L'étreinte physique n'était que l'incarnation de la gémellité absolue de nos âmes. À sa mort je ne fus plus qu'une part de moi-même esseulée. La terre en est peuplée, il est si rare de retrouver cette moitié tranchée qu'on pourrait presque dire que cela n'arrive jamais.

– Je voudrais être la femme que tu aimeras.

M'écrivit un beau jour Maxime Du Camp. Imaginant que malgré mes dires tel Alfred j'embrasserais un jour le sort commun il rêvait ferme d'être l'épousée. Dans ses lettres il m'appelait son *cher enfant*, me répétait *tu sais si je t'aime*, m'embrassait sur mes *grands beaux yeux*, m'embrassait à *m'étouffer*, me baisait les couilles, prétendait que son amour pèserait plus lourd si on réunissait sur l'autre plateau de la balance celui de ma mère, de Caroline et de mon père. Quand Alfred mourut c'est dans ses bras que je pleurai cet homme dont j'étais veuf.

– Nous n'éprouvions aucune honte à foutre des hommes.

Du reste la révolution française avait éteint à jamais les bûchers. Hélas plus le XIXe avança plus il devint prude et nous n'étions pas assez hardis pour braver les nouveaux tabous. En 1869 d'une racine grecque et d'une autre latine un écrivain hongrois forgea même le mot *homosexualité* dont la psychiatrie naissante s'empara bientôt pour créer un syndrome, une déviance, pas même un vice, plutôt une dégradante maladie dont elle ne désespérait pas tout à fait de guérir ceux qui en souffraient.

– En fait d'amants nous avons fini par n'avoir plus que des maîtresses.

Une bouche, un derrière, dix doigts comme autant de verges certes atrophiées mais prestes et dures, voilà des éléments dont sont équipés les deux sexes et nous nous en accommodions plutôt que de mettre notre réputation en péril.

– Je ne suis guère historien.

Qu'on permette cependant à un défunt de remarquer que jusqu'à la fin du XVIIe siècle, le crime de sodomie mettait dans un même lit d'opprobre toutes les pratiques qui n'avaient pas pour but immédiat la propagation de l'espèce, tels l'onanisme, les rapports bucco-génitaux, la zoophilie et une litanie d'autres. Si l'on s'en tenait à la définition d'alors, on pourrait dire que prônant les bienfaits de la masturbation et des préliminaires stériles dont vous vous régalez, votre modernité est peuplée d'une joyeuse bande de sodomites. Vivants provisoires, si j'osais employer un nom d'oiseau je dirais plus simplement.

– Que vous êtes une fameuse bande d'emplumés.

Aujourd'hui encore il me plaît de ressasser Alfred. La joie douloureuse de se souvenir des instants disparus est le plaisir le plus aigu que j'aie pu connaître au cours de ma vie. J'ai toujours eu un penchant à la mélancolie. Une boisson douce, tiède dont la fadeur même m'enchantait.

– Il me suffisait de regarder l'automne pour regretter l'été.

Le printemps pour avoir l'œil humide en constatant qu'il avait eu la peau de ce pauvre hiver qui avait piétiné novembre. Le soir je regrettais le matin et allongé dans la cange en remontant le Nil je regrettais la Seine qu'assis à ma table je voyais couler à travers les fenêtres de mon cabinet de travail, bourrant des pipes, confectionnant des phrases que je ne cessais ensuite de déchirer, de recoudre et de repriser pour en définitive les remplacer par une autre chargée d'exprimer en un seul morceau tout ce que les précédentes n'étaient pas parvenues à exprimer.

Parfois le bonheur me prenait comme une quinte de toux. Je regardais autour de moi, émerveillé, ravi, comme si j'avais accès à l'existence pour la première fois. Aujourd'hui je me demande si ce n'est pas de m'être joué la comédie du désespoir dès ma prime adolescence qui fit de moi l'homme accablé que je suis devenu. Le romantisme a agi sur ma génération comme un lent poison qui peu à peu nous a empêchés de voir les couleurs de la vie. Gens et paysages nous semblaient des archives jaunies comme si le présent était d'ores et déjà un souvenir usé auquel seule la mémoire pourrait un jour donner des couleurs. Nous échangions des lettres crépusculaires dignes de vieillards se remémorant la vie assis sur le bord de la fosse où on les ensevelira bientôt. Nous nous serions sentis sots de n'être pas funèbres. J'ai gardé de cette jeunesse désespérée un acharnement à créer un double solide et parfait de cette réalité imprévisible et fragile que nous voulions surpasser.

On oublie beaucoup d'éléments de sa vie quand on habite le néant. Cependant ne se sont jamais effacées les deux nuits d'avril 1848 que j'ai passées auprès du corps d'Alfred. La dernière nuit j'étais seul dans la chambre avec la religieuse qui l'avait gardé durant sa longue agonie et était payée à présent pour recommander sans relâche son âme à Dieu. On avait laissé ouverte la fenêtre sur le ciel paisible, étoilé. Étrangement visible à l'œil nu, Saturne décoré de ses trois anneaux errait comme un vaisseau fantôme au milieu des nébuleuses et des amas stellaires.

La mort, cette amie de jeunesse, cette amante tant désirée dont avec Alfred nous avions parfois fantasmé l'étreinte, il l'a rejointe la peur au ventre. Le matin de son décès il avait demandé qu'on lui ouvre grand les fenêtres sur le printemps. Le soleil éclairait le jardin dont l'herbe encore rare après un rigoureux hiver était piquetée, çà et là, de primevères sauvages. Quelques nuages blancs jouaient à saute-mouton dans le ciel bleu. Il avait demandé qu'on tire les rideaux.

– C'est trop beau.

Il avait voulu mourir claquemuré dans sa chambre afin de n'être plus confronté au spectacle de cette planète éclatante de santé sur laquelle l'humanité se pavanerait encore un million d'années avant de s'éteindre.

Il faisait froid, j'avais sur le dos le manteau que portait mon père au mariage de Caroline. De temps en temps je me levais de mon siège pour soulever un instant le foulard de soie dont on avait recouvert son visage. À l'aube la religieuse m'a aidé à rouler son corps raide déjà putréfié dans un linceul puis dans un autre. Ainsi arrangé il ressemblait à une momie. J'ai éprouvé alors un immense sentiment de joie et de liberté pour lui. Trois oiseaux ont chanté, les deux flambeaux aux flammes desquelles tout à l'heure des papillons de nuit brûlaient leurs ailes brillaient vaguement dans la blancheur de l'aube.

– *Il ira, joyeux oiseau, saluer dans les pins le soleil naissant.*

J'ai repensé à ce vers qu'il avait écrit jadis.

– Jadis.

Lui, mort si jeune dans sa trente-deuxième année. Je l'ai charrié jusqu'au vestibule où se trouvait le cercueil. Je l'ai posé doucement, comme on met au lit un enfant endormi. Le cercueil a été porté à bras jusqu'au cimetière. Un trajet qui dura une heure. Je le voyais osciller comme une barque sous le roulis.

Dès l'adolescence ma sympathie allait aux exaltés, aux possédés, à cette race d'individus par qui tout arrive et dont la société fait fi. Malgré sa fougue et son excentricité jusqu'à la première crise survenue dans la nuit du 2 janvier 1844 mon cerveau ne m'avait jamais trahi. Ensuite je vivrais jusqu'à la fin dans la peur de ses coups fourrés.

Cette année-là mon père faisait construire un chalet à Trouville. Pris par ses activités hospitalières, il nous chargea avec Achille d'aller surveiller les travaux et d'apporter quelque argent à l'entrepreneur. Il était six heures du soir quand nous arrivâmes dans une voiture sans capote tractée par un cheval épuisé dont je tenais les rênes. Nous nous sommes promenés sur la plage. Les crêtes des vagues étaient phosphorescentes. Nous marchions vent debout en essayant de courir, chutant en jurant sur le sable.

Nous avions dormi dans cette auberge de *L'Agneau d'Or* où des années plus tôt dans la salle à manger Élisa Schlésinger m'avait remercié d'avoir sauvé son vêtement de la marée montante. Nous nous étions levés à l'aube. La patronne des lieux avait mis un point d'honneur à nous gaver convenablement avant de nous laisser reprendre la route dans le froid et le vent. Le soleil brillait quand nous sommes arrivés au pied du chantier. À l'abri des grandes marées, le terrain donnait sur la campagne que notre père jugeait plus saine que le front de mer.

– La construction n'avançait guère.

Les fondations étaient à peine terminées et la cave ne serait pas bâtie avant le printemps. Un chalet que notre père revendrait avant même son achèvement pour acheter la propriété de Croisset où au XVIIe siècle Pascal passa trois nuits et où douze années avant notre emménagement l'abbé Prévost écrivit *Manon Lescaut* publiée clandestinement à Rouen en 1731.

Nous étions chargés de visiter au retour une ferme située non loin de là vers Saint-Martin-aux-Chartrains pour en percevoir le revenu. Elle appartenait à ma mère qui la vendrait cinq années plus tard pour financer mon voyage en Orient. Elle était tenue par un métayer nommé Cacheux. Quand nous sommes arrivés à trois heures de l'après-midi il réparait des outils dans la grange.

– Sa femme nous accueillit sans joie.

Des huit enfants échappés de son ventre ne restait qu'un fils d'une vingtaine d'années à peu près idiot, tout à fait tordu qui bavait en regardant les cochons tourner autour des pommiers dans la cour close de murets.

– La Caucheux nous servit du cidre dans des écuelles de bois.

Elle a fait griller des côtelettes dans l'âtre qu'elle nous a servies cramées. Achille s'est levé pour rejoindre le mari dont on percevait les coups de marteau et qui ne semblait pas pressé de revenir payer son dû.

– On entendit des criailleries.

Caucheux prétendait que le cours de la betterave s'était effondré à l'automne et que dans l'année douze de ses cochons étaient morts de dysenterie. Les trois survivants, efflanqués à faire peur, avaient produit un sang trop clair pour donner du boudin et leurs jambons trop maigres pour être consommés par des humains il les avait jetés en pâture à leurs propres porcelets. À force de palabres il monta à l'étage et rapporta un pot de terre rempli de pièces d'or. Il nous compta cinq cents francs qu'Achille glissa dans sa mallette. Nous remontâmes en voiture.

– Malhéreus ! Malhéreus !

Me montrant du doigt, continuant à me traiter en patois de malheureux le fils Caucheux nous poursuivit sur la route. J'ai dû passer au galop pour nous en débarrasser. Cet animal avait dû voir dans mes yeux les signes avant-coureurs de la crise en gestation. Il s'est mis à pleuvoir. Nous nous sommes abrités sous une bâche sans ralentir notre course. La pluie s'arrêta de couler en même temps que tomba la nuit. Une nuit si noire qu'on ne voyait pas les oreilles du cheval. Parfois nous croisions une voiture dont nous n'apercevions que la lueur de la lanterne brinquebalante à peine assez vivace pour éclairer sa cage de verre. Achille essayait parfois de lancer une conversation sur mon avenir de jurisconsulte.

– J'avais un dégoût profond pour l'étude des lois.

Les premiers temps j'avais imaginé ingurgiter le droit comme une purge pour finir magistrat dans une ville minuscule où la maigre besogne me laisserait le loisir d'écrire malgré l'aigreur d'être devenu un bourgeois fier d'envoyer des gredins au bagne et à la mort. Mais occupé à lire les classiques, à bambocher et à perdre des jours entiers à ruminer l'embêtement de vivre dans mon petit appartement parisien de la rue de l'Est qui fut détruite plus tard par Haussmann pour percer le boulevard Saint-Michel, j'avais échoué à mon examen d'entrée en troisième année.

D'une voix qu'il réussissait à faire sentencieuse et tendre à la fois, Achille m'exhortait à me remettre à l'ouvrage avec obstination. Il me voyait quant à lui brillant procureur. Une profession qui à cette époque n'épuisait pas son homme et m'aurait donné le loisir d'écrire entre deux guillotinages. Par je ne sais quel escalier dont j'aurais gravi les marches au cours du temps il m'imaginait même accéder un jour aux plus hautes fonctions.

– Qui sait ? De plus bêtes que toi sont devenus garde des Sceaux.

Notre père n'en espérait pas tant. À vrai dire il avait à peu près fait son deuil de ma carrière de juriste. Pour lui démontrer mes talents d'écrivain et le persuader de me laisser suivre ma voie sans plus me tracasser en m'obligeant à fréquenter de loin en loin la Sorbonne, j'avais tenté de lui infliger à haute voix la lecture d'un morceau de la première version de *L'Éducation sentimentale* sur laquelle je travaillais alors. C'était un soir à l'après-dîner. Épuisé par une longue journée de travail commencée à six heures du matin il s'était écrasé dans son fauteuil à larges oreilles et je m'étais installé tout frétillant en face de lui sur un pouf. Il avait bâillé dès la première page. À chaque fois qu'il fermait les yeux je criais plus fort. Il interrompit bientôt ma lecture d'un ronflement contre lequel je ne pus rien.

– Achille ! Achille !

Je voulais qu'il arrête de me chapitrer et ma voix s'était mise à carillonner son prénom dans le silence du bocage. Issue de deux lanternes une lumière avançait vers nous. Un homme conduisait un couple de chevaux tirant une charrette chargée de carcasses d'animaux, de légumes, de sacs de blé. Comme si soudain la route était illuminée je vois nettement sa vareuse grise, son visage enflé par le vin, ses yeux verts comme l'herbe. Des prairies dévastées par l'hiver je distingue le plus petit fragment de feuille morte.

Soudain tout devient jaune, mon existence fond comme l'or dans un creuset. Je meurs, je meurs et je remeurs tandis que les convulsions me soulèvent, que mes lèvres se couvrent d'écume, que je sens dans mon crâne bondir ma cervelle. Des images de supplices arrivent par secousses, se détachant de la nuit comme des peintures écarlates sur de l'ébène. Malgré le vacarme qui règne dans ma tête je perçois un silence énorme qui me sépare du monde. Je pousse une plainte dont j'entends l'écho courir dans la campagne. Mon passé incandescent, mes souvenirs ruisselant de flammèches, Élisa Schlésinger sortant éternellement de l'eau, son corps scintillant comme un bijou.

– Achille appelle à l'aide.

Provenant d'une maison où brûle une chandelle un bonhomme en chemise vient à la rescousse. Ils m'emportent, j'entends les sabots de l'inconnu fouler le sol durci par le froid qui monte jusque dans ma poitrine, ralentissant le rythme de mon cœur glacé déjà couvert de givre, prêt à geler tout à fait comme autour de moi ces corneilles saisies en plein vol qui tombent à pic et telles des balles rebondissent dans les champs.

– J'ai repris conscience allongé sur une table sentant le suif.

Achille en était à la troisième saignée, j'avais l'impression que mon âme s'échappait avec les giclées de sang. Une femme en bonnet s'affairait autour de nous. Attiré par la clarté des flammes j'ai tourné la tête vers la cheminée. La réalité devenait lente, les secondes duraient, les mouvements de mon frère semblaient imperceptibles. Portant squelette multicolore la mort donnait négligemment un coup de balai sur la terre battue. Mes paupières sont tombées.

– Quand je me suis réveillé le jour entrait chichement par les lucarnes du logis.

Éprouvé par les convulsions, j'avais l'impression d'avoir subi une bastonnade. Ma langue était une plaie tant je l'avais mordue. Je ne gardais aucun souvenir de la crise ni des jours précédents. Il me semblait avoir écrit dans ma chambre jusqu'à minuit et je ne comprenais pas par quel sortilège je me trouvais maintenant enfermé loin de Rouen dans cette crypte.

Achille est arrivé vers midi dans une voiture à l'habitacle assez large pour pouvoir allonger à demi mon grand corps. Un postillon la conduisait afin qu'il puisse rester auprès de moi, me tenant la main, me prenant le pouls, m'étreignant et posant son oreille contre ma poitrine pour compter les battements de mon cœur. Il imaginait avec effroi la perspective de rapporter à notre mère le cadavre de son enfant prêt à mettre en bière.

Elle qui deux années plus tard aurait perdu son mari et la seule fille qui lui restait.

– La voiture entra dans la cour de l'hôpital.

Accompagné d'une religieuse qui le promenait sur une brouette un enfant au visage blanc m'a regardé. Un gosse au bout de son rouleau qui mourrait à la tombée du jour. Les vivants emmagasinent des images qui ne survivent pas aux cerveaux de chair où elles sont archivées.

– Achille est allé chercher notre père qui donnait ses consultations.

Il est accouru. Il m'a examiné, s'attardant sur mes yeux qu'il observa avec la loupe qui ne quittait jamais la poche pectorale de sa blouse. Sa propre pupille plongeait dans les méandres de mon esprit. Il aurait pu rapporter quelques clichés de la crise stockés dans un coin de ma mémoire avec l'odeur de suif que dégageait la table où on m'avait fichu. Une série de daguerréotypes qu'il aurait exposés dans le grand réfectoire pour le divertissement des tuberculeux et des impotents.

– Quand il quitta sa loupe son visage était d'or.

L'écume me montait aux lèvres. Des mois plus tard me sont revenus les cris de ma mère apercevant le spectacle de son fils révulsé depuis la fenêtre de sa chambre. J'ai revu aussi ma sœur se précipitant vers moi. Achille l'écarta d'un geste impérieux. Je sombrai alors dans un sommeil épais comme de la glaise.

Mon existence fut saupoudrée de crises fulgurantes. Je redoutais de me retrouver seul sans personne pour me secourir. Quand ma mère serait morte, ma nièce mariée, je craindrais les rares moments où la maison était vide quand il arrivait à Suzanne de sortir pour aller au marché, se confesser, visiter sa nièce au Petit-Quevilly. Lorsque je dînais dehors je m'arrangeais toujours pour ne pas rentrer seul.

– Cependant.

À Paris, à l'époque du procès de la Bovary, n'ayant trouvé personne pour m'accompagner en sortant d'un dîner, le cocher du fiacre inquiet de ne pas voir s'ouvrir la portière à la fin de la course m'avait retrouvé en pleines convulsions. Il était parti épouvanté, courant dans la nuit sur le boulevard du Temple comme s'il venait de voir Satan. Deux sergents de ville en maraude sont accourus. Ils me montèrent chez moi, chargeant le portier de me déshabiller et de me mettre au lit. Je vécus cet incident pathétique comme une humiliation. Je n'en avais jamais parlé à personne jusqu'à présent.

Au soir de cette deuxième crise je me suis réveillé dans ma chambre. Caroline était à mon chevet. Elle m'appela *vieux cabochon* en me donnant à boire un verre d'eau de mélisse que mon père avait prescrite pour calmer mes nerfs.

– Où il est ?

Il était parti à cheval opérer une pauvre femme à dix lieues de Rouen qui rémunérerait ses services d'une caisse de navets. Il passait un tiers de son temps à soigner les démunis, se vengeant sur les bourgeois de la ville à qui profitant de sa réputation il réclamait des sommes coquettes. Il laissa à sa mort une fortune assez considérable pour que ma part d'héritage m'autorise désormais à vivre de mes rentes. Même si je les ai toujours trouvées trop mesquines pour me permettre d'avoir l'existence munificente d'un Nabuchodonosor.

– Pas encore mort ?

C'est la phrase que jeta Alfred en entrant dans la chambre. Il me prit un instant dans ses bras. Caroline poussa vers lui le petit fauteuil de mon bureau. Il se posa, serra fort ma main droite tandis que de l'autre côté du lit elle baisait la gauche. Un instant de bonheur. Je m'en souvins quelques années plus tard quand ils furent partis tous les deux.

Le lendemain matin Julie me trouva attablé à la cuisine devant la peau d'un saucisson dont je dévorais les dernières tranches en descendant un cruchon de cidre. Elle me confectionna une omelette de six œufs avec un reste de pommes de terre qui ne vint pas à bout de ma faim inextinguible car aussitôt après je mangeai un camembert tout entier et avalai une faisselle de fromage blanc arrosé de miel. Au lieu de se fâcher et de m'ordonner le lit mon père décida qu'un malade aussi vorace était guéri. La crise de la veille n'avait été que le rebond du séisme qui avait secoué mon système nerveux l'avant-veille. Il espérait que je connaîtrais désormais une période de rémission.

– Ton devoir t'appelle à Paris.

Je regrettai aussitôt de n'avoir pas traîné la patte au lieu de jouer les ogres ressuscités. Je lui parlai de maux de tête, d'une douleur dans le cou et d'une sorte de goût métallique dans la bouche sans autre résultat que de le faire rire. Je me suis plaint à Achille mais il ne m'a pas davantage pris au sérieux. Mise à contribution Caroline essaya en vain de les attendrir l'un après l'autre et ma mère impressionnée par mes jérémiades n'eut pas plus de succès dans ses démarches. J'enrageais de n'être pas assez pâle pour être cru. Mon père m'accompagna lui-même à la gare le surlendemain dans son tilbury.

– J'ai retrouvé Paris sans joie.

Mon logement m'a paru sinistre. La portière avait brisé une vitre en balayant le salon. Une ivrognesse dont le ménage faisait plus de mal que de bien. Du haut de mes vingt-deux ans je n'osais lui dire de m'oublier moi et mon logement. Elle me réclama les étrennes de la nouvelle année en m'annonçant la visite du vitrier pour le lendemain à sept heures du matin. J'ai posé mes bagages dans le couloir en lui promettant de passer lui donner son dû d'ici la fin de la semaine. Il était à peine cinq heures du soir mais la nuit tombait avec une pluie fine et glacée qui faisait secouer la tête des chevaux aux naseaux agacés. Je voyais les gardiens arpenter les jardins du Luxembourg avec des lanternes, traquant les couples retardataires persistant à se mignoter dans la sapinière sur laquelle j'avais une vue plongeante.

Je dînai d'un pot de foie gras, d'un quart de pain, d'une bouteille de vin clairet rapportés de Rouen et m'endormis vers onze heures après avoir lu au lit Rabelais à la bougie. Ce fut le vitrier qui me réveilla. Je me préparai vitement. Abandonnant l'artisan à sa besogne, emportant mes livres, mes plumes et mon papier je suis parti jouer les étudiants en droit. Je me suis arrêté en passant dans une crémerie de la place de la Contrescarpe pour déjeuner d'une tasse de lait chaud et de feuilletés au brie de Melun.

– Des plaques de verglas luisaient dans la nuit.

Les passants bigleux glissaient dessus comme des soleils. Les rues étaient encombrées de voitures dont les conducteurs encourageaient les chevaux en faisant siffler leur fouet, de cavaliers mal embouchés et de voitures à bras tirées par des gueux qui à force d'accomplir un travail de bêtes de somme voyaient peu à peu leur tête s'allonger à la manière d'un museau de baudet. Un cocher ivre malgré l'heure matinale stimula tant ses chevaux qu'ils se mirent à galoper, bousculant une voiture des quatre saisons dont la propriétaire tomba avec ses cageots de légumes. Il continua sa route jusque dans une impasse obscure où les bêtes se fracassèrent. J'entends encore les cris de leur agonie puis les hurlements de leur maître les exhortant à se relever malgré la mort. Je pressai le pas pour ne plus entendre que le vacarme brouillon de la ville.

Je revois ce matin fort net mais la mémoire est volage. Elle s'en va, s'envole et revient se poser sur votre épaule après vous avoir entraîné vers des pays lointains qui n'ont jamais existé mais dont pourtant elle vous a donné à entendre le son et à voir les images. Une immersion plus réaliste que nombre d'épisodes du réel qu'on traverse le nez en l'air, indifférent, la conscience presque somnolente et dont après coup nous serions en droit de douter de la survenue.

On peut aussi se demander si après plus d'un siècle et demi, un souvenir inventé ne peut pas prendre le pas sur une réalité vieillotte. Du reste, le Flaubert que vous avez déduit de mes romans, de ma correspondance, des témoignages, des on-dit, des ragots, des essais, des fantaisies et des thèses dont je fus l'objet est une construction si imparfaite, si lacunaire, qu'on la pourrait dire fictive à force d'être éloignée de la vérité de l'être qu'au tréfonds de moi je fus. Je fais cependant le serment de m'en tenir à mon passé officiel en tout point conforme aux documents dont je donnerai en fin de volume la bibliographie et qui font autorité parmi les flaubertiens. Si d'aventure je m'en éloignais, si j'allais même jusqu'à en prendre le contre-pied, je le signalerai au fur et à mesure afin que le lecteur ne répète pas ces mensonges en société au risque de se discréditer auprès des érudits qui refusent encore d'admettre qu'un passé de qualité évolue comme un grand cru.

– J'arrivai à neuf heures moins le quart à la Sorbonne.

Le temps de fumer avant le cours une pipe avec des camarades étonnés de revoir cet étudiant intermittent qui ne ratait pas une occasion de retourner à Rouen et attendait pour revenir à Paris que son père le shoote vers la gare d'un pied exaspéré. L'amphithéâtre était comble, un type chauve portant toge et binocle lisait un indigeste extrait du *De adulteriis* du jurisconsulte romain Papinien.

– Le soleil illuminait la salle.

Ébloui, je plissais les paupières. Chacun de mes souvenirs me semblait éclairé par un rayon particulier à lui seul dévolu comme s'il était une œuvre d'art. J'entendis les cloches de Notre-Dame et la cathédrale de Rouen de leur répondre d'un carillon grave qui peu à peu m'assommait. J'eus la sensation que mon corps se froissait comme une feuille de papier en s'effondrant sur le carreau. J'entendais à présent le bruit des godillots de mes condisciples piétinant autour de moi, ne sachant que faire, par quel bout me prendre, certains essayant de me relever en s'emparant de mes mains convulsées, d'autres tentant de me faire respirer leur tabatière en guise de flacon de sels et ce type dont je voyais comme un drapeau de pirate au-dessus de moi flotter la barbe noire avec en plein milieu la gueule grise d'un appariteur qui en figurait la tête de mort.

– Je perdis conscience.

Je revins à moi dans une infirmerie aux murs garnis de planches d'anatomie. Un long et maigre docteur dépêché en hâte de la proche École de médecine racontait à deux escogriffes qu'il faudrait me saigner une deuxième fois à midi, une troisième au crépuscule. On me ramena chez moi. La portière me monta un bouillon bizarre dans lequel avait dû tomber de l'eau de lessive. Ce fut le pharmacien du coin de la rue qui se chargea des saignées. Je m'évanouis à chacune de ses visites. Une impression de couler, de m'amenuiser, de disparaître paisiblement sans regretter le moins du monde la vie.

– Achille vint me chercher.

Il me fit part de l'inquiétude de notre père et de sa décision de me garder à Rouen jusqu'à la fin de l'été. J'eus l'ombre d'une crise durant le voyage en chemin de fer. Elle me valut une saignée puis une autre sitôt de retour à la maison. Saignée paternelle mémorable car le sang ne venant pas après son vigoureux coup de lancette, il demanda qu'on me trempe la main dans l'eau chaude. À force de précipitation, on la plongea dans l'eau bouillante. Je fus salement brûlé, je souffris longtemps et m'en resta une cicatrice.

Mon père m'interdit désormais la bonne chère, l'alcool, le café et le tabac. Du matin au soir on m'abreuvait de potions et de décoctions. Outre les saignées hebdomadaires, on me mettait quotidiennement des sangsues, m'infligeait chaque matin un lavement et me purgeait à l'occasion avec des décoctions de plantes amères. Au printemps je séjournai au Tréport afin que je respire l'air salin.

Mon père décida un jour de ne plus m'imposer d'étudier le droit ni autre chose que ce qui me semblerait bon entre les murs de ma chambre où j'étais bien décidé à occuper le reste de mon existence à faire un peu de grec, de latin, lire les auteurs classiques et écrire autant que je le pourrais des romans vertigineux. Alors, malgré les crises, les tracasseries et les privations j'éprouvais un sentiment de bonheur.

Je n'ai jamais dit à personne de mon vivant que j'étais atteint du haut mal car à l'époque il était considéré comme une forme de démence. Bien que ma sympathie vers eux allât, je ne me suis jamais senti le courage de passer pour aliéné. Du reste le diagnostic était incertain car la forme d'épilepsie dont j'étais affecté n'était pas encore répertoriée. Maxime a décrit par le menu une crise dont il a été témoin lors de notre voyage en Orient. C'est grâce à sa précise description qu'en 1985 les neurologues Henri et Yves Gastaud purent déterminer avec certitude que le foyer pathogène était situé dans le lobe occipito-temporal gauche du cerveau. Toute maladie est matérielle, le cerveau est un organe comme les autres, sujet à la claudication, aux aigreurs, à la constipation et à l'inverse, deux maux dont souvent les littérateurs sont affectés quand la paresse ne leur tient pas lieu de pathologie.

En me demandant de brûler ses lettres avant de convoler Alfred Le Poittevin me suggéra de fréquenter plus assidûment l'atelier Pradier pour faire ma maîtresse d'un de ses modèles qui me consolerait de sa trahison. Chez lui se pressait le tout-Paris artistique goûtant la vue des anatomies et les relations qu'on pouvait nouer en buvant le punch qu'un valet impassible vous offrait sur un plateau de vermeil.

Deux ans plus tôt j'avais été introduit dans les lieux par un camarade de la Sorbonne lointain neveu de cet artiste considéré à l'époque comme un des plus grands sculpteurs français. Il m'avait présenté Victor Hugo. J'en ai parlé dans une lettre à ma sœur Caroline où j'écrivais l'avoir trouvé poli, guindé, laid, commun, ne sauvant en définitive que ses dents blanches et son vaste front. Mais après que ses œuvres eurent hanté mes nuits, il devint peu à peu un personnage à part entière de mon existence. Nous nous écrivîmes, je lui dédicaçai respectueusement mes livres, je lui servis même de boîte aux lettres dans son exil.

Fin juillet 1846 je rencontrai là-bas la littératrice Louise Colet. Nous rompîmes une première fois en octobre 1849 à la veille de mon voyage en Orient, nous nous réconciliâmes en juin 1851 et nous quittâmes à jamais au printemps 1854.

Je fis partie du troupeau de ses amants. Elle aimait les hommes jeunes, les mûrs et supportait les vieux. Quelques académiciens dont elle fut maîtresse, parmi eux une paire d'Alfred – Musset et Vigny – une autre de Victor – Hugo et Cousin –, l'aidèrent à obtenir par quatre fois le richement doté prix de poésie de la vénérable assemblée à laquelle malgré les pressions amicales je refusai à la fin de ma vie de me porter candidat, scandant à longueur de lettres et de dîners *les honneurs déshonorent* en oubliant que j'avais pourtant accepté joyeux, fier et reconnaissant la Légion d'honneur sous le Second Empire en regrettant simplement de ne l'avoir pas obtenue plus tôt.

– Il est vrai que j'arrachai une première fois mon ruban en 1870.

Une deuxième en 1873, une troisième en 1874 – prétextant la défaite de Sedan, la mort de Napoléon III, la nomination de mon ancien éditeur Michel Lévy avec qui j'avais maille à partir pour en garnir à nouveau ma boutonnière quand deux ans plus tard il mourut. En réalité j'étais déçu de voir mes confrères devenir l'un après l'autre officier, commandeur et de rester simple trouffion. La route des honneurs est pavée de toutes les médailles, toutes les distinctions qu'on vous a chipotées au profit d'autres pour lesquelles vous n'aviez que mépris et exempt de l'étrange modestie de Zola qui se présenta en vain à vingt-quatre reprises, de la naïveté de Baudelaire qui connut l'affront de n'obtenir aucune voix, j'évitai de me présenter quai Conti plutôt que risquer mordre la poussière.

Madame Colet fut courtisée par nombre d'écrivains auxquels elle céda par amour, par arrivisme, pour survivre dans ce monde littéraire si misogyne qu'à l'époque les deux plus grandes romancières de France et d'Angleterre, les dames Sand et Eliot, en furent réduites à s'appeler George pour permettre au public de supposer que leurs ovaires étaient des couilles.

Quand sa fille naquit cinq ans après ses noces ni son mari ni aucun de ses amants ne voulurent la reconnaître et elle-même ne sut jamais très bien à qui elle la devait. Durant notre liaison elle eut un garçonnet d'un Polonais qui s'évapora avant sa naissance. Le gosse mourut en bas âge.

Elle fut mal jugée pour ces peccadilles dont un homme aurait tiré gloriole. D'ailleurs pour parvenir à leurs fins beaucoup de littérateurs voudraient coucher, même si le plus souvent personne ne veut de leur virilité et si par dépit ils font alors pis que coucher. Il est très dommage que son talent minime réduise cette femme à un personnage cliché dont la réussite dut plus à la séduction qu'au génie car ses vers sont mauvais et sa prose fait la part belle à la médiocrité.

– Notre relation fut avant tout virtuelle.

En ces temps, comme des courriels un peu lents les lettres postées le matin à Rouen arrivaient à Paris le soir même et vice versa. Notre vie était faite de la fréquentation quotidienne d'autres êtres vivants que cet amant, cette maîtresse prétendument aimés. Louise voyait sa modiste plus souvent que moi et je poussais plus fréquemment la porte de l'échoppe de mon cordonnier que mon bonhomme dans son saint-sacrement. Les relations que j'eus avec d'autres femmes furent à l'avenant. Je n'aimais que les amantes éloignées. Ainsi le furent aussi Élisa et Juliet dont je vous parlerai tout à l'heure.

– Les lettres de Louise me distrayaient.

Elle me donnait des nouvelles de la capitale, énumérant potins et anecdotes entendus dans son salon fréquenté par les célébrités du monde littéraire. Pelotonné dans mes pénates je pouvais à mon aise dénigrer Paris en connaissance de cause avant de me vautrer dans les mondanités le tiers de l'année à partir de la publication de *Madame Bovary*.

– Un flot de lettres dont cependant le limon était aigre et revendicatif.

Mais répondre à cette mécontente qui se plaignait de mon indifférence était une occasion pour moi de déployer ma personnalité comme un interminable papyrus, me forant, me visitant lanterne en main comme un labyrinthe, me dénigrant pour mieux construire un haut mur entre nous pierre après pierre. J'en profitais au passage pour sculpter ma statue, tourner autour d'elle, la décrivant, la commentant afin de la mieux admirer en la clabaudant.

– À m'écouter, la vie ne valait rien.

Même l'art serait toujours inférieur à la délivrance de mourir. Pourtant de la vie j'en fus complice.

– Puisque à chaque instant j'acceptais de respirer pour ne pas la perdre.

En outre, dans nos lettres nous parlions d'amour. Il m'arriva de la prier de m'aimer moins tant je craignais d'aliéner mon avenir en mordant à l'appât de sa passion. Un jour qu'elle déplorait nos entrevues sporadiques je lui fis le plus étrange serment d'amour de l'histoire de l'humanité.

– Quand on s'aime, on peut passer dix ans sans se voir et sans en souffrir.

Je lui glissais dans mes lettres d'autres tendresses encore.

– La contemplation d'une femme nue me fait rêver à son squelette.

– Il t'aurait fallu rencontrer un autre homme.

– L'amour n'est pas la première chose de la vie mais la seconde.

– Quand j'en aimerai une autre je t'aimerai toujours.

– Dès le baptême de notre amour, j'ai annoncé l'enterrement.

J'explicitai ma pensée dans une lettre à Louis Bouilhet où je définissais l'amour comme une envie de pisser. Peu importe que le hasard vous procure un vase d'or ou un pot d'argile.

– Il faut que ça sorte.

Louise parfois de se montrer peu flattée que parlant de l'infériorité des femmes je l'exclue galamment du lot en l'assurant que cela ne pouvait l'atteindre car elle était un homme.

Nous échangeâmes près de six cents lettres. Louise conserva les deux cent quatre-vingt-une que je lui avais adressées. Les autographes furent vendus par sa fille à des collectionneurs. À sa demande elle en envoya copie à Caroline qui les caviarda avant de les publier chez l'éditeur Louis Conard.

Si j'ai détruit les lettres de Louise en subsistent quelque part les brouillons que sa fille a laissés filer par inadvertance au fond d'une caisse remplie de vieux vêtements destinés à une œuvre caritative. Je vous livre cette information d'outre-tombe car elle ignorait l'existence de ces documents dont aujourd'hui encore personne n'a retrouvé la trace.

Au cours de la première saison de notre amour qui dura deux ans nous ne nous verrons guère que six fois. Nous avons peut-être ainsi totalisé douze coïts si on compte les rares occurrences où nous nous vîmes deux jours d'affilée, si on en suppose d'autres où nous nous sommes ébroués à plusieurs reprises – en soustrayant cependant celles où nous n'avons fait que nous quereller. Lors de la deuxième, en presque quatre années nous nous verrons quinze fois. Sur les deux saisons, en se livrant à un calcul sordide auquel se prête peu l'amour, on s'aperçoit qu'en moyenne nous nous vîmes chaque trimestre.

Lors de mes – en ce temps-là – rares et courts séjours à Paris, je visitais Louise en arrivant puis invoquais des recherches en bibliothèque pour ne pas la revoir. Elle me faisait suivre par un domestique. Renseignée sur mes allées et venues elle surgissait parfois. Un jour de janvier 1848 que je cheminais au bras de ma mère rue Monsigny, comme par hasard elle nous croisa.

– Je fus contraint de les présenter l'une à l'autre.

Les deux femmes échangèrent un sourire mais prétextant une pluie fine dont je devais la mettre à l'abri j'ai poussé ma mère et nous filâmes. Se tordant le cou elle regardait attristée cette femme humiliée en me faisant remarquer que la pluie dont j'avais parlé était une fiction.

– Je l'ai entraînée passage Choiseul.

Je me suis assis sur un fauteuil Louis XV en montre devant une boutique de vieilleries. Pour me relaxer après cette inquiétante rencontre je me suis balancé sur l'antiquité qui sous mon poids se démantela. Du fond de son antre surgit le boutiquier. Il constata furieux que j'avais endommagé sa marchandise.

– Je gisais blême sur le sol.

Les yeux fixes, les lèvres comme un trait de craie bistre. Ma mère s'agenouilla, me prit la main. L'homme revint avec un verre d'eau sucrée. Ma bouche s'est entrouverte et a laissé passer une gorgée que j'ai déglutie. J'ai remonté la pente peu à peu. Avant de partir j'achetai le siège en piteux état dont l'homme promit de me livrer le lendemain matin les débris mais donnant aussitôt le branle à ma mère nous disparûmes sans laisser d'adresse.

Cette rencontre avait eu pour moi quelque chose d'incestueux. J'avais eu l'impression que ma mère était entrée dans une chambre où verge dardée je m'apprêtais à pénétrer la vulve de Louise fiévreuse et moite. Me voyant remis de mes émotions, elle me dit l'avoir trouvée belle et bien qu'elle fût de dix ans mon aînée, elle l'avait crue ma cadette. D'ailleurs Louise était une beauté. Ses bras et son cou étaient délicieux, sa poitrine était fière et ses jambes fines se terminaient par de petits pieds aux ongles naturellement roses comme les dragées d'un baptême de fille. Une fois par semaine son coiffeur épilait un à un ses cheveux blancs et camouflait le duvet gris de son cou avec une mèche qu'il frisait et collait pardessus avec un onguent. À partir de la cinquantaine il la teignit au brou de noix. Le 8 mars 1876 il massait vigoureusement son crâne hérissé de sa toujours abondante tignasse désormais couleur chocolat quand elle s'effondra décédée.

Chaque année aux alentours de la Saint-Sylvestre Julie m'emmenait avec Caroline à la foire Saint-Romain. Au milieu des étals de marchand de pain d'épice, de chocolat et de sucre candi se trouvait la baraque d'un petit théâtre ambulant où de pauvres acteurs usés par le charroi et la misère jouaient des mystères de Noël. Une de ces saynètes représentait saint Antoine dans le désert de Thébaïde que le Diable tentait en faisant apparaître festins, richesses, femmes et éphèbes.

– En 1845 j'ai vu à Gênes *La Tentation de saint Antoine* de Brueghel.

Je fus à nouveau frappé par la force de ce destin. Je pouvais sans peine m'identifier à l'ermite car l'artiste passera sa vie à résister aux tentations et contrairement au saint homme il succombera souvent pour mieux revenir la queue basse à son écritoire après avoir goûté des vanités du monde. Le 12 septembre 1849 j'achevai la première version d'un long texte auquel je donnai le nom de ce tableau. Un manuscrit de plusieurs kilos dont j'infligeai une semaine plus tard la lecture à Bouilhet et Du Camp de midi à cinq heures et de huit heures du soir à minuit pendant quatre jours d'affilée.

– Ma voix faisait un tel vacarme qu'on se plaignit à mon père.

Croyant entendre s'époumoner le Malin les malades se dressaient dans leur lit les yeux révulsés avec au fond de la gorge comme une poire d'angoisse qui les empêchait d'émettre le moindre son.

– Non content de hurler mon texte.

Je martelais le parquet du talon de ma botte, frappais la table à coups de poing quand je ne psalmodiais pas un genou en terre certains paragraphes comme des répons. En fin de journée ma voix était cassée mais le lendemain elle avait retrouvé ses forces – quoique le timbre en fût fêlé – et tonitruait plus affreusement encore que la veille. Prêts à éclater, les tympans de mes acolytes finissaient par renvoyer mes paroles avant même de les avoir entendues et eux-mêmes sombraient dans un état comateux dont ils ne sortaient qu'avec le silence revenu.

Entre deux séances ma mère les prenait à part.

– Eh bien ?

Ne se souvenant pas d'un traître mot, ils bredouillaient.

– Votre fils n'est pas enrhumé.

– Gustave a du coffre.

– Afin de minimiser un tant soit peu sa responsabilité aux yeux de la postérité dans ses *Souvenirs* Maxime prétend qu'à la fin du quatrième jour Bouilhet me donna le coup de grâce mais ce fut lui.

– Nous pensons qu'il faut jeter cela au feu et n'en jamais reparler.

J'ai poussé un cri qui fit en pousser un autre à ma mère réfugiée au rez-de-chaussée. Je ressentais une douleur physique comme si ma tête venait de m'être arrachée et fût montée sur un axe vrillant mon cerveau jusqu'à l'os. J'ai bondi hors de la pièce, dévalé l'escalier et suis allé au fond du jardin jeter un hurlement aux étoiles comme on se précipite pour – à l'écart – mettre au monde une retentissante incongruité.

J'étais parti trop tôt pour entendre la phrase que Maxime prononça juste après le verdict.

– Tu as voulu faire de la musique, tu n'as fait que du bruit.

Les malheureux ne se rendaient pas compte que – tels de navrants commissionnaires – par paresse, fantaisie ou, en l'occurrence, par refus de supporter la souffrance, nos sens s'abstiennent parfois de nous transmettre la totalité des informations qui leur parviennent. Elles nous manqueront par la suite pour juger équitablement. Si ma voix avait été plus feutrée, plus courageux leurs tympans sans doute mes camarades auraient-ils jugé mon œuvre avec davantage de bonhomie, allant même – peut-être – jusqu'à s'accorder le plaisir exaltant de l'admiration.

Quand je suis remonté ils m'ont accueilli les yeux rougis de remords d'avoir fusillé en quatorze mots mes quinze mois de labeur. Du Camp de reconnaître qu'il y avait sûrement de nombreuses phrases sublimes à graver dans le marbre. Bouilhet de renchérir en prétendant qu'après examen minutieux on pourrait sans doute sauver plusieurs chapitres.

– En tout cas, Gustave, nous te supplions de ne point jeter au feu cette histoire.

Mais Maxime alors d'ajouter qu'il ne faudrait cependant pas se risquer de la porter à la connaissance du public et Louis d'opiner tristement du chef. J'eus la faiblesse de plaider ma cause.

– Mais le style ?

Je les suppliais d'admettre qu'il y avait dans ce texte long comme le fameux Bottin qui au XXe siècle fit florès dans les cabines téléphoniques et dont de mon vivant j'eus à manipuler l'ancêtre – l'*Almanach du commerce de Paris* dont l'auteur n'était autre justement que Sébastien Bottin – quelque chose d'autre que des abcès verbaux.

– Loin de m'accorder cette consolation.

Ils ont traité mon style de rhétorique comme ils auraient traité un héros d'assassin. Je finis par baisser la tête tel un coupable en convenant de ma nature cabocharde et de ma propension à me laisser entraîner par mon sujet avec la fougue d'un cheval pas encore débourré.

– Exactement, ton talent t'emporte.

Louis était d'avis que je devais pour un temps arrêter d'écrire comme on jeûne car ma tête n'en pouvait plus de mots. Maxime proposa de m'enfoncer dans l'oreille un tube à lavement pour évacuer les grumeaux de langage qui comprimaient ma cervelle.

– Louis me prit la main.

Il me demanda solennellement d'abandonner dorénavant tout lyrisme. À son avis la prose le détestait. Il colla un instant ses lèvres à mon front comme aurait fait un père lors du départ de son fils pour un long voyage.

– Un coq chanta.

Il fut interrompu par le braiment d'un âne perdu sur le chemin de halage dont j'appris plus tard qu'il avait noyé son maître ivrogne en l'envoyant d'une ruade se baigner dans la Seine noire piquetée des clous d'or du reflet des étoiles.

À bas bruit la maison se réveillait. Suivant les strictes consignes de ma mère qui avaient cours toute l'année, Julie s'abstenait d'entrechoquer pots et casseroles et marchait au ralenti entre les meubles pour ne pas risquer me réveiller après une nuit de labeur.

– Louis éteignit les flambeaux.

Un petit jour gris se levait. Maxime ranimait le feu car nous frissonnions. Je me suis effondré sur le divan. Ils m'ont dit plus tard que je m'étais mis à sangloter avec tant de violence qu'ils n'avaient pas osé m'approcher. Dans mon souvenir je pleurais simplement des larmes fines. Un chagrin tout aussi ridicule que tout à l'heure les yeux rougis de mes compères mais à l'époque les artistes trouvaient délicat de pleurer pour des peccadilles. Une manie que la guerre de 1914 stoppa net dès les premiers massacres.

Après cette soirée de l'automne 1849 je ne connus plus jamais le bonheur absolu d'écrire. En rédigeant cette première version de *Saint Antoine* j'écrivais avec mon moi tout entier, me déversant tumultueusement dans les pages, voluptueux comme je ne le serais plus de toute ma vie. J'aurais dû m'en aller d'un coup de sang avant leur arrivée. Je serais mort fier et gai avec l'illusion d'avoir laissé derrière moi un chef-d'œuvre. En ce temps-là je croyais que l'art donnait à ses ouailles la vie éternelle.

– Je ne savais rien du prix d'une simple bouffée d'air.

De la vue d'un rayon d'aube sur le bois ciré d'un parquet et le néant me semblait douillet comme un mol oreiller sur lequel on dort éternellement tel un chat roulé en boule dans son panier. Vivants de ce siècle, sachez donc que l'auberge où logent les décédés est exécrable. Ni lit ni murs ni toit ni boisson ni pitance et la conscience à jamais évanouie qui vous prive de la jubilation d'avoir existé. Il faudrait plus qu'un humain pour parvenir un jour à imaginer à quel point la mort efface et continuer ensuite indifférent son chemin. Cette phrase est un gouffre. Retenez-vous de tomber dedans.

Pendant mon voyage en Orient je ne cessai de penser aux réels défauts du livre. J'avais cherché à former un collier de phrases qu'individuellement je trouvais belles sans penser qu'en matière de roman ce ne sont pas les perles qui font le collier mais le fil.

– Du moins, telle fut ma pensée d'alors.

Je dirais aujourd'hui que les perles de Baroda, celles de Cowdray, la perle de Lao Tseu, la grande perle rose et celle de la Peregrina n'ont nul besoin de cordelette, d'écrin, de présentoir illuminé pour éblouir le regardeur de leur beauté – ainsi les poèmes dont des vers épars procurent l'extase à celui qui les ramasse au bord du chemin.

– Sitôt la Bovary terminée je m'attelais de nouveau à la tâche.

En 1857, alors que se profilait le procès, je donnai plusieurs extraits de l'ouvrage élagué à la revue *L'Artiste*. Cette deuxième version ne sera intégralement éditée qu'en 1908. Après la publication de *L'Éducation sentimentale* je me remis encore une fois au travail. Faisant table rase des deux premières versions je recommençai pour ainsi dire ex nihilo. Je publiai *La Tentation* en

1874, Tourgueniev la considéra comme un chef-d'œuvre, Louis Bouilhet n'était plus mais Maxime vivait qui cette fois l'aima.

J'avais eu pour écrire ce livre l'obstination des insectes qui même avec cinq pattes en moins continuent à lutter avec la dernière qui leur reste, qui avec cette dernière arrachée persistent encore et ne cessent que morts. En matière de littérature on doit laisser son sang couler dans l'indifférence et continuer à avancer avec l'inébranlable conviction qu'on crèvera plutôt que d'abandonner. En art, pas plus de pitié pour les canards boiteux que pour l'oie qu'on a tuée afin d'obtenir les plumes dont on noircit les pages.

– Par le menu, je vous raconterais volontiers les trois versions du livre.

Mais le temps a grignoté certains compartiments de ma mémoire et je craindrais de vous induire en erreur. Du reste lors de la lecture aux deux gaillards mon père était décédé depuis plus de trois ans, la scène se déroula donc à Croisset fort loin de l'hôpital de Rouen et de ses malades qui ne purent conséquemment être terrorisés par mes cris.

– Que les plus chauds lecteurs avalent mes œuvres comme des gloutons.

Je renvoie les autres à la foule des résumés longs, larges, étroits, boudinés, maigres, petits, grands, fidèles, fantaisistes qui peuplent les manuels, les encyclopédies et l'infini des serveurs qui ressassent le savoir et l'ignorance du monde.

– Reportez-vous par exemple au compte rendu enthousiaste que fit Zola.

Dans *Le Messager de l'Europe* du mois de novembre 1875. Brave Émile fleurant bon la vanille avec ses lorgnons d'apothicaire et ses paroles toujours amènes à mon endroit qui à mon enterrement protesta devant ma bière de guingois. Sinon, à sa sortie la critique vomit *Saint Antoine* que le public bouda. Ah ouiche, parfois le public fait un drôle de Bouddha.

J'étais encore en gésine d'Emma quand le 12 octobre 1854 Juliet Herbert, vingt-cinq ans, londonienne, débarqua chez nous en qualité de gouvernante de ma nièce pour vivre trois années durant dans le vase clos de Croisset. Je l'ai vue arriver par la fenêtre avec ses paquets ficelés et sa grosse valise de vieux cuir vert que portait à l'épaule un cocher. Ma mère la reçut en parlant haut puis baissa la voix quand elle constata que cette jeune femme causait sans accent le français.

Juliet s'acclimata rapidement et fit bon ménage avec Caroline. Quand je la rencontrais dans le jardin, je lui parlais anglais et mes fautes grossières lui faisaient écraser un fou rire dans le creux de sa main. Lors des repas je conversais avec ma mère tandis qu'elle s'occupait d'apprendre à ma nièce comment désosser habilement son aile de poulet. Elle était pour moi une figurine floue dont je ne cherchais pas à connaître la teinte exacte, les formes, la découpe. Ma relation avec Louise Colet m'était devenue si pénible que l'idée de courtiser une autre personne ne me venait pas plus à l'esprit que dévorer une langouste tout indigéré déjà d'une ventrée de saumon Bellevue.

À la mi-novembre un dimanche Bouilhet vint déjeuner. Il arriva le chapeau couvert de flocons. Les femmes et Caroline s'occupaient au salon. Il monta directement à mon cabinet de travail. Nous causâmes de la Bovary dont il voulait encore me faire changer le plan.

– Tu devrais évoquer le suicide d'Emma bien plus haut dans l'ouvrage.

Le jour de son arrivée dans la maison de Charles. Décrire la chambre en glissant en confidence au lecteur qu'elle agoniserait là comme un rat empoisonné à la fin du roman. Je refusai tout net car la rédaction de cette histoire n'avait que trop duré.

– Nous entendîmes Julie crier *Madame est servie*.

Nous descendîmes. Nous débarquâmes à la salle à manger tout bouillants d'avoir débattu. Nous étions à ce point absorbés que nous nous assîmes tête baissée. Ce fut ma mère qui d'une voix irritée salua Louis la première. Il sursauta mais au lieu de tourner la tête dans sa direction, il regarda en face de lui où se trouvait Juliet. Il en fut aussi ébaubi que les ortolans qu'on venait d'apporter en hors-d'œuvre – tandis que la gouvernante regardait à travers les carreaux la neige alourdir les ailes d'une grosse mouette voletant désespérée au-dessus de l'igloo qu'elle avait confectionné la veille avec Caroline.

– Alors, Louis ?

Après ce rappel à l'ordre il présenta ses excuses à ma mère en prétendant qu'un rhume de cerveau naissant expliquait cet instant de distraction. Ensuite durant deux heures le déjeuner alla son train quand après les crèmes et le gâteau Julie apporta le café. Nous disparûmes avec nos tasses pour fumer dehors à notre aise.

Soulevant un pan de sa veste Louis me fit remarquer son sexe érigé.

– Il me fait mal d'être à ce point marmoréen, Gustave.

Juliet l'avait chaviré. Il m'apprit que ses cheveux étaient auburn, sa figure munie d'une bouche troublante, sa peau tavelée de rousse. Il imaginait de surcroît que le derrière sur lequel elle était assise – dont, pour cette raison, il n'avait pu même deviner l'envergure sous la robe de flanelle vert absinthe qu'elle portait ce jour-là – ressemblait à un oreiller joufflu fendu au beau milieu. Au fur et à mesure de sa description je me sentis chaviré à mon tour. Je réalisai que j'avais vécu deux mois en présence d'un objet de désir sans le remarquer davantage que l'aspect désormais pimpant de son vieux manteau un myope dont l'épouse – profitant de la brève maladie qui l'obligea durant quelques jours à garder la chambre – a fait sans le lui dire remplacer le tissu usé par du neuf.

– Sortant de chez nous, Louis s'en fut visiter à Rouen le bordel de la rue Damiette.

Il trouva là-bas une pensionnaire ressemblant suffisamment à Juliet pour combler son envie d'elle qu'après quelques passes il n'éprouva plus. Quant à moi, le désir de cette femme qu'il venait de louanger désormais me tenaillait.

Mon regard agaçait volontiers son corsage. Elle portait un châle. J'étais surpris de bander en l'apercevant dans le reflet d'une vitre, en l'entendant lire de l'autre côté d'un mur une histoire à Caroline, en devinant l'empreinte de sa bottine dans la neige car depuis longtemps seule l'évocation d'un souvenir me raidissait. Quand elle montait l'escalier je devais faire un effort pour ne pas m'emparer à deux mains de ses fesses afin de les arracher à son corps et les aller serrer dans une cachette où je pourrais les adorer en secret comme une paire de déesses proscrites.

Elle occupait la chambre qui jouxtait celle de Caroline qui jouxtait celle de ma mère qui jouxtait la mienne. À l'heure où tout dormait je rôdais le long du couloir obscur n'osant m'approcher de sa porte contre laquelle je rêvais de plaquer mon corps. Je revenais humide dans mon cabinet de travail où après m'être séché avec un mouchoir en baptiste dont j'avais une provision dans un coffret je fumais une pipe fenêtre ouverte, regardant un navire brésilien chargé de café remonter la Seine sous la lune ou contemplant la nuit noire.

Nous primes l'habitude, au salon, d'étudier en fin d'après-midi *Macbeth* sur la table de whist. Malgré notre proximité nous restions chacun dans notre espace et quand nos doigts s'effleuraient au-dessus du cahier ils demeuraient reclus dans leur housse d'épiderme souple comme peau de gant. Elle respirait les effluves de l'eau de Cologne dont je m'aspergeais et moi celle de la savonnette parfumée au muguet dont elle frottait l'éponge qu'elle promenait sur son corps. J'imaginais sa peau pâle rosir sous la frottée puis l'eau froide de la cruche emporter la mousse et s'immiscer dans les replis de son intimité.

– Je pris un logement à Paris en décembre.

Je revins au printemps. Je l'oubliai tout à fait dans le charivari.

À cette époque je commençai à mener là-bas une vie mondaine plusieurs mois par an. Je dépensais trop, contractant parfois des dettes que je remboursai plus tard en écornant mon capital. Dès 1862 je participai régulièrement aux dîners Magny – du nom d'un restaurant de Saint-Germain-des-Prés – qui se déroulaient un dimanche sur deux à l'initiative de Sainte-Beuve et du dessinateur Paul Gavarni. À l'exception de George Sand, la tablée était constituée d'une palanquée de mâles littérateurs tels Théophile Gautier, Hippolyte Taine, Ernest Renan et le duo des pipelets Goncourt. Nous déménageâmes de l'autre côté de la Seine après la guerre de 1870 pour une autre gargote nommée Brébant. Gavarni n'était plus, des Goncourt ne restait plus qu'Edmond, Sand vivait encore, Taine pareillement, Gautier mourut peu après, Émile Zola devint convive et plus tard Guy de Maupassant nous rejoignit.

Je rompis avec Louise Colet. La Bovary fut terminée et quand je fus relaxé l'éditeur Lévy publia le roman en volume. Je passais quand même la moitié de l'année à Croisset. Il arriva à plusieurs reprises que ma mère emmène Caroline visiter des parents éloignés pendant toute une semaine, nous abandonnant sans chaperon. Seul avec elle dans la maison vide l'audace soudain me manquait. Nous cohabitions sans bruit. Je retenais Julie pour la mêler à notre causerie pendant le dîner craignant de piquer un fard en tête à tête avec Juliet.

Je persistais pourtant à hanter le couloir. Une nuit, la porte de sa chambre s'ouvrit. Une bougie brûlait derrière elle sur sa table de chevet la faisant ressembler à une ombre. Elle me demanda calmement en anglais le but de mon étrange promenade. Je ne lui ai pas répondu, elle n'a pas insisté. Nous nous sommes rapprochés l'un de l'autre jusqu'à entrer en contact. Elle était moite malgré l'automne glacé dont les cheminées ne venaient pas à bout. Elle me demanda cependant de retourner dans mes appartements.

– Elle m'est apparue soudain tout illuminée comme un lustre en bronze doré.

J'ai chancelé, elle a saisi mes mains pour m'empêcher de m'effondrer. Une brève mais violente crise au cours de laquelle je crus qu'on m'arrachait l'âme comme une vulgaire molaire abîmée. Je revins peu à peu à moi. La lumière s'amenuisa, Juliet reprit son aspect spectral dans l'embrasure alors que je reculais honteux d'avoir été surpris dans l'obscurité du corridor en train de lanterner comme un satyre.

– Je ne peux pas vous laisser dans cet état.

Elle me tira à l'intérieur de la chambre. Elle m'assit sur le tabouret de son secrétaire comme un immense et lourd bébé, défit mes souliers, enleva ma veste, me manipula si bien que je me retrouvai couché dans son lit. L'accès d'épilepsie m'avait épuisé, aussitôt je m'endormis. Je fus réveillé par le bruit d'une averse de grêlons qui martelaient le toit et fouettaient les persiennes. J'entendais Juliet pianoter au salon. Elle s'interrompit pour répondre à Julie qui lui exprimait sa crainte de voir se briser les vitres de la petite serre qu'elle avait construite avec Caroline pour lui montrer le pouvoir des semences, humbles graines dont on obtenait des potirons gros comme des cochons.

– Il n'est plus temps d'aller la protéger avec une vieille couverture.

Julie en convint. Juliet critiqua la déprimante météo normande. Julie évoqua les gouttes noires de houille qui tombaient du ciel de Londres même les jours où le soleil se faufilait au travers des maigrelettes fissures de l'éternel plafond nuageux.

– Elles rirent.

Juliet me raconta longtemps plus tard qu'elle fit une fausse couche deux mois après notre étrange nuit. Elle n'osa appeler à l'aide. Aucune connexion certaine entre cet événement et notre promiscuité sous les draps dont elle n'avait pas gardé le moindre souvenir d'accouplement mais elle me soupçonna quelque temps d'avoir glissé entre ses lèvres un peu de poudre d'opium pour l'abuser sans fracas. Un médecin consulté à Brighton en 1860 pour une métrite suggéra que cette prétendue fausse couche pouvait n'avoir été qu'une hémorragie.

– Vous en aurez pris le caillot pour un embryon.

Ce qui se passa réellement entre nous personne d'autre que moi ne le sut jamais. J'ai emporté la vérité dans ma tombe. Elle retournera là-bas avec moi.

Malgré cet incident dont à l'époque elle ne me souffla mot nous continuâmes à étudier Shakespeare. Elle entreprit même de traduire la Bovary dans le seul dessein de me plaire car une décennie plus tard lui échappa dans son sommeil sa détestation du roman dont elle ne prononça même pas le titre en entier.

– *I hate your cold-hearted Bov*.

Elle rapporta en Angleterre l'unique version de ce travail. À l'époque de sa publication en France mon livre dont cinquante exemplaires parvenus en fraude à Plymouth furent vendus sous le manteau à prix d'or avait été l'objet d'un petit scandale dans ce pays où sévissait depuis le début du XIXe siècle un puritanisme qui servait à la grande et petite bourgeoisie à se démarquer des classes laborieuses vivant dans la promiscuité, la crasse et le concubinage dû au manque d'argent qui ne leur permettait pas de payer à la Couronne le prix d'un mariage. Si quelqu'un avait découvert sa traduction Juliet aurait perdu sa réputation, n'aurait plus été engagée comme gouvernante par aucune famille et pour continuer leur office ses sœurs auraient été contraintes de la renier.

– Sitôt à Londres elle jeta l'objet dans le poêle.

La première version anglaise du livre parut six ans après ma mort. L'éditeur fut arrêté, traîné au tribunal, le livre condamné.

– Au nom de son *obscénité bestiale*.

À chaque pays, à chaque époque son infâme jargon. Sitôt lues, nous jetions au feu nos lettres respectives. Une seule d'entre elles tombée en des mains malveillantes aurait ruiné sa vie. On retrouvera un jour notre correspondance au complet, elle sera apocryphe mais des experts avides la valideront en échange de leur part de fausse monnaie. *Sic transit gloria mundi.*

Après son départ de Croisset, ma mère et Caroline ont fait à Juliet de fréquentes visites. C'est chez elle qu'abandonnant Ernest à son sort ma nièce partit se réfugier pendant l'occupation prussienne de 1870. Je venais souvent la voir à Londres en tout bien tout honneur. Elle me trouvait un logement près de la maison minuscule où vivaient sa mère, sa sœur aînée – toutes deux sourdes, l'une usant d'un cornet acoustique en étain, l'autre à qui on parlait par l'entremise d'un long tuyau déployé qu'elle enroulait autour de sa taille le reste du temps – ainsi qu'une sœur cadette bossue qui enseignait toute la journée dans une école privée et se couchait en rentrant sans prendre le temps de souper tant elle était fourbue comme un bœuf. Deux autres demoiselles Herbert officiaient comme gouvernantes dans des familles cossues de Liverpool et de Birmingham.

Il nous arrivait aussi de faire une escapade clandestine dans un hôtel sous une identité usurpée d'époux. Nous dormions côte à côte, main dans la main, comme deux amants suicidés en éprouvant ce plaisir extrême que procure la transgression car dans cette Angleterre pudibonde et cruelle si nous avions été démasqués la police aurait pu la réputer putain.

– Tenu par le serment solennel que je lui fis de ne jamais la trahir.

Aujourd'hui encore je m'abstiens de retourner devant vous tous nos tiroirs secrets. La postérité devra se contenter du peu que je me suis cru autorisé de divulguer ici. Jamais elle n'en saura davantage, dût-elle presser ma tombe comme une orange.

25 octobre 1849, quatre heures de l'après-midi, Nogent, chez mon oncle Parrain où elle devait passer l'hiver pour se sentir moins seule durant les premiers mois de mon voyage en Orient, ma mère se trouve assise dans un fauteuil devant la cheminée de granit. Je l'embrasse passionnément avant de quitter la pièce.

– Je ne la reverrais plus dix-sept mois durant.

À cette époque on ne voyageait pas là-bas sans une escorte, sans caravanes, sans louer des embarcations à l'équipage pléthorique. Cette économe normande accepta d'écorner son patrimoine pour m'envoyer éclaircir mes idées noires sous le soleil d'Égypte. Une toquade qui malgré la modicité des salaires de ce temps lui coûta cent mille de vos euros. Elle ne put s'empêcher de pousser un cri quand elle entendit la porte de la maison claquer derrière moi.

– Je m'engouffrai larmoyant dans la voiture.

Je regrette encore aujourd'hui de n'être point revenu sur mes pas, ratant alors plusieurs étapes de la croisière que fut ma vie dont l'itinéraire *HôpitaldeRouen-Paris-Croisset-Paris-Constantinople-Croisset-Paris-Londres-Croisset-Baden-Croisset-Paris-Croisset-RouenCimetière* me glacerait le sang s'il m'en restait la moindre goutte.

On passe l'infime ration d'années qui nous est consentie à pousser devant nous la cage où nous sommes enfermés.

En l'espace de quinze mois j'ai grossi de quarante livres, attrapé la syphilis, laissé chemin faisant le plus clair de mes cheveux et selon les critères de l'époque dans laquelle je me trouve actuellement débarqué, j'ai acquis là-bas un statut de criminel en ayant des relations avec des mineurs et en m'amusant des frasques de Maxime avec des enfants dont du reste il avait déjà abusé avant ce voyage.

En 1850 il n'existait cependant aucun précepte moral pour condamner ces ignominies. Si nous craignions avec Maxime que la postérité nous imagine imbriqués l'un dans l'autre, parmi nos lettres épargnées subsistent pourtant des traces de ces crimes qui nous paraissaient vétilles si on les comparait par exemple à une relation illicite avec une jeune fille de famille aisée – pas une petite bonne dont le vieil Hugo triturait les appâts naissants, une gamine des rues dont Sainte-Beuve alla jusqu'à garnir son lit d'agonie, une miséreuse quelconque dont depuis la nuit des temps le corps ne vaut pas le morceau de pain qui lui manquera le lendemain pour éviter de mourir de faim.

Nous respections à peu près les valeurs en cours du temps de notre vie mais comment aurions-nous pu nous soucier d'une morale qui alors n'existait pas, n'avait jamais existé auparavant dans toute l'histoire de l'humanité et dont les bases seraient jetées cahin-caha des décennies après notre mort. Vous croyez vos valeurs à l'acmé, cependant d'ici trente ans, vingt ans, demain peut-être serez-vous cloués au pilori pour des déclarations, des agissements qui vous semblent fort convenables aujourd'hui et qui entre-temps seront devenus scélérats.

– Toute morale varie, bien fol est qui s'y fie.

Vieux vivants, ne vous plaignez pas d'être jugés au nom des valeurs du jour. C'est vous-mêmes qui avez surgi dans la morale de votre jeunesse comme un éléphant dans un magasin de porcelaine, faisant crisser sous vos pieds les miettes des tabous infâmes, des conduites abjectes, des préjugés criminels de cette époque-là. Gens venus d'hier, vous donnâtes le branle à cette évolution de l'éthique au nom de laquelle votre passé est aujourd'hui jugé par des nouveaux venus qui faute d'être nés au temps où vous fautâtes n'ont rien fait pour mettre à bas ces ignominies. Sans le savoir ils sont en train eux aussi d'éroder les valeurs du jour déjà surannées et mauvaises aux yeux de demain que pourtant ils acceptent encore, tolèrent, ne dénoncent point et ils seront bientôt blâmés à leur tour au nom de ces conceptions nouvelles dont ils furent pourtant les protagonistes.

– Voilà quelques réflexions que je dépose devant votre porte.

Les idées sont des objets autonomes. Personne ne les a inventées. Ce sont des cailloux ramassés sur le bord du chemin. Je ne me sens pas plus solidaire de ce raisonnement que mon crâne d'un chapeau trouvé au fond d'un placard.

– À présent, je ne baise même pas des âmes.

Du reste, en tant que citoyen passager de l'an 2021 je fais miens les préceptes d'aujourd'hui tout comme autrefois ceux de jadis. Celui qui en ma présence effaroucherait un enfant aussitôt sentirait le collier d'os de mes mains de mort se resserrer autour de son cou comme un garrot.

– Foutu voyage qui à vos yeux contemporains fait de moi une ordure.

Dont d'ici quelques années on proscrira la lecture. Si je n'avais pas quitté Croisset j'aurais commencé *Madame Bovary* avec une solide année d'avance et au bout de ma vie me serait resté assez de temps pour achever le premier tome de *Bouvard et Pécuchet* et laisser un plan assez détaillé du deuxième pour que Maupassant puisse sans peine le rédiger. D'ailleurs je n'aurais pas contracté la syphilis, je serais resté svelte, j'aurais même conservé un toupet de cheveux sur le haut du crâne que j'aurais savamment éparpillé pour servir de cache-misère. Je serais demeuré un homme solide se jouant des crises d'épilepsie et j'aurais gagné les précieuses années qui me manquèrent pour achever mon œuvre.

– Je n'aurais pas écrit la Bovary.

Au lieu de me préoccuper de réalisme j'aurais simplement secoué ma tête comme un cornet à dés pour voir tomber sur le tapis vert de mon bureau l'histoire de ce cœur simple de Félicité. J'en aurais fait la gardienne d'une oisellerie où elle aurait régné sur un cheptel de mainates, de perroquets et de cacatoès. Ainsi, au lieu de tenir dans un maigre récit son histoire aurait pu se déployer le long des cinq cents pages d'un grand roman car toute cette volaille parlante raconterait mille destinées édifiantes dont au fur et à mesure j'aurais tenu le lecteur informé.

– Alors, point de procès.

Des traductions dans toutes les langues pratiquées par cette ménagerie polyglotte ainsi que la considération des braves gens, des sots, des institutions et le monde entier de voir en moi un honnête homme proche du peuple, assez rigoureux cependant pour ne pas l'engager à revendiquer et aujourd'hui encore on donnerait Félicité en exemple au prolétariat et à la valetaille pour les encourager à l'abnégation. Mais hélas je suis parti faire bouillir ma cervelle dans le fait-tout de mon crâne sous les rayons exotiques et suis revenu assez désespéré pour raconter une histoire de suicidée.

Sur une grande carte qu'elle déroulait chaque soir dans sa chambre ma mère plantait une épingle coiffée d'un ruban bleu qui figurait ma place sur la planète. Un fils qui enjambait terre et mer par à-coups au gré des lettres que je lui écrivais. Tandis qu'elle somnolait l'après-midi sur son lit pour que son déjeuner lui fasse profit, elle entendait la petite Caroline rire et jouer dans le jardin. Bien que depuis la mort de ma sœur elle ait remisé sa vacillante croyance en Dieu, d'un commun accord avec moi elle l'élèverait cependant dans le respect de la religion catholique afin de la tenir loin du vice qui faisait les filles-mères et les bâtards. Elle était terrorisée à l'idée de s'en aller en la laissant livrée à elle-même sans l'autorité d'un mari car à son avis je la gâterais trop, lui passerais tous ses caprices et la conduirais à sa perte. Il fallait l'éduquer strictement et la marier jeune. Peu aurait importé à ma mère de mourir au soir des noces son devoir accompli.

De retour dans la solitude de Croisset elle finit par faire son deuil de mon absence. Au lieu de languir elle préférait m'imaginer circulant assis dans ces vastes fauteuils que sont les selles de chameau. Elle riait à chaque fois qu'elle pensait au surnom que m'avaient donné les chameliers peinant à prononcer *Flaubert*.

– *Le Père de la moustache*.

Elle voyait les flots, les prairies, les déserts, les montagnes empierrées. Elle m'imaginait portant tarbouch, maniant le chasse-mouche, entrant en chemise immaculée dans les vapeurs des bains parmi les tables couvertes de thé à la menthe, de cornes de gazelle et de loukoums.

– Elle demeurait inquiète malgré tout.

S'endormait tard, se réveillait avant l'aube et allait aussitôt s'assurer que Caroline n'était pas tombée du lit en faisant un saut de carpe dans un rêve tandis que remontant le cours du Nil enlacés avec Maxime sur le pont de cette cange où fors un vieux portant à l'européenne une casquette à visière nos douze hommes d'équipage étaient assoupis sous des couvertures de poils de chameau, de chèvre, d'antilope, de tous les mammifères d'Égypte.

La nuit je fixais le ciel pendant que Maxime s'endormait contre mon épaule. Toujours cette manie depuis l'enfance d'essayer de compter les astres, les étoiles, de trouver un nom aux poussières de la queue des comètes. Une voûte de mots et tout ce qui n'était pas nommé n'existait pas. Je revoyais notre cavalcade dans le désert vers le Sphinx dont le nom entrait en collision avec son image et nous pourrions bientôt caresser la roche jaune comme l'univers quand pour moi l'épilepsie tout entier le dorait. Au-delà, c'était Khéops, Khephren, Mykérinos qui ne faisaient qu'un avec le mot pyramide qui les réunissait. Sans les mots jamais les hommes n'auraient pu les faire surgir. Il est impossible d'imaginer sans langage et pour exister la réalité doit être énumérée. La plus humble des pyramides bâties sur une plage par un enfant et celle minuscule accumulée par une peuplade de fourmis forant leur nid sont unies par quelque linéament avec celles des pharaons et celles immenses dans l'espace dont chaque parcelle est une nébuleuse, un trou noir, un tourbillon de galaxies. Parfois frottons les mots l'un contre l'autre pour produire des étincelles, incendier, assister un instant au langage resplendissant, racontant de son propre chef des choses extraordinaires auxquelles n'auraient jamais pensé les hommes qui au fil des générations l'ont créé. Le langage est sauvage, libre, on ne le scelle ni ne lui met de mors en bouche, malheur à ceux qui le prennent pour un canasson qu'on éperonne et cravache, il les enverra d'une ruade éclater au fond d'un ravin.

– Autour de moi tout était langage.

Maxime, les arbres, le fleuve, les nuages, les oiseaux, la mémoire en formation qui apprenait l'instant, le reste de la terre, les îles submergées, les hommes enchaînés, les femmes qui dans la nuit accouchant se dédoublent avant l'aube, mon corps, mon sang, ma conscience, l'avenir en cataracte, la trace déjà effacée de mon apparition. Nommer, dire, crier, les paroles en l'air, les mots silencieux sur le papier, accrochés l'un à l'autre, petits nœuds sur la cordelette, neurones, la phrase infiniment longue tracée par l'humanité dans tous les idiomes, nervure, qui un peu après nous perdurera mais dont la beauté sera un jour de s'effacer. Nous disparaîtrons avant le langage qui sera notre linceul et lui-même peu à peu deviendra illisible, s'évaporera avec la matière et il n'y aura plus rien, pas même le néant, le rien, l'obscurité car les choses ont besoin de mots pour n'être pas. Quelle merveille de savoir que le mot mort la tient prisonnière, la mort, et puis qu'elle nous explosera en ne laissant de nous que la coquille, brisée, car de notre mort nous étions l'œuf. Le silence des humains est un bavardage. Son silence dont chaque atome est une phrase, chaque instant un monologue, une conversation aux cent mille bouches dont on ne sait rien des visages auxquels elles sont collées et dont elles sont les trous de l'âme.

– L'âme ha, ha.

– En tout cas via Marseille, Alexandrie.

Le Caire, Assouan, Beyrouth, Tyr, Jaffa, Jérusalem, Damas, Athènes, Naples je retrouvai ma mère le 15 avril 1851 avec – sous son écorce tannée par le soleil – ma peau de fier Européen toujours blanche comme le marbre des paillasses sur lesquelles mon père disséquait les cadavres. Cent soixante-dix années plus tard je crois que loin de vous apprendre, les voyages vous font plus bête et vous remplissent la tête de souvenirs parfumés, merveilleux, colorés dont la nostalgie par la suite ne fera qu'accroître votre douleur de vivre.

Trois mois après mon retour d'Orient et deux ans après notre première rupture, Louise vint me surprendre au nid. À cette époque elle était à l'apogée de son charme. Elle resplendissait. Arrondissant harmonieusement son corps tout en conservant la subtilité de son dessin, le temps l'avait sublimée. À vingt-neuf ans, édenté, chauve et gras un observateur aurait pu mettre sur mes épaules les dix années qui nous séparaient.

C'était à la fin juin vers six heures du soir. En traversant le salon je l'aperçois par une fenêtre ouverte descendant d'une barque à rames aidée par le vieux batelier qui l'avait amenée ici de Rouen où elle avait pris une chambre à l'hôtel d'Angleterre. Il lui désigne la maison d'un geste vague. Elle passe sa main entre les barreaux de la grille pour tourner la poignée. Elle entre dans la propriété, glissant sur le gazon à petits pas. Afin qu'elle ne me voie pas je me suis rétracté au fond de la pièce comme un bernard-l'hermite dans sa coquille. Une peur panique de la voir pénétrer mon univers dont je lui avais pourtant si souvent parlé dans mes lettres. La crainte aussi qu'elle puisse entrer une nouvelle fois en contact avec ma mère mais cette fois à l'intérieur même de ce foyer protecteur et intime comme un fourreau.

– Nos regards se sont frôlés pendant ma reculade.

Cependant, elle ne fut pas certaine de me reconnaître. Ma peau encore basanée me donnait un faux air mauresque, en outre je ne portais pas ce jour-là mes habituels vêtements couleur muraille mais un pantalon bouffant rouge coquelicot, une blouse d'indienne ainsi qu'un foulard de soie jaune noué en cravate. Un harnachement acheté au Caire que je portais volontiers les jours de chaleur et qu'elle prit pour un costume chinois.

Elle dévisagea les dîneurs dans la salle à manger remplie d'invités occupés à picorer les hors-d'œuvre. Au lieu de me joindre à eux je suis remonté m'enfermer dans mon cabinet de travail, volets intérieurs rabattus, rideaux tirés. J'aurais voulu passer le reste de ma vie dans une boîte scellée où j'aurais pu écrire et rêvasser à l'abri de la population du monde. Je me sentais parfois à vif, pelé comme un fruit, écorché comme un supplicié. Le moindre contact, un simple regard m'irritait. Que la réalité ne soit plus qu'un conte, une histoire dont les mots me protégeraient des morsures. Même au zénith de notre relation je préférais Louise absente, lointaine, séparée par quatre heures de chemin de fer. Je préférais lui écrire plutôt que lui parler, l'embrasser, l'étreindre.

Je me serais avec joie contenté de souvenirs si un magicien avait rendu possible d'avoir à disposition dans sa mémoire toute une vie qu'on n'aurait pas eu la peine de vivre. Lorsque quatre ans avant la mienne j'appris la mort de Louise je pleurai continûment une soirée durant. À présent qu'elle n'était plus, je chérissais ce mot *Louise* où elle me semblait tout entière enfermée. Elle morte, il était devenu inoffensif comme un vieux cuirassé désarmé.

Elle tournait autour de la maison. Elle entra dans la cour de la ferme qui la jouxtait. Elle avait écrit une lettre avant de venir où elle me rappelait un serment que je lui avais fait au début de notre histoire. Je lui avais juré que même si l'amour d'elle venait à me manquer je serais toujours prêt en cas de besoin à lui tendre la main. Par conséquent elle entendait que je la reçoive avec un bon sourire, si ce n'était comme une amante, au moins comme une amie.

– Les serments deviennent caduques avec le temps.

Sur le seuil de la fermette qui jouxtait la maison Julie enfilait son bonnet en prévision de la fraîcheur de la nuit. Louise lui demande d'aller me porter son mot. En attendant de la voir revenir elle jette un œil indifférent sur le poulailler, l'étable, les écuries et sur une jeune femme assise sur un banc qui brosse lentement sa longue chevelure blonde avec un bébé dans les bras qui lui rappelle son fils mort l'année précédente.

Julie toqua. J'attrapai l'épître et la lus.

– Demande-lui son adresse à Rouen. J'irai la voir.

Elle s'en retourna. Informée, Louise se vexa.

– Dites-lui que je m'en vais.

Elle embrassait une dernière fois la propriété du regard quand craignant de passer à ses yeux pour un lâche je suis descendu la congédier de vive voix. Elle put constater que je correspondais bien à la silhouette entrevue tout à l'heure.

– Que me voulez-vous, madame ?

– J'ai à vous parler.

Je lui demande le nom de l'hôtel où elle est descendue. Je lui promets de la rejoindre à huit heures par le vapeur. Ma mère apparaît dans l'embrasure de la même fenêtre qui m'avait permis quelques minutes plus tôt de voir Louise sauter de la barque. Elle lui sourit et me demande pourquoi je ne l'invite pas à dîner avec nous. Je lui jette un regard de pierre. Louise avance, l'espace entre les deux femmes diminue inéluctablement. Au travers de la croisée ouverte ma mère lui tend sa main et Louise la prend. Un fluide bienveillant circule désormais entre elles.

Ma mère n'était pas opposée à mon mariage avec cette dame élégante dont elle n'avait jamais entendu parler des frasques. Elle aurait voulu m'arracher à cette solitude qu'elle trouvait malsaine et sans issue. Elle constatait la tendresse que je vouais à ma nièce. Elle voyait en moi un père potentiel et elle ne comprenait goutte à ce célibat que je m'infligeais au nom de l'art comme au nom de Dieu un moine. Du reste, une fois marié rien ne m'empêcherait d'écrire tout mon saoul dans le pavillon loin des cris de ma progéniture que je viendrais border après avoir fini ma journée.

– Louise sort de son sac un paquet de bonbons.

Elle voudrait l'offrir en personne à Caroline dont mes lettres lui ont tant causé qu'il lui semble l'aimer sans l'avoir encore rencontrée. Ma mère lui ouvre grand la porte. Pour empêcher son intromission je bondis sur Louise comme sur une proie en ressentant le désir de tuer pour la première fois de mon existence. Une façon désespérée d'empêcher cet acte contre-nature qu'en pénétrant dans l'antre de ma mère elle est en train de perpétrer. Je crois entendre craquer sous mes pieds le plancher de la cour d'assises. La peine de mort me délivrerait peut-être d'un fardeau mais l'opprobre me terrifie.

– Je la traîne vers la grille.

Elle trébuche, se relève aussitôt et court jusqu'au quai dans sa robe de lin dont je viens de déchirer l'épaulette. Elle saute dans la barque, le vieux batelier se met aussitôt à ramer désespérément pour fuir ce fou qui hurle sur le chemin de halage. Elle s'allonge dans le fond de la barque sur la couverture destinée à réchauffer les jambes des passagers. Malgré la tiédeur du soir son corps tremble de froid. Cette odeur d'eau croupie, cette coquille de bois moisie et au-dessus le ciel qui lui fait l'effet du capiton de soie tapissant l'intérieur d'un couvercle. Elle se dit *C'est fini, je crève, c'était la dernière épreuve de ma vie*.

– Elle s'endort.

Elle se réveille juste avant le crépuscule. La surface de l'eau est un tapis gris sur lequel roulent des perles de soleil rouge. Je suis déjà dans le vapeur. À l'approche de Rouen il dépasse la barque qui vacille dans son sillage et Louise d'espérer qu'elle va chavirer et la précipiter dans le fleuve.

– Je l'apercevrais peut-être et sauterais à sa rescousse.

Elle aurait déjà disparu sous les flots. Je plongerais dans l'eau trouble. Le souffle finirait par me manquer, je soulagerais mes poumons en expirant le reliquat d'air qu'ils contiendraient encore. Par orgueil, par amour, par orgueil je me refuserais à l'abandonner. Je croirais distinguer une chevelure, une robe, un fantôme de femme peut-être déjà morte de frayeur en se voyant

d'une seule gorgée engloutie par la Seine. Je la rattraperais, la tiendrais solidement par une main et la remonterais d'un coup de reins. Un couple illuminé par les derniers rayons du couchant bondissant dans le ciel. Après l'avoir sauvée je n'oserais plus jamais la quitter et l'aimerais par crainte de subir les foudres du Destin qui nous aurait mariés dans l'eau de la Seine comme dans l'eau du Jourdain Jésus fut baptisé par saint Jean.
– Elle haussa les épaules alors que la barque retrouvait son aplomb.

En réalité je l'aurais peut-être regardée tranquillement s'enfoncer. De toute façon je n'aurais pas eu la force de la sauver. Nous serions restés tous deux au fond de l'eau. Des pêcheurs nous auraient rapportés le lendemain dans leurs filets en réclamant trois pièces d'or pour les dédommager du matériel gâché et de la journée de travail perdue.

Louise débarqua quelques minutes après l'accostage du vapeur. Elle m'aperçut m'en revenant de la ville. Je lui dis d'une voix presque tendre que je venais de la demander à la réception de l'hôtel. Nous progressons cours Boieldieu sans échanger une parole. Nous montons jusqu'à sa chambre sous le regard méprisant du concierge qui la prend pour une adultère.

Je m'assois à côté d'elle sur le lit.

– Si je ne t'ai pas reçue, c'est que je n'étais pas chez moi.

Sous prétexte que Croisset appartenait à ma mère. Alors que je n'avais pas d'autre domicile et que j'étais la divinité des lieux. S'ensuivit un sac de sornettes que je lui jetai l'une après l'autre, prétendant par exemple qu'elle aurait dû me prévenir la veille, qu'arrivant ainsi à l'improviste je n'aurais pu l'accueillir avec les égards qui lui étaient dus. Mon amour pour elle avait séché, je la saupoudrais de sa poussière. Elle m'annonça vouloir vivre dans un village proche de Croisset afin d'être à ma disposition quand le désir d'elle me chatouillerait.

– Nous baisâmes.

Elle rentra à Paris. Nous nous jouâmes la comédie de la passion retrouvée, nous nous écrivîmes à nouveau d'abondance, nous nous vîmes comme naguère avec parcimonie et usée jusqu'à la trame un jour de dispute je lui jetai à la tête une bûche enflammée, la ratai, nous nous rabibochâmes pourtant, notre histoire calancha quand même, comme un jour Louise elle-même et un autre moi.

Émettant en guise de premier cri une sorte de grincement le 9 février 1813 à onze heures Charles Bovary naquit à vingt-huit lieues de Rouen dans une manière de logis moitié ferme, moitié maison de maître aux confins du pays de Caux et de la Picardie au même instant que rue du Petit-Salut mon frère Achille sortait gaillardement d'entre les cuisses de notre mère dont il fut le premier calvaire parturientesque. Au début du roman je raconte le débarquement de Charles au collège de Rouen. Je m'abstiens de signaler que mis à la porte de la classe par le professeur de latin pour quelque polissonnerie Achille rôdait à ce moment-là comme une âme en peine dans le couloir quand arriva le jeune homme flanqué du proviseur et d'un employé qui portait son pupitre. Sa grosse figure le frappa car elle était absolument vide d'expression. Tout ce qu'on pouvait dire de lui c'est que malgré ses yeux de veau il appartenait malgré tout à l'espèce humaine.

Le proviseur apostropha mon frère.

– Flaubert, encore en faute ?

Il lui ordonna de se rendre illico en prison. Un châtiment courant à l'époque dans les écoles que je connus moi-même plus souvent qu'à mon tour. Un bâtiment de briques assez bas jouxtait la salle de jeu de paume en pierre d'Orival. Un militaire à la retraite faisait office de geôlier. Il enferma Achille dans une des cellules exiguës sans paillasse ni siège pourvue d'un seau d'aisance à couvercle sous la lucarne grillée qui jetait un faible jour. Le principal supplice ici était l'ennui car on n'avait droit à aucun livre. L'autre était, l'hiver, un froid de gueux, l'été, une chaleur suffocante. Contre un sou le geôlier vous louait une chaufferette qui permettait de se préserver de l'onglée tant que les braises n'avaient pas refroidi. En période de canicule il vous vendait des seaux d'eau dont on buvait des gorgées avant de s'en vider le contenu sur la tête. Les prisonniers étaient libérés chaque soir et allaient directement se coucher sans dîner.

– Par hasard le lendemain au réfectoire on plaça Bovary à sa table.

Il cachait dans le fond d'une poche un tronçon de salami dont il lui découpa quatre épaisses tranches. Jusqu'à la fin de l'année scolaire il le ravitailla en charcuterie et en biscuits dont craignant de le voir dépérir sa mère lui envoyait des monceaux. Il avait vite cessé de sortir ses victuailles au réfectoire car les autres élèves s'étaient mis à l'entourer pour réclamer leur part mais plusieurs fois par semaine Achille trouvait sous son oreiller des denrées emballées dans une feuille de journal. Ce garçon sans malice réussissait à s'insinuer en pleine journée dans le dortoir verrouillé. En revanche, il arriva souvent à mon frère d'être surpris par un camarade en train de se sustenter, de se voir dénoncé et puni car la nourriture était proscrite en ce lieu dévolu au sommeil.

Lorsque d'aventure ils se croisaient, Bovary baissait la tête sans même le saluer et ne venait pas non plus à l'esprit d'Achille de lui adresser le moindre bonjour. Sans doute dans ses grossières méninges l'inconscient pressentiment de devoir un jour au frère de son condisciple l'immortalité des personnages de fiction poussait-il le jeune péquenaud à le cadeauter d'aliments. Son instinct prémonitoire lui soufflait de surcroît à l'oreille que plus tard Achille se battrait pour empêcher l'interdiction de cette œuvre sans laquelle il n'aurait pas d'existence posthume et qu'il importait de le sustenter afin qu'il ne succombe pas sous mes yeux en cours de route. De son côté mon frère se bornait à dévorer sans lui adresser le moindre merci comme si ces victuailles lui étaient dues.

– Mon père ne comprit jamais comment il réussissait à engraisser.

Tant le brouet du collège était frugal.

Pour obtenir un récit clos sur lui-même j'ai sacrifié Charles à l'âge de trente-deux ans, laissant la vie sauve – fors Emma et sa belle-mère – à la plupart des personnages dont à ma connaissance aucun autre n'a jamais appartenu au réel – même pas Emma. En vérité Charles attendit d'être dans sa cinquante-huitième année pour décéder à Grenoble le 8 mai 1871 heureux d'avoir savouré sa gloire dans l'anonymat. Craignant d'attirer l'attention et courir le risque d'être assassiné par un de mes admirateurs soucieux de rabrouer le réel au profit du roman il avait eu soin dès sa publication de changer de nom, de déménager dans le Dauphiné, d'abandonner la médecine pour devenir maquignon afin que toutes les pistes soient brouillées.

D'octobre à décembre 1856, *Madame Bovary* parut en feuilleton dans la *Revue de Paris* sous l'égide de Maxime Du Camp. Me fut imposée la coupe de plusieurs passages par crainte de la censure. Je me vis donc dans l'obligation de faire précéder chaque livraison d'un avertissement de mon cru.

Le lecteur est prié de ne voir là que des fragments et non pas un ensemble.

Cette phrase mit le feu aux poudres. Le manuscrit aboutit dans son intégralité sur le bureau du ministre de l'Intérieur Adolphe Augustin Marie Billault qui m'assigna. Je comparus sur le banc des voleurs le 29 janvier 1857 devant la sixième chambre du tribunal correctionnel de la Seine car hier comme aujourd'hui on traite pareillement les artistes que les détrousseurs, les tortureurs et les violeurs.

J'assistai bouche close aux vomissements du procureur impérial Ernest Pinard qui attaqua ma façon de raconter cette histoire de femme infidèle sans jamais la maudire et sans faire de la sorte régner la terreur dans l'esprit des lectrices mal aimées à qui serait venu le louable désir de tromper leur mari. J'aggravais mon cas par la perfection même de l'ouvrage. Mes phrases gorgées de sensations, d'images, d'émotion et pourtant transparentes, cristallines sublimaient chaque page et main sur le cœur cet individu exprima sa haine viscérale du style, cet élixir, cet encens.

– Permettez-moi d'avoir l'outrecuidance de me citer.

Le public fuit le style car il le contraint à penser, l'oblige à un travail et le pouvoir le hait car il sent en lui une force.

– Le style sans lequel la langue ne dira jamais tout ce qu'elle a à dire.

Le style, cette puissance, ce couperet, cette déflagration. Le style qui recrée le monde à force de s'en emparer, de le réfléchir, d'en construire un double sublimé. Les mots, la syntaxe, la rhétorique sont le seul outillage de la pensée. La langue morte dont on muselle les foules, réduite à renseigner, à promouvoir, à commercer et plus personne ne se risque à donner souffle de vie à l'intelligence, la beauté, à justifier le passage sur terre des hommes chargés par les dieux de nommer les merveilles et l'immonde.

– Sans style la langue est muette.

Les pouvoirs qui se disputent aveuglément l'humanité, les pouvoirs qui se guerroient, les pouvoirs qui se haïssent, les pouvoirs qui gouvernent, les pouvoirs qui mercantilisent, les pouvoirs qui se disputent les âmes entendent garder pour leur seul usage l'arsenal du langage. Plus une tête en est dépourvue mieux l'individu qu'elle surmonte s'exprimera par des phrases misérables puisées parmi les slogans qui servent aux maîtres à vendre des objets, des candidats, des dieux, des attentats.

Le 7 février le tribunal m'acquitta malgré les neuf premiers attendus du jugement m'accusant d'outrager la morale publique, la religion et les bonnes mœurs. Une peine sévère était prévue mais mon frère avait averti le préfet de Seine-Inférieure que sa position de notable lui permettrait en cas de verdict déshonorant pour notre famille d'user de son influence pour barrer la route au candidat du gouvernement lors des élections législatives du 21 juin.

– Napoléon III donna des ordres.

Ils sont habitués à obéir ces esclaves de la Loi prêts à la trahir pour une promotion, une médaille et d'ordinaire pour rien. Vos tribunaux pendant les périodes troubles obéissent aux pouvoirs dictatoriaux comme après aux vainqueurs d'iceux sans que leurs sbires aient fait amende honorable ou soient remplacés par des propres. Sur ordre ils m'acquittèrent en hiver, au nom de la loi inique ils castrèrent *Les Fleurs du mal* de six poèmes au mois d'août.

– Courbant l'échine devant l'empereur le tribunal replâtra.

Le temps manquait pour recommencer la besogne. On se borna à contredire les premiers attendus par un dixième et un onzième bâclés en toute hâte reconnaissant qu'en définitive j'étais un brave homme respectueux de ces valeurs que malmenait mon ouvrage qui pour ordurier qu'il fût n'en avait pas moins été longuement et sérieusement travaillé.

Sans les menaces d'Achille, *Madame Bovary* aurait été interdite et pour faire un exemple peut-être serait-on allé jusqu'à m'infliger une peine de prison. Mon incarcération aurait jeté notre famille dans un tel déshonneur que j'avais décidé le cas échéant d'avaler l'arsenic dont j'avais caressé la fiole au retour de l'enterrement de Caroline à l'instant même où les gendarmes venus m'arrêter apparaîtraient sur le chemin de halage.

– Gredins.

Juges, procureurs, avocats de la partie civile vous savez que votre descendance aura honte du crime contre l'esprit que vous commettez en bande organisée. Prenez donc votre plaisir en hâte, bientôt le temps vous accablera, fera de vous des fripouilles.

– Des Pinard.

Vous imaginez déjà le regard perdu de vos petits-enfants au retour de l'école un jour où le professeur aura cité votre nom en évoquant l'œuvre que vous avez massacrée naguère. Alors la sueur froide coulera dans votre dos de batracien.

– C'est ainsi que les crapauds sanglotent.

La pauvre humanité des censeurs sitôt l'orgasme consommé craint la rossée de la postérité mais nonobstant continue à mutiler les œuvres avec le même enthousiasme qu'en votre siècle d'autres ont explosé Palmyre, Ninive, Hatra. Certes les livres renaissent de leurs cendres et c'est bien ce qui chagrine ces sauvageons. Criminelles mutilations des *Fleurs du mal* sanctifiées d'avoir été martyrisées par des barbares.

De crainte qu'il contracte la rage, me la communique et que je meure un jour étouffé entre deux matelas – car c'était la coutume de traiter ainsi les humains enragés avant l'invention du vaccin – j'avais hésité à adopter le lévrier Julio, dernier de portée de la chienne d'un voisin. Je cédai pourtant à son charme. Il arriva à Croisset le 17 septembre 1872. Nous nous attachâmes l'un à l'autre. Je passais d'interminables moments à l'embrasser, le câliner et lui parler sans fin comme madame Bovary causait à sa levrette.

Sans répliquer jamais il gobait béat mes phrases bouillonnantes. Quand j'avais écrit une page je m'allongeais auprès de lui et entreprenais sa lecture d'une voix murmurante afin de ne pas irriter ses oreilles délicates. Emporté par le rythme de ma prose je ne tardais pas à me lever, me balancer d'un pied sur l'autre comme un danseur pataud, à crier quand je tombais sur un *que* redondant, un couple de *qui* malsonnant, un *et*, un *ou*, un poncif, une couleur trop banale pour être verbalisée. Finalement je hurlais comme un damné le dernier paragraphe.

– Se croyant grondé, Julio s'enfuyait.

À la fin de mes jours j'étais devenu un bigot du style, ces vocables proscrits étaient pareils à des impuretés qui terniraient la limpidité d'une âme. La souffrance d'écrire, c'est moi qui l'ai inventée. La torture de la prose, ce véhicule pourtant tranquille, transparent dont ne parlaient guère les prosateurs, le trouvant aussi naturel que la respiration. Il eut beau recommencer quatorze fois *La Nouvelle Héloïse*, jamais Jean-Jacques ne se plaignit de la langue, des mots qui lui servaient docilement à étendre sa pensée sur la page.

Douze jours avant mon décès, Charles Lapierre directeur du *Novelliste de Rouen* qui autrefois avait publié en feuilleton *Madame Bovary* de conserve avec la *Revue de Paris* m'invita à dîner chez lui pour fêter la Saint-Polycarpe, évêque de Smyrne, condamné en 155 au bûcher pour n'avoir pas voulu abjurer la foi chrétienne – comme les flammes l'évitaient, le proconsul lui fit enfoncer une lance dans le cœur et son sang éteignit le brasier puis le martyr exsangue de s'envoler dans le ciel levantin.

– Dans quel siècle, mon Dieu, m'avez-vous fait naître ?

Répétait-il face à l'imbécillité du monde. Dès le mitan de ce XIXe siècle où la bêtise prospérait au rythme effréné de la révolution industrielle je fis ma devise de sa complainte. Plus tard j'allai même jusqu'à m'autoproclamer sa réincarnation.

– Léonie Brainne m'appelait Polycarpe.

Belle-sœur de Lapierre, elle avait quinze ans de moins que moi. J'attendis qu'elle soit veuve pour jeter sur elle mon dévolu. J'avais dépassé la cinquantaine, nous jouions comme des enfants. Cependant un jour que mon bonhomme se montrait gaillard nos jeux allèrent jusqu'à l'accouplement. Je crus m'étouffer en crachant toutes les pipes que j'avais fumées depuis mon adolescence. Désormais nous nous abstînmes, d'ailleurs nos caresses nous bouleversaient davantage que ces appariements animaux délétères pour le cheval de retour que j'étais devenu.

Le soir du dîner, Léonie m'offrit un dessin à la plume représentant Polycarpe au bûcher. Elle le montra alentour. Personne ne remarqua que tel un passager clandestin je me cachais sous sa barbe blanche car elle avait commandé tout exprès cette œuvre à un artiste qu'elle avait chargé d'exécuter un morphing artisanal entre le martyr et moi-même.

– On lut des poèmes bouffons.

Une fausse lettre du procureur Pinard, une demande en mariage de Sarah Bernhardt, une bulle du cochon de saint Antoine. En tout une trentaine de dépêches postiches supposées provenir des quatre coins du monde dont la majorité avait été rédigée par Maupassant qui n'ayant pu se libérer de ses obligations de bureaucrate parisien manquait à l'appel. Elles ont été réunies à ma mort dans un dossier dont le fac-similé est actuellement dans le commerce. S'il vous arrive un jour de le compulser vous vous apercevrez que l'humour est périssable.

– Le menu du repas était censé être drôle aussi.

Potage velouté à la Bovary, saumon sauce Mathô, navarin Homais aux petits pois Hamilcar.

– Il me semble bien fade aujourd'hui.

Non content de nous effacer le temps nous tourne en ridicule.

– Sauf moi, tout le monde était déguisé.

Des robes de Touareg, des vêtements orientaux, des chapeaux de Panama et les trois chats de la maison se traînaient sur leurs pattes chaussées de brodequins en peau de daim sous le poids des guirlandes de grelots dorés dont pour rire on les avait alourdis. Au dessert leur furent attachées sur la tête de petites casquettes en feutre surmontées de lampions. Cherchant à en éteindre la flamme, l'un de se taper la tête contre le mur, l'autre de se rouler dans la glace Salammbô au moka d'Addis-Abeba et de Sanaa pendant que le troisième mettait le feu au feston de dentelle de la robe d'une jeune fille chargée de me sacrer roi de Rouen à l'occasion des toasts au champagne Félicité.

Le moment venu, la couronne de fleurs qu'elle essaya de poser sur ma tête tomba autour de mon cou. Un incident qui amusa l'assemblée mais en proie à un pressentiment funèbre je me sentis pâlir.

– Je me fais l'effet d'un tombeau.

– À son arrivée Julio refusa de se laisser décorer.

Il grimpa à l'étage se coucher dans un débarras riche en vieux coussins où il avait ses habitudes. Il vomit en rentrant à la maison alors qu'il n'avait pas accepté là-bas le moindre biscuit.

– Maintenant cette soirée me semble sinistre.

Pourtant les convives s'amusèrent. Quant à moi je me faisais une joie de cette sauterie depuis plusieurs semaines et si j'en retranche la scène du désastreux couronnement, ce fut réellement un merveilleux moment. Cent quarante années plus tard je suis déçu de constater que le souvenir d'icelui a tourné comme une tasse de lait oubliée sur un guéridon.

Au lieu de m'étourdir de langage, de contribuer à élever ma nièce et de finir ma vie sous le joug de son mari j'aurais pu épouser une mégère accouchée d'un interminable chapelet de garnements avec qui j'aurais eu tant maille à partir que je n'aurais pas disposé d'un seul instant pour fabriquer des gens de fiction.

– Alors, foin de *Madame Bovary*.

Au lieu de me prélasser moi-même dans la baignoire, je les aurais frottés, les shampooinant, leur coupant les ongles des pieds, les séchant avec soin en soufflant sur eux comme on rafraîchit une cuillérée de bouillon trop chaud, les massant d'importance avec de la cold cream aussi tendrement que mes bottes dont je caressais amoureusement le cuir délicat avec de la cire d'abeille pour reprendre goût à la vie les jours où – dans l'existence que j'ai réellement menée – il me semblait que la littérature s'effondrait sous moi à chaque mot quand je grattais péniblement mon manuscrit à la pointe de la plume comme on s'acharne sur une éruption d'eczéma dont on sait pourtant qu'on ne fera de la sorte que l'aggraver.

À l'âge adulte, chacun de mes enfants aurait donné naissance à une flopée de nouveaux exemplaires humains. J'aurais fini à la tête de centaines de petits-enfants qui un jour m'auraient noyé pendant ma sieste en me recouvrant de leur chair potelée pour me faire une niche.

– C'est pourtant vrai, j'aurais dû fonder une famille.

J'avais ainsi confié mes regrets à ma nièce deux mois avant ma mort en revenant d'une visite chez une de ses amies dont la maison bruissait du gazouillis de sa descendance tandis que nous marchions main dans la main le long de la Seine que remontait un cargo de charbon anglais. En rentrant j'avais inscrit des prénoms sur une feuille. À gauche les garçons, à droite les filles. Je les entendais babiller, les voyais grandir, resplendir et je serrais déjà ma tête entre mes mains pour imaginer un destin à cette population comme à de vulgaires Pécuchet, de pauvres Hippolyte, de malheureux Frédéric Moreau. Il m'aurait fallu des enfants dont j'aie pu choisir l'apparence, concevoir le plan de vie, décider des pensées et des paroles qui jusqu'au tombeau seraient sorties de leurs bouches. Une famille comme une bibliothèque de romans aux personnages incarnés dont j'aurais écrit tous les volumes.

Au cours du dîner j'ai confié emphatiquement à Caroline qu'en restant garçon j'avais raté ma vie.

– Pourquoi n'as-tu pas épousé Flavie ?

Une de ses amies, son aînée de douze ans, qui face à mon indifférence de désespoir était entrée au couvent. Puis elle me reprocha d'avoir fait livrer un tonnelet de coûteux vin de Loire au lieu d'arroser mes repas d'eau claire.

– Tu ne te rends vraiment pas compte du mauvais état de nos affaires.

J'ai cherché à dissimuler ma honte derrière ma fourchette chargée de bœuf bouilli. J'éprouvais depuis longtemps un sentiment de culpabilité de n'avoir pas empêché son mariage avec cet aigrefin d'Ernest

Commanville – par ailleurs descendant direct d'une lignée de bourreaux de Fécamp. N'importe, l'argent m'avait toujours épouvanté. Un monstre qui depuis ma naissance s'était montré bienveillant à mon égard mais dont je m'étais toujours tenu à l'écart. Quand quatre ans plus tôt ce Commanville avait tout perdu en spéculant sur le prix du bois et que ma fortune avait été mise à contribution pour éponger une partie de ses dettes et lui éviter la faillite je m'étais laissé faire effaré.

Je regrettai de ne pas avoir favorisé les amours de Caroline avec ce professeur de dessin Joanny Maisiat dont elle était amoureuse à dix-sept ans et qui maintenant avait acquis assez de notoriété pour vivre en bourgeois loin des spéculations et des créances. Elle aurait fait avec lui un mariage d'amour qui en définitive lui aurait permis de rouler carrosse et de frayer avec la haute société qui venait se faire portraiturer dans son atelier de la rue Blanche.

À présent, je harcelais en vain tous les éditeurs de Paris pour qu'ils consentent à publier ma féerie, *Le Château des cœurs*, dans l'espoir d'en obtenir un millier de francs. À ma demande, mon frère avait accepté de me servir désormais une pension. Au lieu d'argent son épouse m'avait flanqué une lettre d'insultes. Quant à la postérité, elle refusait obstinément de me verser la moindre avance sur hoirie.

Assis à mon bureau, je me surprenais en regardant le fleuve à regretter de savoir nager. Une idée qui traversait mon esprit sans laisser d'écume. Cependant l'envie de mourir parfois me taraudait. Il m'arrivait même de la proclamer.

– Je ne désire qu'une chose, crever.

À force d'intrigues Maupassant m'avait obtenu un an plus tôt un poste de bibliothécaire fantôme à la bibliothèque Mazarine. J'avais accepté le rouge au front cette sinécure à vie qui devait me rapporter trois mille francs par an. Une somme qui me fut pour la première fois versée en juillet 1879.

– Économe des deniers de l'État en juillet 1880 j'étais mort depuis deux mois.

Un matin d'octobre 1871 Guy de Maupassant gratta à la porte de l'appartement parisien du 4, rue Murillo où je passais l'automne. Je le plaçai sous un rayon de soleil pour mieux le contempler. Il me rappelait son oncle Alfred Le Poittevin dont je resterais amputé à jamais. Je le fis asseoir sur un fauteuil et me suis posé sur une pauvre chaise aux jambes fines qui craqua sous mon quintal. Je l'interrogeai sur son enfance, son engagement en 1870 dans les troupes françaises de Normandie que sa mère avait évoqué dans une lettre. Tandis qu'il parlait je baissais les paupières, les remontais, pleurais et les baissais encore. Puis comme un gros oiseau je me suis dressé devant lui dans ma large robe de chambre dont les manches évasées s'envolèrent.

– En fermant les yeux je croyais entendre parler votre oncle Alfred.

Je le serrai dans mes bras et l'embrassai.

Mieux qu'un fantôme, une incarnation. J'avais trouvé en Guy le fils dont en vain avec Alfred nous aurions pu toujours essayer l'un l'autre de nous engrosser. Dès lors il vint me voir chaque dimanche quand j'étais à Paris et le reste de l'année il me visitait lorsqu'il allait voir sa mère à Étretat.

Les lettres échangées avec Alfred et Maxime avaient certes déjà subi l'épreuve du feu mais me restait à nettoyer mes archives de celles reçues d'autres correspondants tout au long de mon existence que je ne tenais pas à donner en pâture aux humains qui après moi vivraient. Un an avant ma mort j'écrivis à Guy pour le prier de venir à Croisset assister à cette pénible corvée. Il arriva un vendredi par le bateau de six heures du soir. Après le dîner nous montâmes à ma chambre. Derrière un rideau se trouvait une malle qu'il m'aida à déposer devant la cheminée de mon cabinet de travail où flambaient des bûches dodues comme des cuisses de moine.

– Elle laissa sur le parquet une traînée de terre.

Malgré un vigoureux nettoyage elle gardait souvenir de son enfouissement dans le fond du parc avant l'arrivée des Prussiens. Croisset fut réquisitionné, nous dûmes avec ma mère nous réfugier à Rouen dans un appartement prêté par un cousin que ses parents pieux avaient intitulé Jéhovah.

Je contemplai un moment ce crâne de bois, de cuir et de cuivre. J'en ouvris les serrures avec une petite clé accrochée à ma chaîne de montre. Je soulevai le couvercle. La malle était remplie de mémoire jusqu'à la gueule. Mémoire tangible, persistante, que le temps n'avait pas corrodée. Du passé emprisonné dans du langage.

– Voilà.

J'allais d'abord détruire les lettres les plus récentes qui se trouvaient à la surface pour descendre peu à peu dans le temps jusqu'à ma jeunesse et mon enfance qui gisaient au fond. Certaines échapperaient à l'autodafé car je me proposais de procéder à un nouveau tri dans quelques années.

Je posais sur certaines lettres ma main atrocement vieillie depuis le jour lointain où je les avais décachetées. Je promenais la pulpe de mes doigts sur l'écriture, l'épaisseur à peine perceptible de l'encre. Quand Louise était morte trois ans plus tôt j'avais un instant imaginé réclamer mes lettres à sa fille pour les exterminer mais au dernier moment j'avais craint qu'elle veuille me les vendre et menace de les céder à la presse si je n'en donnais pas assez bon prix.

– J'ai demandé à Guy de s'asseoir sur le divan.

J'ai jeté en silence dans l'âtre des paquets de lettres dont je me bornais à regarder le nom des correspondants d'un œil indifférent. Je lui en ai lu plusieurs, soulignant les passages les plus sots par des éclats de voix. J'ai pris le temps de m'extasier sur celles de George Sand.

– Quel bon grand homme de femme.

Je les ai rangées précieusement dans une boîte à biscuits comme pour les protéger de la pluie, de la grêle et des incendies. J'ai continué l'autodafé. Parfois j'en lisais debout tout un paquet avant de le jeter à regret dans le feu mais le plus souvent je murmurais simplement un nom inaudible avant le sacrifice. Des milliers de lettres passaient par mes mains. La fumée m'arrachait des larmes.

– Vers quatre heures du matin je sortis de la malle un coffret en bois vernis.

À l'intérieur une paire de pantoufles brunes, une petite branche dont autrefois on ornait les chapeaux, un grand mouchoir taché du sang de Louise dont j'avais tamponné l'estafilade récoltée à Mantes au bois des

Enfers. Des taches que les décennies avaient fanées. Je l'ai jeté dans le feu avec la branchette et les chaussons en me souvenant de madame Bovary immolant son bouquet de mariage.

– Au fond du coffret une mèche de cheveux.

Je l'ai prise entre mes doigts. Je n'ai pas résisté au plaisir enfantin de m'en faire une moustache supplémentaire avant de la reposer dans la boîte que j'ai garée sur le guéridon où s'entassaient les lettres épargnées.

Ces pantoufles représentaient le butin d'une nuit passée à Mantes au début du mois d'août 1846. À l'époque je comparais déjà notre amour aux taches de sang qui pâliraient sur le mouchoir comme notre passion. Les mois suivants je m'étais souvent endormi en les serrant contre ma poitrine comme un enfant son ours. Il me semblait la retrouver tout entière en m'enivrant de leurs senteurs de verveine, en songeant aux mouvements de ses pieds quand ils les emplissaient et je préférais cette joie solitaire à la réalité dont ces chaussons étaient la réminiscence. Mon amour immense pour l'amante muette, absente, réduite à ces fétiches, rassurants objets incapables de revendiquer, de procréer et de déranger l'ordonnancement rigoureux de mes plumes d'oie étalées dans le plat d'étain posé sur le tapis vert de la table de mon cabinet de travail éclairé par ces fenêtres donnant sur le jardin, sur le fleuve et au-dessus le ciel, chapeau à large bord dont j'aimais la grisaille tout autant que le bleu.

Je me souvenais de notre promenade en fiacre dans les rues de Mantes, sous l'orage. Le visage de Louise illuminé par les éclairs qui à chaque fois impressionnait mon cerveau comme la plaque d'un daguerréotype. Il me suffisait de fermer les yeux pour la revoir dans la lumière blême avec les traits carmin de ses lèvres fardées. Je ressentais jusqu'au balancement des ressorts et cette impression d'être soustraits du monde dont nous apercevions à travers les vitres le spectacle flou sous les trombes d'eau. J'aurais voulu acquérir la voiture, coquille de ces instants dans laquelle j'aurais pu me blottir, bulle de mémoire imprégnée de nous où j'aurais rêvé et joui.

Lors de notre première rupture Louise me rappellera ce projet. Je l'aurais dissimulée dans un coin du parc derrière une haie, la visitant quand tout dormirait dans la maison, sortant de là poisseux à l'aube, honteux, frigorifié, foulant l'herbe gelée. J'aurais dû sermonner Caroline quand elle s'en serait servie de maisonnette pour ses poupées installées face à face sur les banquettes. Une nuit de haine j'aurais attaqué la voiture à la hache, l'aurais réduite en petit bois qui par vouloir-vivre se serait refusé à flamber malgré les litres de pétrole dont je l'aurais arrosé.

Le retour à l'hôtel. La chambre que nous avions quittée en fin d'après-midi, humide malgré l'été finissant et le bon feu qui ronfle dans la cheminée. Le papier bleu des murs, les fauteuils de soie mauve, le grand lit blanc que la servante venait de refaire et de réchauffer avec une bassinoire remplie de braises. Dans un angle, une table en acajou bruni où sont servis perdreaux, écrevisses, pêches, raisin et vin blanc de Chablis.

– Nous dînons demi-nus.

Mon dernier verre de chablis j'en lape le contenu sur sa poitrine, sur son ventre et du bout de la langue en attrape dans son nombril la dernière goutte.

– Nous escaladons le lit.

Nos corps demeurent longtemps serrés l'un contre l'autre comme les deux branches d'un casse-noix autour d'une amande impossible à briser. Un bougeoir à trois branches posé sur une des tables de chevet ajoute un peu de clarté. Louise contemple sur le mur l'ombre portée de la bête à deux dos. Je suis moins faraud que lors de notre étreinte du début de l'après-midi. Les paupières plissées, le souvenir d'Élisa sortant de l'eau parvient pourtant à faire se raidir mon bonhomme et d'un seul coup voilà Louise enfourchée. Elle me réclame un regard.

– Montre tes grands yeux.

Je craignais qu'elle me perce à jour. À travers mes hublots trop bleus pour être honnêtes elle m'apercevrait émerveillé par une autre derrière les volets de ma chambre de *L'Agneau d'Or*.

– Ouvre les yeux, je t'en prie.

J'obtempérai mais alors l'apparition du visage de Louise au beau milieu de ma conscience fusilla mon érection. Je les refermai aussitôt pour retrouver Élisa. Ce fut Maxime qui m'apparut. Une étreinte d'homme, puissante, rassurante. De grands bras velus qui me protégeaient du monde. Étreinte gémellaire. Impression d'être soudain Maxime, de me cajoler moi-même et puis de revenir dans mon propre récipient crânien avant de changer à nouveau de conscience. Nos pénis face à face érigés comme des corps supplémentaires que nous habitions aussi. Petits camarades brûlants, délicats, aux extrémités fragiles comme des boutons de rose Baccara.

Louise s'absenta aussi, fixant obstinément le plafond, projetant sur la peinture craquelée l'image de son premier amant dont elle n'avait jamais retrouvé l'ardeur chez aucun homme pas plus que sa faculté de l'emplir tout entière. En définitive notre orgasme concomitant fut le point culminant d'une masturbation dont elle était l'étui et moi le Montecristo.

Nous nous sommes endormis. Je me suis réveillé dans la nuit. Je me suis assis à tâtons sur un fauteuil. En craquant une allumette pour ranimer ma pipe je distinguai Louise endormie dans la pénombre sous le drap blanc qui me rappela le voile taillé dans le marbre du Christ de la chapelle napolitaine Sansevero. Elle n'était ni homme ni dieu mais son sommeil la faisait comme morte. Je me levai, approchai mon oreille pour percevoir son souffle comme je le faisais autrefois quand je m'immisçais dans la chambre de ma mère. Je ne perçus que mon propre sang me battant aux tempes. Tandis que j'insistais la fumée de ma pipe dont je serrais toujours entre mes dents l'extrémité du tuyau de corne, se mêla à l'air que Louise respirait.

– Une formidable quinte de toux la réveilla en sursaut.

Je la pris tendrement dans mes bras. Hélas de la fumée sortait encore de mes narines et elle toussa davantage. Elle se leva, haletante. Je lui versai un verre d'eau qu'elle avala tout entier. Je lui pris les mains. Elle me repoussa en toussotant. Elle recula vers la fenêtre.

Je distinguais sa silhouette dans les prémices de l'aube tamisée par les rideaux de percale.

– Elle s'installa derrière la coiffeuse.

J'ouvris les rideaux. Elle m'observa dans la clarté du petit matin. Je vins l'embrasser, la caresser, pianoter sur sa poitrine en chantonnant. Elle s'est levée, m'a pris doucement par le bonhomme, m'a amené jusqu'au lit. Nous avons plongé – le bruit sec de ses pantoufles tombant à terre – nous avons roulé sur le drap comme on roule sur l'herbe. J'entendais la gamahucher mais elle me repoussa doucement. Elle me murmura à l'oreille que je l'avais barbouillée tout à l'heure. Elle m'embrassa au front.

– Elle se leva.

Derrière le paravent de toile imprimée de perroquets elle procéda à des ablutions. Elle rafraîchit aussi sa bouche en se gargarisant avec de l'Eau de Botot. Elle se recoucha, plaça trois oreillers derrière elle. Elle ouvrit ses cuisses et fixa un instant le haut du crâne de cet animal qui la lapait doucement. Elle se laissa aller, gémit et quand elle fut proche de l'apogée je me suis redressé et lui fis l'amour. Elle eut un orgasme, nous nous assoupîmes. À son réveil elle m'aperçut tripotant ses pantoufles dont j'avais chaussé mes deux mains puis me retournant pour les jeter furtivement dans mon sac de voyage. Nos regards se croisèrent.

– Je peux les emporter, n'est-ce pas ?

Elle battit des paupières en signe de consentement. Je lui écrivis quelques jours plus tard que sitôt ma lettre cachetée j'allais retrouver ses pantoufles qui ne me quitteraient jamais et que j'aimais autant qu'elle.

– Je procédai en hâte à ma toilette.

M'habillai sans avoir pris le temps de démêler mon abondante chevelure bouclée d'alors et me pomponner avec les onguents parfumés alignés dans ma trousse de toilette en cuir de Russie. Je lui donnai un baiser.

– Pourquoi pars-tu déjà ?

– Tu sais bien que ma mère m'attend.

Elle m'avait attendu en vain la veille au soir sur le quai de la gare. À l'origine je n'avais promis à Louise que cinq heures de retrouvailles dans cette ville à mi-chemin de nos domiciles respectifs. Arrivés tous deux en fin de matinée, je devais revenir à Rouen par le train de quatre heures et demie.

Nous baguenaudâmes un moment dans les rues, les jardins, nous aventurant même jusqu'au bois des Enfers où Louise s'égratigna. Puis nous nous rendîmes à l'hôtel où notre chambre était réservée. Sitôt la porte claquée nous nous assaillîmes. Une étreinte qui la fit pousser les hauts cris. Une étreinte rassurante car ma précédente prestation lors de notre premier accouplement à Paris un mois plus tôt nous avait affligés tous les deux.

– J'avais bredouillé que mon émotion était bien la preuve de mon amour.

Jalousant au fond d'eux-mêmes l'os pénien des bêtes les hommes cherchent toujours à justifier leur mollesse. Mais cette fois Louise m'avait complimenté pour mon ardeur, ma puissance phénoménale, étonné disait-elle de la force humaine dont j'étais l'incarnation.

– Que demandent les hommes ?

Dites-leur qu'ils sont bêtes, puants et laids pourvu que vous vantiez les prouesses de leur hypertrophié ersatz de clitoris vous ferez d'eux des mâles heureux. Elle alla jusqu'à me comparer à un buffle indompté des déserts d'Amérique dans un poème flagorneur intitulé *Les Amants de Mantes* qu'elle m'envoya quelques jours plus tard. En tout cas, ce jour-là, tout émerveillé par ma prestation je décidai de remettre mon départ au lendemain pour prendre le temps de lui accorder une triomphante resucée.

Serrant contre ma poitrine ce précieux sac de voyage renfermant ses pantoufles j'ai dévalé l'escalier, payé en hâte, attrapé un fiacre, grimpé dans un train. Pendant le trajet il m'arriva de les placer dans mon giron comme on ferait d'un chaton en rêvant que par je ne sais quel sortilège elles avaient un matin de juillet 1836 moulé les pieds d'Élisa sur la plage de Trouville.

– Élisa Schlésinger.

Fille d'un capitaine d'infanterie à la retraite et d'une jeune femme originaire de Saint-Germain-en-Laye, naquit onze ans avant moi sous le nom de Caroline-Élisa-Augustine Foucault – une Caroline de plus, une Caroline encore. Le 23 novembre 1839 elle épousa à la mairie de Vernon le sous-lieutenant Émile-Jacques Judée. La cérémonie eut lieu à onze heures et demie du soir, selon une coutume du temps destinée peut-être à dissimuler les épouses et les époux contrefaits sous la lumière indulgente des bougies. Du reste, passé un certain âge on ne devrait plus sortir qu'à l'obscur éclairé par un bougeoir orphelin tenu de sa main tremblante de barbon. Étant mort quinquagénaire je ne suis pas concerné par cette mesure mais mon scribe a atteint l'âge où se montrer visage déculotté confine à l'exhibitionnisme. Vivement que la mort oblige Régis Jauffret à porter ce solide niqab de bois vernis qu'on appelle un cercueil.

Sur le coup de minuit la cérémonie religieuse débuta en face de l'hôtel de ville dans la majestueuse église de la collégiale remplie de militaires en uniforme d'apparat dont certains étaient déjà éméchés à force d'avoir bu au cabaret des petits verres d'eau-de-vie en attendant que l'église ouvre ses portes. Le dîner de noce se déroula dans la salle de bal de la mairie ornée pour la circonstance de guirlandes et de citronniers en pots. Vers deux heures du matin l'assemblée s'anima. Au son de l'orchestre de la caserne on dansa des galops, des mazurkas, d'étranges valses exécutées faute de cavalières par des militaires qui s'étreignaient, mélangeaient leurs jambes et s'esclaffaient.

– En état de complète ébriété quelqu'un entonna *Trois orfèvres à la Saint-Éloi*.

Le chant paillard fut repris en chœur. Les invités les plus collet monté s'en allèrent. Les parents de la mariée crurent plus décent de partir avec la sœur aînée qui serait restée davantage si d'une voix d'adjudant son père ne lui avait intimé l'ordre de les suivre. Il n'y avait plus de champagne mais les laquais servaient du vin rouge sans discontinuer. On entendait une cacophonie de chansons obscènes car tout le monde chantait la sienne. Les dernières bouteilles furent vidées aux alentours de cinq heures du matin. Les plus irréductibles s'en allèrent en jurant qu'ils reviendraient en poussant une barrique. D'autres regagnaient péniblement l'air libre et rentraient en divaguant dans la ville glacée. Un jeune aspirant trébucha et s'endormit sur le pavé. Le froid le tua, on l'enterra le surlendemain et le maire prononça un éloge funèbre où il louait sa bravoure.

En définitive n'est plus resté qu'un groupe d'une dizaine de militaires autour des jeunes mariés.

– Élisa épuisée somnolait sur la table.

Un convive essaya de soulever sa robe sans que bronche le marié tant il était hagard d'avoir bu. Le médecin-major François-Balthasar-Madeleine Macour lui jeta un verre d'eau à la figure et le mit au défi de prouver sa virilité en déflorant devant l'assemblée sa jeune épousée. Il se fit prier mais craignant de passer pour un uraniste il tenta de s'exécuter.

– Élisa poussa un cri et voulut s'enfuir quand il la troussa.

Elle fut solidement tenue par deux hommes. Émile-Jacques eut beau la frotter à la chair fraîche et en désespoir de cause la manipuler, sa marionnette refusa de redresser la tête. Le médecin-major envoya valdinguer le mol époux, prit sa place et viola Élisa tandis que les autres accompagnaient ses coups de reins en martelant la table avec leur verre. Quand il se fut retiré, plusieurs se disputèrent le corps sanglant secoué de sanglots. Élisa ne sut jamais combien en elle se succédèrent.

Une séance de torture au cours de laquelle elle s'évanouit plusieurs fois. Humilié par les prouesses de ses camarades Émile-Jacques boudait sur la piste de danse en tétant les dernières gouttes d'une bouteille de bordeaux.

– Les violeurs partaient en hâte sitôt leur forfait accompli.

Ils n'éprouvaient aucun remords mais craignaient que la nouvelle se répande et arrive aux oreilles de leur colonel. Un homme pudibond capable de dépêcher une enquête. Élisa aurait le culot de les accuser de l'avoir forcée, Émile-Jacques prétendrait qu'on avait usé de contrainte pour l'empêcher de la défendre et leur carrière serait compromise. De fait,

François-Balthasar-Madeleine fut mis à la retraite deux mois plus tard. Aucune trace de sanctions dans les documents militaires pour les autres coupables et d'ailleurs tout porte à croire que l'affaire fut enterrée pour préserver le prestige de l'armée mis à mal par la chute du Premier Empire.

– Élisa se défendait trop à son goût.

Et l'un des violeurs vida dans sa gorge le contenu de sa flasque de rhum. Elle est tombée dans un semi-coma. Quand elle est revenue à elle le soleil éblouissait la salle de bal. Émile-Jacques faisait partie des hommes qui ronflaient en tas dans un coin comme si le froid glacial les avait poussés à se rapprocher pour réchauffer leur viande. Elle est restée un moment immobile, aux aguets.

– Elle prêtait l'oreille.

Outre les ronflements des hommes elle percevait la rumeur rassurante d'un jour de marché. Elle se leva délicatement, marcha doucement, ses escarpins à la main de crainte de réveiller les prédateurs. Une fois dehors elle se rechaussa et courut. Marchands et chalands regardaient sidérés passer cette mariée de la veille échevelée dans sa robe blanche déchirée éclaboussée de sang. Elle arriva hors d'haleine au domicile de ses parents. Elle les trouva attablés avec sa sœur devant une omelette au lard.

– Elle s'effondra haletante sur un fauteuil.

Il n'était pas question pour Foucault que sa fille demeure à Vernon. Pour tout le monde elle devait être partie en voyage de noces en Provence comme il était prévu. Le lendemain, munie d'un pécule de trois mille francs elle prenait avec sa sœur la diligence pour

Paris tandis qu'Émile-Jacques recevait consigne du sévère colonel de rester terré à son domicile. Il considéra comme une faveur l'ordre qui lui fut donné début décembre de rejoindre à Port-Vendres le corps expéditionnaire en partance pour l'Algérie car il comptait laver son honneur dans le sang qu'il verserait pour la France. À défaut d'une glorieuse blessure, il rentre en novembre 1835 avec une dysenterie compliquée d'hépatite. En 1839 les autorités militaires l'envoient prendre les eaux à Barèges puis à Bagnères-de-Bigorre.

– Il décède à Vernon le 5 septembre 1840.

Installées à Paris dans un logement sans confort de l'alors hideux faubourg Saint-Marcel, leur pécule épuisé, Élisa et sa sœur survécurent en accomplissant des travaux de couture. Disposant de jolies voix elles arrondissaient à l'occasion leurs revenus en effectuant des remplacements dans les chœurs de la Gaîté-Lyrique. C'est dans les coulisses du théâtre qu'Élisa est abordée fin 1834 par un aristocrate originaire de Königsberg qui en gage de son amour lui offrit un anneau d'or gravé à l'intérieur de la devise *Immer Treu*. Se croyant l'objet d'un amour authentique, elle lui céda.

– Elle tombe enceinte de lui en août de l'année suivante.

Sitôt informé le comte s'évapore. Restait Maurice Schlésinger dont depuis deux ans elle repoussait les avances assorties d'une promesse de mariage qui en ces temps où le divorce était interdit serait de toute façon demeurée lettre morte. Berlinois d'origine, Maurice s'est installé à Paris en 1817. Après avoir été un temps commis de librairie il ouvre au 89, rue de Richelieu un magasin de musique. Il vend avec succès des instruments et édite des partitions. Un éditeur un peu fripon dont Wagner parle dans ses mémoires en termes peu amènes.

– Quand il fait connaissance d'Élisa il est un homme riche.

Lorsqu'elle lui demande s'il la prendrait enceinte d'un autre et indissolublement mariée à Émile-Jacques Judée il accepte. Il tient cependant à rencontrer l'époux en garnison à Perpignan à ce moment-là. À la suite d'une âpre négociation il obtient l'assurance qu'il ne fera jamais valoir ses droits de mari.

– À dire vrai, Judée vendit Élisa à Maurice cinq mille francs or.

Le 19 avril 1836 Élisa donne naissance à Adèle-Julie-Monica Schlésinger, déclarée fille de Maurice et de mère inconnue afin qu'elle ne s'appelle pas, selon la loi, Judée comme Élisa. Présentée par Maurice comme sa femme légitime Élisa habite désormais un appartement élégant dans un immeuble cossu de la rue de Gramont à une portée de pistolet de l'Opéra où le couple a sa loge.

Elle devient une des femmes en vue du tout-Paris de l'époque. Elle est admirée pour sa beauté, le luxe de ses toilettes et sa maison est réputée pour ses réceptions fastueuses dans des salons gigantesques où trois orchestres jouent jusqu'à l'aube. Cette munificence contrastait avec les simples vacances qu'ils prenaient à Trouville pour se couper pendant quelques semaines de cette vie épuisante.

Parfois, volets intérieurs et rideaux tirés, la fête se prolonge le lendemain jusqu'à l'heure du souper où on pique-nique de volailles froides, de salades de truffes, de pyramides de foie gras, de pâtisseries de la maison Frascati, fournisseur officiel du palais des Tuileries. On arrose le tout de magnums de champagne frappé, de jéroboams de grands bordeaux et de gevrey-chambertin. Pendant plusieurs années Maurice dilapide un argent vite gagné en escroquant les compositeurs, en empruntant, en faisant de la cavalerie, en multipliant les dettes.

Un an après la mort de Judée, Maurice épouse Élisa. Ce libre penseur d'origine juive accepte de se convertir pour offrir un mariage catholique à cette femme demeurée fermement croyante malgré les vicissitudes. Naquit quelques mois plus tard son enfant biologique et légitime qu'il appela avec narcissisme Adolphe-Maurice.

– En mai 1842, Schlésinger est ruiné.

Le ménage de déménager dans un appartement plus modeste où en fait de domestique il n'a plus qu'une de ces bonnes à tout faire que les bourgeois exploitaient comme des bêtes de somme. Restent à Élisa sa beauté, son charme, sa luxueuse garde-robe à peine démodée.

De mon vivant je ne connaissais pas le martyre originel qu'endura Élisa. À force de rester figé le passé se révèle, devient limpide comme un lac après la tempête quand la vase a rejoint le fond, rendant à l'eau sa transparence. Il est bouleversant pour moi si longtemps après son décès et le mien de découvrir à quel point a pu souffrir celle dont j'ai utilisé sans scrupule l'image dans mes livres.

Élisa ne se remit jamais de ces viols. Son psychisme traîna la patte toute sa vie. Elle finit son existence dans une maison de fous – elle finit son existence en enfer.

Maxime Du Camp la rencontrera après mon décès au printemps 1881 en se promenant dans la forêt de Vincennes. Elle portait un vieux chapeau de paille d'où pendaient des mèches blanches et une fleur déchiquetée. Une montre en or battait à sa ceinture tandis qu'avec d'autres folles elle cheminait sous la garde de geôlières armées de tresses de cuir. Elle semblait glisser par un mouvement intérieur qui la poussait en avant sans agiter son corps. Elle purgea encore sept années d'existence avant d'être enterrée un matin de septembre 1888 sans autre compagnie que deux fossoyeurs faméliques et un fonctionnaire de police dyspepsique qui rotait.

– Sentez-vous solidaires d'Élisa Schlésinger.

Si j'en crois vos gourous nombre d'entre vous finiront alzheimerisés, ce qui ne vaut pas mieux que dingues. Quant à moi, de la folie la mort m'abrite.

On rééditait sans cesse *Madame Bovary*. On aurait dit que je n'avais rien écrit d'autre. Depuis le début des années 1870 je la croisais à l'occasion dans les couloirs. Une silhouette brouillée disparaissant sitôt aperçue que je reconnaissais à l'aveugle comme une chienne atteinte de cécité ses petits. Il lui arriva même un jour de bouillonner en moi comme un louchée de sang, empourprant mes joues d'un rouge plus criard qu'à l'ordinaire, prenant peu à peu possession de ma physionomie comme un masque qu'on m'aurait glissé sous l'épiderme et pour éviter de devenir fou en constatant qu'une image de femme s'affichait à la place de la mienne sur l'écran de mon visage je fuyais les miroirs.

Les autres personnages de mon œuvre dont pas plus qu'Emma aucun d'entre eux n'avait la moindre connivence avec le réel – Charles Bovary n'en ayant pas non plus, il est du reste peu vraisemblable qu'il ait été condisciple de mon frère et si je l'ai prétendu tout à l'heure c'est que la mémoire des morts va, vient, danse, exécute des sauts périlleux, cela rend leur compagnie plus agréable que celle des vivants toujours ressassant d'immuables souvenirs figés depuis le jour de leur fabrication – me laissaient à peu près tranquille même si un soir m'aventurant au grenier pour chasser les musaraignes que je croyais entendre fureter au-dessus de ma tête saint Antoine m'était apparu pour me morigéner de l'avoir avec tant d'obstination persécuté tout au long de trois interminables versions dans lesquelles il tournerait à jamais et si un jour glacé de janvier 1871 sous prétexte de réchauffer son onglée madame Arnoux m'avait rendu visite tel un reproche vivant de n'avoir pas fait Frédéric plus entreprenant.

– Je l'avais ensevelie au pied d'un prunier.

Lors de mon dernier voyage à Paris j'avais aussi croisé Bouvard et Pécuchet progressant bras dessus bras dessous boulevard Bourdon mais trop occupés à discuter de kantisme ils n'ont pas reconnu ce volumineux monsieur épuisé qui depuis plusieurs années déjà les pissait jour et nuit comme de grossiers calculs qui lui déchiraient l'urètre.

– Une fois que je dînais seul à Croisset tout le monde débarqua.

J'avais la tête baissée vers mon potage quand j'entendis du bruit. On avait tiré les rallonges de la table pendant que je lapais. La fine fleur de la population de mes livres était installée immobile et maussade devant son assiette vide. Je reconnus madame Dambreuse avec ses cheveux blonds tire-bouchonnés à l'anglaise, Maria dont on voyait des veines d'azur serpenter sur sa gorge brune, Félicité en tablier à bavette flanquée de son perroquet installé comme un homme prêt à s'emparer de la carafe pour s'enivrer.

Les mâles s'étaient déplacés aussi. Regimbart essuyant son front avec son mouchoir roulé en boudin, Giscon avec sa main coupée, Hamilcar en armure et puis Moreau, Victor, saint Julien. Derrière, debout, raide, toute une petite monnaie de personnages secondaires semblait veiller sur eux comme des gardes du corps.

– Quand Suzanne entra avec les paupiettes ils avaient disparu.

– Mais seule Bovary me persécutait.

Avec l'obstination de ces fantômes écossais qui poursuivent les châtelains en faisant bruire leurs chaînes comme des serpents à sonnette leur saint-frusquin. Sans compter que lorsque je déambulais dans les rues de Rouen on me demandait à tout bout de champ de ses nouvelles comme si j'avais été son beau-frère.

– Je me disais, billevesées.

Je ne crois ni au merveilleux ni aux envoûtements ni aux tables tournantes comme ce génie fou de Victor Hugo qui serrait dans un placard ses rognures d'ongles, ses cheveux et sa barbe soigneusement récupérés par son coiffeur, de crainte qu'un malveillant s'en empare pour assaisonner un curé à la broche dont les nuits de sabbat sont friands sorcières et magiciens vouant de la sorte aux gémonies le poète dont seraient issus ces condiments.

Un soir d'hiver 1879 après avoir eu une crise que l'officier de santé Fortin avait traitée à la mode d'alors avec de la poudre de charlatan je suis resté seul et accablé devant mon feu toute une après-midi. Le jour baissait sans cesse sans que vienne jamais la nuit. En tisonnant j'aperçus Emma parmi les flammes. Je me dis qu'à cause de moi cette suicidée brûlait en enfer avec les Borgia et Gilles de Rais. Rien de fâcheux ne serait arrivé à cette fille de paysan si elle n'avait pas été élevée au-dessus de sa condition. Elle aurait dû rester à la ferme, sachant à peine compter et déchiffrer les lettres constituant les mots SUCRE, FARINE, CACAO inscrits au fronton des boîtes en tôle peinte alignées dans la cuisine sur l'étagère à épices.

– C'est au couvent qu'on l'avait initiée à la lecture.

Il n'y a qu'un pas de la lecture au rêve et du rêve à l'adultère il n'y a qu'un saut de puce. Une fille de ferme mal dégrossie aurait rendu plus heureux Charles Bovary. Elle se serait montrée digne mère et sa fille aurait épousé Napoléon, l'aîné des fils Homais à qui elle aurait donné une progéniture dont les descendants seraient aujourd'hui de maigres informaticiens au cerveau jaune canari.

– Je n'ai jamais aimé Emma.

Je ne connaissais même pas la couleur de ses yeux. Tantôt je les disais noirs, tantôt bleu foncé et si je l'avais fait vivre jusqu'à cent ans ils auraient viré au vert, au brun et en définitive au rouge vif afin de donner du cachet à son visage dévasté par le temps. Existe même un chapitre où je me suis amusé à transformer ses yeux en armoires à glace dans lesquelles Charles se voit jusqu'aux épaules.

Il a mieux valu pour cette nigaude qu'elle s'empoisonne à vingt-huit ans, autrement je n'aurais pu me retenir davantage de l'arracher à Yonville pour en faire une prêcheuse illuminée trottant comme une ânesse sur les routes poudreuses pour annoncer la fin du monde. Cette existence misérable et crétine l'aurait fanée prématurément.

– Elle serait venue chercher refuge à Croisset.

Sans un sou pour payer le bateau elle arriverait épuisée avec un chapeau si crasseux qu'une hirondelle en aurait fait son nid tout piaillant d'oisillons tendant leur bec au ciel. Son manteau dont les larges trous laisseraient apparaître sa robe tout aussi ajourée découvrant par endroits des morceaux d'elle dont l'épiderme envolé permettrait d'apercevoir son squelette fatigué, bruni par la misère, friable comme de la pierre calcinée.

– Elle tirerait le cordon de la sonnette.

Suzanne crut qu'il s'agissait encore de pauvres venus quémander. Depuis quelques mois ils ne cessaient de carillonner. J'avais parfois envie d'en étrangler un pour faire un exemple et ôter à ses semblables toute envie de m'importuner. Avant d'être ruiné par Ernest ils m'attendaient alignés devant la maison à l'heure où je mettais le nez dehors après le déjeuner muni d'une vieille bourse remplie de sous que je leur distribuais d'un large geste à travers les barreaux comme à des poules une poignée de grains. Aujourd'hui je leur en voulais de me rappeler par leur présence l'époque où je pouvais me permettre ces prodigalités.

– Suzanne refusa d'ouvrir.

Je suis descendu en râlant contre cette vieille sorcière que j'avais aperçue par l'entrebâillement des rideaux. Pour la faire fuir je lui ai jeté rudement à travers la grille une poignée de piécettes. Elle a ramassé la monnaie et s'est éloignée avec son nez sanglant d'avoir été heurté par la tranche acérée d'une pièce de cinq sous. Elle acheta un morceau de pain à une domestique revenant du marché qu'elle mâcha longuement avant de se jeter dans la Seine comme un personnage de mélodrame.

Alerté par Suzanne, je suis descendu le surlendemain pour voir le corps que le fleuve avait rendu. Je l'ai dévisagée en fumant. Je l'ai reconnue quand son âme rose pompon s'est échappée par sa bouche entrouverte pour venir me poisser la gueule comme une répugnante sucrerie. J'ai arraché des touffes d'herbe qui poussaient entre les pavés pour me décaper puis un badaud me prêta son couteau avec lequel je me suis soigneusement raclé les joues. J'ai fini de me débarbouiller à la maison avec une brosse en chiendent qui m'égratigna. Une âme de la couleur des roses. Une âme puant pourtant le foutre dont l'odeur persista longtemps sur mon visage.

Je ne fus pas mécontent malgré tout de connaître la fin de ce roman telle qu'elle s'était déroulée dans la réalité. Il était trop tard pour le modifier car personne ne m'aurait cru. J'ai cependant narré l'anecdote lors d'un dîner parisien. Ernest Renan me fit remarquer que plongés dans la réalité les personnages vieillissaient plus vite que leur créateur habitué dès sa naissance à barboter dans ses eaux saumâtres. J'ai ouvert un large bec pour jeter un rire qui fit vibrer les vitres et brisa la coupe dans laquelle George Sand buvait son Dom Pérignon. Elle fut éclaboussée, je m'excusai, un serveur la tamponna avec une serviette et elle me demanda si par hasard je n'avais pas ramassé Emma devant l'ermitage de saint Antoine qu'elle était venue tenter sur ordre de Lucifer et si je ne l'avais pas ensuite jetée dans ce livre par paresse de la créer.

– Il est vrai que j'aurais pu l'inventer davantage.

Elle est née la même année que moi et s'est empoisonnée le lendemain de la mort de ma sœur Caroline.

– Le même jour, peut-être.

On ne mêle pas impunément sa vie à la littérature. Dès sa conception la Bovary aurait eu quelque raison de me garder rancune de ne l'avoir pas dotée d'une biographie autonome. Je remarque à peine aujourd'hui ces détails contingents et funestes dont rien ne peut expliquer la coïncidence car l'inconscient ne serait inventé qu'au début du siècle suivant et à l'époque mon intellect eût été bien incapable d'en soupçonner les prodiges.

Le matin de ma mort ouvrant l'œil à neuf heures je tirai le cordon pendu au-dessus de ma table de chevet pour appeler Suzanne. Julio qui avait passé la nuit au pied du lit me léchait une main et moi de lui tapoter les flancs de l'autre. Elle a débarqué avec un verre d'eau fraîche que j'ai vidé d'un trait. De la poche de son tablier elle sortit une de mes pipes en terre qu'elle avait bourrée elle-même et qu'elle me glissa dans le bec avant de battre le briquet. J'ai aspiré une longue bouffée en la regardant tirer les rideaux. Il faisait beau, je lui ai dit d'ouvrir grand la fenêtre. Les rayons éclairaient la chambre et la chauffaient comme des flammes.

– Il faudra raccourcir le peuplier.

– Le peuplier ?

– Il bouche le paysage.

De mon lit j'aurais voulu ne voir que le ciel, la Seine et ses îlots verdoyants aujourd'hui disparus. Suzanne a déposé ma robe de chambre sur le fauteuil et s'en est allée. Une vieille robe de chambre en soie rouge qu'un tailleur borgne m'avait confectionnée à Alexandrie trente-cinq années plus tôt.

Lorsque Caroline me voyait traverser le couloir avec cette antiquité sur le dos il lui semblait remonter le temps. Son premier souvenir de moi datait de ses cinq ans quand de retour d'Orient je l'avais réveillée en pleine nuit, la soulevant, claquant ses joues de gros baisers, éclatant d'un rire tonitruant tant je la trouvais drôle dans sa chemise trop longue. Le lendemain, vêtu de la fameuse robe de chambre dont elle conserverait toujours le souvenir flamboyant je courus avec elle dans le jardin, sautant, la jetant dans les airs, rattrapant dans mes grands bras en rugissant cette orpheline que j'aimais déjà autant que sa mère disparue.

– J'ai sonné à nouveau.

Suzanne a tardé. Elle est arrivée maussade en m'apportant le bol de café, le pot de crème et la rôtie beurrée qui constituaient ma collation habituelle après ma première pipe du matin.

– J'ai envie de prendre un bain.

– Tiens donc. Comme hier ? Comme demain ? Il est déjà en route votre bain.

Elle a soupiré. Tous les jours la même comédie. Nous constituions une sorte de vieux ménage avec ses rites un peu niais. Elle s'en est retournée en ronchonnant. J'ai goûté la crème du bout de la cuillère. Je lui ai hurlé qu'elle était sure et elle s'est mise à pousser des cris d'orfraie depuis la cuisine.

Précédé par Julio qui n'en pouvait plus d'être enfermé je suis descendu en babouches. Toujours cette douleur lancinante qui se réveillait à chaque fois que j'avais affaire aux marches d'un escalier depuis que je m'étais cassé la jambe un an et demi plus tôt en me précipitant pour aller ouvrir la porte à Léonie Brainne chargée d'un plat de civet de lièvre encore tiède qu'elle avait cuisiné tendrement pour moi. J'ai juré sur la tête de saint Polycarpe de ne plus me casser de jambe jusqu'à la fin de mes jours.

– J'ai tenu parole.

Une fois dans le jardin j'ai humé l'air parfumé avant de franchir les six pas qui me séparaient des lieux d'aisance. En revenant je me suis lavé les mains au-dessus de la bassine que Suzanne avait déposée sur la petite table de l'entrée avec une cruche d'eau chaude et un morceau de savon d'Alep. J'ai vu à travers la fenêtre Julio s'échapper du jardin par le portail que déjà à moitié ivre le jardinier avait malencontreusement laissé entrouvert.

– Je suis entré dans mon cabinet de travail.

Chaque matin j'éprouvais le besoin d'arpenter la pièce afin de reprendre possession du lieu. Le manuscrit de *Bouvard et Pécuchet* reposait sur la table où ruisselait le soleil liquide comme une coulée de miel. Mécontent de cette métaphore usée je l'ai écrasée de ma babouche.

– Je me suis assis.

J'ai compté les plumes étendues sur le plat en étain. Trente-sept, immaculées, arrachées à des oies blanches dont je croisais souvent des escouades autour de la maison qui m'enguirlandaient et me sautaient au visage en essayant de me becqueter les yeux comme si elles savaient que je déshonorerais un jour leur plumage. J'imaginais l'immense troupeau sacrifié par l'humanité pour rédiger, dessiner, gribouiller depuis l'invention de l'encre.

J'ai écrit une lettre à Maxime, trempant la plume dans la gueule de cette grenouille de cuivre d'encrier dont j'aurai journellement chatouillé la gorge pendant plus de trente-cinq années et dont il possédait la sœur jumelle. Nous avions même demandé au fondeur qu'elles soient issues du même lingot. Je portais toujours à mon doigt la bague au chaton de camée représentant un satyre qu'il m'avait offerte au temps de notre amour et lui la chevalière qu'en échange je lui avais donnée sur laquelle j'avais fait graver *Suum cuique pulchrum est* car il me semblait vraiment que tout ce que nous faisions ensemble était beau. Des fiançailles que les années avaient érodées mais dont nous avions conservé les fétiches.

Lundi prochain, j'irai embrasser ta seigneurie ; j'ai à peu près terminé mon livre ; ce qui me reste à faire est peu de chose ; il y a si longtemps que je ne t'ai vu, que je me hâte afin d'arriver avant ton départ.

Son départ pour Baden-Baden où il retrouverait le couple Husson avec lequel il faisait ménage à trois et où il mourrait quatorze ans plus tard. Le revoir revenait pour moi à faire une excursion dans mon passé. Des entrevues séparées souvent par plusieurs années. Nous remarquions dans le visage de l'autre l'avancée de notre décrépitude.

– J'ai cacheté l'enveloppe.

Je ne savais pas que je n'écrirais plus jamais à personne, que je n'écrirais plus.

Dans un pot à tabac j'avais caché les huit cent soixante-dix francs économisés sou par sou en vue de mon voyage. Les fiacres, les dîners, les fleurs, la traversée de la Manche coûtaient cher. J'emportais aussi un collier qui avait appartenu à ma mère dont j'avais fait remplacer le rubis perdu du solitaire par une émeraude trouvée avec des débris d'or au fond de son coffre à bijoux. Je devais me rendre incognito à Londres début juin. Je l'offrirais à Juliet. Nous passerions quelques jours dans un hôtel discret de Westminster. Juliet était en ce temps-là gouvernante de la fille d'un lord qui d'ores et déjà lui avait accordé une semaine de congé pour se rendre à Glasgow au chevet d'une tante malade inventée.

Je ressentais le besoin impérieux d'entrer en contact physique avec un être humain, de la tenir palpitante entre mes bras. Deux cœurs qui battent l'un contre l'autre, deux êtres vivants dans le même lit rassemblés. Elle laissait mes lèvres devenues violettes l'embrasser, consentait à frotter sa langue rose contre la mienne noircie par le mercure censé soigner mon éternelle syphilis.

– Je me suis penché à la fenêtre.

Un vapeur rouge et blanc glissait bruyamment sur la Seine. Je crus distinguer un voyageur debout sur une caisse qui inspectait la maison avec ses mains en visière. Il n'a pas répondu à mon salut. Il devait simplement contempler le panorama. Je m'arrêtais parfois de tirer sur ma pipe pour respirer l'air pur chargé du parfum des fleurs et de l'herbe fraîchement coupée qu'en titubant le jardinier rassemblait par petits tas de son râteau rouillé. L'idée de ma mort imminente me traversa l'esprit. La vie m'avait toujours pesé comme une houppelande trop lourde. Un deuxième corps de poupée russe dont ce matin-là je ne sentais plus le poids.

– En réalité j'avais eu raison de vivre.

Je n'avais pas été un héros mais un consciencieux maçon qui avait construit de solides romans aux phrases sans malfaçons. Ils résisteraient longtemps avant de tomber en ruine. Sans avoir été informé par un émissaire du destin j'étais sur le point d'arrêter d'exister. L'avenir n'était plus. Cependant je profitais avec bonheur de l'instant comme si désormais aucun autre n'était plus posté derrière lui en embuscade.

– Monsieur, le bain refroidit.

Suzanne m'avait déjà appelé plusieurs fois. Elle venait de rajouter de l'eau bouillante.

– Dépêchez-vous, autrement vous prendrez froid.

Elle déguerpit. J'ai voulu quitter la pièce mais ma carcasse me semblait lourde comme une ancre. J'essayais d'avancer, mon corps exécutait des pas dans le vide. Je voyais passer le temps le long des murs. Un fin rayon de soleil qui filait comme une seconde échappée d'une pendule. J'entendais Suzanne descendre et remonter chargée d'instruments de ménage car elle profitait de ma longue toilette pour nettoyer mon cabinet de travail. Après plusieurs tentatives je finis par réussir à me jeter dans le corridor.

– Comme vous boitez, monsieur, tout à coup.

Ma jambe recommençait à me faire mal et l'autre peinait à me tenir debout. Mon corps était un véhicule poussif dont je ne me sentais plus solidaire. Je changerais d'embarcation quand celle-ci serait tout à fait vermoulue et prête à couler. J'éclatai de rire en m'imaginant sauter de ma défroque de chair usée dans un corps flambant neuf au vernis encore humide.

– Vous vous moquez de moi.

Je rassurai Suzanne d'un *Point du tout* et me traînai vers mon bain cahin-caha. Les vitres étaient obstruées par la buée. J'ai entrouvert la fenêtre pour laisser entrer la brise champêtre. Je ressentais l'existence d'autres êtres dont j'étais le semblable. Les plantes étaient tout aussi vivantes que les belettes et les yeux des humains. Je ressemblais davantage à un vivace moucheron qu'à la couche de matière morte dont étaient constituées les rares photographies qu'on avait prises de moi au cours de mon existence.

– Un moucheron.

J'ai accroché ma robe de chambre et ma chemise au portemanteau. J'ai tâté l'eau du bout des orteils. Je suis entré dans la baignoire avec la sensation de me glisser dans un soulier. J'ai gardé pendant quelques secondes la tête sous l'eau. Je suis remonté à la surface en toussant. J'ai entendu Julie pousser la porte d'entrée et son pas boitillant dans le vestibule. Comme tous les matins elle allait s'asseoir à la grande table de la cuisine. Suzanne était descendue lui servir son bol de café. Elles ont commencé à parler. L'une chuchotait mais Suzanne était obligée de hausser le ton pour se faire entendre. Une conversation qui allait son train sans s'interrompre un instant pour reprendre son souffle puis qui s'arrêtait en rase campagne laissant place au silence, à l'entrechoquement de récipients, au fracas d'une assiette brisée. Suzanne cassait beaucoup, cassait trop selon ma nièce qui lui avait demandé dernièrement de noter son palmarès sur un cahier afin de déduire de ses gages le prix des dégâts.

– Madame, dans ces conditions je m'en vais.

Craignant que sa remplaçante soit pire destructrice et de surcroît peut-être voleuse et incendiaire Caroline l'avait retenue. Comme Suzanne montait malgré tout dans sa chambrette faire sa malle, elle dut s'excuser piteusement et à mots couverts lui donner blanc-seing pour trucider désormais toute la vaisselle de la maison.

J'ai raconté au début de cet ouvrage que Julie était venue me raser. En vérité elle ne se serait jamais permis d'entrer. Cette femme fut toujours pudibonde. Dès que j'eus huit ans elle fit en sorte de ne jamais plus me voir autrement qu'habillé. Quant à ma barbe, je m'en occupais moi-même depuis mes quinze ans. Une occasion de me regarder, de me trouver ridicule et d'éclater de rire. Il m'arrivait pourtant de la laisser en friche quand je demeurais cloîtré à Croisset. D'ailleurs, ce 8 mai elle était en jachère depuis la Saint-Polycarpe.

La baignoire était dans l'axe de la fenêtre. Je voyais très nettement la Normandie étalée devant moi telle une immense carte d'état-major. Le ciel se laissait transpercer malgré le soleil flamboyant et je pouvais voir au-delà du cosmos l'embouchure du Paradis.

– En tout cas, j'aperçus Emma sur le chemin de halage.

Habillée de gris, transpirante. Elle était surmontée d'un affreux chapeau cloche dont jamais je n'aurais eu le mauvais goût de l'affubler dans ce livre dont tout le monde la croyait éternellement prisonnière.

– D'un hurlement, j'appelai Suzanne.

Elle monta. Je lui demandai à travers la porte de m'apporter *Madame Bovary*.

– Quelle madame ?

– Mon roman, bécasse.

– Et vous, vous êtes un merle.

Par l'entrebâillement elle me balança un exemplaire qui tomba à l'eau. Feuilletant les pages détrempées je pus m'assurer de la présence d'Emma. Du reste tous les personnages semblaient à leur poste et continuaient à tourner autour de la vis sans fin de l'histoire qui recommençait à chaque fois qu'un lecteur entreprenait sa lecture.

– Avec l'âge je devenais méfiant.

Elle venait souvent m'importuner mais c'était pourtant la première fois que je procédais à pareille inspection. Frôlant Suzanne qui s'en retournait à la cuisine Emma grimpait maintenant l'escalier.

Elle se matérialisa devant la coiffeuse sans laisser d'image dans le miroir.

– Vous vous imaginiez que j'avais réussi à m'évader ?

J'ai soupiré.

– Mon regard m'a précédée. Il vous a vu trifouiller ce bouquin.

J'ai soufflé sur elle pour la dissiper.

– Vous écrasez mon visage.

J'ai exhumé le livre des profondeurs de la baignoire où je l'avais dissimulé sous mon derrière. Je le lui ai envoyé en pleine figure comme un pavé de Paris à la gueule d'un gendarme. Il a traversé son apparence avant d'échouer sur le mur. En retour elle m'annonça méchamment que dans une heure et quarante-trois minutes je serais mort.

il

Ce jour-là Gustave Flaubert s'était réveillé à neuf heures et demie. En ouvrant les yeux dans la pénombre il avait cru voir filtrer d'entre les rideaux des rayons de soleil raides et longs comme des épées d'or.

– Le temps était maussade.

Il pleuvait même sporadiquement dans certaines zones du paysage qu'on apercevait par la fenêtre de sa chambre. Il persistait cependant à voir un soleil euphorique qui éclairait, réchauffait, réjouissait. Il était sûr que cette lumière le pénétrait à chaque inspiration, des bouffées de joie et la fumée de sa pipe ajoutait à sa jubilation. Une allégresse générale régnait sur toutes les planètes de l'univers. Il imaginait une population d'écrivains retirés loin du fracas, attablés dans l'espace devant leur écritoire, noircissant des pages sans s'inquiéter de ceux d'ici-bas soumis à la rumeur du monde. Il monterait un de ces jours les rejoindre là-haut.

– Tu grimperas avec moi ?

– Où donc ?

– Au ciel.

– Vous n'êtes pas un peu fou ?

– Je plaisantais.

Il craignait que Suzanne signale à Caroline son extravagance. Une raison de plus pour elle de déclarer qu'errer tout seul dans cette vaste demeure l'amenait doucement au gâtisme afin que plus rien ne s'oppose à la vente de Croisset. Il but jusqu'à la dernière goutte son grand bol de café. Fagoté dans sa vieille robe de chambre de bure façon Balzac qu'il gardait parfois sur le dos jusqu'à son coucher il fit quelques pas dans la pièce. Il ne comprenait pas ce soleil changeant, clignant comme un œil qui plongeait l'humanité dans la grisaille à chaque fois qu'il abaissait sa paupière. Il gagna son cabinet de travail. Une cathédrale dont il était le chanoine, l'humble moine dont il semblait porter le froc.

– Le prosaïque sacristain.

Il regarda son reflet dans la lame du canif dont il taillait ses plumes. Il se trouva plutôt une tête de bedeau. Il chercha la différence dans un dictionnaire. Il n'y en a pas mais *bedeau* évoquait pour lui un visage rond tandis qu'un *sacristain* était forcément maigre, anguleux, une espèce de pantin affamé auquel les prélats donnaient de sévères coups de chapelet quand ils humectaient leur gosier du vin qui restait après l'office au fond des burettes.

– Allons donc.

Il s'assit à sa table et prit la plume. Ses dernières lignes pour un des grands amours de sa vie. La passion s'était envolée et peu à peu même la tendresse s'était effritée. Ils évitaient de se souvenir de leurs étreintes. Ils se sentaient vieux, épuisés par les furoncles, les bronchites, les échauffements, les refroidissements, les grippes, les rhumes, les véroles, les rhumatismes, toute une collection de maladies sans issue qu'aggravaient souvent les remèdes. Leur appareil génital était pareil à un oiseau moribond. Ils l'attrapaient distraitement par le cou, heureux encore que le flot d'urine lui sorte du bec sans leur occasionner de douleur. Autrefois, au nom des explosions de joie qu'il leur procurerait sitôt rétabli, ils éprouvaient envers lui toute l'indulgence du monde malgré les chancres, les brûlures, les écoulements purulents.

– Il se réjouissait vraiment de revoir Maxime Du Camp.

Non seulement Le Poittevin et Bouilhet étaient morts depuis longtemps mais Sand, mais Sainte-Beuve, mais Théophile Gautier, mais Louise Colet pareillement et Maxime lui semblait le dernier vivant du monde d'autrefois. Lui seul était encore relié à sa jeunesse, les autres connaissances qui lui restaient l'avaient connu décrépi. Demeuraient certes Julie et Laure de Maupassant mais elles n'avaient partagé ni leurs virées ni leurs rêves.

Il cacheta la lettre, donna trois coups sur le parquet avec une lourde canne ferrée qui lui servait à cet usage exclusif et Suzanne finit par monter en maugréant.

– Quoi encore, monsieur ?

– Je veux que cette lettre parte avant midi.

Elle s'en empara bien décidée à ne la poster qu'après sa sieste.

– Eh bien, pourquoi tu me scrutes ?

– Vous avez l'air bizarre.

Elle le quitta. Il se regarda à nouveau dans la lame. Il se trouva plus rougeaud que d'ordinaire. Sa tête incandescente comme dans le fourneau de sa pipe la touffe de tabac attisée par l'âpre bouffée qu'il était en train de tirer en se lamentant de n'avoir plus le teint d'albâtre de ses dix-huit ans. Il toussa, soufflant par à-coups la fumée tout au long de la quinte.

– Il ferma les yeux.

Contemplant son prochain voyage. Une excitation d'enfant ressassant le jouet qu'il a commandé pour Noël. Il emporterait le manuscrit de *Bouvard et Pécuchet* dont il terminerait le premier tome à Paris en baguenaudant. Il s'approcha du buste de Caroline. Il lui semblait qu'elle s'incarnait. Sa bouche, ses joues se coloraient, ses yeux redevenaient brillants et bleus. Elle allait retrouver son corps tout entier et se jeter dans ses bras avec la même hâte qu'autrefois, le samedi, quand il revenait de l'internat. Il alla s'asseoir sur le divan. Au lieu de se précipiter, Caroline avança à pas prudents de funambule. Arrivée près de lui elle se métamorphosa en larmes qui lui montèrent aux yeux et coulèrent jusque sur ses moustaches. Il les essuya du revers de sa manche. Les sentiments l'avaient endolori tout au long de sa vie. Il aurait préféré avoir un cœur de glace. Son écriture n'aurait été que style par aucune excrétion de lui-même entachée.

– Suzanne apparut au milieu de la pièce.

Elle lui annonça que son bain était prêt. Il lui reprocha de n'avoir pas frappé. Elle prétendit le contraire.

– N'importe, vous avez vraiment une drôle de tête.

Elle s'en alla avant qu'il ait eu le temps de lui répliquer. Il se leva lourdement. Il arriva peu à peu à la salle de bains. Il posa ses vêtements sur le dossier du fauteuil. Il s'approcha de la baignoire dont l'eau lui parut mêlée de rouille comme si les rayons du soleil avaient déteint à son contact. Il s'allongea. La fenêtre était le sommet d'une cascade d'où dévalait un flot de lumière bouillonnante. Il fallut que ses yeux s'habituent à tant de clarté avant de distinguer sur le chemin de halage Louis Bouilhet transpirant en chemise avec sa veste sous le bras. À sa mort ils se ressemblaient comme des jumeaux avec leur regard turquoise, leur calvitie, leur moustache tombante mais Gustave avait vieilli depuis et aujourd'hui on ne pouvait plus les confondre. Bien sûr il n'y avait pas plus de Louis Bouilhet sur le chemin de halage que de beurre en broche.

– Hérodias lui apparut furibonde coiffée d'une mitre assyrienne à mentonnière.

Depuis sa première crise sur la route de Trouville ses personnages avaient pris l'habitude de surgir à l'improviste pleins d'aigreur à l'encontre du sort qu'il leur avait réservé. Pareils à une bande de syndiqués ils le haïssaient comme un patron. Certains demeuraient figés sur le bord des paragraphes – en grève – et après avoir essayé en vain de négocier avec eux il les biffait rageusement. Quand il écrivait *Salammbô* c'étaient des armées entières qui braquaient sur lui des arcs, des catapultes, brandissaient des glaives, des lances – certains faisant tournoyer leur casque comme une fronde pour exploser son crâne. Même les plus humbles soldats se plaignaient. Ils n'aimaient pas les phrases dont ils étaient faits ni l'intrigue dans laquelle il les avait plongés ni les avatars du récit ni la nourriture sempiternelle ni le dénouement et l'épilogue pas davantage. Ils le traitaient de mauvais dieu.

– Des hallucinations.

Le monde était coriace, ne transigeait pas avec la raison ni ne tolérait que s'incarnent les spectres. Les personnages étaient pareils aux morts, aux notions. Jamais on ne verrait Don Quichotte entrer à cheval dans une abbaye ni l'essence se battre en duel avec l'ipséité. Même les mercuriales de madame Bovary étaient dues à des fuites de son imagination.

– Pourtant le plafond s'envola.

Il revint se poser comme une lourde dalle en ébranlant les murs. Il savait bien qu'il n'en était rien et qu'Emma n'avait pas profité de l'incident pour tomber du ciel. Elle ne s'était pas assise sur le fauteuil, écrasant ses fesses sur sa robe de chambre. Elle n'était pas là mais sagement confite dans le livre pour l'éternité. En tournant la tête il l'apercevait mais aussitôt il remettait son regard dans l'axe de la fenêtre, comptant les oiseaux migrateurs volant en escadrilles.

– Le paysage se balançait comme une escarpolette.

Un bavardage continu s'échappait de la bouche d'Emma, tournoyant, cherchant à s'immiscer dans ses oreilles qu'il obturait de son mieux avec ses gros doigts. Il pensa qu'il était sur le point de faire une crise d'épilepsie. Après tout mieux valait être malade aujourd'hui plutôt que le lendemain dans le train.

Emma le tança.

– Enlevez vos doigts de vos oreilles, c'est ridicule.

Il plongea la tête sous l'eau. Il compta jusqu'à quinze avant de se relever haletant. Elle toqua son crâne de sa bague.

– Je vous fais si peur ?

Il lui jeta un regard suppliant.

– Quand auras-tu fini de m'asticoter ?

– Le jour où vous m'aurez permutée avec Félicité.

Il fit un bond dans la baignoire. Un paquet d'eau tomba au sol.

– Es-tu donc devenue folle ?

– Tout le monde aime Félicité.

Le public de l'aduler jusque dans sa totale stupidité quand elle épouse un perroquet. Un époux qu'elle fait empailler après sa mort pour casser son veuvage, l'agrémenter d'une touche de nigauderie avant de le prendre pour le Saint-Esprit vrombissant comme un moustique autour de sa face de niaiseuse à l'agonie.

– Son idiotie lui vaut la sympathie du public.

– Tu ne te trouves pas assez bête ?

– Hélas.

Si seulement il avait lesté son cerveau de dix grammes d'intelligence supplémentaire elle aurait fermement refusé d'épouser Charles. Gustave aurait dû alors trouver une autre proie pour enfiler la robe de madame Bovary.

– Et je serais restée une vivante.

Gustave l'avait irrémédiablement arrachée au réel, précipitée dans la fiction. Elle était injustement entrée dans la légende pour sa salauderie envers ce pauvre mari qu'elle avait cocufié et ruiné.

– Or ce type était un porc.

Il dormait si bruyamment qu'elle était contrainte de passer le plus clair de la nuit à la fenêtre de la chambre pour ne pas périr gazée. Elle contemplait écœurée la lune jaunâtre éclairant d'une lumière malade la vitrine du pharmacien Homais en imaginant qu'à la même heure Paris la somnambule était illuminée par mille réverbères et trois millions de bougies dont les flammes scintillaient sur les monocles des noctambules, les diamants des rivières au cou de leurs chéries et les cristaux taillés des tables des soupers d'huîtres saupoudrées de caviar béluga issu d'esturgeons de la mer Caspienne survivants de l'ère des Eurhinosaurus qu'ils arrosaient d'un champagne millésimé pétillant comme du Pepsi-Cola et d'un calvados issu de la distillation de pommes cueillies au Paradis terrestre avant l'expulsion d'Ève et d'Adam par un dieu caractériel qui voue à l'enfer les mal aimées débarquant dans l'au-delà les lèvres blanches d'arsenic alors qu'il laisse passer tête haute tous ces mondains aux gueules enfarinées de cocaïne occis d'un arrêt cardiaque en pleine orgie.

– Vous m'avez bien mal lotie.

Gustave lui avait certes concédé le rang de petite bourgeoise mais il l'avait faite harpie. Elle était prête à dégringoler jusqu'à l'état de servante pour être enfin aimée. Elle remplacerait Suzanne à l'instant si la fantaisie lui venait de faire un roman de sa vie. Elle ne rechignerait pas à la tâche.

– Je vous cuisinerais des harengs.

– Des harengs ?

Les narines de Flaubert frémirent. S'il avait connu autrefois ses dons de cuisinière il l'aurait engagée à son service. Il aurait à sa place embarqué dans son livre une autre fille dégotée dans le bocage normand où les humains s'ennuient tant l'hiver qu'ils sont prêts à se laisser embrigader dans la première fiction venue.

– J'aurais ciré vos bottes.

Elle les aurait léchées à genoux. Mais elle savait bien qu'il était trop tard pour réclamer un rôle d'être vivant. Il l'avait trente ans plus tôt exilée à jamais du genre humain. S'il lui refusait de devenir Félicité il pouvait au moins en faire la femme d'un affairiste de vaudeville usé par la carambouille et les entourloupettes que sur une plage du Morbihan elle lutinerait le dimanche sous une barque retournée au lieu de la laisser à l'état de Bovary rêvant de baiser plus haut que son cul terreux de paysanne.

– Je suis même prête à abandonner toute notoriété.

Elle habiterait sans maugréer ce squelette de roman dont elle venait de lui donner la substance. Il demeurerait parmi des brouillons à l'abandon avant d'être vendu avec les autres aux enchères à la mort de sa nièce pour une poignée de noix de coco.

– Tais-toi.

– Vous n'avez jamais bandé que pour madame Arnoux

Il se pavana dans l'eau chaude en souriant. Élisa était assise sur le bord de la fenêtre avec ses seins gonflés aux extrémités raides et pointues prêts à donner la tétée à sa fille. Si pointues qu'il boucha de ses poings ses yeux comme s'il craignait qu'elles les lui crèvent. Il regrettait que la réalité vieillisse. Il rêvait d'une jeunesse coriace comme un roman qui ne se laisse pas impressionner par le temps. Emma s'assit sur les genoux d'Élisa qui se dissipa. Elle défit son corsage. Une peau blanche, lisse, trois grains de beauté mais une poitrine floue car il n'avait pas pris la peine de la décrire dans son bouquin.

– Moi, vous ne m'avez jamais aimée.

Avant même de tracer le premier mot du livre il avait déjà signé son arrêt de mort. Il savait qu'il lui infligerait un suicide douloureux, un supplice interminable et sordide au terme duquel il la ferait éclater d'un rire atroce, frénétique, dégoûtant.

– Vous auriez pu me laisser le temps de devenir une femme de trente ans.

Une quadragénaire, une quinqua, une grand-mère attendant sereinement une mort naturelle pour quitter la vie. Si au moins il lui avait laissé le choix des moyens comme dans un duel à l'offensé celui des armes. Elle aurait préféré se tirer une balle de pistolet dans la tempe comme un gentleman, se pendre comme le faisaient à l'époque les valets de ferme et les petits propriétaires trop pauvres pour posséder la moindre pétoire. Elle aurait pu aussi aller à Rouen se jeter du haut d'une tour de la cathédrale dont il l'avait fait sortir un jour pour entrer dans un fiacre et là, de Léon Dupuis, subir les derniers outrages.

– En réalité, Léon m'a violée.

Il avait tiré les stores de la voiture. Le bruit du roulement et de la ville couvrait ses cris. Il avait lié ses mains avec sa cravate, recouvert son visage d'un sac de velours noir dont il avait serré le cordon autour de son cou. Il avait troussé sa robe, découpé avec un poignard ses jupons et sa chemise. Elle serrait les cuisses, ruait, tentait de le mordre à travers le tissu. Il l'assomma à moitié d'une mornifle, caressa sa gorge avec la lame et pour se faire entendre malgré le vacarme des roues sur le pavé du quai des Curandiers il lui cria dans l'oreille.

– Tu meurs d'envie de mon angelot.

Il balafra ses cuisses jusqu'à ce qu'elles s'écartent, sanglantes. Il l'enfourcha et ce fut la cavalcade de l'homme sur la femme réduite par la terreur au rang de cheval de monte. Pour accroître sa jouissance Léon serrait tant et plus le cordon afin que les muscles du vagin compriment davantage son excroissance. Quand elle fut prête à éclater comme un grain de raisin dans un étau, de ses petites mains blêmes il étrangla Emma.

La voiture continua de rouler tandis qu'il la fouillait à la recherche d'un indice qui pût le compromettre. Égarée sous le séant de la victime, il retrouva, poissée du sang du viol, la lettre qu'elle comptait lui envoyer pour annuler leur rendez-vous.

– Il la déchiqueta.

Las d'arpenter la ville le cocher avait quitté Rouen et roulait en pleine campagne, fouettant à l'occasion ses chevaux harassés. Léon jeta par la fenêtre les déchirures qui se dispersèrent au vent et s'abattirent plus loin, comme des papillons rouges sur un champ de trèfles blancs tout en fleur.

– Vers six heures la voiture s'arrêta.

Léon fila par une ruelle du quartier Beauvoisine, abandonnant dans le fiacre le corps de sa mie morte.

Flaubert de soupirer.

– Jamais je ne t'ai soumise à pareille épreuve.

– Dans votre ouvrage vous avez falsifié la réalité.

Il avait réécrit la scène encore et encore jusqu'à transformer ce viol doublé de meurtre en baisade librement consentie.

– Votre Léon Dupuis est pire encore que ce gueux d'Abélard.

Qui dans une lettre adressée à Héloïse vingt ans après les faits reconnaît en se rengorgeant avoir usé de menaces à plusieurs reprises pour la posséder et admet en définitive l'avoir forcée.

– Léon méritait le sort que l'oncle Fulbert lui fit.

Quand il fit couper les couillons d'Abélard dont l'onction avait souillé le temple de sa nièce. Flaubert riait du trou béant de sa bouche car les farces sexuelles

les plus noires l'avaient toujours amusé. Emma s'absenta le temps d'aller quérir un nécessaire à écrire dans son cabinet de travail. Installant devant lui page et encrier sur la planche qui servait à poser les instruments de rasage elle lui mit la plume en main afin qu'avant de décéder il griffonne un paragraphe au cours duquel Léon avouerait son forfait et se ferait justice lui-même en ne gardant de sa glace à deux boules que le cornet.

– Idiote.

En retour elle lui asséna son épitaphe en torgnole.

Gustave Flaubert 12 décembre 1821 – 8 mai 1880

Elle l'assaisonna d'un sarcasme.

– C'est Caroline qui va être contente d'hériter enfin.

– Tant mieux, elle mérite le bonheur.

Puis il l'arrosa en souriant de quelques gouttes d'eau savonneuse.

– Seulement ma pauvre Emma, où trouverais-je le temps de mourir ?

Il n'aurait pas achevé la rédaction du deuxième tome de *Bouvard et Pécuchet* avant le printemps 1881. Une fois l'ouvrage terminé, son décès devrait attendre encore plusieurs années car il avait prévu d'entreprendre une épopée sur la bataille des Thermopyles suivie d'un grand roman sur le Second Empire afin de donner une leçon de style à ce chenapan d'Émile Zola qui depuis *L'Assommoir* bâclait *Les Rougon-Macquart*. Sans compter qu'il lui faudrait consacrer une bonne vingtaine de saisons à la rédaction d'un sérieux ouvrage sur l'Orient moderne qui ferait pendant au monceau de notes prises au cours de son voyage avec Maxime qu'il publierait en volume concomitamment. Cet importun décès devrait peut-être même patienter encore car avec les années son esprit serait devenu poussif et les mots ne tomberaient plus que goutte à goutte sur la page. Des gouttes espacées, rares, dont il mettrait un temps infini à fabriquer des phrases.

Il avait passé sa jeunesse à dénigrer la vie mais en cinquante-huit années il avait eu le temps de s'habituer à elle. Maintenant elle lui inspirait même une certaine sympathie. Il était attaché à cette gredine comme à une vieille paire de godillots. Il se voyait bien marcher encore cinq ou six décennies les pieds au chaud dans leur cuir boucané. Il traverserait ainsi cahin-caha le début du XXᵉ siècle. Il survolerait Verdun, reconnaissant étendus, morts, agonisants, la gueule arrachée, les enfants des enfants de ses amis d'enfance. Il s'attarderait sur le champ de bataille, enjambant des cadavres, des blessés hurlants. Il achèverait l'écriture d'une féerie sur le Chemin des Dames trois jours avant de mourir coupe de champagne en main le 12 décembre 1921 pendant la célébration de son centième anniversaire dans les jardins de la propriété antiboise de sa nièce remariée et à présent deux fois veuve.

– Sa rage d'exister serait assez puissante pour le ressusciter.

C'est à peine si son cœur s'arrêterait de battre un instant pour repartir de plus belle. Le romancier traverserait les années en trottinant derrière son déambulateur aux roues caoutchoutées, visitant New York en voiture décapotée, grimaçant à la gueule du cadavre de Lénine exposé à Moscou dans la Maison des syndicats, trépignant d'indignation contre la médiocrité des poètes nazis perdu dans la foule des SA peu francophones massés sur la place de Brandebourg le jour de la prise de pouvoir d'Adolf Hitler, heurtant de Gaulle le 26 août 1944 lors de sa triomphale descente des Champs-Élysées – Charles traitant Gustave d'énergumène, lui qui préféra toujours Stendhal et Charles Péguy – continuant après guerre à bousculer les années, regardant les tours tomber, les armées massacrer, échouant en pleine épidémie devant le Monoprix de Montparnasse dont je sortais chargé de victuailles et de produits d'entretien et de nous livrer tous deux à une bataille de métaphores, le trottoir se trouvant bientôt tout barbouillé de langage, les passants de glisser sur ce verglas verbeux et nous de patiner gracieusement comme des nymphettes au milieu de l'hécatombe en exécutant des saltos et des boucles piquées.

– La mort se moque bien de vos projets.

– En tout cas aujourd'hui je n'aurai pas une minute à lui consacrer.

Il avait hélas un nombre considérable de lettres à écrire avant son départ. Les jeunes auteurs l'inondaient de leurs publications. Il se croyait obligé de lire leurs livres entièrement et d'envoyer à chacun un compte rendu circonstancié de ses impressions toujours accompagné d'encouragements même quand il avait trouvé leur cuisine exécrable.

– Je ne suis pas près de rendre mon dernier souffle.

Si on en remplissait des bouteilles, l'air qui lui restait à respirer d'ici son trépas n'entrerait pas dans la maison.

Jetant ses frusques alentour, Emma se dévêtit tout entière.

– Que fais-tu donc ?

Elle déroula sa chevelure qui la dissimula jusqu'au creux des reins. Elle s'installa en face de lui dans la baignoire.

– Ne comptez pas sur moi pour faire votre éloge funèbre.

Ni pour suivre sa bière jusqu'au cimetière par les chemins escarpés de Croisset et les rues encombrées de Rouen.

– Vous n'êtes ni Homère ni Shakespeare.

Son œuvre était fragile. Une flottille de bateaux en papier dont Emma était le navire amiral.

– Vous me devrez votre survie.

Elle était déjà beaucoup plus célèbre que lui. Ses autres héroïnes tomberaient dans l'oubli tandis qu'elle acquerrait une renommée aussi éclatante que celle de Marilyn Monroe.

– Qui est cette Marie-Line ?

Son délire mégalomane amena Emma à se comparer à des personnages de fiction dont certains n'apparaîtraient qu'au XXIIIe siècle dans des œuvres dont en 2021 le support n'est pas encore inventé.

– Les pauvres robes que vous m'obligez à porter.

Alors qu'aucune étoffe, aucun bijou n'était assez luxueux pour cette Salammbô qu'il avait en sus gratifiée de deux *m* et couronnée d'un accent circonflexe alors qu'elle devrait se contenter *ad vitam* de son nom de bovin avec ce *y* final qu'il lui semblait parfois porter queue en l'air sur le crâne comme un casque à pointe.

– Vous auriez pu au moins me donner pour époux un fonctionnaire.

Au lieu de l'enfermer dans cet infâme village entre un pharmacien ridicule, un boutiquier escroc et cet employé d'auberge devenu unijambiste par la faute de son âne de mari. Elle aurait fait une belle femme de chef de bureau, recevant chaque semaine des épouses de notables, organisant des dîners un mercredi par mois et chaque année un grand bal dont un entrefilet causerait dans le *Fanal de Rouen*.

– Flaubert s'assombrit.

Sa figure devint gris pâle. Son épitaphe lui était revenue à l'esprit.

Emma continuait à le houspiller.

– J'aurais préféré encore rester fille.

Elle aurait vécu sans amourettes ni passion en tête à tête avec un potager dont elle aurait retourné la terre du matin au soir pour en définitive obtenir quelques kilos de courgettes filiformes et des tomates farineuses dont elle aurait mangé jusqu'au dernier pépin. Si encore il avait fait d'elle une adultère resplendissante, blonde comme le soleil avec entre les cuisses la toison d'or. Mais il avait surmonté son crâne d'une chevelure noiraude et alourdi son intimité d'une touffe charbonneuse qu'elle aurait pu tondre chaque matin pour garnir son poêle.

– Vous avez eu la goujaterie de me faire velue.

– Velue ?

– Vous êtes un maniaque. Toutes les femmes de vos livres sont comme moi embarrassées d'un sombre duvet au-dessus des lèvres. Demandez à votre madame Arnoux et à la mesquine Bordin dont est amoureux votre affreux Bouvard.

Il faisait de ses héroïnes des négligées qui laissent pousser leur moustache au lieu de prendre la peine de l'épiler brin par brin comme une dame du monde avec une pince de vermeil festonnée de poussière de saphir.

– Vous imaginez dans quel état nous apparaissons dans le cerveau des lecteurs ?

Ils les croient suantes sous leurs robes tant ils supposent leur corps tout entier recouvert d'un coussinet pileux dense à en pendouiller comme la fourrure des lévriers afghans.

– Pour vous, l'humain femelle est un animal.

À moins qu'il ait voulu la maculer des poils de la barbe d'Alfred Le Poittevin, de la moustache de Maxime Du Camp, de Louis Bouilhet et de toute la clique de ces drôles qu'il avait aimés plus que toutes les femmes de sa vie. Il protesta en redressant la tête à la manière de Mussolini qui naîtrait trois années plus tard à mille deux cents kilomètres de la baignoire où il marinait.

– J'ai tant aimé ma mère.

– Vous l'auriez épousée si la loi vous l'avez permis.

– Je l'ai toujours respectée.

– Voilà bien votre idéal, partager le salon d'une fausse maîtresse et dormir à l'écurie avec un mecton.

– Il est vrai que j'ai aimé passionnément quelques hommes mais depuis la mort de Louis ma carrière de bougre est finie.

Madame Bovary l'aspergea.

– Vous n'aurez été qu'un LGBT.

– Heureusement que la postérité n'entend pas ton charabia.

Elle aurait même accepté d'être bonnetière, chiffonnière, raccommodeuse de porcelaine dans un faubourg poisseux comme la main d'un rôtisseur.

– J'aurais même souffert d'épouser votre répugnant Pécuchet.

Pour échapper à ce sort sordide de coucheuse sans cœur elle serait pareillement devenue génitrice de son Julien l'hospitalier qui jusqu'à l'âge de vingt ans mordit sa mère malgré les rossées de son ivrogne de papa.

– Mais vous êtes un romancier féroce.

Le roman était une dictature où il enfermait des innocents. Des malheureux qui ne pouvaient modifier d'un atome le cours vertigineux de leur destinée. Toute une vie à dévaler la pente pour finir par éclater au fond d'un gouffre.

– Ou pire, vous les condamnez à une vie interminable, fade, lente.

– De qui tu parles ?

Emma ferma les yeux, fouillant sa mémoire.

Flaubert se sentait à l'étroit. Elle n'arrêtait pas de gigoter. Elle prenait aussi un malin plaisir à se servir de ses pieds comme de mains et tirer le bout de son nez avec ses orteils. Malgré tout il finit par s'endormir comme il avait coutume de le faire chaque matin dans son bain. Il vit en rêve apparaître sa mère au lendemain du jour où il avait éconduit Louise Colet débarquée inopinément à Croisset.

Une mère qui avait toujours rêvé de le marier, le voir jeter sa semence dans un ventre fécond comme l'avaient toujours fait les mâles de la famille. Une femme de devoir qui entendait confier le fruit de ses entrailles à une jeune femelle dont seraient sortis au fil des années des avatars de Flaubert au sexe concave ou convexe qu'elle aurait aimés follement comme des Gustave.

Cette mère sans cesse présentée à Louise comme un obstacle à leur union dont il lui pulvérisait la souffrance au visage pour lui faire honte de la légère douleur qu'elle prétendait éprouver de vivre loin de lui.

– Gustave, la rage des phrases t'a desséché le cœur.

Il voulut répondre à sa mère mais elle avait disparu. Il avait toujours eu le cœur tendre, la larme à l'œil mais le culte de la phrase – mosaïque de mots dont à l'infini on peut changer la taille, la couleur, l'ordre et les éléments – l'avait rendu bourru.

– Il attendait de la littérature qu'elle l'engloutisse.

Écrire des romans dont il ne serait même pas le passager clandestin. Toute une cité de chapitres qu'il aurait désertée sitôt construite. Il ne pouvait que constater son échec.

– Partout, il était partout.

À présent il se voyait dans le moindre des regards du plus infime personnage et son reflet tachait les vitres, les meubles, les portières laquées des voitures et il vit sa silhouette tremblotante sur la porte cirée de la grande armoire de la mère de Charles Bovary dans cette pièce plongée dans la pénombre où elle ruminait la haine de sa bru en ravaudant des bas qu'elle trouait le soir pour avoir de l'ouvrage le lendemain.

– Il avait déteint dans tous ses livres.

Un foulard d'indienne dans une cuve de linge blanc. Il n'avait pas réussi pour autant à s'absenter de la vie des hommes. Même s'il s'était épargné la reproduction, la vie conjugale, la corvée d'une profession pour n'avoir aucun devoir envers personne qui puisse l'éloigner de son cabinet de travail.

– Traversa son rêve une épouse qui cachait son papier.

Jetait ses plumes au vent, vidait ses réserves d'encre dans la Seine. Il devait griffonner en cachette, dissimulant son matériel dans une potiche, se relevant la nuit à pas de loup pour écrire une page à l'aveugle dans l'obscurité du placard où il s'enfermait. Il devait apprendre par cœur la prose qu'il pondait car chaque jour elle fouillait la maison jusqu'au toit, le jardin jusqu'aux arbres. Elle finissait toujours par découvrir son petit tas de mots qu'elle brûlait devant lui – se pendant à son cou pendant la flambée pour lui montrer qu'une fois encore elle lui pardonnait cette effusion de phrases. Elle était en train de déchirer avec ses dents le trisyllabique adjectif *suspendu* dont ses romans étaient parsemés quand il fut réveillé en sursaut par l'éponge gonflée d'eau qu'Emma lui jeta en pleine bouille.

– Je n'ai pas mérité de ressusciter.

– Quoi ?

– J'avais déjà assez souffert de mon vivant.

– Tu n'as jamais vécu.

– Vous m'avez arrachée à la tombe.

Un charmant caveau dans ce délicieux cimetière de Blainville-Crevon où gisait cette suicidée de dame Delamare qui ne méritait certes pas pareille réincarnation. Celle qui partageait son bain ce matin-là n'était pas seulement madame Bovary, elle était aussi son infortuné modèle

– Pourquoi m'avez-vous toujours haïe ?

– Haïe ? Je t'ai donné cinq ans de ma vie.

Elle ne lui avait rien demandé. Il aurait dû poursuivre son voyage en Orient au lieu de l'écourter pour rentrer pondre ce roman à Croisset. Il serait allé jusqu'en Chine coucher avec des mandarines et se faire des ventrées de riz, de litchis et de rouleaux de printemps. Elle était déjà bien à plaindre d'avoir habité un fait divers, d'avoir souffert, d'être morte par autolyse empoisonnée, il avait fallu en plus qu'il l'arrache à l'oubli pour l'injecter dans ce livre où elle menait une vie infernale à l'infini recommencée tant qu'il se trouverait un alphabétisé pour poser son regard sur ces phrases qui la retenaient prisonnière comme des bandelettes de momie.

– Autolyse ? Te voilà bien savante tout à coup pour une paysanne montée en graine.

– Vous êtes méprisant mais vous allez mourir.

Elle rirait bien le jour où un saligaud de son espèce s'emparerait de celui qu'il fut. Il connaîtrait les affres, le supplice, cette façon de mourir une deuxième fois sous la main d'une brute qui vous arrache l'âme pour la remplacer par une autre de sa composition. Une âme de fantaisie où il aura mêlé ses fantasmes, ses humeurs, son idiosyncrasie.

Flaubert lui balança des gouttelettes du bout des doigts.

– Tu n'as jamais été Delphine Delamare.

– Ah oui ? Je suis donc sortie toute cousue de votre cervelle ?

Il se renfrogna, balançant horizontalement d'un index distrait son pénis qui flottait dans l'eau comme une algue.

– Vous avez dégluti sans vergogne mon tragique destin comme une gorgée de sang frais.

Il l'avait digérée et elle lui avait fait profit. Pour dissimuler son larcin il l'avait débaptisée. L'avoir appelée

Emma passe encore mais avoir fait d'elle une Bovary alors qu'elle portait un nom aquatique fleurant bon la renoncule, la libellule, le nénuphar et le potamot.

– Pot à mots ?

Elle lui reprocha de ne pas aimer les plantes et de n'avoir aucune idée des termes qui servaient à les évoquer.

– Pot à mots ?

– Ignare. Vous n'avez pourtant dans les veines que du langage.

Une réalité fiduciaire. Vrais billets, fausse monnaie, qu'importe. Aucun ne vaut son pesant de réalité.

– Vous êtes une grosse bouteille bedonnante.

Remplie de vocabulaire et de syntaxe dont du goulot sort un sombre et laborieux suint dont il noircissait un interminable rouleau de papier que le massicot de la mort finirait par trancher comme le couteau de la guillotine le cou d'un assassin.

– Tu vas te taire ?

Il cria si fort que le flacon d'eau de Cologne posé sur une étagère de la coiffeuse se fendit, s'ouvrit en deux comme un œuf Fabergé, que son contenu se répandit et embauma la pièce. Le flacon requinqué servirait le soir même à Guy de Maupassant pour frictionner son cadavre avant de l'habiller pour le cercueil.

Emma semblait ne pas sentir l'odeur de l'eau de Cologne répandue alors que Flaubert reniflait l'air penaud comme un gosse qui vient de briser une vitre avec son ballon. Elle rapprocha son visage. Il eut l'impression qu'il était mou et allait dégouliner sur le sien.

– Au lieu de Bovary que ne fus-je plutôt Louise Colet.

– Louise Colet ?

Il la repoussa et s'enfonça dans l'eau. Il resta immobile quelques secondes avant de lâcher des bulles et de remonter brusquement.

– Si j'avais été cette femme je vous aurais tranché l'âme.

– L'âme ? Tu es donc poétesse ?

– L'âme des hommes loge dans leur culotte.

Lors de leur nuit à Mantes elle aurait fait pire que l'oncle d'Héloïse, tranchant et jetant par la fenêtre les trois personnages de sa Sainte-Trinité pour que les dévorent les rats. Il serait rentré piteux à Rouen. Peu à peu lui serait poussée une poitrine de fille et il aurait acquis une voix d'eunuque.

– Vous seriez devenu la risée.

Passant devant Croisset les brochets de la Seine sauteraient comme des carpes en manière de ricanement.

Désormais, avec sa moustache caduque dont ne resterait plus qu'un peu de duvet noir au-dessus des lèvres c'est en vain qu'il essaierait d'expliquer à la postérité qu'il n'était pas madame Bovary.

– Vous avez même eu le front de me nier en vous mettant à ma place.

– Je ne comprends rien à ton ânonnement.

– Vous avez eu l'audace d'affirmer *Madame Bovary, c'est moi*.

– Je n'ai certes jamais dit pareille sottise.

– Madame Bovary c'est moi, pas vous.

– Évidemment, grosse bête. Nous n'avons pas les mêmes organes.

Il éclata d'un rire phénoménal et se redressant dans la baignoire fit valoir son bazar en secouant ses pampilles.

– Vous êtes un vieux dégoûtant.

Il lui jeta un regard égrillard. Elle fit de ses mains une coquille pour dissimuler la broussaille qu'elle se promettait sitôt sortie du bain de faire épiler par un de ces artisans fabricateurs de bougie dont l'atelier regorge de cire propre à ratiboiser les monts de Vénus les plus chevelus. Mais le regard du maître n'avait rien de fureteur ni de libidineux.

– Elle était pourtant venue maintes fois le surprendre en petite tenue.

Quoi qu'il ait pu prétendre il n'était pas un créateur aux sentiments incestueux. Il n'avait jamais frotté sa chair contre la sienne ni ne lui avait dérobé ses souliers pour en faire plus tard ses délices. Il n'avait même pas frémi en écrivant ce passage torride où arrachant le lacet du corset d'Emma, Léon réussit l'exploit de faire tomber par ce seul geste tous ses vêtements à la fois.

– Vous avez fait de moi une strip-teaseuse.

Le mot n'était pas encore inventé, elle avait quelque excuse d'en faire un usage approximatif. Quant à Flaubert il la dévisagea de ses gros yeux en se demandant s'il ne s'agissait pas d'un normandisme. Elle secoua la tête pour faire déguerpir une agaçante mouche. Il lui trouva soudain une ressemblance avec une fille partagée avec Alfred à l'automne 1839 dans un petit bordel campagnard en lisière de la forêt de Roumare qui en leur présence assomma une guêpe d'un coup de boule.

– Tu n'es qu'une putain de papier.

– Une putain ?

Elle sourit de ses dents blanches comme la mousse de savon dont la moustache du maître était saupoudrée. Après tout, les insultes d'un mourant ne pouvaient souiller une dame vouée à l'éternité. C'est à elle qu'il devrait sa persistance dans la mémoire des hommes. Le reste de son œuvre demeurerait dans l'ombre de la Bovary dont les siècles passant peu de gens sauraient qu'elle était issue du cerveau de Flaubert comme Don Quichotte de celui de Cervantès et Pinocchio de l'atelier de ce *nobody* de Geppetto. Certains artistes tombent dans l'oubli tandis que leurs créations continuent à délecter les humains. Peut-être même qu'un flaubertien assoiffé de renommée le déchoirait un jour de sa paternité. Il s'appuierait sur un sondage dont la cohorte répondrait à une question perfide dont peu comprendraient la signification.

– *Madame Bovary* est-elle une œuvre apocryphe ?

Dix-neuf pour cent répondraient absolument apocryphe, trente-trois plutôt apocryphe, onze un peu apocryphe, dix-sept pas du tout tandis que le reste des sondés aurait la prudence de ne pas se prononcer. Écrasé par ce score accablant Flaubert passerait du jour au lendemain pour une crapule. Par désinvolture on lui laisserait cependant la paternité de ses autres chefs-d'œuvre dont personne ne se soucierait plus depuis longtemps.

Son nom disparaîtrait peu à peu des thèses universitaires, des manuels scolaires et dorénavant pas un éditeur ne le ferait figurer sur la couverture de ce roman dont quelques érudits épars sur la planète chercheraient l'auteur véritable en remontant jusqu'à l'Antiquité – époque où ni le grade d'officier de santé ni celui de clerc de notaire n'avaient encore été créés.

Quelques siècles plus tard des historiens démontreraient que ce roman était l'autobiographie à peine romancée d'une réelle Emma Bovary, sauvée par le docteur Larivière qui dans le laboratoire de Homais avait concocté *in extremis* un contrepoison à l'arsenic dont elle était cafie. Sitôt rétablie elle avait abandonné Charles à sa ruine pour partir couler des jours heureux auprès de son sauveur. À la mort de Charles elle récupéra sa fille. Le délai de viduité écoulé, Larivière l'épousa. Elle entreprit alors l'écriture de ce livre pour tromper son ennui et laissa un testament stipulant que l'ouvrage serait édité vingt ans après son décès quand la plupart des protagonistes seraient morts et leurs noms oubliés. Sitôt le corps de sa mère refroidi sa fille vendit le manuscrit. Un Gustave Flaubert l'acheta, le publia, en tira monnaie et renommée.

– Embrasse-moi, madame.

Flaubert de lui tendre sa bouche dépeuplée. Elle lui claqua du bout des lèvres un baiser sec comme un léger coup de marteau.

– Voleur.

– Arrête, je t'en prie.

Elle se dressa dans la baignoire. Elle se plaça au-dessus de lui. Il observa rêveusement sa vulve. Elle lui rappela celle de Louise qui à sa demande en avait fait prendre un cliché par Nadar dont la plaque fut brisée après l'obtention d'un unique tirage que Caroline découvrit à sa mort glissé en guise de marque-page dans une édition in-octavo du *Décaméron* et rageusement déchira.

– Il rêvassa.

Se souvint d'une promenade avec Louise dans les allées du Luco. Il aurait voulu rentrer seul à son domicile de la rue Murillo. Elle insistait pour qu'ils s'en retournent chez elle. Elle héla un fiacre. Arrivé là-bas il eut la sensation de la porter sur ses épaules comme un sac de plomb. Une femme de plus en plus pesante au fur et à mesure qu'elle lui parlait d'amour, cette langue étrangère qu'elle possédait mal – et lui qui en avait oublié jusqu'au rudiment.

Les yeux de Louise étaient éclairés avec une intensité égale par le jour mourant et la lampe qu'elle venait d'allumer. Il remarqua ses cils mobiles et longs comme une paire d'ailes de papillon. Il entendit se disputer au rez-de-chaussée un ménage de petits rentiers à propos d'un verre à dents qu'ils s'accusaient mutuellement d'avoir ébréché. Le bruit d'un atelier lointain remplaça peu à peu leur babil. Un contremaître grondait un apprenti, le poursuivant autour des établis où les ouvriers continuaient indifférents leur besogne. Il entendait les battements du cœur de l'enfant qui se mêlaient à ceux de Louise furieuse de le sentir loin d'elle en train de divaguer. Il en voyait nettement s'agiter les oreillettes à travers son corsage mauve sur lequel sautillaient les perles d'un collier. Ses yeux déversèrent sur lui une coulée de lumière blonde comme une chevelure de princesse boréale. Il tomba dans un profond sommeil. Quand il reprit ses esprits Louise pressait une éponge gorgée d'eau fraîche et de jus de citron sur son crâne brûlant.

Il s'aperçut qu'au-dessus de lui madame Bovary faisait pipi.

Madame Bovary comme vache qui pisse. Ce n'était pas pour rien qu'elle lui reprochait d'en être réduite à porter ce nom dont n'aurait pas rougi une famille de bovidés. Mais où avait-elle pu boire tout ce liquide pour couler de la sorte sans discontinuer. Une urine bleutée à l'odeur de lilas. Elle avait pu boire l'eau des fleurs dont Suzanne constituait toujours un grand bouquet pour égayer sa cuisine. Une agréable douche chaude et parfumée mais la baignoire allait finir par déborder, inondant la pièce et le rez-de-chaussée.

– Vas-tu arrêter ces sottises ?

– Alors accordez-moi l'asile dans *L'Éducation sentimentale.*

Elle ne prendrait la place de personne. Elle serait l'épouse d'Honoré Quimper – personnage secondaire que Flaubert gardait en réserve et dont il ne s'était jamais servi – un général en retraite, héros de Marengo qui lui aurait donné des jumelles dont une seule baptisée Guenièvre aurait survécu. Le ménage habiterait rue Tronchet à un jet de sarbacane du domicile de Jacques Arnoux et de sa cocue. Emma ne tarderait pas à devenir sa maîtresse, puis de fil en aiguille celle de Frédéric qui l'introduirait dans l'hôtel patricien des Dambreuse. À force d'entregent, de mondanité, d'idylles avec des personnages de romans oubliés aujourd'hui mais très à la mode en ce temps-là, elle grimperait au mât de cocagne de la société parisienne.

Elle rendrait service à des danseuses, favorites de princes moldaves qui la propulseraient jusque dans la chambre à coucher de Mac Mahon, Jules Grévy et Sadi Carnot. Circulant sans coup férir de la réalité à la fiction et du roman au réel son ascension serait fulgurante. Quand son mari finirait par mourir d'une crise d'apoplexie elle aurait réussi à lui faire attribuer en moins de cinq années un bon kilo de médailles par des ministres ancrés dans la réalité ainsi qu'une palanquée de titres nobiliaires par des seigneurs de romans médiévaux et par tous ces grotesques roitelets qui fleurissaient à l'époque dans les drames joués à guichets fermés sur les scènes des théâtres du boulevard des Capucines. Un mari si décoré que son cercueil tinterait à chaque cahot comme une tirelire pleine de pièces de monnaie. Un bruit qui se répandrait jusque dans les bas quartiers et le tombeau serait pillé la nuit même.

Elle élèverait désormais seule sa Guenièvre de gamine, adolescente anémique, qu'elle en serait réduite – pour lui donner des couleurs – à gifler à bras raccourcis avant de la sortir dans le monde. Sa beauté malade au teint cireux et aux joues cramoisies deviendrait une curiosité dans Paris. Cela lui vaudrait d'être présentée avec sa mère à la duchesse de Guermantes à une époque où Marcel Proust ne l'avait pas encore rencontrée. Les jugeant trop ordinaires l'aristocrate refuserait de les recevoir derechef mais la gamine aurait attiré l'attention du docteur Cottard qui présenterait mère et fille aux Verdurin. Lors d'un de ses insupportables dîners – ayant atteint seize ans – la jeune fille ferait la connaissance d'un neveu du duc de Montesquiou venu avec son oncle se moquer de cette tablée de rastaquouères. Ils se marieraient, auraient trois vigoureux fils au regard bleu de Prusse. Le couple occuperait un hôtel particulier rue de Bourgogne. Elle courrait les mondanités, croisant Sarah Bernhardt, dînant avec le jeune Marcel auquel elle servirait de chaperon, lui apprenant à tousser dans sa main en cornet, à s'abstenir de réclamer les latrines quand il était en visite et à ne jamais acculer le jeune homme de la maison pour lui arracher un baiser derrière un feuillu du jardin d'hiver.

Encore ingambe, dans le sillon de sa fille, Emma aurait survécu au XIXe siècle. Marcel finirait par l'incorporer officiellement dans la *Recherche du temps perdu*. Il en ferait une veuve Guermantes retirée dans un coquet cottage à Neuilly. Elle mourrait à la veille de la guerre de 1914. Des valets en culottes courtes introduiraient le gotha venu en foule la contempler sur son lit d'apparat en bois doré dans sa robe parme rehaussée çà et là de sanglots de perles du Japon.

On la trimballerait à Paris pour une messe de funérailles à la Madeleine dite par un descendant direct de Jésus-Christ en présence du troupeau des Guermantes, de la clique des Verdurin, de Françoise et de toute la valetaille de ce bouquin. Effondré sur un prie-Dieu Marcel assisterait à la cérémonie. Il verserait des larmes sincères du même tonneau que celles versées dix ans plus tôt lors de la mort de sa mère.

– Et vous, Gustave ?

– Quoi, encore ?

– Je me suis sentie bien seule dans ma boîte.

Il n'avait pas pris la peine d'assister à son enterrement minuscule dans un cimetière qui n'avait certes pas le charme de celui de Blainville-Crevon où la Delamare avait été inhumée, tant il était battu par les vents, bombardé par la grêle, cuit l'été par un soleil qui surchauffe les tombes où rissolent alors les défunts comme poêlée de pommes de terre Ratte du Touquet. Coupable de son apparition, il aurait pu quand même parcourir les quelques lieues qui séparent Croisset de Yonville pour lui rendre un dernier hommage. Le propriétaire d'un écureuil décédé enterre lui-même sa bête mais pour lui Emma valait moins encore qu'un de ces petits pois que lors de la dernière fête de Saint-Polycarpe il écrasait machinalement entre ses mâchoires en jouissant du goût du navarin d'agneau dont cet humble légume n'était que l'accompagnement enrobé d'une infime pellicule de jus de cuisson.

Tout en causant, Emma s'était progressivement assise sur le visage de Gustave qui – enfoui dans son univers intérieur – ne s'en aperçut que lorsqu'il étouffa. Il se dégagea d'un grand coup de tête et haleta un moment avant de pouvoir articuler.

– Tu n'as donc aucune pudeur ?

– Il n'y a pas que Léon.

– Quoi donc ?

Elle mentit.

– Vous m'avez violentée aussi.

Elle prétendit que la chose s'était déroulée à Paris quinze ans plus tôt. Alors qu'elle lui faisait une simple visite de courtoisie il l'avait pourfendue sans prendre la peine de la trousser, emportant sa robe jusque dans les profondeurs de son tabernacle et de cette barbarie était né un garçonnet.

– Vous le reniâtes, le tuâtes, le cuisinâtes, le mangeâtes, le digérâtes, le chiâtes.

– Bigre, tu conjugues.

Il restait dans la vessie d'Emma quelques gouttes dont elle fit du visage du maître le récipiendaire puis elle devint nuage de phrases qui s'échappa par la fenêtre entrebâillée. Il perdit ses points et ses virgules en traversant le jardin, tourbillonna sur la route, se désagrégea en traversant la Seine et dissémina ses caractères aux quatre vents.

– La terre avait bu la ponctuation.

Et plus aucune trace d'Emma dans la pièce ensoleillée. Ses vêtements posés sur le fauteuil s'étaient évanouis. Demeurait un humain patraque marinant dans l'eau brillante comme une plaque d'or. Tout était d'or. Le plafond, les murs et quand il baissait les yeux il apercevait ses jambes, son sexe, comme dorés à la feuille. Même en son for intérieur tout scintillait. Le train de ses pensées, de ses souvenirs, le boudoir de sa conscience où il délibérait. Remontaient en lui le sable du désert, les pyramides, le Nil, la peau douce de Louise, de Juliet Herbert, de Kuchiuk-Hanem, d'Alfred, de Louis, de Maxime. Le passé, le présent et le monde de demain étincelaient. Bouvard et Pécuchet sortaient radieux de l'imprimerie portés en triomphe par des lecteurs chatoyants comme des cuillères de vermeil.

– Le soleil de son crépuscule qu'il prenait pour les premiers rayons de l'aube.

Il frétillait dans l'eau encore tiède. Il mourrait dans son cabinet de travail face à ce fleuve dont il avait si souvent remonté le cours à la nage. Flaubert l'homme de l'eau toujours un pied dans l'amnios ne mourrait pas dans la salle de bains. S'il était resté là jusqu'au soir peut-être aurait-il survécu quelques heures de plus. Quelques jours, si on lui avait apporté des vivres. Il aurait laissé partir son train du lendemain. Il ne serait pas arrivé à Paris. Il n'aurait vu ni Maxime ni personne. On aurait mis son absence sur le compte d'une fâcherie de dernière minute.

– Gustave est ombrageux.

Suzanne aurait envoyé un télégramme à Caroline pour la prévenir de cette nouvelle fantaisie. Une bien étrange idée de se cloîtrer dans une pièce aussi peu confortable. Elle avait l'impression d'être une geôlière quand elle lui faisait passer son plateau par l'entrebâillement de la porte. Il chipotait la soupe, grignotait le fromage et ne touchait même pas au rôti. Elle percevait parfois des clapotis comme s'il persistait à barboter dans l'eau refroidie. Elle lui criait de venir se sécher devant le feu qui pétillait dans la cheminée de son cabinet de travail.

– Vous qui êtes si frileux.

Décidément l'eau s'était rafraîchie. Il essaya d'appeler Suzanne mais sa voix ne sortit pas de sa bouche. Il l'entendit faire des reproches à Julio qu'elle poursuivait dans le jardin.

Il se souvint avoir écrit un jour à Léonie Brainne qu'il rêvait d'être sa baignoire. Sa main effleura un instant son pénis, museau flottant entre deux eaux. Un animal aussi fidèle et sympathique que Julio. Remuant son appendice d'une pichenette il se demanda si en ces temps démocratiques à force d'études et de concours certains animaux ne parviendraient pas un jour à être promus humains. Julio alors de porter gilet, souliers et guêtres en peau de castor.

– Il ferma les yeux, rêvassant.

Il voyait les deux tomes de *Bouvard et Pécuchet* dans les vitrines des librairies. Un succès gigantesque que même les romans d'Eugène Sue n'avaient pas connu. Il se figurait l'imprimerie qu'il avait visitée un jour en présence de son éditeur Lévy avec tous ces ouvriers affairés qui le maudiraient de les obliger à travailler jour et nuit pour étancher la soif grandissante de ses lecteurs tandis qu'une adaptation théâtrale serait triomphalement jouée à l'Odéon avant d'entrer l'année suivante au répertoire de la Comédie-Française. Il vit ses dettes se décomposer et données en pâture à des cochons hilares. À présent Caroline pouvait être fière de sa lucrative et adorable *Nounou* de Gustave.

– La Bovary, gros oiseau.

Planant au-dessus de Yonville, ses amants agrippés à sa queue aux plumes chamarrées. Et Bouvard devant la cheminée de son cabinet de travail qui allume une de ses pipes et à côté de lui Pécuchet qui les mains derrière le dos médite. Il s'approche, les salue.

– Eh, compères ?

Bouvard sortant de sa poche un mètre de couturière pour mesurer son tour de tête, la distance entre ses yeux gros comme des calots d'agate afin de calculer son caractère à la lumière de la phrénologie.

– Il entendit dans son dos bruisser les femmes de sa vie.

Sa mère, sa sœur, Élisa, Louise, Juliet, d'autres encore et les amis, les amants, son enfance tout entière, une bousculade d'embrassades, d'étreintes, les sons, les couleurs, les odeurs des saisons, des gens, des fleurs autrefois fanées et aujourd'hui à nouveau en bouton.

– Tout est éternel, tout est éternel.

Tout est éternel, murmure Gustave en plongeant la tête sous l'eau. Il entend pulser son cœur. Un métronome qui perpétuellement battra la mesure, pas le tic-tac d'une bombe à retardement.

La mort était arrivée dans ce cabinet de travail qui contenait sa dernière bulle de temps. Elle avait un moment dévisagé le buste de Caroline qu'elle avait emportée en mars 1846 et jetée au néant avec les décédés de cette année-là. Elle s'était peut-être échappée depuis pour gagner le paradis, l'enfer, n'importe quel endroit où on existe encore. La mort s'était assise à la table de travail du maître, manipulant distraitement ses plumes.

– Elle s'était levée.

Elle avait inspecté les rayonnages des bibliothèques. Elle connaissait personnellement chaque auteur, d'anciennes pratiques dont certaines lui avaient donné du fil à retordre tant elles marchandaient leurs derniers instants. Elle remarqua un exemplaire de *Boule de suif* dont l'auteur figurait sur son carnet de commandes. Elle ne devait emporter Guy de Maupassant que treize années plus tard, lui laissant le temps d'écrire le plus clair de son œuvre, de faire plusieurs tentatives de suicide et de finir ses jours paralysé dans la clinique du docteur Blanche où séjourna Gérard de Nerval avant d'être retrouvé pendu rue de la Vieille-Lanterne avec son haut-de-forme sur la tête.

– Elle posa la main sur un exemplaire de *Salammbô*.

Elle se rappela Hannibal qu'elle avait plusieurs fois épargné sur les champs de bataille avant de le faire périr empoisonné. Un héros se doit de mourir d'une flèche en plein cœur, d'un coup de glaive, la tête tranchée en combat singulier par la hache d'un mercenaire.

– Elle lui infligea cette mort misérable.

Près de la cheminée où trônait la pendule paternelle en marbre jaune surmontée d'un buste d'Hippocrate elle aperçut le mauvais portrait à l'aquarelle de Gertrude Collier, une amie d'enfance avec laquelle Gustave avait joué au croquet. Elle attendrait novembre 1913 pour venir la rafler nuitamment dans sa chambre lambrissée de Chelsea, interrompant à point nommé son ronflement pour permettre à sa petite-fille qui la veillait sur un lit de camp de pouvoir s'endormir enfin du sommeil du juste.

– Partout des étagères surchargées du butin de son voyage en Orient.

Des amulettes de cuivre terni, des masques d'ébène, des bijoux de verroterie, des flûtes en bois précieux. Tous ces objets avaient quelque chose de funèbre, on les aurait dits arrachés au tombeau d'un lâche bien décidé par ces offrandes à s'acheter la clémence des dieux. Les deux pieds de momie volés dans une grotte de Samoûn donnaient à penser que le reste du corps s'était carapaté à genoux en les laissant derrière lui comme une paire de chaussures trop luxueuses pour faire amende honorable dans l'au-delà.

Au cours des trois dernières décennies Flaubert avait passé plus de cent mille heures dans cette pièce, ce qui fait quatre mille jours ou onze années et des poussières.

– Il est absurde de compter la vie.

Un cabinet de travail comme un vêtement chaud qui le protégeait des rigueurs de l'éternel hiver qui le frigorifiait à longueur d'année.

– Un vaisseau blindé pour écrire à l'abri.

La table se rappelait tous ces personnages qui avaient trottiné sur son dos pendant de longues paires de mois avant d'être remplacés par une ventrée d'autres. Passant au travers du tapis vert, le sang de ses héros avait laissé sa trace sur le bois. Les marques sur ses pieds provenaient des coups de botte qu'exalté par l'écriture il leur avait infligés. Elle avait même supporté tout un hiver le perroquet de Félicité prêté par le musée d'Histoire naturelle de Rouen pour lui servir de modèle. Comme s'il avait eu besoin de poupées, de figurines, de soldats de plomb pour raconter Bovary, Arnoux, les Barbares et les Carthaginois. Elle était fatiguée d'avoir ployé sous toutes ces armées, ces bourgeois en redingote, ces femmes engoncées dans des robes amidonnées comme des faux cols, ces mondes, ces époques, ces univers.

Elle repose aujourd'hui au pavillon Flaubert.

– Ses blessures ont eu le temps de cicatriser.

Le fauteuil à haut dossier recouvert de cuir brun a échoué là-bas lui aussi. Une semaine après son décès Caroline et son mari se mirent en tête que Flaubert avait peut-être caché son journal intime dans le rembourrage. Ils le dépiautèrent et ne trouvèrent rien d'autre qu'un incongru lorgnon brisé. Le tapissier pris de malaise avait dû le perdre en piquant du nez. Son apprenti avait achevé la besogne et l'avait enseveli dans le crin. Les époux marris d'avoir fait chou blanc s'accusèrent mutuellement d'avoir eu cette idée idiote. Le lendemain l'habile Ernest remit en état le fauteuil dépenaillé.

– Quand le gardien du lieu aura tourné le dos.

Installez donc votre séant sur le siège si souvent écrasé par celui de Gustave. Soyez précautionneux car le fauteuil est monté sur roulettes dont l'une a pris la poudre d'escampette. Une fois établi posez votre cahier sur la table et griffonnez vos impressions en trempant une des plumes rescapées du maître dans la grenouille d'encrier prise dans la vitrine à gauche de la fenêtre en regardant la Seine.

– En parlant de censure, en parlant de grenouille.

Un fauteuil crapaud fait face au premier. La toile qui le recouvre est presque neuve. Louis Bouilhet l'avait usé avec ses fesses, défoncé sous son poids au cours des interminables séances de lecture et de relecture des textes de Gustave. Un an avant son décès Ernest avait décidé de le remettre à neuf pour occuper son temps lors d'un séjour à Croisset qui s'éternisait à cause d'un refroidissement obligeant Caroline à garder la chambre. Gustave avait protesté en vain pour conserver intact ce souvenir.

– La mort s'assit sur le divan.

Elle s'amusa à jongler avec les coussins. Elle finit par les laisser retomber l'un après l'autre sur le tapis. Elle avait repéré les lieux. Elle reviendrait. Elle disparut comme elle était venue. Dehors, on distinguait dans un coin du paysage l'enterrement prochain de Gustave qui l'attendait tranquillement roulé en boule dans le futur immédiat.

Suzanne ouvrit brusquement la porte pour laisser entrer Julio qui alla s'installer dans l'ancien lit de bébé de la fratrie des Flaubert et de sa nièce dont on avait scié des barreaux pour en faire une confortable niche à ciel ouvert. Tout à l'heure, sitôt sorti du jardin il avait couru sans but comme un fou échappé avant de bondir dans la Seine. Il nagea dignement, cou tendu, sans mouiller un poil de son museau, contrairement à son maître incapable de faire trois brasses sans fourrer sa tête dans le flot. Il grimpa sur un îlot dont il fit le tour en cavalant avant de s'effondrer pour faire un somme au pied d'un buisson. À son réveil il but son pesant d'eau avant de regagner la rive en bâillant comme s'il était le passager désœuvré de ce corps qui se démenait des quatre pattes pour avancer.

Installé dans son refuge, Julio s'endormit épuisé par sa fugue.

– Te revoilà donc, gredin

Habillé de pied en cap Flaubert fit irruption dans la pièce. On aurait dit que sa jambe venait de se casser à nouveau et qu'il la traînait derrière lui comme une grosse quille. Cependant il était émerveillé de ne plus ressentir la moindre douleur. Demain, il pourrait gravir sans geindre les cinq étages de l'appartement parisien qu'il partageait depuis leur ruine avec les Commanville. Il caressa du bout des doigts le museau de Julio qui le regarda aussi bouleversé que s'il voyait Dieu. La bête avait des yeux d'or. Il recula, ébloui et butant contre une lame du parquet assez mal équarrie il aperçut des éléments disparates de son passé.

– Le voilà en train de naître.

Dans cette chambre où sa mère écoute stoïque tomber les flocons tandis que Cléophas lui arrache Gustave des entrailles comme un dû. Lui passe sur la langue le goût du baiser échangé en 1831 avec une cousine décédée l'année suivante de la fièvre typhoïde dans une armoire où ils s'étaient cachés. Il se voit en train d'écrire *Novembre* un jour de juillet dans sa chambre de la rue Lecat tandis que son père sort de l'amphithéâtre avec un bras dans un sac de jute qu'il se propose de disséquer dans l'arrière-cour de l'hôpital où il réunit ses élèves quand il fait trop chaud. Maintenant Caroline lui tient la main ce matin neigeux du premier janvier 1828 et Julie les houspille gentiment.

– Il fait trop froid pour traînasser.

Le voilà maintenant un soir d'octobre d'une année anonyme trottant, jeune encore, cravate ébouriffée, dans une ruelle parisienne. Il entre dans un petit hôtel quand il est secoué soudain par un orgasme trop maigre et poussif pour dater de ce temps-là. Sans doute s'agit-il de celui qu'il connut deux ans plus tôt avec Léonie Brainne et qui sera le dernier de sa vie.

Assis sur un banc d'une classe aux fenêtres grillagées du Collège royal de Rouen il est aux prises avec un essaim de vers de Virgile quand il est sorti de sa rêverie par le braiment du professeur. Mais voilà que des alexandrins défilent comme des sous-titres par-dessus l'image de Gustave recroquevillé sur *Athalie* dans le dortoir sous un rayon de lune. Les années sautent pêle-mêle autour de lui, kangourous rougeoyants comme des boulets de charbon dans un poêle chauffé à blanc qui bientôt retombent en pluie de cendre grise et froide sur sa gueule.

– Le passé cède le pas au délire de l'agonie.

Dans la partie nord de son cabinet de travail la princesse Mathilde danse avec le ventru Bouvard qu'elle retient d'une main de fer à chaque fois qu'il est sur le point de mettre à terre leur binôme. Sur le canapé Maxime Du Camp chuchote à l'oreille de Frédéric Moreau et Sainte-Beuve gamahuche Salammbô qui loin de se pâmer appelle à son secours en langue punique Moloch et Tanit. Saint Antoine à genoux résiste à la tentation de se mêler à eux pour enfin éprouver le plaisir terrifiant de se rouler dans la fange alors que Flaubert éclate d'un rire enfantin en apercevant Félicité courant après son perroquet avec un filet à papillon. Non loin Léon Tolstoï se promène au bras d'Anna Karénine, ce clone en Technicolor d'Emma Bovary.

Longeant les bibliothèques qui s'étirent, se multiplient, se font muraille de granit et les livres de briller comme des quartz et la nichée d'enfants à qui tout au long de sa vie Flaubert a obstinément refusé l'existence de courir en ribambelle, renversant les statuettes, balançant les amulettes, bousculant un duo de rentiers rouennais encombrés de paniers le croyant déjà mort venus cueillir quelques reliques dont ils escomptent bel argent et puis les mioches d'escalader Gustave, de faire des glissades sur son crâne, de s'insinuer en lui par les cheminées de son nez, de se perdre l'un après l'autre dans la forêt de son cerveau touffu et Flaubert surpris, sursautant, malencontreusement de sa bottine effleurant le derche d'une Louise Colet sortie de terre qui furieuse lui jette un vase et une George Sand passant par là de la traîner par l'oreille pour reformer le couple d'autrefois. Les deux femmes disparaissent avant que les amoureux d'avant-hier aient eu le temps de se cracher au visage tandis que Victor Hugo tombe des nues portant sur ses épaules Gavroche à l'horizon bouché par la robe de Cosette assise effarée sur sa tête avec sur la sienne son brinquebalant seau d'eau dont les éclaboussures ornent la barbe du vieux poète de gouttelettes scintillantes.

– Suzanne d'entrer sans frapper.

Flaubert de revenir à lui. On a raconté qu'à cet instant précis il avait dit à la soubrette inquiète à la vue de son visage congestionné d'aller à Rouen chercher Eylau.

– Je le connais.

Hugo habitait avenue d'Eylau qui deviendrait l'année suivante l'avenue Victor-Hugo. Certains alors de supposer que Gustave avait remis sa vie entre les mains du vieux crocodile alors qu'un médecin du nom de Hélot exerçait bel et bien à Rouen place de la Pucelle. Un autre prétendit que Gustave s'était suicidé une heure plus tôt dans son bain par autostrangulation. Sans compter la rumeur affirmant qu'après sa mort son cabinet de travail avait été mis sous scellés par la police pour les raisons d'une enquête dont on n'a retrouvé nulle trace. Un bal de suppositions, de cancans, de témoignages et comme l'événement ne s'est déroulé qu'une fois il est difficile de les supposer successivement véridiques.

– Suzanne s'en va, revient, lui apporte un verre d'eau.

Son dernier verre d'eau dont vous pouvez contempler aujourd'hui le contenant dans une vitrine du pavillon Flaubert. Il en but une gorgée du bout des lèvres. Si vous voulez avoir sur les papilles la saveur aigrelette de son agonie dont demeurent sur les parois des particules calcifiées, vous brisez la glace, vous vous emparez du godet, dans la Seine voisine vous le remplissez afin que l'eau du XXIe siècle dissolve les atomes de 1880 et vous vous régalez à petites gorgées du breuvage. La mort c'est gouleyant, ça rafraîchit.

Il tituba. Il se déposa doucement sur le divan comme une vieille chose fragile. Son corps devint léger, une baudruche prête à s'envoler. Le soleil se levait à l'intérieur même de la pièce. Les rayons doraient les murs, les meubles, ses pieds et la paume de sa main gauche où sa ligne de vie décrivait un grand arc scintillant. Nulle part trace de sa mort prochaine, au contraire il croyait distinguer une myriade d'étoiles au bout de chacun de ses doigts. Autant de nuits d'écriture que le destin lui accordait encore. Il voyait des milliers de pages vierges, des bombonnes d'encre et les pauvres oies dont il userait les plumes pour les noircir. La littérature, transvaser goutte à goutte sur le papier un univers de rechange. L'art était la seule chance pour le monde d'exister. Les personnages attendaient en maugréant qu'un écrivain prenne la peine de les créer. Il se reprochait de n'avoir pas écrit davantage. Sous prétexte de documentation il s'était abruti de lectures dans le seul but de reculer l'instant de se coltiner le langage, de le fondre, de l'atomiser, de le forger, d'en tirer des phrases qu'il fantasmait parfois plusieurs années avant de se mettre au travail.

– Il était seulement l'auteur de quelques livres.

Désormais son cabinet de travail deviendrait un bagne. Il ne s'agirait plus de potasser, de pinailler de rédiger un malheureux paragraphe, de le hurler jusque sur la route puis de le raturer interminablement jusqu'à crever la page. Maintenant il se sentait assez puissant pour générer une famille nombreuse. Des romans par dizaines, une œuvre plus prolixe encore que celle de Balzac. Une œuvre populeuse comme une de ces mégalopoles de la taille d'un pays qui seraient bâties trois siècles plus tard. Il éprouvait un désir forcené de créer des foules, de peupler les déserts, les forêts, les îles, de faire surgir des continents dont il couvrirait les terres d'une immense saga. Son cerveau était capable d'inventer plus de gens qu'il n'avait de cellules. Avant de mourir il aurait le temps de peupler la lune.

Il s'écroula. Il n'avait plus l'énergie de déployer un univers comme du temps où il écrivait *Salammbô*. Il trouva à peine la force de se redresser. La littérature le sauverait. Il s'écrirait lui-même, se raconterait, en hâte se créerait un double dont sitôt fabriqué il prendrait la place, laissant là son corps de chair qui pourrirait dans le cercueil pendant qu'il continuerait à vivre anonyme dans une de ces petites pensions de famille perdues dans la campagne où il avait envisagé de finir ses jours si les Commanville avaient vendu Croisset et où il incarnerait un retraité de l'administration réfugié là pour s'épargner la peine de tenir une maison et de cuisiner.

Sa mémoire lui imposa le souvenir du passage d'une lettre d'Ivan Tourgueniev où il lui faisait remarquer un grain de sable qui enrayait *L'Éducation sentimentale* dès le chapitre IV de la première partie puisque contrairement à ce qui était écrit cette contralto de madame Arnoux aurait bien été bien incapable de chercher ses effets dans les *trois notes aiguës* qu'il lui mettait dans la gorge et encore moins dans *une autre plus haute encore* que les premières déjà trop hautes pour ses pauvres cordes vocales presque viriles. À elle seule cette erreur condamnait tout le reste de l'ouvrage. Un kyste malin aux rhizomes infinis qui transportaient son venin jusque dans la dernière phrase du livre qui était une redite par Charles Deslauriers d'une autre prononcée l'instant d'avant par Frédéric Moreau.

« C'est là ce que nous avons eu de meilleur ! », dit Frédéric.

« Oui, peut-être bien ? C'est là ce que nous avons eu de meilleur ! », dit Deslauriers.

Il se dressa lentement, s'approcha de la bibliothèque et levant la patte s'empara du roman. Il l'apporta sur la table et avec un crayon à papier transforma madame Arnoux en soprano. Quant à la dernière phrase il la biffa et le livre se termina désormais par la précédente devenue profonde, mystérieuse – et ce point d'interrogation qui résumait tout ce qu'un homme peut dire de la vie, du bonheur, de l'origine du monde et de l'amour.

« *Oui, peut-être bien ?* »

Gustave se sentit plus léger d'avoir amputé la fin de cette histoire de son cul de plomb. Il laissa l'exemplaire corrigé en évidence afin qu'il en soit fait selon sa volonté lors des tirages suivants. Pour éviter de donner à la postérité l'image d'un Flaubert fluctuant, Caroline effaça énergiquement ces repentirs avec une boulette de mie de pain roulée entre ses doigts graciles.

Alors qu'il s'en revenait difficultueusement vers le divan, une phrase aigrelette tinta à son oreille.

– Qui a payé les dettes de madame Bovary ?

Une question qu'il entendait pour la première fois. Elle devait trépigner dans l'arrière-cour de sa conscience depuis plusieurs années mais jugeant que le choc serait trop rude pour le propriétaire du cerveau le concierge la refoulait à chaque fois qu'elle se présentait au portillon.

N'en pouvant plus elle venait d'assommer le malheureux pour débouler à son aise.

– Après sa mort la saisie n'a pas lieu.

Alors que la veille du décès, accompagné par deux témoins l'huissier procède à l'inventaire. Gustave hocha la tête, abasourdi. Lors de leurs multiples relectures jamais le scrupuleux Bouilhet n'avait fait la moindre remarque à ce sujet. Pourtant une agonie ne génère aucune monnaie et personne n'achète à bon prix le cadavre d'une empoisonnée. Il fallait sans plus tarder réparer ce livre. Si l'action s'était déroulée durant la Seconde Guerre mondiale il aurait pu prétendre qu'au soir de l'enterrement Charles avait ramassé dans son jardin un ballot de billets destiné à la résistance que venait de parachuter un avion allié.

– Il était trop tôt pour penser à un tel stratagème.

Et il avait toujours réprouvé le recours à des *deus ex machina* pour rafistoler une histoire mal fagotée. Le mieux aurait été de reprendre la fin de l'ouvrage à partir de la visite d'Emma à Rodolphe. Au lieu de l'envoyer lanlaire son ancien amant accepterait de lui prêter les trois mille francs demandés. Elle pourrait alors faire patienter ses créanciers. L'huissier s'en retournerait à Rouen. En outre, le lendemain, emporté par un retour de flamme de sa passion pour Emma, Rodolphe lui ferait porter cinq mille francs supplémentaires afin qu'elle puisse rembourser l'entièreté de sa dette.

– Il faut pourtant qu'elle meure à la fin.

Qu'elle s'empoisonne, que Charles périsse de désespoir et que leur fille aille travailler dans une filature de coton. Alors Emma sitôt la dette apurée, honteuse d'avoir souillé l'honneur de son mari par l'adultère, consommerait malgré tout l'arsenic du pharmacien. Ainsi, le tour serait joué. Il n'aurait même pas un mot à changer dans les deux derniers chapitres. Il profiterait cependant de ces transformations pour raboter un paragraphe ici et là, injecter quelques phrases, modifier le plan un tantinet. Une occasion rêvée de rénover l'ouvrage. Un sourire satisfait lui monta aux lèvres. À quatre pattes il se traîna jusqu'à la bibliothèque.

Combien de mots dans sa vie. Les mots pensés, les mots échappés de sa bouche sans laisser de trace, les mots écrits, publiés, brûlés, perdus, retrouvés, en attente quelque part étendus sur du papier bouffé par les souris, dans une malle au fond d'une cave, dissimulés sous les lattes d'un plancher, sous des sachets de napoléons dans le coffre d'une banque zurichoise. Ces lettres qui apparaissent à l'occasion d'une vente publique et rejoignent l'anonymat des collections. Sans imaginer une œuvre inconnue enterrée six pieds sous terre découverte lors de la démolition d'une maison de Barcelone, de Bucarest, d'Oslo – autant de villes où on ignorait qu'il fût un jour allé.

– Mais de redites, parlons encore.

Le discours du conseiller de préfecture bénissant les comices agricoles de Yonville situé au chapitre VIII de la deuxième partie lui sauta à la gorge. Dedans se nichait une répétition digne d'un gougnafier.

Des arènes pacifiques, où le vainqueur, en en sortant, tendra la main au vaincu.

En en ? Hi Han, répondra l'âne assez lettré pour jeter un œil critique sur cette phrase torchonnée. Gustave mit un genou en terre. Une larme lui brouilla un œil.

Pleurer pour une phrase, il savait que les larmes avaient été d'abord inventées pour cet usage. Une répétition de plus, un crime supplémentaire.

Se redressant un peu il parvint à attraper le premier volume de *Madame Bovary*. Cherchant la phrase honteuse dont à présent les *en* fracassaient la pièce comme de terribles coups de trompette, il trouva au chapitre IX une nouvelle tumeur.

Rodolphe contemplait entre ce drap noir et sa bottine noire, la délicatesse du bas blanc d'Emma.

Noir et *noire*, les deux épisodes d'une paire de claques qui ébranlèrent sa cervelle. Elle tinta contre la paroi de son crâne comme un battant de cloche. Il rampa jusqu'à la table pour récupérer le crayon et remplacer le fragment fautif par un *entre ce drap et sa bottine noirs* un peu étrange à lire mais qui avait le mérite d'arracher la verrue sans malmener la syntaxe. Il ne se sentait pas la force de modifier ce matin la fin du roman qu'il avait élaborée tout à l'heure mais du moins inscrirait-il sur la page de garde le plan des travaux.

Puis ce fut Salammbô qui le torgnola.

– *L'homme au fer recourbé.*

Du chapitre XII venait de tomber comme une fiente cette phrase ridicule qu'il avait façonnée pour éviter la répétition du mot *faucille* qui figurait deux lignes plus haut. Une lourdeur inutile car se reportant de mémoire à la page incriminée, il s'aperçut que *L'homme* sans aucune mention de *fer recourbé* aurait suffi. L'amputation n'aurait été source d'aucune confusion et lui aurait évité de sombrer dans le ridicule. Il parvint jusqu'à la table, emporta le crayon et s'en retourna vers la bibliothèque avec la Bovary qu'il posa sur le tapis pour s'accrochant des deux mains aux rayons parvenir à se hisser jusqu'à *Salammbô* qu'il déposa à côté de l'autre dame. Il avait du chagrin. Il savait que malgré ses efforts son œuvre demeurerait imparfaite comme l'était le plus beau visage de chair qui se puisse trouver. Pauvres vivants, statues perfectibles, amendables musiques, infirmes paragraphes que la marée noiera. Il supplia la postérité d'oublier son œuvre afin que ses taches humiliantes ne soient jamais exposées.

– Il est peut-être encore temps.

Il espéra. Il était encore temps de tout relire, de passer chaque phrase au tamis, d'épurer la langue, d'inventer de nouveaux alambics pour la purifier, en extraire l'élixir.

– L'élixir.

Pourquoi ne pas y avoir pensé plus tôt. Un élixir était parfait, indépassable et quand chacun de ses romans aurait atteint ce stade il pourrait mourir sans honte. Malaisément accroupi sur le tapis il voulut reprendre la Bovary. Les pages étaient en marbre et il ne put soulever l'ouvrage. D'ailleurs ce n'était pas parce qu'il était possible de parler d'un roman à l'état d'élixir qu'un tel roman pouvait exister. Le langage lui avait fait croire toute sa vie à des mirages. Le langage pouvait à peine décrire le passé, le présent, le sucré, l'amer, la joie, le sel, le ciel, le vacarme et encore, si maladroitement qu'il faut les avoir déjà rencontrés pour les reconnaître à l'état de mots, comment le croire à même d'inventer l'avenir, de montrer le chemin vers des choses et des notions qui bien que convenablement nommées ne s'étaient encore jamais matérialisées et ne correspondraient peut-être jamais à aucune réalité.

– Tiens, me voilà philosophe.

Il éclata de rire pour la dernière fois de sa vie.

Il était en route vers le divan quand il croisa son père. Un homme désormais à peine plus âgé que lui. Cléophas hésite avant de reconnaître son fils sous cette forme d'homme usé par le temps, les maux et depuis la ruine des Commanville par la peur sordide du lendemain. Les mains derrière le dos il en fait le tour comme pour évaluer son envergure. En définitive, il se poste devant lui avec l'air sévère qu'il prenait jadis pour le gourmander.

– Gustave, depuis tout ce temps qu'as-tu fait de ta vie ?

– J'ai écrit.

– Quoi d'autre ?

Impressionné comme à dix ans Gustave essaie de le convaincre qu'il a bâti une œuvre, acquis une certaine notoriété, que des gens sérieux le respectent, que certains le qualifient même de grand écrivain. Il lui montre du doigt la postérité en train de déjeuner sur un bateau-mouche qui remonte la Seine et applaudit à petites claquées en l'apercevant gesticulant au milieu de la pièce. Certains ont même abandonné leur dessert meringué aux fraises des bois pour l'acclamer. Cléophas met sa main en visière.

– La postérité, papa. La postérité.

Cléophas sourit en lui tiraillant le lobe de l'oreille.

– À quoi pourrait te servir la postérité ?

Elle n'existerait qu'à sa mort et à sa mort il n'existerait plus. Qu'importait donc que passe ce bateau.

– Tu aurais mieux fait de devenir procureur au lieu de rater tes examens.

– Je ne comprenais rien au fatras des lois.

– Il fallait te forcer, mon garçon.

Le bateau s'éloignait. Les convives avaient terminé leur tarte. On apportait le café et désœuvrés les enfants se servaient des assiettes comme de soucoupes volantes et jetaient les couverts aux poissons.

Cléophas lui montre le navire que l'horizon vient de déglutir.

– Tu vois, le mirage s'est évanoui.

Et puis la postérité n'en finit pas de mourir, les générations de se succéder, les civilisations de s'effondrer, de défiler, de tomber en ruine et sans même attendre la consommation des siècles un jour personne ne se souciera plus de ses livres auxquels de toute manière les cerveaux futurs ne comprendront plus rien. Artistes, héros, zéros de tout acabit disparaîtront l'un après l'autre à jamais comme ces espèces animales dont au hasard d'un archivage du vivant on s'aperçoit qu'il ne reste plus un seul exemplaire sur la planète. Les symphonies verront leurs notes crever comme des insectes, les tableaux pèleront comme des coups de soleil et d'ailleurs un temps sera où les arts deviendront inutiles car les créatures auront dépassé le sublime pour monter infiniment plus haut, seront tombées trop bas pour le goûter, auront été trucidées jusqu'à la dernière comme les dodos – pauvres oiseaux exotiques aux ailes atrophiées exterminés par les colons.

– Tu pourrais enfin te mettre au travail.

Fort de sa première année de droit il pouvait solliciter un emploi dans la fonction publique. À moins qu'il ne reprenne ses études pour finir sa vie sinon magistrat, du moins avoué, notaire dans quelque bourgade désolée de basse Normandie.

– J'aurai cinquante-neuf ans en décembre.

– Tu as raison, c'est beaucoup pour un étudiant.

Il sortit sa montre de son gousset pour prendre son pouls, lui demanda d'ouvrir sa chemise et posa son oreille contre sa poitrine. Il lui demanda de tirer la langue et de dire *Ahhhh*.

– Ahhhhhhhh.

– Plus fort, ouvre ton clapet davantage, mon garçon.

– Ahhhhhhhhhhhhhh.

– C'est bien, tu peux refermer ta boutique.

Il dégrafa sa ceinture, baissa son pantalon, souleva sa chemise. Il décalotta le pénis dont le gland violacé ne présentait aucune trace de chancre. Il palpa les testicules plusieurs fois car il décelait une grosseur sous le gauche. Il finit par hausser les épaules.

– Sûrement un nodule bénin.

Flaubert se rhabilla. Cléophas s'intéressa alors à un furoncle qui lui était poussé la veille à la base du cou. Il attrapa sur la table le canif dont Flaubert se servait pour affûter ses plumes, l'incisa, essuya le pus avec son mouchoir.

– Tu as toujours été sujet aux éruptions.

Il sortit sa loupe pour examiner ses yeux. Le cristallin était encore assez transparent malgré un début de cataracte. Mais en s'intéressant à ses pupilles il s'aperçut qu'elles n'étaient plus que deux trous noirs dans lesquels l'âme et l'esprit de Gustave allaient bientôt se noyer.

Il lui tapota tendrement la joue.

– Mon fils, puisque tu t'en vas je te pardonne.

Il n'avait rien à lui pardonner. Achille Cléophas avait depuis tout à l'heure dans la bouche les mots du fils. Cet homme n'avait jamais fantasmé Gustave. Il l'avait tranquillement aimé. Il eut certes la faiblesse de penser qu'il pourrait un jour exercer une profession. Il avait pourtant cédé quand la maladie s'était pointée. Il ne lui avait pas chipoté la monnaie, changeant même son testament trois mois avant son décès pour augmenter sa rente. Achille Cléophas devrait entrer le premier au panthéon des pères si le budget pour son érection était voté quelque jour par un Parlement prolixe.

– Père, ne me laisse pas mourir.

– Les parents finissent par abandonner leurs enfants, c'est dans l'ordre des choses.

– Sauve-moi, papa.

Gustave haletait, son visage était mouillé de sueur. Se remettant peu à peu il convint que Cléophas n'était jamais venu. Un matérialiste de son espèce n'aurait pas consenti à jouer les revenants pour encourager son fils à prendre un emploi au lieu de bayer aux corneilles.

Il avait toujours rêvé de rencontrer ses chers disparus et constatait à quel point revoir les morts n'était pas une joie. Les souvenirs les mettaient mieux en valeur, un léger flou brouillait leurs traits, à moins qu'à grands coups de pinceau la mémoire les embellisse avant de les poser sur la plaque de verre du microscope de la conscience.

Quant à Élisa Schlésinger, son heure n'avait pas encore sonné. Elle était là cependant avec sa chevelure de laine grise. Un rayon éclairait son visage aux yeux d'obsidienne. Sa bouche reste close pourtant dans l'air résonnent des paroles dites d'une voix qui ressemble à la sienne. Elle reproche à Gustave de l'avoir jetée dans les *Mémoires d'un fou*, dans *L'Éducation sentimentale* ainsi que dans d'autres textes moins littéraires écrits pour jouir et balancés après coup aux flammes. Les flammes auxquelles il donna en pâture tant de mots d'amour tracés de la main de Louise, d'Alfred, de Maxime et d'autres humains dont les plus éminents chercheurs flaubertiens ignorent jusqu'à l'existence.

Gustave pousse un cri.

– Le temps est une cheminée.

Il brûle nos jours comme des papiers, nos années comme des cahiers. On ne verra pas la dernière page se consumer. Élisa s'approcha de son visage jusqu'à devenir floue.

– On ne m'avait pas assez brutalisée ?

Outre ces viols qui lui avaient servi de nuit de noce elle avait enduré la cocufication puis le supplice de la folie. Elle ne savait plus si elle était cette jambe, l'autre, ce bras, celui-là, lequel de ces membres reliés chacun par une corde aux quatre chevaux qui l'écartelaient davantage à chaque cravachée de leur cavalier.

– Vous êtes un salop de romancier.

Un tapin, un maquereau tout à la fois. Un barbare qui avait taquiné du bout de sa plume son âme immaculée de martyr. Il se souvint qu'à cette heure Élisa était à Berlin sans savoir que ses enfants lui avaient déjà trouvé une place en France dans un asile. Apparut un tas sanglant de têtes tranchées parmi lesquelles il reconnut la sienne et celles de tous les morts qu'il avait autrefois côtoyés. Il s'inclina pour prendre dans ses bras la tête de sa mère. Il s'affaissa sur le tapis où il n'y avait rien.

Au lieu de se rapprocher du divan il avait reculé jusqu'à la porte. Il tourne autour de lui-même comme un chat qui cherche sa queue tandis que Julio bâille dans son refuge en le regardant d'un œil vague. Montait peu à peu une rumeur pareille à celle des oiseaux avant l'aurore quand dans l'obscurité ils se mettent à pépier pour s'éclaircir le gosier après une nuit de sommeil perchés sur une branche, une barrière, le câble télégraphique qui enjambait la propriété depuis l'an passé.

– Cette rumeur ne sort pas de becs.

Il entend le son de sa vie. Une cascade qui prend sa source en décembre 1821 et dévale les années. Les bruits des chaises qu'on pousse avant de s'attabler, qu'on repousse quand on se lève, le bruit de l'eau de la Seine quand il nageait ou se laissait porter comme un bois flotté, des voix d'hommes pesantes avec leurs ailes écailleuses d'animaux volants préhistoriques, de femmes chantantes, riantes, les détonations entendues à Paris en 1848 quand il courait la ville avec Maxime pour assister à l'Histoire, le crépitement des balles des Prussiens dans les lointains de Croisset et il entend très clairement le bruissement de tous les sourires qui lui ont été adressés depuis sa naissance.

– Comme si les sourires bruissaient.

Les sourires sont le silence même. Aucun n'est pareil, un sourire est une empreinte, un ADN. Ne fauchez pas celui d'un autre, les contrefaçons ne trompent personne.

– Des images apparaissent.

Villes, villages, panoramas, maisons, poitrines, escaliers, arbres, lac, arc-en-ciel, cerf, salons, basse-cour, lampes, bougies, nombrils, sexes, chambres à coucher. Le grand défilé des êtres qui ont traversé sa vie. Ils vieillissent puis remontent la pente en criant joyeusement comme des enfants avant de se remettre à naître. Pour la première fois il voit le temps, passant, passé, le temps qui devant lui danse sur les pointes comme une ballerine, virevolte et se prend pour l'éternité. Le passé sort des instants des poches de son habit dépenaillé. Des heures, des jours, des éclats de sa vie qu'il peut prendre dans sa main et regarder luire au soleil. Il traverse la plage où il a aperçu pour la première fois le regard d'Élisa, respire le parfum de Juliet, étreint Maxime Du Camp comme ils savaient s'étreindre quand culminait leur passion. Il retrouve la pièce où repose le corps d'Alfred. Il ouvre une fenêtre, les nuages noirs accumulés dans le ciel comme un drap de deuil.

– Le tonnerre.

Des éclairs montent du sol comme explosent les mines. Il attend que sa vie éclate comme un orage. Il a envie de courir nu sous les trombes, de se vautrer, d'ouvrir grand la bouche pour s'en gaver. Vivre, il n'avait jamais éprouvé à ce point la sensation de vivre. Le bonheur inaccoutumé de se contenter d'être, de respirer, de prendre conscience de l'attraction terrestre et de jouir du miracle de ne pas tomber dans ses abysses, de ne pas s'évaporer dans l'atmosphère dont respirer l'air est un régal. La joie de résister au néant qui l'avait précédé et à celui qui l'attendait. Il tenait bon, il n'allait pas glisser, il s'accrocherait au temps qui lui restait, il lui suffisait de trouver ses robustes poignées. Il était un humain éphémère mais il saurait multiplier ses derniers instants comme des petits pains. Il les dégusterait sans se faire remarquer par les sbires de la mort toujours à rôder à la recherche des pleutres et des récalcitrants qui la fuient queue basse pour se bâfrer de picaillons d'existence souillés, malades, fiévreux, souffreteux dont un mois plus tôt il n'aurait pas voulu. Il les trouverait succulents ces instants rassis, moisis, pourris, bouffés aux vers.

Il avait tant loué la mort, la paix du tombeau, ce merveilleux royaume sans merveille ni royaume et la vie il l'avait calomniée, vilipendée, écrasée à coups de talon. Toute sa jeunesse passée à jouer les martyrs, les vieillards écœurés, les délicats, les dégoûtés, les incommodés toujours à gerber les délices dont ils viennent de jouir. Aujourd'hui il était prêt à accepter l'enfer, être éternellement rôti par les flammes plutôt que n'être plus. Pour la première fois, il était terrifié par le néant. Le néant, l'effacement et tout d'un coup ni on existe ni on a jamais existé. Ses livres resteraient pour se foutre de sa gueule et on dirait qu'il est immortel. Pauvre vieux, pauvre Gustave, pauvre petit depuis longtemps décomposé, immortel comme tes os blanchis.

– Il échangerait soudain tous ses livres contre un matin neuf.

Qu'ils brûlent à sa place Bouvard, Bovary, Salammbô, Hérodias, Pécuchet, madame Arnoux, Félicité, saint Antoine, personnages de langage dont des générations se gaveraient.

– Il échangeait ses œuvres complètes contre une seule minute.

Même petite, tronquée, une de ces minutes dont on a rogné quelques miettes avant de la jeter au mourant assoiffé de temps. Une cuillérée à moka de secondes, assez pour une respiration et sentir encore l'air passer par sa gorge comme un nectar avant de tirer le rideau de fer de sa vie.

– Il demandait trop.

Des œuvres complètes ne pouvaient acheter une telle quantité de temps. Alors il supplia qu'on lui accorde une seule seconde contre la Bovary et tout le toutim. Même une seconde un peu défraîchie, entamée, décrépite, parcimonieuse, avare, maigrelette, grevée de fuites, une seconde gravement malade, une seconde à la dernière extrémité, une seconde tombée du haut d'une horloge et laissée pour morte sur les tomettes du vestibule. Il saurait la soigner, la revigorer, l'emmener s'il le fallait au bord de la mer, en cure dans une station thermale d'altitude pour qu'elle reprenne des couleurs.

– Une seconde scrofuleuse sans charme ni esprit.

Il saurait la ménager, l'économiser comme un grigou, dépenser avec parcimonie les millièmes des centièmes de dixièmes et chacun des millionièmes de les couper finement en quatre, en douze mille et de cette seconde il ferait un petit morceau d'éternité. Une seconde dont il ferait meilleur usage que des cinquante-sept années, quatre mois, sept jours et onze heures quarante minutes qu'il avait bus précipitamment depuis sa naissance comme de l'eau croupie au lieu de les déguster.

– Désormais il vivrait chichement en anachorète.

Asphyxié, s'accordant pour récompense une infime portion d'air le jour de Pâques. Il se prosterna pour supplier Dieu d'exister afin de pouvoir auprès de lui faire valoir ses droits à la vie éternelle. Il était prêt à grimper avec lui le Golgotha, acceptant de prendre sa part de coups, de crachats, portant humblement la croix sur son dos comme un baudet. Il la planterait lui-même dans le sol, s'y clouerait à la place du Fils sans une plainte et en crevant de chanter au plus haut des cieux ses louanges. Si les tombes pouvaient rire et entendre les bassesses de leurs futurs occupants, la sienne l'attendrait en se marrant à dalle déployée.

Malgré la distance qui le séparait du faubourg Saint-Honoré il entendit la voix de Caroline chuchotant à l'oreille d'Ernest que la gloire de l'oncle finirait par leur rapporter assez pour vivre dans un hôtel particulier avec majordome et valetaille en livrée. La savoureuse fierté d'être enfin pour eux une source de revenus plutôt qu'un coût lui fit esquisser un sourire. Il ne savait pas que le ménage avait décidé de lui imposer dès le mois d'octobre une série de conférences rémunérées en France et à Bruxelles. Ils comptaient lui faire signer les documents à l'issue d'un copieux et arrosé dîner dont ils le régaleraient de ses deniers au *Rocher de Cancale*.

Il s'est relevé et s'est précipité jusqu'à la cheminée en flageolant. Il bourra une pipe, trembla un peu pour craquer l'allumette, sentit la première bouffée lui racler la gorge, gonfler ses poumons et en expirant éprouva une enivrante sensation d'exister comme si la fumée s'échappant de sa bouche rendait visible la puissance du souffle de vie qui l'animait. La mort avait cédé à sa prière, recroquevillée sous un coussin elle essayait de se faire oublier pour le laisser vivre paisiblement le dernier croûton de temps qu'elle lui accordait.

Il voulut partager sa joie d'exister. Elle était assez grande pour qu'il puisse en régaler les tristes du département de parts épaisses et moelleuses comme du gâteau.

– Il aurait aimé ouvrir toutes les fenêtres de son cabinet de travail.

Pour laisser entrer l'univers. Elles étaient innombrables. Il ne fallait pas gaspiller le temps en traînassant. Mais il s'aperçut qu'il lui suffisait maintenant de le décider pour mettre comme par magie un pied devant l'autre et recommencer sans peine ni douleur *ad libitum*. Il avançait vite, autour de lui le décor défilait et les fenêtres s'ouvraient d'elles-mêmes à son approche.

Il attrapa en passant une longue-vue taillée dans une défense d'éléphant pendue au mur par une cordelière en peau de cobra. La dernière fenêtre se révéla coriace, il dut tourner des deux mains la poignée et s'arc-bouter pour arracher les vantaux du mur auxquels ils semblaient scellés. Alors il s'aperçut que toutes les autres s'étaient toutes seules refermées.

– Une seule lui suffisait pour contempler le monde.

Les rayons du soleil convergeaient sur son visage. Un astre à lui seul dévolu. Il attendrait le jour lointain de son extinction pour arrêter de vivre. À ses pieds

Suzanne en train de tournoyer dans le jardin sous une ombrelle, un couple de canards progressant dignement sur le chemin de halage, un remorqueur qui virevolte sur la Seine, le bocage parsemé de villages, puis une forêt, un lac, trois mares, au-dessus d'une tourbière un nuage rond venu du Groenland qui lui ressemble avec sa grosse moustache de cristaux de glace que l'air tiède n'a pas encore fondus, à l'horizon Paris que chaussant la longue-vue il peut examiner à son aise.

– Il balaye la ville jusqu'au bois de Vincennes.

Il aperçoit Maxime Du Camp trottant sur ce joli petit cheval arabe acheté en Orient trente années plus tôt dont le poil soyeux a blanchi de conserve avec la chevelure de son cavalier. La lentille effleure le château, frôle le chemin de ronde, pénètre la tour, snobe les salons d'apparat, visite l'enfilade des chambres où planent encore les ectoplasmes des maîtresses, des amants, comtesses, princes, servantes, palefreniers, manants médiévaux réfugiés ici l'espace d'une de ces nuits glacées de l'hiver 1408 où le froid faisait exploser le tain des miroirs, gelait la flamme des bougies et transformait les feux de cheminée en rougeoyantes sculptures de glace qui loin de produire la moindre calorie refroidissaient davantage les pièces déjà polaires. Faisant fi des douves, des oubliettes, Gustave braque à nouveau la longue-vue sur Paris grouillant de gens comme un cerveau de neurones même si certains sont alanguis, d'autres en panne, d'autres encore bêtes à manger du foin et il raille en passant Balzac d'avoir surnommé Paris *la cervelle du monde*.

La longue-vue tourbillonne. Un couple perché au faîte de la tour Saint-Jacques adresse de grands signes à un couvreur berlinois astiquant le paratonnerre de l'église Saint-Merry. La lorgnette de bousculer le temps. Il regagne le 4 novembre 1824 quand il traversa pour la première fois la foire Saint-Romain. Il revoit la baraque où ce vieillard équipé d'un violon accompagnait le spectacle de marionnettes. Il croit apercevoir la figure peinturlurée de saint Antoine mais le souvenir se met à fondre, laissant derrière lui une odeur de guimauve rôtie.

Son voyage avec Maxime remonte en trombe la cage d'escalier des années. Défilent Naples, Athènes, Constantinople et à Nicosie il s'amuse de Chypriotes sautant à pieds joints pour demander le prix des oranges aux marchands marrakchis de la place Jemaa el-Fna à l'autre extrémité de la Méditerranée. Depuis le jardin d'un cottage de Twickenham luxuriant de tulipes, de magnolias, de cognassiers, les yeux rougis, serrant entre ses doigts un exemplaire du *Daily Telegraph* où un entrefilet annonce le décès de l'auteur pornographe de *Madame Bovary*, Juliet Herbert lui jette des baisers. Immobile au milieu d'une prairie Tourgueniev lui envoie des signaux en cyrillique d'un œil étincelant. Des moines tibétains en lévitation au-dessus de l'Everest lui adressent leurs condoléances, chacun remuant son crâne ciré qui lui sert de casque tandis que des mandarins moqueurs posés comme des merles sur la muraille de Chine lui lancent des graines de sésame, que des Indiens de Calcutta, des plaines du Mississippi et du Nouveau-Mexique lui souhaitent bonne mort alors que pour épargner son tabac un notaire de Melbourne tente de capter la fumée de sa bouffarde dont le ruban gris fait le tour de la Terre.

– Il se pencha à la fenêtre.

Lui revint à l'esprit que l'existence était une paroi abrupte et il s'agrippa des deux mains à la rambarde vermoulue avant de faire un pas en arrière en la sentant prête à céder. Il leva le menton, fronça les sourcils, secoua négligemment ses mains comme des chiffons poussiéreux. La mort était pareille à un chien, pour éviter d'être mordu il fallait adopter l'attitude détachée d'un homme qui vaque nonchalamment. Il allait s'installer à son bureau. Il renverserait la tête en arrière et hurlerait une tirade de Racine comme il le faisait parfois pour se donner du cœur au ventre avant de se mettre à l'ouvrage.

– La mort n'allait pas gâcher sa journée.

Elle avait intérêt à déguerpir avant que la fantaisie lui prenne de la chasser à coups de pistolet. Prête à lui instiller son venin, elle commençait pourtant à l'écorcher du bout de son dard. Dégrafant sa chemise il s'empara de son cœur et ouvrant grand sa main le jeta comme une balle.

– Attrape.

Qu'elle l'attrape, qu'elle le bouffe et qu'elle emporte aussi sa jambe calamiteuse. On vit avec une jambe en moins, qu'elle prenne les deux, les bras aussi, que lui importaient à présent ces os articulés terminés par une plume impuissante à le sauver. Qu'elle le débarrasse aussi de ce tronc ventripotent dont la nécessité soudain lui échappait. Il se contenterait de sa tête. Il se réfugierait tout entier dedans. Suzanne le déposerait dans le compotier de cristal à pied de vermeil où elle installait les myrtilles du jardin. Une tête borgne aux oreilles coupées lui suffirait. Il se passerait de nez et même de bouche. On ménagerait dans ce désastre une simple ouverture de la taille d'une boutonnière pour laisser filtrer l'air et la nourriture pilée au mortier que Suzanne lui injecterait avec une seringue.

Une tête qu'elle emmènerait à Paris dans un carton à chapeau. Elle la promènerait par les rues à l'africaine dans une écharpe nouée autour de son ventre. Un tissu ajouré pour permettre à son œil de voir le spectacle des vivants agités. Les pavillons des oreilles lui manqueraient mais demeureraient les orifices au travers desquels il percevrait le bruit des sabots, des bottes, des escarpins, d'humbles souliers qui stimuleraient sa libido jusqu'à obliger la domestique à s'arrêter pour le torcher. Il percevrait aussi les hennissements, les aboiements, les mots, les miaulements et même le pépiement de l'éternel canari du cordonnier de la rue d'Artois qui ne cessait de mourir chaque hiver et d'être remplacé aux beaux jours par son sosie.

Elle achèterait au *Bon Marché* une robe et un manteau assez convenables pour pouvoir trimballer son maître aux réceptions de la princesse Mathilde qui lui demanderait de le poser sur ses genoux à la place de son bichon qui s'en irait bouder en maugréant. Elle le caresserait de sa main gantée de blanc en évoquant les étés à Saint-Gratien, les déjeuners sur l'herbe à Compiègne dans la résidence d'été du couple impérial et ce bal aux Tuileries quand Eugénie pompette lui avait effleuré la joue. Pour lui rafraîchir la mémoire elle l'aspergerait de champagne et le sécherait en riant de son éventail armorié.

– Elle ne tarderait pas à se lasser de cette tête mutilée et muette.

Elle la rendrait abruptement à Suzanne qui la tiendrait assez haut pour empêcher le bichon revenu qui gueule ouverte ferait des bonds de la mordre. Elle ramènerait Gustave en fiacre faubourg Saint-Honoré. Afin qu'il ne soit pas témoin de sa félonie, Caroline lui ordonnerait de déposer au fond d'une grande potiche cet oncle réduit à sa plus simple expression car elle attendait la visite d'un journaliste de *L'Écho de Paris* pour lui remettre trois pages de brouillon de *Salammbô* en échange d'un article qu'il lui promettrait d'écrire à propos du portrait de Victor Hugo qu'elle espérait montrer au Salon d'automne. Jamais exposée la toile serait récupérée par Pablo Picasso quand en 1946 il prendrait en charge le musée d'Antibes où elle avait fini par échouer. Il s'en servirait de support pour peindre un Minotaure.

Malgré son état de mauvais résumé d'humanoïde, Hippolyte Taine insisterait pour que Flaubert se joigne aux convives du traditionnel dîner du dimanche chez Brébant. On le déposerait sur une assiette creuse que le serveur présenterait tour à tour à chacun des convives qui lui causerait un instant avant de le passer au suivant comme un turbot. Ensuite un maître d'hôtel l'installerait en grande pompe au centre de la table à la place du vase de fleurs. Il entendrait tout ce monde jacasser littérature et potiner. À force de bourgogne et de vin jaune les esprits s'échaufferaient. Quand sonnerait l'heure du café les drôles s'enverraient des tasses bouillantes à la figure et Alphonse Daudet déchaîné s'emparerait de la tête du maître et en ferait un boulet qui éclaterait la bouille d'Émile Zola qu'on enterrerait le surlendemain au cimetière Montmartre.

Arrêté avec le lanceur qui en guise de travaux forcés serait condamné trois mois plus tard à écrire à la place du mort la totalité des œuvres qu'il n'aurait par sa faute pas le loisir de pouvoir rédiger et dont par bonheur il aurait laissé les maquettes dans un coffre du *Comptoir d'escompte de Paris*, Gustave passerait la nuit immergé dans une cuvette de zinc remplie d'eau saumâtre dans le même cachot que le sien. Au matin, malgré les soufflets et les beignes le commissaire se révélerait incapable de faire sortir le moindre langage de l'orifice de Gustave. Il aurait recours aux services d'une voyante qui tenant fermement entre ses mains la caboche serait chargée de prononcer les phrases au fur et à mesure qu'elles se formeraient dans le cerveau du projectile. La sibylle prétendit que sous ce crâne ne circulaient que des images libertines tout à fait muettes. Elle s'épuisa à les décrire en rougissant comme un poêle. La température du corps de la devineresse monta si haut qu'il fallut ouvrir la fenêtre pour rafraîchir la pièce brûlante. Roulée dans la chemise sanglante d'un client que trois pandores venaient d'estourbir la tête serait rendue à Caroline en fin d'après-midi.

La presse ferait des gorges chaudes de cette histoire. Un chroniqueur du *Gaulois* accuserait Flaubert d'avoir demandé à Daudet de le balancer sur Zola par haine du naturalisme et le folliculaire de regretter – aigre-doux – qu'on ne puisse guillotiner une tête esseulée. À la suite de ce scandale Caroline déciderait de garder son oncle dans le placard de la cuisine à côté du savon noir et de l'encaustique dont les émanations feraient larmoyer son œil de cyclope. Elle donnerait ses huit jours à Suzanne dans la foulée sans même lui régler son billet de chemin de fer pour rentrer à Rouen.

Ernest profiterait d'un séjour de Caroline à Londres chez Juliet Herbert pour – invitant trois rustres de ses amis à dîner – leur servir Flaubert en guise de tête de veau. Funeste aliment qui les empoisonnerait tous les quatre – et *Le Constitutionnel* d'accuser le littérateur d'avoir malignement de ses glandes misanthropes secrété une dose mortelle d'arsenic avant de succomber dans la marmite remplie à ras bord de muscadet agrémenté d'un vert de poireau, de ronds de carotte et d'un bel oignon piqué de clous de girofle.

Il mourrait dignement. Pas dans la précipitation. Il lui fallait prendre son temps. Sa mère l'avait porté neuf mois avant de le laisser naître, il n'allait pas s'échapper de l'existence en courant. Une vie devait être maçonnée comme un roman. L'agonie devait durer, avoir des pleins, des déliés, des fortissimos, des moderato cantabile. D'ailleurs il se sentait mieux. Il se plaça au centre de la pièce et poussa un hurlement solennel pour faire écho à la gueulante qu'il avait poussée en sortant du ventre.

– Le début de la vie, le début de la mort.

Oui, ce cri annonçait le dernier acte. C'est long, un acte. Il y en a des scènes, des entrées, des sorties, des changements de décor. II restait sûrement encore quelques pages à sa biographie. Pas une centaine mais assez pour sentir une épaisseur entre ses doigts. Il ne voulait pas les compter, ce serait pathétique et le pathos lui avait toujours donné la nausée.

– Il fait le tour de sa table.

Les plumes allaient encore écrire. Elles s'useraient et on devrait trancher le cou d'une oie pour les remplacer. Une oie, deux oies, peut-être quatre. En tout cas il s'aperçut qu'il était en train de marcher allégrement, allant, venant, ondulant – danse, tournoiements, ronde enfantine, *nursery rhymes*, gazouillis et le silence de la collision des gamètes. Il se rapprochait du commencement, de cet instant où il n'existait pas encore. Il ne mourrait pas, il redeviendrait un être potentiel qui ne mérite pas le nom d'être puisqu'il n'est pas mais qui sera pourtant un jour conçu. Le néant, mais non, ce n'était pas le néant, il allait retrouver le temps où sans avoir la moindre matière pour penser il attendait malgré tout son commencement.

– Les mots.

Tous les idiomes manquaient de mots. Il l'avait toujours soupçonné en remuant ceux de la langue française, les biffant, les mélangeant, les malaxant, les touillant, les pétrissant, les saupoudrant de sucre et de piment pour en faire des ragoûts à s'arracher la gueule. Comment pouvait-on raconter cette histoire de futur monsieur qui attend d'exister sans même un bout de cerveau pour s'en apercevoir. Il lui faudrait se surpasser pour d'une phrase limpide exprimer clairement cette espérance. Une espérance, il n'en demandait pas davantage.

– Il essaie de s'asseoir.

Il allait cuisiner savamment. Une cuillère à café d'encre noire convenablement répartie lui suffirait. Il avait passé l'âge d'être marmiton. Il n'était pas du genre à rater une sauce d'adjectifs ni à brûler un rôti d'adverbes. Il en avait fricassé des poêlées de vocabulaire.

– Il s'agrippa au fauteuil.

Il s'aperçut qu'il délirait comme un mourant. Il eut l'idée d'aller marcher dans le jardin pour que l'apaisent les émanations des tilleuls chauffés par le soleil. Il aurait fallu longer le corridor, descendre au rez-de-chaussée, traverser le vestibule, pousser la porte d'entrée, contourner la maison et rejoindre l'allée, là-bas. Il se redressa lentement et au lieu de faire un pas s'effondra sur le tapis. Étalé sur le dos il remua les jambes comme ses pattes un scarabée renversé.

– Bouvard et Pécuchet.

Il les a convoqués d'un ton impérieux de maître à esclaves. Ils sont arrivés l'un derrière l'autre comme deux benêts. Ils voyaient bien qu'il était à terre. Il voulut les admonester, leur dire *Eh-bien-alors-donnez-moi-donc-chacun-une-main-et-relevez-moi*. Au lieu de résonner dans l'atmosphère ses paroles lui tombaient dans l'estomac avant de sortir inarticulées du trou de son cul.

– Peuh.

Il parvint à se relever par ses propres moyens. Les compères s'étaient réfugiés sous la table. Il leur donna des coups de pied à l'aveuglette. En tout cas il les emporterait avec lui à Paris. Il achèverait ce premier tome avant la fin du mois de mai puis quelques semaines lui suffiraient pour perfectionner les phrases, donner aux paragraphes la fluidité des ruisseaux de montagne, faire de la succession des chapitres une impeccable cascade.

– La rigueur du plan conférerait au livre puissance et beauté.

Un roman comme un corps de naïade dont on ne voit ni les roues dentées ni les cordes ni les poulies ni la machinerie digestive qui fournit le calorique nécessaire pour faire tourner les mécanismes d'horlogerie dissimulés sous la peau de nacre.

– Il remettrait le manuscrit à Carpentier d'ici septembre.

Quand il rentrerait à Croisset il trimerait quelques mois pour venir à bout du deuxième volume. Un tissu serré de citations, morceaux de livres d'histoire, de manuels, de fictions, de poèmes entremêlés dont en définitive personne ne sut jamais grand-chose. Maupassant déclarerait forfait quand Caroline lui demanderait de bâtir cet ouvrage à la place de l'oncle pour le publier en hâte. Tout cet argent qu'on lui avait chipoté ces dernières années alors qu'un demi-siècle durant elle pourrait se gaver avec les revenus que générerait son œuvre devenue planche à billets.

– Pauvre Gustave qui rapporta infiniment plus mort que vivant.

Le premier tome sortirait avant Noël. Une critique dithyrambique, de grosses ventes, une sérieuse avalanche d'argent. Les dettes de la famille seraient remboursées et il pourrait jeter cette déshonorante sinécure aux orties. Au lieu de brader Croisset, il envisagerait au contraire de faire réaliser des travaux d'embellissement. Il construirait tout autour une petite ville avec un cimetière personnel où reposeraient Alfred, sa mère, Louis et même George Sand qui s'ennuyait à cent sous l'heure dans son tombeau grisâtre de Nohant. Il se promettait de les rejoindre quand il finirait un jour lointain par mourir. Le reste de l'agglomération serait habité par des domestiques dévolus au service de ses amis quand ils lui rendraient visite. Les travaux commenceraient début janvier 1881. Il devait d'ores et déjà convoquer un architecte pour peaufiner son projet.

– Bouvard et Pécuchet avaient disparu.

Il n'avait pas besoin de regarder sous la table. Il lui suffisait de renifler pour savoir qu'ils s'étaient dissipés.

Il n'en soufflait mot dans le roman pour ne pas les accabler mais jamais personnages n'avaient à ce point empesté le camphre. Terrorisés par la possibilité d'une attaque de mites ils en frottaient leurs habits matin et soir. Ils se relevaient au milieu de la nuit pour les chasser de leur jardin avec une fourche.

– Il ne se sentait pas la force de partir à leur poursuite Dieu sait où.

Quant à la police, elle n'enregistrerait même pas sa demande de recherche dans l'intérêt des familles car il ne pourrait leur fournir le moindre certificat de paternité. Si sa fallacieuse démarche arrivait aux oreilles de Caroline elle trouverait là une bonne occasion de le faire interner dans un asile de fous où il grelotterait sous les douches glacées tandis qu'elle bambocherait avec Ernest après avoir empoché le produit de la vente de Croisset.

À la mi-avril il avait vu dans le jardin des personnages vêtus de noir armés de grandes piques graduées, de chaînes d'arpenteur et d'un pupitre portatif. Ils s'étaient aventurés à ras de la maison, grattant la terre avec une bêche que l'un d'eux transportait sur son dos ainsi qu'une courte pelle et une cisaille aux lames nickelées.

– Vous voulez que j'appelle la maréchaussée ?

Ils avaient filé sur la pelouse comme des cloportes sur un tapis de billard. En fin d'après-midi il les avait aperçus en train de sonder l'étang lointain où il avait tant de fois emmené Caroline voir sauter les grenouilles. Il avait chargé son pistolet qu'il avait dissimulé sous sa douillette, pris sa canne et il s'était mis en route. À sa vue ils avaient rangé leur attirail, s'étaient faufilés par un trou de la palissade, avaient couru jusqu'au quai, sauté dans le canot qui les avait amenés jusque-là et ils s'étaient mis à souquer ferme vers Rouen.

– Il a tiré un coup de feu dans leur direction.

Bien qu'ils soient trop éloignés pour être atteints par la balle ils ont sursauté et l'esquif fit un petit bond. Lorsqu'il avait raconté l'histoire avant le dîner, Ernest lui avait recommandé en ricanant de se reposer au lieu d'écrire tant et plus jusqu'à s'halluciner. Flaubert avait secoué la tête.

– Il faut pourtant bien que j'arrive à la fin de l'histoire de mes deux bonshommes.

– Vous devriez accepter la publication illustrée de *Madame Bovary* que nous propose Charpentier.

Gustave s'était levé en ruminant bruyamment pour ne pas entendre la suite. Même à la rue il n'accepterait pas qu'un dessinateur décide quelle tête avait Emma, Salammbô ou son saint Antoine. Il préférait encore continuer à compter les pièces de vingt sous.

– Je vous assure, Gustave.

Commanville le suivait dans l'escalier mais se gardait bien de lui dire qu'il avait dans son bagage un contrat qui n'attendait que sa signature. Il y avait cinq mille francs à la clé dont l'escroc n'aurait fait qu'une bouchée car à son âge l'oncle devait apprendre enfin à se contenter de survivre au lieu de rêver de noubas. Flaubert s'excusa de devoir s'isoler pour répondre à une lettre. Il ferma la porte de son cabinet en regrettant sa brusquerie que Caroline ne manquerait pas bientôt de lui reprocher.

Après sa mort elle se montrerait moins bégueule que lui et les éditions illustrées se multiplieraient. Quant aux arpenteurs ils étaient au service de l'industriel qui avec la bénédiction des Commanville les avait envoyés procéder à l'expertise de la propriété avant de faire une offre d'achat. Dès le mois de juin 1881 seraient imprimées les premières actions de la *Distillerie de Croisset-Rouen* au capital de six millions de francs. À peine déblayés les gravats de la maison démolie, à l'aplomb de sa table de travail serait posée le mois suivant la première pierre de l'usine en présence du maire de Rouen et du préfet.

– Par bonheur les Commanville n'avaient aucune imagination.

Alors, au lieu de l'enterrer, ne leur vint pas à l'esprit de plonger le cadavre de l'oncle aux œufs d'or dans un bocal de formol afin de pouvoir l'exhiber contre monnaie sonnante en une tournée triomphale dans les capitales européennes avant de lui faire traverser l'Atlantique pour une exhibition historique à New York en présence de Buffalo Bill et du dernier des Mohicans. À la mort de Caroline le récipient serait tombé dans l'escarcelle de l'État français. Il trônerait aujourd'hui dans le parc du palais de l'Élysée avec d'autres bocaux contenant toute une clique d'auteurs autrefois adulés, oubliés désormais et une foultitude d'intrigants petits marquis des lettres. Burlesque panthéon que les romanciers rêveraient de rejoindre un jour quitte à subir l'outrage quotidien des arrogants labradors présidentiels levant la patte sur leur cercueil de verre en ricanant de tous leurs crocs.

Il ne se souvenait plus où il avait rangé le petit chapeau de velours vert que Caroline portait quand il allait la chercher à son pensionnat quarante années plus tôt.

– Tant qu'il ne l'aurait pas retrouvé il mettait un veto à sa mort.

Dans les hauteurs de son cabinet de travail sont apparues ses œuvres complètes dans une édition à couverture de cuir noir tachée d'or. Les deux tiers des volumes contenaient sa correspondance. Toute son intimité centralisée, publiée, vendue par Caroline. Ainsi, avec le temps sa vie écraserait son œuvre. Loin de penser à ses romans, ses contes, sa féerie, ce serait un salmigondis de ragots qui viendrait à l'esprit de la postérité quand par hasard elle entendrait prononcer son nom. Il avait pourtant couché deux fois sur le papier sa volonté qu'aucune lettre de lui ne soit publiée. Il avait donné un exemplaire de ce codicille à Caroline à la fin de l'hiver. Elle lui avait juré de se battre jusqu'à son dernier souffle pour empêcher pareil sacrilège. Elle lui promit même qu'elle saurait choisir ses héritiers pour qu'après sa propre mort ils continuent la lutte. La prochaine fois qu'il irait à Rouen il déposerait l'autre exemplaire à l'étude de son notaire maître Bidault où il avait testé longtemps plus tôt en faveur de sa nièce instituée sa légataire universelle. Le document patientait sur la cheminée dans un coffret en acajou avec ses papiers de garde national et la mèche de cheveux de Chateaubriand.

– Il laissa tomber sa tête sur sa poitrine.

Grosse boule à l'extrémité de sa tige à trois mentons.

– Julio vint lui lécher la main.

En le caressant il redressa la tête. Le plafond était en bon état, du moins n'était-il pas plus fissuré que d'ordinaire. Il remarqua dans un angle une toile d'araignée. Suzanne l'enlèverait avec une tête de loup.

– Apparut un nuage lourd dont émanait une odeur de livre.

En éclatant il libéra les innombrables volumes des innombrables éditions de ses œuvres dans toutes les langues de l'univers qui seraient publiés jusqu'à la fin des temps. Il se cacha sous sa table où flottait encore le vague souvenir camphré de Bouvard et Pécuchet pour éviter d'avoir le crâne éclaté par une lourde édition sur grand papier de *L'Éducation sentimentale*.

– Le niveau montait.

Peu à peu les fenêtres se trouvèrent obstruées. Sous la table régnait une obscurité de tombe. La pièce n'en pouvait plus d'être pleine. Les livres persistaient pourtant à surgir. Les murs se lézardaient, le plafond sauta comme un bouchon avec les combles et la toiture. Au-dessus de Croisset le soleil clignotait à peine au travers des hordes de bouquins qui s'écoulaient en cataractes, tombaient par endroits en voletant comme des bécasses gavées de plomb. La Seine charriait une multitude de livres à la dérive, ventre en l'air, perdant leurs pages au fil de l'eau. Au-dessus des îles et des îlots tombait une pluie fine de caractères typographiques mêlés aux fantômes de ceux immatériels des versions numériques qui tourneraient un jour à la vitesse de la lumière sur des milliards de serveurs jusqu'au retour de l'ère des dinosaures qui pendant plus de cent soixante millions d'années se sont passés de langage.

– Que faites-vous, monsieur Gustave ?

Suzanne lui est apparue malgré le tissu vert qui juponnait la table. Il aurait fallu qu'il ait la force de s'extirper de sa cachette pour savoir si elle était vraiment là ou s'il pouvait traverser de part en part cette chimère de son poing. Il rampa sur le tapis parmi les biches, les faucons et les chevaliers en armures qui cavalaient dans un paysage vert-de-gris où poussaient des fleurs blanches – les franges usées s'étalant nonchalamment sur le parquet ciré. Il crut que la domestique était en train de lui demander ce qu'il désirait pour son déjeuner. Dans le doute, il s'enhardit.

– Préparez-moi une salade.

Elle rafraîchirait son estomac échauffé par le râble de lièvre dont il avait dîné la veille. Mais à cette heure Suzanne sonnait chez l'officier de santé Fortin et personne ne sut jamais rien de l'ultime fantasme alimentaire de Gustave Flaubert qui sursaute soudain car il a cru entendre un tir d'arme à feu.

– Il se cache dans un fourré du tapis avec un faon apeuré.

La mort rôde, c'est un chasseur muni d'une escopette. Derrière ses paupières fines comme pelure d'oignon il aperçoit Tourneux. Il lui trouve la même stature, le même visage, les mêmes mains que Charles Bovary dont il n'a cependant jamais vu de photographie ni le moindre crayonné. La poussière du tapis le fait éternuer. Il lui faut sortir de ce paysage sinon à force de ramper il va tomber dans le lac où s'abreuve une théorie de cerfs aux bois dégingandés.

Il gagna le divan. Il se déposa, déploya ses jambes puis étendant le bras il trouva une pipe en terre au fourneau brûlant. Il tira des bouffées dont les volutes prirent des allures de petits messieurs en redingote que Julio essaya de mordre aux mollets en sautant. Il se souvint de ce Noël 1869 qu'il avait passé à Nohant. Il s'était déguisé en femme, dansant la cachucha avec la vieille George Sand hilare et prête à mourir d'avoir trop ri.

– On entend une cavalcade ?

Ses oreilles lui rapportent des bruits confus issus de l'escalier. Il imagine un troupeau de bêtes à cornes mais il voit entrer un Charles Bovary authentique car il était maigre et grand comme dans son livre alors qu'à la réflexion le certes filiforme Tourneux n'était pas plus haut qu'une chaise. D'ailleurs en ce moment il accouchait loin de Croisset la femme d'un notaire de Bois-Guillaume d'une brute prénommée Sigismond, futur troisième couteau de la bande à Bonnot qui finirait sur l'échafaud un matin neigeux du mois de novembre 1913.

– Bovary posa sa mallette sur la table.

Il ne prit pas plus la peine de saluer Gustave que s'il avait eu affaire à un mort. Il lui écrasa le poignet, cherchant son pouls. Il frappa du pied le parquet à chaque pulsation. Un bruit sinistre comme ces roulements de tambour voilés des funérailles nationales. La cavalcade continuait mais maintenant superposée on percevait la rumeur d'un ballet d'êtres incertains qui reculaient autant qu'ils avançaient, devisant entre eux, haussant le ton – et leurs papillotantes paupières de produire aux oreilles de Gustave un bruit de treuil à crémaillère.

– Charles Bovary soupesa ses jambes l'une après l'autre.

Un nuage de voix passait au-dessus de la Seine. Du langage bouillonnant prêt à dégringoler, à pousser un interminable cri. Chaque personnage est une goutte, dense, pleine, universelle, une monade. Que son œuvre éclate. Qu'elle tonne, pleuve, neige, illumine comme l'éclair, tombe dru comme une averse de météorites. Sa vie lui semble n'être plus qu'une légère brume prête à se déliter.

– Son passé se déploie.

Un seul tableau pour toute une existence. Cette habitude d'oublier les heures, les soirées, les étreintes, les fulgurances du bonheur qui vous secouent à l'improviste au coin d'une phrase, d'un verre, d'un effleurement. La vie, au fur et à mesure effacée. Elle laisse une trace plus labile encore qu'une barque sur l'eau.

– Sa vie.

Elle s'était à présent répandue sur le parquet comme une bombonne d'encre. Tous ces mots prononcés, entendus, lus, tracés fiévreusement et puis tout l'univers dont chaque étoile porte un nom, chaque planète et tout ce qui n'est pas nommé n'a jamais existé. À l'instant où une comète apparaît elle devient un petit paquet de lettres mais les hommes dont les noms ont été effacés des registres, des tombes et ne figurent plus dans aucune tête de vivant n'ont pas existé davantage que les animaux dont la nomenclature de la race sert de patronyme aux milliards d'individus venus au monde depuis l'origine de l'espèce.

– La réalité attend d'être écrite pour être.

Il voulut attraper une plume dans le plat d'étain. Ses doigts s'emparèrent d'un peu d'air qu'il regarda se mêler avec lenteur à l'atmosphère de la pièce. Il a essayé de lever les bras au ciel pour exprimer son impuissance mais ils sont restés inertes.

– Vivre encore. Encore !

Il se contenterait d'une vie d'occasion, de mauvaise qualité et de troisième main. Des instants vécus, revécus et vécus encore par une infinité de pauvres gens feraient l'affaire. Il accepterait de se repaître d'un quart d'heure de la vie d'un ouvrier des hauts fourneaux dont il pouvait voir au loin par la fenêtre tousser les hautes cheminées. Un quart d'heure torride qui n'arrêterait pas de recommencer. Une minute de vie de bagnard dans l'humidité de la chiourme et la peur des coups. Il était d'accord pour vivre indéfiniment ces instants infernaux. Il refusait simplement que tout s'arrête. Il s'en foutait de Gustave, de Flaubert, cet écrivain, cet auteur immortel, il acceptait d'être un autre, n'importe qui, un homme, une femme, un oiseau boiteux aux ailes tronquées, un de ces rats qui ont une vie de malheur dans les boyaux des villes, se contentant de festins misérables, souvent réduits à s'entretuer pour avoir pitance, poursuivis, perdant parfois un membre cisaillé par la pelle d'un égoutier et l'animal devenu une proie pour ses semblables affamés se traîne sur trois pattes, se terre dans un trou dont il bouche l'issue avec des immondices et quand il se résigne enfin à se laisser mourir d'inanition à petit feu en stoïcien comme un rat de fabliau il est débusqué par une meute de coreligionnaires qui le croquent vivant.

– Vivre une journée de l'existence de ce bestiau.

Plutôt que rien. Rien lui apparut comme le mot le plus effroyable de la langue française.

– La mort, c'est rien.

Voilà qui l'épouvantait davantage que saint Antoine l'enfer.

– Un souvenir.

Qu'un seul lui soit accordé avant la culbute. Éternellement il contemplerait Élisa sortant infiniment de l'eau sur la plage de Trouville. On ne peut se lasser de l'infini ni de l'éternité. Il se contenterait même d'une poussière de temps au cours de laquelle rien ne se produit. Il préférerait toutefois la jouissance d'une portion de sa nuit à Mantes avec Louise Colet. Il l'espérait même tout entière avant de mourir docilement à l'aube comme va au lit un enfant sage.

– Il se contenterait d'une formidable fluxion de poitrine.

Qu'on lui consente une de ces quintes de toux qui vous racle la trachée comme un paquet d'épingles. Vivre, ressentir et quoi de plus fiable que la douleur pour être sûr d'être au monde.

– Prendre un bain de fraises et de lait.

Comme la fille de *Novembre*. Un bain de sang et de sperme dont Sade a dû rêver pendant son agonie. Une de ces immersions salvatrices comme un baptême. Échappée du cabinet de toilette à pas félins la baignoire arpentait la pièce sur ses pattes de lion.

– Un bain ne servirait à rien.

Qu'on le frotte plutôt avec des jeunes vierges dodues jusqu'à ce qu'elles éclatent sur lui comme des grenades mûres.

– La verge de Maxime.

Il faudrait envoyer chercher ce camarade. Il la prendrait entre ses lèvres pour ponctionner sa vigueur. Ils en débordaient autrefois. Ils s'endormaient épuisés, enlacés sur le pont dans la nuit fraîche tandis que silencieuse comme un crocodile la cange avançait sur le Nil.

– Le temps roulé en boule.

Les amantes mal aimées.

– Juliet.

Regrets de n'avoir pas troqué le brouillard normand contre le smog londonien. Un mariage discret dans un faubourg de l'East End, une vie assez grise pour passer inaperçue et que la mort l'oublie. Par ailleurs Juliet l'aurait éconduit avec ce flegme britannique qui glace le sang et la drôlesse aurait fui la queue entre les pattes. La mort, petite bête fragile, solitaire, humiliée qu'il était prêt à dorloter tant elle l'apitoyait.

Le soleil éblouissait la pièce. Il aurait pu compter les barbes des plumes dans le plat d'étain. Bientôt réincarnée Caroline pointait sous le marbre. Il respirait avec difficulté l'air trop riche venu en rafales des cimes du mont Blanc. Un élixir propre à saouler un mammifère habitué à mettre dans ses poumons l'air sali par la fumée des proches usines de Saint-Sever.

– Entre deux fenêtres, son corps sur des tréteaux.

Gros animal étendu dans une boîte. Il jeta son bras comme le fil plombé d'une canne à pêche pour réveiller le mort Gustave. Une fois ressuscité il faudrait qu'il dévale l'escalier, longe la Seine jusqu'à Paris, achète chez le premier fripier venu des vêtements de pauvre diable afin de se dissimuler dans la ville populeuse car la mort lancerait des recherches pour recouvrer son dû.

– Il s'est aperçu qu'il était agenouillé sur le tapis.

Pour supplier quel dieu. Il a cru se relever, marcher dignement quand il rampait dans la lumière brûlante. Il acceptait son sort. Il ne prendrait pas le train. Il mourrait tranquillement demain en fin d'après-midi. Son déjeuner allait arriver. Pas de vin qui enivre, une fillette de cidre, deux œufs, une tranche de pain, trois pas dans le jardin et jusqu'à cinq heures il écrirait *Bouvard et*

Pécuchet. Il acceptait de laisser derrière lui une œuvre inachevée mais il resterait un bon soldat des arts jusqu'à son dernier souffle. Il mourrait au milieu d'une phrase qui entrerait dans la légende et que bientôt les écoliers haïraient à force de devoir la calligraphier en guise de pensum.

– Il s'effondrerait, joue sur la page.

Suzanne finirait par entrer après avoir toqué pendant plusieurs minutes à se briser les métacarpes. L'encre des derniers mots n'aurait pas eu le temps de sécher. Ils figureraient sur sa joue, imprimés à l'envers. Il emporterait dans la tombe cette traînée de vocabulaire comme un message absurde.

– Ses livres apparaissaient dans la lumière.

Ils se secouaient comme des chiens pouilleux. Pleuvaient des lettres, des phrases dépareillées, des chapitres tronqués. Les personnages expulsés atterrissaient lourdement sur le tapis, se relevaient en maugréant, râlant, s'époussetant d'une main exaspérée. Tombé furieux du dénouement de *Madame Bovary*, Homais se plaignait d'avoir été arraché au silence de son laboratoire où il pesait l'arsenic qui lui restait après la ponction que cette folle avait infligée à sa fiole pour manquer à tous ses devoirs de vivante, de mère, d'épouse et de débitrice. Il braqua un doigt sur Gustave.

– Vous vous êtes servi de moi pour ridiculiser le progrès.

Il ne lui pardonnerait jamais cet outrage. Il sortit de dessous son bonnet grec un sachet dont d'un geste ample il répandit la poudre bleue autour de lui. Voilà ce qu'il faisait du remède qui aurait sorti d'affaire ce mécréant. Gustave de se vautrer, de brouter le tapis, d'en sucer les brindilles pour essayer d'absorber des bribes salvatrices.

– Se reconstituaient les bals.

Les dîners, les voyages, Trouville, Assouan et l'atmosphère était saturée du parfum de Louise, d'Élisa, de Juliet et de toutes les senteurs des jardins d'Hamilcar. Des aides vêtus de blanc plantaient les décors, déployaient les toiles peintes, retouchaient au pinceau les visages. Parfois tout s'effondrait et pour faire diversion Maupassant gonflait un paysage en peau de ballon qui éclatait à la première piqûre de moustique.

– Gustave était émerveillé de parvenir à pénétrer la substance de ses livres.

Se promener parmi les pages comme dans une forêt. La population de son œuvre éparpillée sous la futaie, réunie autour d'un feu dans la clairière, causant, criant, dormant, priant, dansant pieds nus sur les braises. Il aurait voulu serrer la main des uns, embrasser les autres, régler quelques comptes avec certains qui lui avaient donné du fil à retordre et posséder la glaçante Salammbô qui lui faisait baisser pavillon à chaque fois qu'elle lui apparaissait pendant l'amour. Il traversait son œuvre à grands pas. Il était les gens, les maisons, les ciels, les aubes, les averses, l'arsenic et coulait dans chaque phrase, moelle, sève, sang et les verbes de le pulser comme autant de cœurs battants.

– Le rêve accompli.

Il s'est déposé sur le divan comme un objet précieux. Il se disait que la mort l'avait mouché comme une chandelle pour mieux attiser sa flamme ragaillardie. Gustave, petite flamme, grosse lampe dont l'huile est tarie. Clepsydre dont le vin est bu, sablier dont on a avalé le dernier grain de poivre. La mort aurait pu le prendre à six mois en place de Jules Alfred et trente-quatre années plus tôt il aurait été si heureux de troquer contre la sienne la mort de sa sœur. Une mort qui lui aurait coupé l'œuvre sous le pied mais à vingt-cinq ans il lui semblait déjà avoir trop vécu et il serait parti sans regret.

– Aujourd'hui, il tenait à la vie.

Il s'était peu à peu habitué à l'existence et depuis des années il en était devenu addict. Il savait désormais que la douleur, la tristesse font partie de la joie d'être.

Son œuvre s'était dissipée. Maintenant devant lui ils étaient agenouillés ceux qui l'avaient offensé. Ils se relevaient l'un après l'autre, souriants, pardonnés sans une parole, sans un hochement, par l'opération du Saint-Esprit à plumes de Félicité. La postérité contrite était massée près de la porte. Elle avait honte pour ceux qui lui avaient marchandé la fortune. Cette fin de vie dans la gêne, le déshonneur d'avoir quémandé en vain à Carpentier cette édition de luxe des *Trois contes* qui lui aurait rapporté une poignée de pièces. La postérité attendait son dernier souffle pour se faire corne d'abondance dont s'écouleraient piastres, écus, florins, escudos et toutes les richesses que ses œuvres ne lui avaient pas rapportées de son vivant. Sa nièce en toucherait le loyer puis l'humanité s'en bâfrerait gratis jusqu'à la faillite de la syntaxe et la déconfiture de l'alphabet.

– La postérité comme une douche.

D'or qui reconstruisait Croisset pierre par pierre de lingots et chaussait les fenêtres de vitres de diamant.

– Avant de partir, la pensée lui offrait un dernier cadeau.

Cette bienfaisante certitude que le plus grand malheur serait de n'avoir jamais vécu. Il éprouvait la joie de mourir, de sentir s'éteindre tranquillement la mémoire, la conscience, la perception. Tant de phrases le contenaient, une sensation d'éternité s'emparait de lui, oubliant comme il était sublime de se savoir grain de pensée dérisoire dont plus rien ne subsistera pour s'apercevoir.

– Flaubert, pauvre Gustave.

La mort t'a annulé. Voilà cent quarante et un ans que tu n'existes plus. Humain, petite bulle et tôt ou tard, elles éclatent, les bulles.

Une foule d'insurgés échappés de *L'Éducation sentimentale* s'élève paresseusement et se colle au plafond telle de la suie. Marie Arnoux et Rosanette Bron s'en servent de glu pour se pendre tête en bas façon chauves-souris. Saint Antoine tournoie, on le croirait bâti autour de ses grands yeux, vitraux veinés d'or représentant les maîtresses et les amants de Gustave nus et vieux cachant de leurs mains de tendons leurs misères. Au travers se déploient les forêts qui avaient ruiné Commanville et l'infini des arbres qui seraient triturés pour imprimer son œuvre après sa mort. Jésus apparaît, prend Antoine par la main comme une épouse qu'il emporterait après la noce. Le couple commet des actes sacrilèges pour amuser Gustave une dernière fois. Il n'a plus assez d'insouciance en lui, il essaie de les chasser en remuant la tête.

– Ils lui vident un pot de mort sur le visage.

Julio aboie, dissipant ces visions. Gustave se laisse choir à la renverse sur le divan. Il s'aperçoit qu'il a une pipe dans la main. Il ne sait qui l'a bourrée, l'a allumée, l'a installée entre ses doigts. Les murs, les meubles, les tableaux, Caroline dans son buste de marbre lui semblent d'une irréelle netteté. Le monde est vu à travers ses yeux tel qu'il ne le serait jamais plus. Brûlant de lui poser une question dont lui manquent les mots Julio dodeline de la gueule devant son visage démonté puis il jette à cet homme qu'il ne reconnaît plus un regard empli de terreur et comme aux moments où gronde l'orage il court se cacher au fond de son lit, glissant son museau sous le léger matelas.

– Devant Gustave le réel se pavane.

Nostalgie d'en être défalqué bientôt. Il pousse un hurlement pour attirer Suzanne, Julie, un pêcheur réparant ses filets. Un hurlement feutré, pas plus sonore qu'un soupir. Sa vie est tarie. Une source séchée par le temps. Il tire la langue pour l'humecter d'une dernière goutte d'existence. On ne lui avait jamais dit que la mort était une soif.

– À boire.

Il se souvient d'une bouillante après-midi d'octobre à Catane en 1849 quand dans une auberge il s'était rafraîchi d'une grande carafe de limonade sur laquelle la servante avait versé une louchée de neige récoltée l'hiver sur les hauteurs de l'Etna et tout le reste de l'année conservée dans un tonneau enterré au fond d'une cave. Dans sa jeunesse il avalait cul sec la vie, maintenant il allait en savourer la dernière gorgée et prendre le temps de ne pas mourir. Quand la vie se cabre il faut s'accrocher à sa crinière pour rester en croupe. Il avait toujours été bon cavalier. Il se souvenait de son galop dans le désert pour arriver plus vite au pied de la pyramide de

Khéops. Il fallait pourtant se méfier du passé car la mort l'adore. Elle hait le futur qui à chaque instant l'efface. Il devait même s'arracher à ce présent désastreux qui lui portait préjudice. Il suffit de sauter sa mort comme une vulgaire souche obstruant le chemin. Il l'avait fait si souvent. Il en avait surmonté des crises quand son crâne explosait et des agonies soudaines dont il réchappait hagard. Un dernier murmure de sa bouche entrouverte s'évapora.

– Une limonade à la neige.

Plus de vingt et un mille jours s'étaient écoulés depuis sa première gueulerie poussée en sortant de sa mère quand le 8 mai 1880 à dix heures et demie du matin Suzanne monte apporter son déjeuner à Gustave Flaubert. Elle toque, toque, toque encore. Elle dépose son plateau sur la console du vestibule. Elle entre. Elle voit de dos Gustave face au buste de Caroline.

– Monsieur Gustave, monsieur.

Il demeure immobile et muet. Elle s'approche. Elle lui touche l'épaule du bout des doigts. Elle est sûre d'entendre ses vertèbres craquer quand il tourne la tête. Elle frissonne à la vue de ses grands yeux troubles comme deux larmes bleues. Dans ses mains, un flacon d'ammoniac dont il essaie d'arracher le bouchon, escomptant que les effluves le remettent d'aplomb.

Il se félicite d'avoir cette crise aujourd'hui plutôt que le lendemain.

– J'aurais été dans le train, je me serais donné en spectacle.

– Je vais aller chercher le docteur Fortin.

Il dirige son regard vers elle. Il lui dit d'une voix limpide et calme qu'il ne mourra pas aujourd'hui.

– Au même âge que Charles Bovary.

Elle pousse le fauteuil crapaud jusqu'à lui.

– Vous allez tomber si vous restez sur vos pieds.

Il s'assoit. Il range le flacon dans une poche de son gilet. Il se plaint du silence qui carillonne à ses oreilles.

– Parle-moi.

Il éprouve le besoin d'entendre vivre quelqu'un à côté de lui. Elle lui dit de se mettre au lit. Il sourit et ces mots s'échappent en cahotant.

– Je crois malgré tout que je ne me sens pas bien.

Il se lève cependant. Titubant, il tournoie. On perçoit le pas lourd et lent de la vieille Julie montant l'escalier. Elle pousse un cri en pénétrant dans la pièce et s'enfuit aussitôt à pas minuscules.

Suzanne part chercher Fortin. En sortant elle respire avec délice l'air tiède que parfument les fleurs du jardin épanouies. Il est déjà onze heures quand elle arrive chez lui. Sa femme ouvre la porte.

– Mon mari est absent, l'officier de santé Tourneux le remplace.

Elle doit monter un chemin en pente raide pour arriver jusqu'à son officine. Le soleil darde. Elle sonne suante.

– Monsieur Gustave va mal, il nous fait peur.

Tourneux imagine l'écrivain en état de démence, jetant les meubles par les fenêtres et menaçant le voisinage avec un glaive. Il va chercher sa trousse et la suit. À midi ils arrivent à Croisset. Au pied de l'escalier Tourneux remarque une malle gainée de cuir fauve ainsi que d'autres bagages entassés prêts à être emportés par un commissionnaire de la Compagnie de chemin de fer. Ils trouvent Flaubert allongé sur son divan. Sa face est congestionnée, la veine jugulaire est gonflée de sang noir.

Il respire, le cœur bat faiblement. Sa pipe encore chaude est sur la cheminée. Sa main droite est atrocement crispée sur le petit chapeau de velours vert de Caroline. Tourneux parvient à en déprendre ses doigts.

– Apportez-moi de l'eau bouillante.

Elle revient avec une casserole fumante où l'officier de santé trempe la tête de cuivre du marteau dont d'ordinaire il jauge les réflexes. Il l'applique sur l'épigastre. Une légère tache rouge apparaît mais Gustave n'a aucune réaction. Il pose l'oreille sur sa poitrine.

– Le cœur de Gustave Flaubert ne bat plus.

Tandis que le médecin lui ferme les yeux les plumes étendues sur le plat d'étain se dressent, se rassemblent, redeviennent oiseau. Pas une oie, un aigle blanc au sang d'encre qui s'envole vers l'azur et disparaît dans un nuage. Non, les plumes demeurent inertes sur le métal froid. La mort n'est pas magique.

Tourneux ouvre la fenêtre. Il ordonne au jardinier de monter.

– Amenez quelqu'un pour vous assister.

Moins ivre que de bon matin d'avoir vomi vers onze heures tout son calvados l'homme arrive avec son fils, un large gamin de quinze ans venu pour l'aider à débiter un poirier mort. Tourneux leur demande de transporter le corps jusque dans la chambre.

– Monsieur Gustave.

Le jardinier regarde interdit cet homme dont il a aperçu vingt minutes plus tôt la tête et la moitié du buste comme en suspension à l'extérieur de la maison avec une étrange longue-vue en bandoulière. À tel point qu'il avait eu peur qu'il tombe dans le jardin. Mais Flaubert avait soudain rapatrié l'entièreté de sa personne à l'intérieur de son cabinet de travail et l'homme était retourné à sa scie.

– Vous n'avez jamais vu un macchabée ?

Le jardinier bredouilla, son fils sourit si bêtement que Tourneux le gifla.

– Allez, au travail.

Flaubert fut plus traîné que porté. Suzanne acheva de changer les draps avant qu'aidés du docteur ils le hissent. Il lui demanda une chemise qu'il roula en boule sous le menton du mort pour empêcher la mâchoire de s'ouvrir.

– Vous pouvez partir.

Le jardinier et son fils s'enfuirent. Suzanne s'enquit.

– Il faudrait envoyer un télégramme à madame Caroline ?

Elle demeurait immobile. Tourneux s'exaspéra.

– Eh bien, qu'attendez-vous ?

Elle n'avait pas l'air plus rassurée que si elle avait étranglé Gustave de ses mains. Elle quitta la chambre à reculons. Elle ne remarqua pas Julie assise sur une chaise dans la pénombre du couloir. Le bruit de la clochette retentit alors qu'elle descendait l'escalier. Elle courut. Ouvrant le portail elle se trouva face à un jeune cavalier portant casquette qui lui dit être un interne d'Achille Flaubert. De son propre chef madame Fortin avait envoyé sa servante à l'hôpital de Rouen pour lui annoncer que son frère était au plus mal. Suzanne lui dit qu'il n'était plus.

– Retournez donc lui annoncer la nouvelle.

Le jeune homme fit accomplir un demi-tour à sa bête et rebroussa chemin.

À trois heures et demie de l'après-midi dans son étroit bureau du ministère de l'Instruction publique, des Cultes et des Beaux-Arts Guy de Maupassant transcrivait un brouillon de lettre rédigé par son chef dont celui-ci avait retoqué une première fois la copie pour cause de rature dans une citation latine quand un groom d'une douzaine d'années lui apporta un télégramme signé Caroline Commanville.

FLAUBERT FRAPPÉ APOPLEXIE SANS ESPOIR PARTONS 6 HEURES VENEZ SI POSSIBLE

Il blêmit, prit sa canne, son chapeau et quitta les lieux en bousculant dans le couloir le préfet du Dauphiné venu prendre des nouvelles de l'attribution à son fils cadet d'un poste de maître d'internat au lycée Louis-le-Grand.

En courant il irait plus vite que l'omnibus.

– Il courut.

Il atteignit son domicile du 17 rue de Clauzel vingt minutes après. L'attendaient dans la loge du portier deux autres dépêches lui annonçant la nouvelle dont l'une avait transité par l'auberge du bord de Marne où il louait une chambre à l'année pour cause de canotage et de débauche champêtre. En débarquant dans son appartement il entendit un profond soupir en provenance du salon. Assis à sa table Flaubert relisait crayon en main un volume cartonné de *Boule de Suif*. Il leva les yeux, pointant l'index.

– Encore une répétition et trois assonances, mon pauvre Guy.

Maupassant avait l'habitude de se voir lui-même assis à cette place en rentrant du bureau. Une hallucination coutumière dont il se débarrassait en fermant les yeux et en remontant brusquement les paupières comme un rideau de théâtre au moment des rappels. Flaubert disparut au troisième clignement. Peu à peu la syphilis grignotait sa raison. Dans la chambre, il aspergea son visage au-dessus de la cuvette en porcelaine posée sur la coiffeuse. En s'observant dans le miroir-loupe qu'il utilisait pour se raser il aperçut au milieu des gouttes d'eau quelques larmes éparses denses comme du cristal.

– Il s'épongea.

Trente minutes plus tard il sortait de chez lui portant un sac de voyage rempli de quelques frusques. Il avait changé d'habit, troqué sa cravate violine contre une noire, épinglé à son chapeau un morceau de crêpe qui lui restait dans un tiroir du deuil d'un oncle. Il n'était guère que quatre heures et demie. Il pouvait profiter du beau temps pour marcher tranquillement jusqu'à la gare Saint-Lazare.

Il était six heures moins dix quand il arriva essoufflé sur le quai où l'attendaient les Commanville. Ses larmes ne coulaient plus et dans son hébétude il ne pensait même plus à Flaubert. Sa cravate était défaite, le crêpe s'était envolé. Il avait dû s'égarer dans la ville, se laissant emporter par la foule, disparaissant sous une vague de jeunes gens enjoués avant de remonter à la surface, expédié par une puissante lame de fond constituée de vieilles personnes et d'estropiés.

Derrière la voilette de son bibi de velours noir Caroline grimaçait vaille que vaille pour suppléer à l'expression de sa douleur absente tandis que d'Ernest s'échappaient de grands sourires dont les volutes s'élevaient dans les hauteurs de la structure de métal et de bois mêlés qui servait de ciel à la gare. D'ailleurs il ne tenait pas en place, se balançant d'un pied sur l'autre, effectuant de menus sauts, donnant de petits coups de pied à la grosse valise de cuir fauve où joyeusement le ménage avait jeté pêle-mêle vêtements et affaires de toilette, les liquettes tutoyant les corsages, les bas les chaussettes et le peigne en corne du mâle accouplé à la brosse à dos d'argent de la femelle – nuit de noce des objets d'un couple qui jamais ne consomma son mariage. Elle qui pourtant dès l'âge de dix ans inquiétait son oncle de se douter déjà qu'on pouvait sans être marié avoir des enfants. Il l'imaginait avec effroi échapper à la surveillance de sa grand-mère avant même sa nubilité pour s'en aller à Rouen frayer avec des jean-foutre.

Escomptant que sa mort leur serait infiniment plus profitable, les Commanville n'avaient qu'un instant regretté ces conférences fort rémunérées dont le décédé Flaubert ne pourrait pas s'acquitter. En outre après avoir coûté le prix de ses obsèques il cesserait définitivement d'habiter, de se nourrir et d'une manière générale de consommer. Un oncle devenu rentable comme une fabrique dont la matière première, le travail et les murs étaient à jamais payés.

– Ils étaient seuls dans le compartiment.

Ernest avait emporté un filet de victuailles. À plusieurs reprises il proposa à Maupassant des tranches de salami et des gorgées de vin rouge à la régalade. Il déclina ses offres tandis que l'autre faisait bombance en supputant des manuscrits cachés de la cave au grenier dont il obtiendrait autant de magots. Caroline ne parlait que de *Bouvard et Pécuchet*, espérant que le premier tome soit assez avancé pour être publié. Elle demanda plusieurs fois à Maupassant s'il accepterait d'écrire le deuxième en se servant des notes du maître. Ernest de lui donner le mode d'emploi.

– Ses notules. Il vous suffira d'interpréter ses notules.

Des séries de signes cabalistiques qu'il presserait comme des fruits pour en exprimer le profitable jus. Maupassant ne répondait pas. Cependant le soleil s'était couché, l'obscurité régnait dans le wagon et le couple surexcité supposait qu'il les approuvait dans le noir. Ils lui enjoignaient de se mettre au travail dès le lendemain. La mort de Flaubert serait annoncée dans tous les journaux, il fallait utiliser ce regain de notoriété pour donner au public matière à acheter.

Caroline mouilla son linge en s'exclamant.

– Comme il aurait été heureux de savoir que son décès nous enrichirait.

À la perspective de faire enfin fortune Ernest surenchérit la queue en l'air dans son caleçon de soie.

– Il aurait été fier.

Maupassant aurait dû se lever pour les corriger tous deux mais il les entendait à peine tant le fracas du train cassait les oreilles. Du reste il manifesterait toujours froideur et déférence à Caroline et son filou de mari. Elle était la personne à laquelle Flaubert tenait le plus au monde. Alors il respectait comme une vache sacrée cette femme mariée sans amour indéfectiblement liée sur le tard à Ernest par une commune avidité.

– Le train fit halte à Mantes.

Ernest se précipita vers le Buffet que des lampes à gaz illuminaient. Il revint avec trois canettes de vin blanc. Maupassant engloutit celle qu'il lui offrit. Caroline dissimula la sienne dans son manchon, attendant que la gare fût dépassée et l'obscurité revenue pour s'en pitancher.

– Lapierre les attendait à Rouen.

Il conduisait lui-même une voiture découverte. La nuit était tiède, les étoiles aussi bien dessinées que celles d'un décor. Lapierre racontait avec émotion la mort du maître. Malgré ses efforts Caroline ne parvenait pas à sangloter et de sa gueule s'échappait un bruit d'oiseau. Ernest la consolait d'une voix gaillarde de fêtard aviné. Arrivés à destination, elle congédia Lapierre puis le remercia en cherchant des larmes avec son mouchoir de dentelle dont elle maltraitait vainement ses yeux depuis la gare afin d'en obtenir quelques gouttes.

Suzanne s'était endormie sur un fauteuil qu'elle avait installé dans le jardin pour respirer plus à son aise tant le soleil avait chauffé la maison. Ernest la réveilla d'une plaisanterie leste qui lui fit faire un bond. Étendu sur le lit Flaubert reposait dans sa chambre. Tourneux lui avait fermé les yeux mais en catimini Julie les avait rouverts pour les contempler une dernière fois avant de s'en retourner dans sa maisonnette qu'elle quitterait quinze mois plus tard pour la fosse commune du cimetière de Canteleu.

– Des yeux dont il disait avoir rapporté de Tunis la couleur d'azur.

Ils luisaient à la lueur des quatre cierges sur hauts chandeliers de bronze doré que le sacristain de la paroisse était venu installer en fin d'après-midi. Les Commanville passèrent voir le corps en coup de vent. Ernest en profita pour récupérer la montre qui garnissait toujours son gousset. Il la fit tournoyer autour de sa chaîne avant de l'enfouir dans le sien.

– Maupassant demeura seul.

La chevelure était hirsute, la barbe de huit jours et la moustache étaient poissées de bave séchée. Il s'empara du matériel de rasage dans le cabinet de toilette. Dans la pénombre de la pièce qu'éclairaient seuls les cierges il entreprit de raser Flaubert en se servant de l'eau de son dernier bain car avec toutes ces péripéties Suzanne n'avait pas eu le temps de vider la baignoire. Ensuite il tailla ses moustaches puis peigna les mèches bouclées de son crâne dégarni tandis que dans le cabinet de travail contigu Caroline flambait le codicille interdisant la publication de sa correspondance qu'elle venait de découvrir dans le coffret.

Maupassant recula de trois pas pour le contempler. La veste, le pantalon étaient usés jusqu'à la corde. Au col, aux manches sa chemise était effilochée. On l'avait déchaussé, ses chaussettes étaient en plusieurs endroits ravaudées. Il ne renouvelait plus sa garde-robe depuis la ruine. Maupassant demanda à Suzanne d'apporter les vêtements en meilleur état qu'il portait lors de ses sorties en ville. Elle les déposa sur le fauteuil et quitta la pièce en hâte tant le voisinage d'un cadavre la mettait mal à l'aise.

Bruyamment les Commanville furetaient, s'exclamaient, remuaient les meubles.

– Maupassant déshabilla Flaubert.

Le corps exhalait encore une odeur de savon. Il prit la bouteille d'eau de Cologne dans le cabinet de toilette. Il l'en frotta des pieds à la tête. Il l'habilla d'une chemise brodée à son chiffre, lui enfila un pantalon à la hussarde et des bottes neuves du même tonneau. Il noua autour de son cou une cravate blanche.

– Flaubert posait sur lui un regard bienveillant.

Maupassant prit doucement sa tête entre ses mains. Tous ses livres avaient été conçus par cette petite machine dans sa conque d'os. Elle en avait fabriqué des gens, des événements et des paysages supplémentaires pour compléter une réalité qui avait toujours semblé indigente au maître. Outre les hallucinations jusqu'au dernier instant elle avait généré des histoires furtives dont beaucoup s'étaient dissipées avant d'avoir accédé à sa conscience.

– Afin que chatoie son agonie.

Elle se sentait prête à ingurgiter encore des silos de documentation pour usiner de nouveaux romans quand brusquement la mort avait éteint le cerveau.

– Il lui ferma les yeux.

Dans le silence rien ne frémissait, ne chuchotait, ne bourdonnait.

– Il approcha lentement ses lèvres, déposa sur son front un dernier baiser.

Il ouvrit la fenêtre à deux battants, respira l'air de la nuit. Il roula entre ses doigts une cigarette, fuma en regardant la Seine sombre comme un filon d'anthracite. Il entendait la voix d'Ernest, celle de Caroline en conversation de l'autre côté du mur et le vacarme des livres qu'ils jetaient par paquets à bas de la bibliothèque à la recherche de manuscrits cachés qui les feraient millionnaires. Il n'en voulait pas plus à cette nièce que son oncle ne lui en aurait tenu rancune. Elle faisait partie de Flaubert, elle ne pouvait davantage le trahir qu'une jambe ne trahit l'autre en faisant un pas de côté.

– D'ailleurs Gustave avait contribué à durcir son cœur.

Il avait épaulé sa mère pour l'arracher à son béguin Joanny Maisiat. Il lui avait prêché des soirées entières la haine des artistes tous condamnés à finir pauvres, ivrognes et violents. Il alla jusqu'à lui faire l'éloge des épiciers stupides, méchants, incultes mais assez enrichis pour apporter l'aisance à une jeune fille en bouton qui s'épanouirait dans leur belle maison neuve fleurant l'huile, le chocolat et l'or des petites cuillères à café que les invités aussi grossiers que le maître de maison tentaient de faucher sitôt leur tasse bue.

– Joanny fut éloigné.

Caroline pleura des mois dans le giron de Gustave. Face à son désarroi il était prêt parfois à lui céder. Il essayait alors de fléchir sa mère qui l'envoyait bouler car elle n'entendait pas faire de la fille de feu sa fille une saltimbanque. On trouva pour cette gosse de dix-sept ans cet Ernest Commanville déjà trentenaire qu'il s'agissait d'épouser avant de la voir à nouveau tomber amoureuse d'un futur clochard.

– La gamine céda.

Elle demanda cependant à sa grand-mère de prévenir Ernest qu'il s'agirait d'un mariage chaste et que d'ailleurs elle ne voulait pas d'enfant car l'exemple de sa mère morte des fièvres puerpérales ne lui donnait guère envie de risquer sa vie pour un inconnu malpropre qui du fond de son berceau lui casserait nuit après nuit les oreilles de ses vagissements.

– Le 8 avril 1864, le mariage se fit.

Après l'épuisant déjeuner, sous prétexte de promenade le désormais époux entraîna Caroline jusqu'au pavillon. Claquant la porte, il tenta en vain de lui arracher le baiser sur la bouche qu'elle lui avait toujours refusé.

– Grand-mère ne vous a pas prévenu ?

Ernest courut se plaindre à Flaubert de ce marché de dupes.

– Je ne savais rien de cette histoire.

Ni mère ni nièce ne lui en avaient soufflé mot.

– C'est un enfantillage, avec le temps vous parviendrez à vos fins.

Et de balancer une claque virile dans le dos du lésé. Bernique, leur voyage de noce fut sinistre. Elle confessa après son veuvage que seules la ruine et l'âpreté du combat pour la surmonter l'avaient unie à Ernest quelque temps. Lassée de la solitude elle se remaria en 1900 avec un aliéniste. Elle fit valoir ses cinquante-quatre années de virginité forcenée, lui interdit sa couche et le bougre de ne pas regimber tant l'abus d'opiacés l'alanguissait.

– Maupassant était fatigué.

Le cadavre n'était pas tout à fait au milieu du lit. À sa gauche il y avait assez de place pour étendre son corps volumineux. L'odeur d'eau de Cologne se mêlait à celle des fleurs du jardin que des bouffées de vent apportaient et il s'endormit à côté du maître.

Il fut réveillé par la bourrasque. Une rafale de vent avait soufflé les quatre bougies et renversé un vase de cristal qui s'était brisé sur le parquet. Il craqua plusieurs allumettes, l'une après l'autre elles s'éteignirent. Il ferma la fenêtre. À l'horizon un orage avançait. Les éclairs semblaient produits par un engin de guerre fonçant sur Croisset. La foudre tomba plusieurs fois dans la Seine avant de secouer la maison. Un bombardement que le paratonnerre absorba mais qui ébranla les murs, fit sauter des ardoises sans réveiller davantage Suzanne épuisée par cette journée historique que les Commanville ivres d'avidité traversant de merveilleux rêves cupides où on se nourrit d'entrecôtes de veau d'or arrosées de jus d'émeraude, de nectar de perles et de vin de rubis.

– Julio aboyait.

On l'avait enfermé au rez-de-chaussée dans un débarras. Percevant l'odeur de Maupassant descendant l'escalier le chien se tut. Ils se saluèrent en se frottant la gueule. Combien de fois il l'avait emmené courir dans la colline tandis que calfeutré à l'intérieur de la maison Flaubert les regardait en tirant sur sa pipe. Après s'être congratulés un moment ils sont allés de conserve manger un morceau à la cuisine. Il y avait du ragoût de mouton au fond d'une marmite.

– Il essaya de le faire réchauffer sur le fourneau tiède.

En définitive ils l'engloutirent froid. Maupassant dévorait en même temps de larges tranches de pain et buvait du cidre à même la cruche. Julio accepta un croûton mais renâcla devant le cidre qu'il lui avait versé dans un bol. Le jour s'était levé pendant leurs agapes. Ils ont traversé la salle à manger. Ils se sont blottis sur le canapé en bois doré du salon.

Une heure plus tard ils furent réveillés par le bruit de voix des Commanville qui retentissait dans la salle à manger. Maupassant ouvrit la fenêtre et ils sautèrent tous deux par-dessus la rambarde pour aller s'ébattre dans le jardin sous le ciel gris comme du fer. Ils revinrent par le même chemin mais Ernest les alpagua dès qu'ils eurent posé un orteil sur le carreau. Pourtant lesté du souper de tout à l'heure Julio s'enfuit vers la cuisine dans l'espoir que Suzanne lui concède quelque reste.

– Venez voir, Maupassant.

Il le traîna à la salle à manger. Sur la table une omelette, de la charcuterie, des rôties, de la brioche, du café, de la crème, des pots de confiture de rhubarbe, de myrtilles, de gelée de pomme, de coing, de mûre, un bol de miel et une motte de beurre pyramidale assez spacieuse pour qu'y soit creusée la chambre mortuaire d'un ex-futur pharaon à l'état d'embryon.

Caroline trempait du pain dans un bol d'épaisse soupe de pois cassés. Au milieu des victuailles on remarquait le pot à tabac vidé de sa substance où Flaubert avait caché l'argent qu'il avait économisé pour ses dépenses de voyage.

– Un petit trésor, Maupassant.

Ernest sortit de sa poche les huit cent soixante-dix francs qu'il approcha de son visage comme pour lui faire renifler l'odeur des billets et des napoléons.

– Il se gobergeait, ce salop.

Caroline sourit entre deux cuillérées. Quand elle eut terminé son assiette, elle beurra une part de brioche qu'elle grignota en buvant à petites gorgées une tasse de café fortement crémé. Ces agapes achevées elle se tourna vers Maupassant qui engloutissait tristement une tartine de pâté tandis qu'Ernest alignait sur son assiette une septième tranche épaisse comme un édredon qu'il avait taillée dans un jambon dont il tenait fermement l'os d'une main luisante.

– Il faudrait faire venir Félix Bonet.

Le sculpteur rouennais qui trente-quatre années plus tôt avait exécuté le moulage du visage de sa mère dont Pradier avait tiré le meilleur parti pour tailler dans le marbre ce buste qui avait assisté à l'agonie de Gustave en souriant. Il prendrait l'empreinte de son visage et de cette main qui avait écrit tant de sublimités. Mais quand il arriva en fin de matinée Bonet déclara impropres à tout moulage ces doigts qui avaient gardé la terrible contracture de l'agonie. Ernest s'obstina à essayer d'en briser les jointures avec un maillet devant l'artiste indifférent qui coulait le plâtre sur la figure du maître. L'opération terminée un croque-mort recouvre le corps d'un drap de velours noir. Suzanne le jonche de fleurs du jardin. Caroline glisse un brin de buis béni entre ses mains d'athée.

On défile devant le corps trois jours durant. Son frère flanqué de sa femme, de sa fille, la parenté éloignée, des artistes rouennais flattés qu'on ne leur interdise pas la porte, des amis normands, d'anciens condisciples perdus de vue, quelques notables désœuvrés profitant de l'occasion pour passer un moment loin du fracas de la ville.

Commandées par Caroline arrivent de Rouen des victuailles de toutes sortes, poulardes, rôtis, gâteaux. Lapierre dépêche sa servante pour seconder Suzanne qui cuisine dès l'aube. En guise de caméristes le jardinier et son fils sont réquisitionnés. Ils trébuchent, répandant les victuailles sur le sol, brisant les verres de cristal entre leurs doigts puissants comme pinces d'acier, éclaboussant plastrons et corsages en servant le potage à sévères coups de louche, achevant la catastrophe en ébouillantant les convives auxquels ils administrent leur tasse de café comme une bourrade.

Certains venus pour une simple visite s'attardaient en respirant le fumet échappé des casseroles. Enfiévré de bonheur Ernest servait vin, liqueurs, vieux calvados datant du lointain mariage d'Achille et ce fut Maupassant qui au nom des convenances l'empêcha de commander une caisse de champagne pour fêter la mort de l'oncle. Guy était le seul à demeurer triste malgré les verres. La nuit il sortait déboussolé de sa chambre et tout débraillé s'en allait errer avec Julio dans le jardin.

– Maintenant le chien avait perdu le bonheur d'exister.

Il marchait à ses côtés la queue basse. À part ces deux êtres seul le ciel obstinément gris depuis l'orage semblait en deuil. Tout ce monde était trop agité pour avoir le moindre instant à consacrer au chagrin. D'aucuns trop ivres pour rentrer chez eux passaient la nuit entassés pêle-mêle dans une chambre de domestique désaffectée. Quand ils se levaient au matin encore tout bouffis de sommeil on aurait pris la maison pour une auberge.

Mardi à dix heures du matin le convoi démarre. Enrobant le corbillard, tout un carnaval de tentures, de plumes d'autruche teintes en noir dardées vers le ciel. On parcourt le long chemin qu'avait déjà suivi la dépouille de sa mère jusqu'à la paroisse de Canteleu. Le cercueil installé dans le chœur de l'église romane. Une messe chantée par un curé âgé à faciès de tortue qui mâche ses mots comme du marshmallow. Une armée de chantres aux surplis blancs tachés hurlent des psaumes en latin et trébuchent à chaque vers. Le cercueil replacé dans le corbillard. La descente en pente raide vers Rouen.

Une petite foule disparate s'est agglutinée peu à peu en traversant la ville. Des Rouennais qui discutent entre eux pour savoir quel est le degré de parenté du défunt avec le docteur Cléophas Flaubert et son successeur de fils, prennent le robuste Maupassant pour Charles Bovary, Zola pour le comte de Monte-Cristo, Suzanne pour la fille cachée de Félicité et Edmond de Goncourt pour le père Goriot.

Venue anonymement de Londres avance Juliet Herbert dont personne ne soupçonna jamais la présence. Malgré le voile de deuil qui dissimule son visage certains croient reconnaître en elle la mère de Salammbô. Mais ni le vieil Hugo ni Taine ni Du Camp ni Dumas fils n'ont fait le voyage et du fin fond de son domaine de Spasskoïe-Loutovinovo Tourgueniev attendra dix jours encore pour apprendre la mort de son dernier ami.

À l'entrée du cimetière six soldats tirent en l'air un coup de fusil pour honorer la Légion d'honneur du défunt. La tombe ouverte se trouve non loin de celle où repose Louis Bouilhet depuis onze ans. Lapierre lit d'une voix bredouillante un discours dont personne ne comprend le moindre mot. Malgré les efforts enragés des fossoyeurs le long cercueil du géant n'entre pas dans la tombe. Ils se démènent tant que le cadavre se retrouve tête en bas. Caroline pleure sec et hurle faux. Indigné Zola s'approche de l'avant-scène.

– Assez, assez.

Ils s'immobilisent. Le prêtre prononce un laïc *Adieu Flaubert* puis donne le branle à la bénédiction générale et chacun de s'emparer du goupillon. Peu à peu la foule se disperse dans les allées et les intimes suivent Caroline que son mari emporte comme un cadeau. Dans le cimetière déserté les fossoyeurs sautent à pieds joints sur le cercueil qui finit par tomber au fond du trou. Ils reposent la dalle par-dessus.

chutier

On peut résumer les histoires d'amour en quelques mots, de même sa vie et c'est pure redondance de ne pas s'arrêter là.

– Ainsi, le 13 décembre 1821 je naquis, le 8 mai 1880 je mourus.

Entre-temps j'appris à marcher, à lire, à écrire, j'étudiai au lycée de Rouen, je tombai fou d'amour d'Élisa Schlésinger et d'Alfred Le Poittevin, je fus un éphémère étudiant en droit, je fus foudroyé par l'épilepsie, mon père mourut, ma sœur mourut, j'entamai une idylle avec la littératrice Louise Colet, Alfred Le Poittevin mourut, je fis un voyage en Orient avec Maxime Du Camp que j'avais connu six ans plus tôt à l'époque où je m'étais lié d'amitié avec mon ancien condisciple le poète Louis Hyacinthe Bouilhet, j'écrivis *Madame Bovary*, je rompis définitivement avec Louise, je connus la gouvernante anglaise de ma nièce Juliet Herbert, j'écrivis *Salammbô*, Bouilhet mourut, je publiai *L'Éducation sentimentale*, Louise Colet mourut, je publiai *La Tentation de saint Antoine*, ma mère mourut, j'entamai la rédaction de *Bouvard et Pécuchet*, je publiai *Trois contes*, je vis une dernière fois Élisa Schlésinger, une dernière fois Juliet, je pris un dernier bain.

– Voilà tout.

Je garde un souvenir détestable de ces marches forcées qu'on nous imposait chaque vendredi sous prétexte de nous aérer. Nous partions du collège à deux heures de l'après-midi et ne rentrions qu'à six. En rang par deux nous traversions Rouen au petit trot comme un troupeau. Nous quittions la ville et il nous fallait alors prendre le galop pour parcourir un de ces paysages bucoliques que l'urbanisme a dévorés aujourd'hui mais que vous pouvez encore contempler sur certaines toiles de Monet et de Pissarro.

Drôles de baudets poursuivis par les coups de sifflet des surveillants dont certains, pipe au bec, au bord de l'infarctus, finissaient par abandonner la course en crachant leurs poumons. Nous transpirions même au plus froid de l'hiver, trempant de sueur notre linge. Dès que venaient les premières chaleurs de juin certains d'entre nous tombaient évanouis. Nous étions chargés de les traîner jusqu'à un ruisseau pour les ranimer d'eau glacée.

Nous revenions à Rouen en piteux état. Combien de fois ai-je tenté de dissimuler mon visage défait en remontant mon col quand nous croisions des enfants de notre âge circulant librement dans les rues moquant ces jeunes bagnards entourés de gardiens hideux et épuisés, aux coups de sifflet devenus poussifs, les plus vieux et les mal-en-point se traînant au loin en boitant pour rattraper la cohorte.

J'ai dévalé les ruelles jusqu'à la Seine, passé le pont de la Tournelle et 17, quai d'Anjou suis monté gratter à la porte du troisième étage où logeait Baudelaire déjà grevé de dettes et fuyant les créanciers dont il serait la proie jusqu'à la fin de sa vie. En ce temps-là, il m'appelait *vieux Gustave* et je lui donnais du *sacré Charles*. Nous nous étions rencontrés par hasard un an plus tôt dans un cabaret de la rue de la Huchette. Nous nous étions aperçus que nous avions été renvoyés tous deux du lycée l'année de notre baccalauréat. Nous avions échoué chez lui à cinq heures du matin. Une femme nommée Anna avec laquelle il croyait avoir rompu la veille stationnait dans son lit. Il partit furieux en claquant la porte.

– Nous laissant seuls.

Quand il était revenu en fin de matinée il nous avait jeté un seau d'eau comme à des chiens. Anna donna un coup de pied au cul du chat pour se venger d'avoir été traitée de la sorte et s'en alla. Je finissais de me sécher lorsque s'étant débarrassé du reste de ses habits il quitta sa chemise et d'un même mouvement nous nous mîmes au lit. Du drap de toile bise le sperme dégoutté de la vulve d'Anna s'évaporait lentement dans l'atmosphère que chauffaient encore quelques braises achevant de se consumer dans le poêle en céramique.

– La même pensée nous traversa l'esprit.

Tour à tour nous nous culbutâmes. Étreintes savoureuses, même si le désir de recommencer ne nous titilla jamais par la suite. Puis nous nous sustentâmes d'un poulet rôti et d'une bouteille de porto qu'il commanda à sa portière d'un hurlement poussé dans la cage d'escalier. Tandis que le soir tombait je me souvins d'une conférence de droit public. Je suis rentré chez moi sans grands remords de l'avoir séchée.

Ce soir-là, Baudelaire m'a ouvert hirsute, mal débarbouillé, avec dans le regard comme un nuage. Deux fenêtres donnaient sur la Seine. Une douzaine de bateaux transportant des pierres pauvrement éclairés de lumignons à chandelle la descendait à la queue leu leu. La pièce était obscure mais, craquant une allumette pour ranimer ma pipe, j'aperçus sur son bureau à cylindre des pages déchirées et des plumes cassées en deux. Il me dit qu'il abandonnait les arts pour devenir.

– Devenir, Charles, mais quoi donc ?

– Gustave, as-tu de l'argent ?

Je fis sonner quelques pièces au fond de ma poche. Il m'avoua n'avoir depuis la veille dîné que de bouffées d'opium et souffrir d'une faim considérable. Nous sommes apparus un quart d'heure plus tard chez un marchand de vin de la place Saint-Michel qui servait sur une longue table d'hôte des fricassées charbonneuses et de louches ragoûts. Nous avons vidé plusieurs flacons en tripotant des saucisses. Je lui avais envoyé un mois plus tôt deux pages de *Novembre* que j'avais recopiées moi-même mais il n'en avait aucun souvenir.

– Des lignes envolées.

Il faisait des simagrées du bout des doigts comme pour figurer des oiseaux. Il me demanda soudain si je détestais Victor Hugo.

– Je l'admire.

Il cracha par terre sans savoir qu'il lui exprimerait un jour toute son admiration à l'époque de la mutilation des *Fleurs du mal* par la justice. Je ne pus m'empêcher de lui donner une violente claque qu'au dernier moment je fis atterrir sur son épaule. Il me parla de la peinture de Delacroix dont j'entendis le nom pour la première fois ainsi que de sculpture et d'un marchand de bibelots près du Palais-Royal qui vendait sous le comptoir des dessins volés dans les réserves du Louvre. Il prétendait remettre ses finances à flot en jouant les courtiers. Il nourrissait aussi l'ambition d'importer des bois exotiques, de faire fortune de toutes les façons possibles pour vivre cette existence de dandy dilettante qui m'apparaissait mesquine en regard des fastes orientaux dont je peuplais mes rêves.

– Mais nous sommes attendus.

– Par qui donc ?

– Nerval, Balzac et Tournemiron.

Je ne sus jamais qui était ce dernier, quant aux deux autres je leur fus présenté rue Saint-Jacques aux alentours de minuit dans un grand salon de l'hôtel particulier d'une marquise veuve. Une table était dressée dans la salle à manger pour un souper auquel Charles n'était pas convié. Gérard de Nerval était occupé à faire le fat auprès d'une femme d'une trentaine d'années aux cheveux arrangés en pièce montée, il n'a pas daigné lever le nez de son décolleté pour me jeter un regard. Balzac était un tout petit homme affreusement replet. Je l'avais déjà aperçu en 1839 quand il était passé par Rouen participer à un banquet de la Société des gens de lettres qu'il venait de fonder un an plus tôt. Quoique je m'en sois toujours défendu, la renommée et le pouvoir m'ont toujours impressionné. Comme il était célèbre je l'avais suivi dans la rue alors qu'il rejoignait son hôtel au bras d'un adjoint au maire qui ressemblait à un caniche.

– Je n'avais pas détesté *Le Lys dans la vallée*.

Ce livre aurait pu être bon s'il avait été mieux écrit. J'admirais pourtant sa force, sa puissance, sa faculté de faire surgir toute une population de personnages. Mais cette façon que mes contemporains eurent parfois de comparer mes romans aux siens toujours m'exaspéra. En plus ce soir-là il puait la cendre.

Charles me présenta.

– Voici un drôle de Rouen qui mâtine des romans.

– Très bien, très bien. Ah oui, très bien.

Il posa sa grasse patte sur moi en secouant la tête plusieurs fois à la manière d'un goupillon dont il m'aurait béni avec en guise d'eau les postillons qui s'échappaient à chaque parole de son clapet.

– Il a écrit une fameuse histoire qui se passe en automne.

Une allusion moqueuse à ce *Novembre* dont il n'avait consenti à lire un traître mot. Balzac se retourna pour accaparer un ministre de Louis-Philippe si insignifiant que l'état civil n'avait pas cru utile de lui attribuer un nom. Il l'abandonna soudain pour entrer en vive discussion avec un groupuscule composé de Dumas père, Sainte-Beuve et du jeune Edmond de Goncourt dont j'enviai fort l'apparente familiarité avec des personnages aussi importants. Sur ces entrefaites, George Sand me bouscula et ce fut moi qui m'excusai tandis qu'elle continuait impassible de tracer sa route vers un valet somnolent sur un tabouret auquel elle fit sans doute un compliment car en se réveillant il rougit.

Baudelaire m'entraîna dans la salle à manger où déjà des convives s'étaient posés au hasard en attendant qu'on vienne les placer. On reconnaissait, en bout de table, esseulé, ce vieux romantique d'Étienne Pivert de Senancour qui regardait fixement la nappe brodée de garçonnets en culotte bleue et de nymphettes nues. Il s'empara de deux verres et en enfonça légèrement les culs dans ses orbites comme s'il cherchait à s'en faire une lorgnette. Une dame en robe noire s'en vint chuchoter quelques mots à l'oreille de Charles. Il cria.

– Flaubert, nous voilà congédiés.

La dame de répliquer d'une voix flûtée.

– Vous savez bien que vous n'êtes plus reçu ici, monsieur.

– La preuve, je suis là.

Il ricana mais nous partîmes. Nous croisâmes dans l'antichambre Chateaubriand et Musset qui discutaient d'un pourboire donné au cocher d'un fiacre. Charles m'expliqua sur le palier que s'étant le mois dernier enivré chez cette veuve, elle l'avait fait expulser par ses gens. Il s'enquit de savoir comment j'avais trouvé Balzac.

– Je lui ai trouvé une triste odeur.

Nous avons ri si violemment qu'une des pendeloques d'un lustre de cristal éclairant l'escalier se fendilla puis explosa en menus fragments qui tombèrent sur les marches de marbre blanc. Nous croisâmes Victor Hugo dans l'entrée. Il n'avait encore qu'une petite quarantaine d'années, sa taille était svelte, sa mèche noire et il dégageait la même impression de confiance en soi que s'il connaissait déjà le statut que la postérité lui accorderait. Baudelaire lui fit un salut grotesque en soulevant l'espèce de chapeau cloche qu'il avait sur la tête.

– Vous êtes ?

– *J'ai l'habit d'un laquais et vous en avez l'âme.*

Reconnaissant un vers de son *Ruy Blas*, le maître ne quitta pas ses gonds. Quant à moi je souriais timidement comme un jeune internaute qui se retrouverait soudain nez à nez avec une star d'Instagram infiniment likée.

– Et vous, grand dadais, laquais ?

Je rougis jusqu'au bout de mon pénis que la honte ratatina. La femme qui l'accompagnait avait un visage blême de Pierrot lunaire. Elle resplendissait dans la demi-obscurité mais on l'imaginait perdre toute apparence par temps de neige. Je me souviens que dévoilant ses dents laiteuses elle murmura quelques mots qui tombèrent dans l'oreille de Hugo comme des glaçons qui le firent sursauter et frotter violemment son ouïe engourdie par la froidure soudaine.

– Assez de billevesées, jeunes sots.

Il attrapa l'escalier d'un pas résolu, traînant par le poignet la femme dont le visage s'estompait dans la proximité du marbre blanc des marches. Quant à moi, je suivis penaud Charles qui à mon endroit criait *nigaud, nigaud, nigaud*. Vexé, je voulus prendre congé mais il m'attrapa par le cou.

– Bernique, monseigneur.

Bien décidé à ne pas m'en laisser conter je me dégageai et me mis tête baissée à avancer. Il me poursuivait en me traitant d'échelle, de canard et d'aile de pie. Je me retournais en levant le poing mais il approchait sa gueule en riant pour que je la lui explose et je n'avais pas le cœur de décocher. Il m'a catapulté dans un estaminet où il m'a jeté dans le gosier trois chopines de bière tiède qu'il paya avec de l'argent trouvé dans mon gousset.

Nous sommes arrivés rue de l'Est à deux heures et demie du matin. Il exigea de monter. Il fallut faire du punch avec un reste de rhum et l'écouter déclamer un poème d'André Chénier dont il avait trouvé un volume dans ma bibliothèque. Le morceau de journal dont la portière avait rafistolé le carreau cassé s'était déchiré sous l'effet de la bise nocturne. Nous avions gardé manteaux, gants et couvre-chefs car il faisait aussi froid dedans que dehors.

– D'ivresse, il s'endormit sur le sofa.

Je me couchai. Comme nous ne l'entendions pas toquer au matin le vitrier tabassa la porte qui finit par céder et il fit irruption. Nous sommes sortis cahin-caha de notre coma éthylique. Baudelaire était enchifrené et toussait par-dessus le marché. Il but le reste du punch à même la carafe en maudissant les rhumes tandis que je me rasais, m'habillais et préparais mes livres, mes plumes et mon papier pour aller jouer les étudiants sur les bancs de la Sorbonne. Nous abandonnâmes l'artisan.

– Des plaques de verglas luisaient dans la nuit.

Baudelaire ne disait plus un mot, se contentant de s'arrêter tous les vingt pas pour se moucher à grand bruit. Au numéro 19 de la rue Saint-Séverin se trouvaient en ce temps-là des bains publics.

– Nous entrâmes.

Nous nous déshabillâmes chacun dans une cabine dont la clé était munie d'un cordon pour qu'on la porte au cou. Nous traversâmes une salle où des employés vous douchaient à grands seaux. Nous nous attardâmes dans un couloir d'où de la vapeur s'échappait de bouches grillagées ménagées dans le sol. On nous installa dans des baignoires contiguës parmi des dizaines d'autres alignées dans un vaste espace au plafond de verrière, aux murs garnis de fresques figurant des scènes de chasse. J'ai toujours éprouvé le besoin de commencer ma journée par un séjour dans l'eau. Vos psychanalystes d'hier m'auraient brocardé en qualifiant cette habitude de plongée quotidienne dans un substitut de liquide amniotique dont jamais l'utérus de ma mère n'aurait pu produire tant de litres.

– Peu me chaut.

Baudelaire s'endormit sitôt allongé. Il dormait si bien qu'après mes ablutions je l'abandonnai à ses songes.

De cet épisode parisien n'est demeurée aucune trace. Dans une lettre à Ernest Chevalier je situe l'incident à Rouen où je lui dis être revenu après un court séjour à Paris car pendant plusieurs semaines cette deuxième crise affecta profondément ma mémoire. Elle m'est peu à peu partiellement revenue. Ainsi, lorsque des années plus tard je fis la connaissance de Hugo, Sand, Goncourt et Sainte-Beuve il me sembla les voir pour la première fois. Je n'étais en 1844 qu'un jeune homme anonyme dont ils n'avaient aucune raison d'avoir gardé le moindre souvenir et il en fut de même pour eux. Participer à la rédaction de ce livre m'aura permis de remettre un peu d'ordre dans l'histoire de ma vie.

Pareillement le souvenir d'avoir à deux reprises rencontré Baudelaire, de l'avoir connu charnellement et de m'être rendu en sa compagnie chez cette marquise s'est effacé. Lorsque avec Maxime nous fûmes reçus en 1850 à Constantinople chez le général Aupick, ambassadeur de France, en présence de son épouse qui n'était autre que la mère de Charles, mon cerveau ne me transmit pas le moindre souvenir de lui. De même quand il m'arriva en juillet 1857 de lui écrire à propos des *Fleurs du mal* que le tribunal s'apprêtait à castrer de six poèmes qui demeureraient proscrits jusqu'en 1949, ce fut comme à un parfait inconnu auquel je me serais adressé pour la première fois. Il me répondit sur le même ton.

– L'abus des drogues avait pu partiellement l'amnésier.

À moins qu'en ces temps devenus pudibonds il conçût désormais quelque honte de notre baisade. Nous nous rencontrâmes derechef à Paris en 1858 dans le salon de l'actrice Jeanne de Tourbey dont il était l'amant. Nous nous sommes mutuellement réjouis de faire enfin connaissance. Je le complimentai à nouveau pour ses poèmes. Il me parla de *Madame Bovary* sur laquelle il avait fait paraître un article élogieux l'année précédente. Il ne m'en voulut pas quand je lui succédai auprès de Jeanne l'espace d'une nuit. Moi non plus de m'avoir précédé dans son lit. Par la suite je l'ai croisé sporadiquement au hasard de mes séjours à Paris. Cependant, il était pauvre et ne pouvait se permettre de participer aux dîners Magny. Quant aux dîners Brébant, même enrichi la mort qui dans l'intervalle l'avait emporté en aurait fait un convive peu présentable.

– Le pouvoir craint le style comme le pal.

Pauvre Charles, je te fis l'amour par la voie même que plus tard emprunta le dard de la justice pour t'empaler.

Mon compagnon d'écriture qui tient ma plume comme autrefois Alfred mon bonhomme quand je pissais dans la neige pour écrire avec le jet une sentence d'Épicure, un sonnet de Ronsard, un chapitre de *La Nouvelle Héloïse*, me fait remarquer que j'avais rencontré Hugo en décembre 1843 dans l'atelier du sculpteur James Pradier, soit un mois avant cette soirée chez la marquise.

Chaussant la longue-vue dans la foule du boulevard des Italiens il distingue Raoul Nathan qui comme chaque jour entre déjeuner au *Café Riche*. Sa table réservée à longueur d'année près de la porte est surnommée par les serveurs la *loge du portier*. Il inscrit dans un carnet de moleskine les allées et venues des personnalités qui font halte pour lui causer et dès qu'elles ont le dos tourné il s'empresse de noter leurs propos. Rentré chez lui, il s'en inspirera pour rédiger à la plume de fer des cancans pour *La Gazette*.

Pour se venger Emma m'asséna en retour mon épitaphe qui me frappa de plein fouet avec la violence d'un coup de fusil.

Gustave Flaubert

12 décembre 1821 – 8 mai 1880

– Jamais un mort ne raconte sa mort.

Alors je regagne à jamais mon tombeau à qui je n'ai pourtant jamais fait faux bond. Je ne reviendrai plus jamais chez les vivants chez qui je ne suis jamais revenu. Mourir c'est devenir à jamais un personnage qui jamais ne souffre, jamais ne jouit, jamais ne frémit, jamais ne ressent l'existence.

– Jamais. Jamais. Jamais.

Je n'étais pas là lors de la construction de ce livre dans le cerveau de son signataire, pas davantage lors de sa mise à l'eau sur le quai de l'hôpital de Rouen, je n'étais pas à bord durant sa croisière *Rouen-Paris-Croisset-Paris-Constantinople-Croisset-Paris-Londres-Croisset-Baden-Croisset-Paris-Croisset-Rouen-Cimetière* qui dura plus de cinquante-huit ans et je ne coulerai pas avec lui comme un valeureux capitaine.

– Adieu.

Bien que jamais réapparu depuis ma disparition maintenant je disparais à jamais en perdant mon *je*, ce privilège des vivants dont à jamais les castre la mort.

– À jamais.

– Madame Bovary, c'est moi ? Je n'ai certes jamais dit pareille sottise.

Jamais. Permettez-moi de reprendre un instant mon *je*. De mon vivant j'aurais été bien incapable de dénoncer cette calomnie car elle fut proférée près de trois décennies après mon décès. Elle prend sa source dans un ouvrage de René Descharmes publié en 1909 qui relate en passant dans une note de bas de page qu'un monsieur E. de Launay – dont on sait qu'il habitait à Paris, 31, rue de Bellechasse au début du XXe siècle et rien d'autre – lui a raconté qu'Amélie Bosquet – écrivaine rouennaise que j'ai à peine connue – m'ayant demandé où j'avais trouvé le personnage de madame Bovary, je lui aurais répondu et plusieurs fois répété *Madame Bovary, c'est moi*. Il s'agit d'une si grave diffamation que désormais quiconque la proférera se verra assassiné dans la nuit par le fantôme de Jack l'Éventreur avec qui je trinque parfois. Maintenant, je vous dis adieu. J'abandonne à jamais mon *je*, ce privilège des vivants dont à jamais les castre la mort.

– Allez Régis, foutez donc mon *moi* au feu.

– Dont acte, Gustave.

Mais qu'il me soit permis à mon tour d'intervenir tandis que notre héroïne continue à ratiociner dans cette baignoire en cuivre étamé qui aurait pu tenir lieu à Flaubert de sarcophage pour peu qu'on l'ait affublée de son couvercle de chêne entreposé à la cave et dont on ne s'était jamais servi. De fait, ce *madamebovarycestmoi* est invraisemblable et contredit par ce que Flaubert a pu écrire de l'ouvrage dans sa correspondance.

Ce livre, tout en calcul et en ruses de style, n'est pas de mon sang.

Il s'agissait d'une œuvre d'art préméditée, certainement pas une manière clandestine de révéler le tréfonds de son âme. Pourtant *madamebovarycestmoi* est entré depuis si longtemps dans la légende qu'il serait vain de vouloir l'en retrancher aujourd'hui. Il faut donc admettre que même si elle est apocryphe cette phrase construite au début du XXe siècle a fini par creuser un tunnel jusqu'en 1857 et lorsqu'on aura acquis la faculté de remonter le temps on s'apercevra que ces quatre mots ont bel et bien été réinjectés dans une conversation de Gustave avec l'écrivaine Bosquet.

Ce *madamebovarycestmoi* permet à Flaubert de conforter Baudelaire persuadé qu'il avait dû se faire femme pour créer Bovary. D'ailleurs Flaubert a reconnu avoir été le héros de *La Tentation de saint Antoine*, il ne fait pas de doute qu'il ressemble au Frédéric Moreau de *L'Éducation sentimentale* et du reste il ne fut pas moins madame Bovary que le moindre des personnages de ces livres, lui qui confessait à Louise qu'en écrivant la scène d'amour en forêt entre Emma et Rodolphe, il était devenu homme et femme tout ensemble, amant et maîtresse à la fois, qu'il était les chevaux, les feuilles, le vent, les paroles que les amants se disaient et le soleil rouge qui les éclairait. De fait, l'erreur qu'a commise Flaubert et qui fut réparée Dieu merci par la postérité, c'est de n'avoir jamais dit ce *madamebovarycestmoi* qu'il vient de renier à l'instant, même s'il ne la fut guère plus que le battant de la cloche de l'église de Yonville, même si en définitive il ne la fut guère, qu'il la fut si peu qu'il ne la fut pas.

Emma et Gustave s'étaient tus en regardant défiler cette diatribe dont avec plusieurs décennies d'avance elle avait allumé la mèche avec espièglerie. Elle usa encore de cet anachronisme quand se rouvrit enfin sa bouche.

La mort posa sa main sur un exemplaire de *Salammbô*. Elle se rappela Hannibal qu'elle avait par deux fois épargné. D'abord en janvier 217 avant Jésus-Christ alors qu'en retrait du champ de bataille le stratège observait ses troupes se faire peu à peu démonter par les Romains elle lui avait envoyé une décurie pour le massacrer. Elle s'était ravisée, le détachement l'avait soudain perdu de vue et s'en était retourné en chassant la viande de son déjeuner. En 202 à la bataille de Zama son cheval eut la tête fracassée par un javelot. Hannibal tomba à la renverse et dévala une pente rocheuse, rebondissant, perdant au fur et à mesure les pièces de son armure et des pintes de sang. Elle avait décidé au dernier moment de lui offrir à point nommé une saillie herbeuse rendue molle par une récente averse qui en définitive amortit sa chute. Hannibal s'empoisonna vingt ans plus tard par peur d'être capturé et jeté dans l'arène du Colisée comme un esclave. Un héros se doit de mourir en bataillant d'une flèche en plein cœur, d'un coup de glaive, la tête tranchée en combat singulier par la hache d'un mercenaire. La mort lui infligea une fin à peine honorable qui remit à sa place cet arrogant vivant.

L'imagination est un outil pour en savoir davantage que le réel ne sait.

Du temps de Flaubert la santé n'avait pas encore été inventée.

Avant la culbute j'aurais voulu que me soient accordés quelques souvenirs. Trois, quatre.

– Un seul.

D'accord. Je l'aurais fait tourner à l'infini dans ma tête sans jamais le trouver fade, sans que me traverse l'esprit d'en réclamer un autre comme un enfant lassé de son joujou. Je verrais Élisa sortir de l'eau enrobée dans sa tenue de bain feuille morte comme une cerise trempée dans un bain de chocolat au lait. Elle apparaîtrait, ne cesserait d'apparaître sans avoir à chaque fois le temps de remarquer mon regard tendu vers elle et m'obliger à baisser les yeux en rougissant. Maxime ferait l'affaire. Je revivrais le point culminant de notre amour, ce matin de nos fiançailles quand nous avions échangé nos chevalières après avoir dormi toute la nuit serrés, imbriqués comme peut l'être une paire de mains aux doigts entrelacés. Un instant de bonheur intense et pour la seule fois de ma vie un sentiment de puissance, d'invincibilité, un couple dont les mêmes pensées hantaient les cerveaux, au-dessus de la jalousie, fidèles jusque dans l'adultère tant notre amour était hautain et se souciait peu de l'usage que pouvait faire de son corps l'être adoré puisqu'il n'était que matière. Nous étions des âmes dont l'au-delà était la gloire et l'art à la fois le chemin de croix et la rédemption. Billevesées, qu'au lieu de la cérémonie des anneaux on m'accorde plutôt une étreinte et que je meure dans ses bras sous ses coups de reins comme une maîtresse fragile.

– Un souvenir moins prodigieux.

Je me contenterai d'une paille, d'une poussière de temps.

Avec son affreux mari Caroline l'avait surnommé *le consommateur*. Ils lui reprochaient de brûler trop de bois dans la cheminée de son cabinet, de boire du café plusieurs fois par jour et de dépenser sans compter quand il séjournait à Paris.

Il rêvait de sa mère chaque jour afin d'éprouver encore une fois cette douce mélancolie dont il était devenu aussi dépendant que de la pipe. Parfois il demandait à Suzanne de lui apporter les vêtements de celle qu'il appelait sa chère vieille. Il les posait sur ses genoux comme un petit enfant, les regardant avec tendresse, les effleurant, passant délicatement sa main dans la fourrure de l'étole, se penchant sur eux pour humer son odeur qui loin de s'éventer gagnait en intensité au fil du temps. Il lui semblait qu'il suffirait de frapper contre la cloison pour qu'elle apparaisse. La lumière l'effaçait mais en fermant les yeux il la voyait et l'entendait prononcer distinctement des phrases entendues vingt années plus tôt. Elle évoquait la tendresse de son père qui essayant de remplacer sa mère morte en couches la mettait lui-même au lit chaque soir. Elle me parlait aussi de ses années de pensionnat à Honfleur quand elle devint orpheline à l'âge de neuf ans.

Il abandonnait les habits sur l'accoudoir, il descendait se promener dans le jardin en lui tenant le bras comme du temps de sa vie. Les jours de chaleur il montait par un sentier ombragé de tilleuls jusqu'à un terre-plein surnommé *Le Mercure* à cause d'une statue de ce dieu que personne n'avait vue mais dont toute la maisonnée croyait fermement qu'elle avait un jour existé.

Il revenait seul d'un pas précipité, demandait à la domestique de ranger les affaires de sa mère et retournait à son travail.

Flaubert avait peur d'être à sa mort exposé, dénudé, écorché, disséqué. Un secret devait être caché au fond de lui dont il n'avait qu'une idée vague. Il avait toujours deviné son existence sans jamais chercher à le connaître. Ils sont inquiétants, les secrets, des monstres endormis qui vous pulvérisent en vous regardant dans les yeux. Caroline ferait tout ce qu'elle pourrait pour violer les vœux de son oncle. Sa correspondance serait par elle recherchée, traquée jusqu'à la dernière feuille volante. La correspondance de Juliet Herbert demeura introuvable. Flaubert vers la fin de sa vie évoque la fragilité de l'honneur d'une femme qui peut être terni par un seul ragot. Elle n'était pas l'émancipée Louise Colet, officiellement pourvue d'amants dans le pandémonium parisien.

On a tôt fait d'oublier ses pensées, ses paroles, et les instants de notre vie nous laissent rarement un souvenir. La trace de la vie de Gustave sur chacune des lettres retrouvées. Des lettres oubliées sitôt écrites, relatant des circonstances, des états d'âme dont il aurait bien été incapable de se souvenir cinq ans plus tard. L'homme, ce grand trou de mémoire au milieu duquel flottent des bribes de souvenirs. La mémoire de Flaubert presque entière dans sa correspondance. Elle se souvient davantage qu'il ne s'est jamais souvenu. Elle est plus riche, plus complète que celle contenue dans son cerveau à la fin de sa vie. Si ses correspondants lui avaient restitué les missives, il aurait eu l'impression en les lisant qu'elles avaient été rédigées par un autre. Parfois il aurait regardé le papier, la couleur de l'encre, le tracé des lettres avec la grosse loupe empruntée à Julie qui s'en servait pour déchiffrer les titres du *Journal de Rouen* malgré sa cataracte. Il peinerait à croire ce qu'il aurait lu. Il ne se souviendrait pas de ces états d'âme, de ces lieux, de ces anecdotes insignifiantes qui avaient parfois émaillé sa vie. Le plus intime de Gustave a été livré en pâture. Sa correspondance c'est une succession de Gustave qu'il était, puis n'était plus. Un Gustave à la vie sautillante, incohérente comme toutes les vies mais sa correspondance forme un personnage que définitivement on appellera Gustave Flaubert. On devient une fable, une farce, une légende après sa mort. Il est devenu un slogan apocryphe alors qu'il ne fut pas plus Bovary que madame et madame que Bovary.

Il aurait lu avidement sa propre correspondance pour connaître la suite de sa vie.

On vivait en ce temps-là à l'heure solaire qui a deux heures d'avance sur notre heure d'été.

– Toute cette mémoire brûlée dans la cheminée.

Qu'on le brûle avec Croisset et précipite l'entièreté de sa vie dans le brasier. Dossiers, lettres, feuilles volantes, survivants dont les cerveaux contenaient des confidences, des souvenirs dont il était protagoniste et qu'on jette aussi toutes ses œuvres. L'éternité est une affaire de vivants. Que lui importait que ces phrases de décédé lui survivent.

Il posa la main sur le manuscrit dont ils s'étaient enfuis.

Emma heurta le front de Gustave avec son menton dur comme celui d'une statue.

Une nurserie dont les enfants seraient les personnages dont grouillaient le livre en cours et ceux alignés sur les étagères.

J'ai compté pendant quelque temps sur l'épidémie de peste qui ravageait la Russie. Traversant l'Europe un sale vent d'ouest finirait bien par l'apporter jusqu'à Croisset. Une mort épouvantable mais digne.

Pour supplier Dieu de donner la foi au mécréant que j'étais malgré mon œuvre grouillante de saints.

Elle avait senti ma paume devenir humide comme si les mains pouvaient verser leur larme. Leur larme de crocodile car c'était encore une occasion de me plonger dans le passé, même si ce passé de père de famille n'avait pas existé et de connaître une jouissance mélancolique aussi profonde que s'il avait été.

Parfois j'éprouvais le besoin de tracer des mots au hasard. *Fleuve*, *sein*, *lampe*, *scarabée*, *bec d'autruche*, autant de scories que je déchirais aussitôt. Je les fractionnais en morceaux si fins qu'ils s'envolaient par la fenêtre ouverte comme un essaim d'aleurodes. J'écrivais aussi certains souvenirs honteux dont je voulais me débarrasser. Une fois envolés ils pâlissaient dans ma mémoire. Je m'enhardissais parfois jusqu'à écrire du mal d'Alfred, de ma mère, des Caroline sœur et nièce pour purger mon cerveau comme je purgeais régulièrement mon corps. De ces mesquineries un mort peut faire la confidence sans pour autant avoir le droit d'exiger d'être cru puisque de ces moments d'égarement je n'ai laissé aucun vestige.

– Les mots, ce nirvâna.

Je gueulais Montaigne dans les allées, je gueulais Voltaire, je gueulais Rabelais, je murmurais Sade en montant l'escalier.

– Ce supplice.

En gueulant mes propres textes je ressentais plus que jamais cette douleur fulgurante à chaque assonance, à chaque répétition et ces *que* et ces *et* qui me déchiraient le cœur. À la fin de mes jours j'étais devenu bigot du style, ces vocables proscrits étaient pareils à des impuretés qui terniraient la limpidité d'une âme. La souffrance d'écrire, c'est moi qui l'ai inventée. La torture de la prose, ce véhicule pourtant tranquille, transparent dont ne parlaient guère les prosateurs, le trouvant aussi naturel que la respiration. Il eut beau recommencer quatorze fois *La Nouvelle Héloïse*, jamais Jean-Jacques ne se plaignit de la langue, des mots qui lui servaient docilement à étendre sa pensée sur la page.

Avant l'arrivée des Prussiens j'avais aussi enfoui une caisse de fer contenant douze cahiers de fort papier qui constituaient le journal intime que j'avais tenu régulièrement depuis mon retour d'Orient et dont je ne repris pas la rédaction après guerre.

À mon retour à Croisset la mémoire me manqua. J'eus beau creuser tant et plus je n'ai pas retrouvé la caisse. Alors que j'avais enfoui la malle une semaine avant l'invasion je m'étais préoccupé des cahiers au dernier moment tandis qu'on entendait déjà le bruit des bottes des soldats sur le chemin de halage. Je me demande même si dans la panique je n'ai pas jeté le contenu de la caisse page à page au vent du nord qui soufflait en tempête ce jour-là. Je vous fais cette confidence dont aucun de mes historiographes n'a jamais eu connaissance. Avec les détecteurs de métaux dont dispose votre époque retrouver ce réceptacle ne paraît pas tâche impossible. La publication de ces cahiers serait l'événement flaubertien le plus important depuis la première publication de ma correspondance. À moins que le noroît les ait emportés jusqu'au dernier feuillet.

Au hurlement de ma mère répondirent les pleurs de Caroline qui échappant à sa nourrice courut dans l'escalier et tomba. Elle gisait immobile au bas des marches. Pendant quelques secondes régna dans la maison un silence absolu. Ce fut la gamine qui le brisa en grognant comme si on l'avait réveillée en sursaut d'une sieste. Sa grand-mère voulut la prendre dans ses bras mais elle se débattit et fila vers les communs où la cuisinière avait l'habitude de la gâter de fruits secs et de sucreries. Ce fut cette dernière qui appela à l'aide car le sang avait eu le temps de couler de l'infime plaie au front occasionnée par la chute et un ruisselet rouge partageait son visage par le milieu.

Ma mère avait perdu son mari, sa fille, sans compter ses trois petits autrefois morts en bas âge, elle ne voulait pas de surcroît perdre Caroline. Après l'avoir soignée elle passa une longue corde autour de la taille de la gamine dont elle attacha solidement l'autre extrémité à son propre poignet. Elle la posa sur ses genoux, chercha l'avenir dans ses yeux comme dans deux boules de cristal. Elle se demandait s'il resterait quelque chose de sa descendance dans dix ans, dans six mois. À l'époque les enfants mouraient sec, les voyages tuaient, de son côté Achille pouvait être emporté dans un accident de cheval à force d'arpenter comme notre père la région pour aller soigner gratis des pauvres diables sans compter que sa fille était maigre et en ce temps-là les jeunes étiolées s'en allaient de componction sans coup férir.

Elle ne voulait pas assister à l'enterrement de tout ce monde. Après qu'elle avait suivi le convoi de quatre de ses enfants avait-on le droit d'exiger encore pareille épreuve d'une mère déjà à ce point éprouvée.

Je n'aurais pas jeté *La Tentation* de toute manière. Je ne leur avais soumis ce texte que pour obtenir des louanges. Au fond peu m'importait leur avis, j'étais simplement accablé qu'ils se soient avérés incapables de deviner sous le prétexte mon réel désir.

Je n'ai jamais autant aimé Maxime que lui m'aimait. Je me laissais adorer.

CHUTIER

J'habitais rue du Temple avant de déménager rue Murillo puis quand l'époux de Caroline m'eut entraîné dans sa débâcle ce logement incommode du faubourg Saint-Honoré que j'atteignais au bord de l'apoplexie après avoir grimpé cinq volées de marches car si dans le néant nous sommes fort minces j'étais à l'époque gras, lourd et j'ai réellement plusieurs fois frôlé la mort dans ce maudit escalier.

J'avais dans l'armoire de ma chambre un carton à chapeau où j'avais enfermé le grand châle bariolé de ma sœur morte. J'entrouvrais parfois le couvercle pour respirer son odeur. Je le refermais aussitôt pour qu'elle ne s'évapore pas. Trente ans plus tard il me semblait encore à chaque fois la retrouver tout entière.

Il avait poussé la porte de communication. Il avait pris dans l'armoire de sa chambre le carton où il entreposait le châle de sa sœur. Il l'emporta autour de son cou. La température qui régnait dans le cabinet de travail avait grimpé pendant son absence. Il dut l'enlever tant il suffoquait. Il crut le voir s'envoler dans une gerbe d'étincelles. Il l'aperçut en train de flamber dans la cheminée. Il se brûla les doigts en voulant le sauver mais le châle se consuma sous ses yeux jusqu'au dernier fil.

Résolument moderniser la vérité. Toutes ces réalités qui nous disconviennent. Faire au moins que leur souvenir nous plaise.

Les États aiment les artistes complices qui écrivent les discours des ministres et des présidents, peaufinant leurs phrases de l'extrémité de la plume d'or de leur stylo comme du bout de la langue un travailleur du sexe un pompier. Les artistes croupions rient fièrement avec le potentat, le dos un peu courbé, la dent baveuse, flattés d'être là, prêts à céder au maître leur femme, leur homme, leurs enfants et de surcroît leurs vieux parents gâteux en bambinette et sonotone enthousiastes à l'idée de se laisser hacher menu pour servir de pâtée aux animaux d'agrément des barons de la République afin de booster la carrière du petit qui depuis le jardin d'enfants ne demandait pas mieux que de se vendre mais n'avait pas encore trouvé d'acquéreur.

D'une façon générale les hommes de cette époque étaient si précocement épuisés que pour exprimer leur retrait de la vie vénérienne ils se bornaient souvent à faire remarquer qu'ils avaient *passé quarante ans*. Un âge au-delà duquel on commençait à trouver grotesques les prétentions d'un mâle à grimper.

Gustave ne voulait pas s'engager. Une famille, un ménage, un couple. Les corvées, vous comprenez, les corvées. Puisqu'on ne dispose d'aucune correspondance et même d'aucun indice indubitable de la nature de leur relation on suppose que Juliet Herbert fut la grande passion de sa vie. Pourtant il n'a pas fait l'effort de l'épouser, la sortant ainsi de sa condition de gouvernante.

Le temps fondait. Il avait déjà les pieds dans l'eau. Il voyait un avenir qui n'existerait pas pour lui. Mirage. La mort indulgente ne l'avait pas prévenu. Elle l'a emporté sans qu'il la reconnaisse. En place d'agonie, un moment de bonheur. Une mort comme une bouffée de cet opium qu'il avait goûté en Orient.

Les passagers des bateaux le regardaient avec des jumelles de théâtre. Comme un spectacle. Il leur donnait parfois la comédie. Certains l'observaient, l'air grave, comme s'il essayait par ses facéties de leur communiquer un profond message. La plupart se lassaient vite du spectacle et retournaient à leur journal, leur pipe, leur dentelle. Gustave riait longtemps de ses pitreries sans s'apercevoir que le bateau avait disparu à l'horizon.

La table était fatiguée d'être chatouillée par le bec de ses plumes, d'être depuis tant d'années maltraitée et de ployer sous le poids de tous ces personnages, ces mondes, ces univers. Elle rêvait repos, villégiature. Quel bonheur le jour où on l'installa au pavillon pour l'éternité.

Flaubert naquit. Sa vie commence comme un conte de sorcières dans l'alcôve de la chambre de ses parents. Elle avait déjà accouché six fois, des enfants morts peu après pour quatre d'entre eux. Il allait grandir et passer la fin de son adolescence entre ces murs. Impressionnante salle de billard où il jouait. Jouer, drôle de mot, les enfants sont censés jouer. Alors que d'autres travaillaient déjà en usine, Flaubert jouait la comédie. Enfant de serre, de luxe, orchidée, il n'a pu pousser que sous serre. Comme Proust il aurait fait un mauvais ouvrier. Proust serait mort à la tâche au bout de trois mois, Flaubert aurait péri d'ennui avant de tomber phtisique d'ivrognerie. Essayer d'écrire ce Flaubert qui s'en va, selon un plan rigoureux comme il l'aurait fait lui-même. Chose difficile pour moi.

Bovary, dans le vestibule.
– Madame, je ne vous aime pas.
C'était le fond de ma pensée. Suzanne sortait de sa cuisine. Elle ne voyait ni dame ni bonhomme.
– Monsieur n'a pas de problème ?
– Pas le moindre.

Bouvard et Pécuchet lui reprochent quand il les rencontre par hasard boulevard Bourdon – boulevard que monsieur Jau a longtemps habité – lui reprochent de ne pas leur avoir donné la possibilité d'étudier les langues étrangères dont la pratique leur aurait permis de voyager à travers le monde.

En tout cas, sitôt assoupi je me suis trouvé dans un rêve sous forme de momie de papier constituée de Salammbô roulée à la manière de la feuille de tabac d'un cigare que Bouilhet habillé en marin allumait avec un tison tandis que Maxime ricanait dans son dos comme un canard.

Ils sont nombreux mes thuriféraires, mes biographes et toute cette population qui se nourrit du sang de mon œuvre assaisonnée des cendres de ma vie et aussi la personne actuellement logeuse de ma personne à regretter que Juliet n'ait pas laissé davantage de traces. Ils pleurent nos lettres disparues, la discrétion de mes proches et des siens à notre sujet et la mienne par-dessus tout. Croit-on que le récit quotidien de nos journées, nos nuits, nos années, de notre vie donne une idée solide de ce que nous fûmes. Crûtes-vous sur parole ma correspondance, mes notes de voyage comme si par une quelconque alchimie j'avais pu tout entier dedans m'incorporer. On ne se connaît pas, les autres non plus et on ne peut empaqueter son moi, le léguer aux générations futures aux fins d'autopsie.

– Notre moi ?

Notre moi n'est pas nous. Nous sommes bien davantage. Il n'est qu'une portion de nous. L'image que nous suscitons dans les regards, les mots de nous entendus pas plus que le récit de nos instants ne peut nous dire. Des points épars arrachés, des bribes, des miettes et vous pouvez convoquer tous les autres mots exprimant le peu, le pas grand-chose et le presque rien. Nous sommes mais nous-même ni les autres ne sauront ce que nous avons été. Ajoutez les autres à vous-même, les pays aux pays, les siècles aux siècles, multipliez le temps par l'espace et inversement. Ce n'est pas l'infini mais c'est une multitude inconcevable. Le vertige nous tuerait net si nous nous aventurions sur le sentier des douaniers de cette falaise. Je suis Flaubert, je l'ai été tant de fois, inlassablement je le serai encore, sans compter les phrases de mes œuvres, de mes lettres, celles capturées par d'aucuns et jetées dans un journal, des mémoires, un verbatim et jamais ni moi ni quelqu'un d'autre ne me saura.

Je veux ici non pas me révéler tel que je fus puisque la chose dépasse les possibilités de l'esprit humain mais donner une version de moi-même qui ne soit pas copie ou paraphrase de cette maudite correspondance. J'entends plonger dans les profondeurs du Flaubert dont après deux siècles je garde encore souvenir après l'impitoyable passage dans le filtre du temps.

J'avais toujours parlé de mon indifférence face à la mort et même de mon souhait de disparaître. Une coquetterie, une affectation, une manière de faire sonner le langage. Mourir, mort, périr, cadavre. Voilà des mots pesants, solennels qui dispensent presque de les glisser dans une phrase pour que le lecteur ait froid dans le dos. Mais l'écrivain qui meurt tremble autant qu'un autre homoncule, que n'importe quel animal, mammifère, insecte, poisson et l'automne terrifie les feuilles car sa venue signe leur arrêt de mort.

Suzanne s'était allongée sur ce canapé où il avait tant somnolé, réfléchi, imaginé des histoires aussitôt oubliées, ressassé des chapitres imparfaits dont il cherchait la fêlure, imaginé en rêvassant le corps d'Élisa Schlésinger, respiré les pantoufles de Louise et la petite étole de fourrure de castor qu'avait oubliée Juliet Herbert dans l'armoire de sa chambre. Elle l'attendait avec la nonchalance d'une vivante. Mais tout à coup elle s'est levée en se reprochant ce moment d'égarement. Elle a repris son travail de dépoussiérage. Il allait bientôt avoir fini avec son sempiternel barbotage matinal. Une fois habillé il aurait faim. Le déjeuner ne serait pas prêt. Il s'empiffrerait encore de harengs saurs pour ne pas se donner la peine d'attendre. Il aurait soif toute l'après-midi et il faudrait qu'elle monte chaque demi-heure lui apporter une carafe de limonade. Du reste Suzanne ne ressemblait pas à la mort. Elle était robuste et fine. En la regardant on avait l'impression que son cœur continuerait à battre encore pendant un siècle. On avait envie de lui toucher la main afin de capter un peu de son énergie, de son bonheur d'être là, elle qui n'était pas soucieuse de l'avenir, ce pays toujours incertain où la vie vous envoie sans cesse, dont d'aucuns attendent des merveilles alors que d'autres redoutent de trouver là-bas les ruines fumantes de leurs grandes espérances. Elle ne savait pas que dans deux mois et demi Caroline la congédierait sans lui verser la moindre obole en supplément de ses gages et qu'elle demanderait même à fouiller sa malle avant son départ pour être sûre qu'elle n'emporte pas avec elle une parcelle de la maison qu'on allait bientôt abattre. Elle avait trouvé dans un étui en peau de chèvre quelques bouts de papier écrits de la main du maître. D'infimes mots lui enjoignant de ne pas oublier d'acheter des citrons, des allumettes suédoises, de commander une barrique de cidre, de tremper sa calotte de soie et sa douillette dans une bassine d'essence puis de les laisser pendues sous l'auvent pendant toute une journée à l'air libre. Un manteau doublé de fourrure que portaient souvent les ecclésiastiques sur leur soutane et cette calotte qui protégeait du froid son crâne chauve. Ces atours l'avaient fait prendre quinze jours plus tôt pour un prélat par un employé frais émoulu de la bibliothèque de Rouen où il venait rapporter des livres et prendre d'autres dans sa mallette qui servait autrefois à son père de trousse pour trimballer ses instruments quand il allait visiter un malade en ville.

– Vous comptiez vendre ces pense-bêtes ?

Suzanne n'avait pas osé lui dire qu'elle les gardait en souvenir des mains qui les avaient écrites à son intention. Elle avait rougi comme une voleuse tandis que Caroline les rangeait soigneusement dans une enveloppe comme des billets de banque.

Caroline disséqua chaque pièce pour être certaine qu'il n'avait pas caché une bague, un louis d'or, un carnet recouvert de peau de chagrin où il aurait inscrit quelques phrases une après-midi de mélancolie, qu'il aurait enfoui sans raison sous une plinthe comme un écureuil cache ses noisettes et qu'il aurait oublié. Elle savait que tout aurait un jour une valeur. Elle savait que de son vivant Flaubert tel un alchimiste de génie avait transmué en or le plomb de l'encre.

Quelques mois avant ma mort je me surprenais à murmurer *Mon vieux Flaubert* en tisonnant tout seul mon feu. Je répétais ces mots tristement.

Trois mois plus tôt il avait été terrassé dans sa chambre alors qu'il venait de pêcher dans la malle une lettre de Maxime qui avait échappé à l'autodafé de février 1877 où ils avaient brûlé en chœur leur correspondance de jeunesse allant de 1843 à 1857 et celui de l'an dernier auquel avait assisté Maupassant. Il avait cru dévaler son passé jusqu'à cette époque où ils s'embrassaient, se cajolaient, demeuraient immobiles dans les bras l'un de l'autre en ayant le sentiment de se saisir eux-mêmes. De s'accrocher au corps de l'aimé comme à un arbre, un rocher ancré profond dans la terre. Leurs bouches arrimées, cette sève qui circulait dans leurs deux corps. Leur pensée qu'il leur semblait se partager, un même réservoir d'idées, de rêves, d'imaginaire. Ils avaient échangé des anneaux d'or comme des époux. Une union secrète dont personne ne saurait jamais rien. Une histoire d'amour qui lui avait fait surmonter la mort d'Alfred, premier amour, première trahison, lui qui l'avait abandonné pour se marier et mourir. Il tenait la lettre de Maxime entre ses doigts, il la portait à ses lèvres et les larmes lui montaient aux yeux en s'approchant de la petite cheminée de briques. Il l'a jetée vers les flammes mais un courant d'air l'a emportée et elle s'est posée en douceur sur une des tourterelles aux ailes jaunies qui ornaient la descente de lit.

Flaubert se casse la jambe comme le père Rouault.

Je pouvais brûler des lettres, j'aurais même pu tuer des gens et mettre leur cadavre au bûcher mais je ne pouvais occire ce personnage dont je regrettais aujourd'hui la naissance. Pas la tuer peut-être mais lui clore le bec avec des plumes, du goudron et lui lier les mains dans le dos pour l'empêcher d'enlever cette muselière. Elle ne venait plus seulement me narguer dans mes rêves, elle apparaissait dans les flammes de la cheminée de mon cabinet de travail. Je la voyais soudain assise à ma table tordant mes plumes, en mordant les barbes et en brandissant une à la façon d'un outil de masturbation. D'ailleurs je ne pouvais plus me polluer sans la voir débarquer dans tous mes fantasmes. Je n'avais plus qu'à remonter mes culottes et à marcher sous la bruine pour user ma rage.

Au cours des longues semaines d'alitement qui avaient suivi ma chute elle a profité de ma faiblesse pour me tourmenter de jour comme de nuit. Elle entrait dans tous mes rêves comme dans un moulin, tirant les rideaux quand l'éclairage l'éblouissait, mettant à la porte ceux dont la tête ne lui revenait pas, intimant à d'autres l'ordre de changer de costume ou de faire passer leur raie capillaire de droite à gauche. Je me réveillais furieux et je la voyais apparaître au-dessus du lit, phosphorescente comme une aiguille de réveille-matin. Elle a fini par devenir sonore, émettant d'abord des bruits de bouche, faisant craquer un à un les osselets de ses vertèbres, me sifflant comme un miché en glissant deux doigts dans la bouche.

– Elle a commencé à émettre des borborygmes.

Comme un bébé qui exerce son organe. Je frappais dans mes mains pour la faire taire. Elle riait d'un rire de vieux soldat. Vers l'aube elle m'accordait deux heures de répit tel un vampire qui craint le jour et se carapate vers son cercueil. Elle me laissait déjeuner tranquille mais en lisant mon courrier je ne tardais pas à la voir apparaître en train de danser entre les mots, d'escalader les lettres comme des tabourets et quand elle parvenait à arracher une voyelle de la page elle me la jetait aux yeux comme un gosse désœuvré un pavé dans la vitrine d'un marchand. J'abandonnais ma lecture avant qu'elle trouve en elle l'énergie de me bombarder d'une de ces lourdes consonnes propres à assommer un bœuf.

– Elle jetait des points d'interrogation dans mon potage.

Malgré tout la raison me revenait parfois. Je convenais en mon for intérieur de l'impossibilité de son existence charnelle. Par ailleurs je n'avais jamais cru aux apparitions, aux esprits frappeurs et devant mon incrédulité cette sorcière devenait à ce point transparente que je pensais avoir eu sa peau. Je ne crois toujours pas aux revenants, cependant je cause ici moi Gustave Flaubert toujours étendu dans mon cercueil au cimetière Monumental de Rouen. À moins que mon âme aille et vienne du tombeau à l'écritoire vêtue d'un élégant corps d'hirondelle. Si on persiste, à force de ne plus retenir de l'univers que les images des caméras de surveillance la réalité s'appauvrira.

Pour éviter les répétitions j'employais des synonymes et des pronoms. Toutes ces astuces parfois pataudes rendent en quelques endroits ma prose confuse.

Octobre 1849 – juin 1851 (retour voyage en Orient). Tout l'hiver mon oncle Parrain – c'était son nom – habitait avec nous et jouait peu ou prou pour Caroline un rôle de grand-père. Je menais en quelque sorte la vie d'un veuf dont la mère s'occupe de la fille tandis qu'il s'attelle à la besogne. La vie passait tranquillement, sans autres cahots que ceux de l'écriture de la Bovary, cette route grevée de trous, de bosses et bordée d'abîmes. Un mariage n'aurait été qu'une occasion d'agitation, de désordre. La maisonnée était ordonnée comme les automates d'une pendule dont les figurines apparaissent successivement toutes les heures avant de retourner dans l'obscurité de la boîte. Une épouse aurait mis au monde des enfants, sources de bruit et déjà ma mère avait eu grand mal à dresser Caroline au silence pour ne perturber ni mon sommeil ni mon travail. En plus, je me serais cru obligé de continuer à remplir régulièrement le devoir conjugal. Une épouse qui serait vite devenue une corvée.

Je vivais à Croisset comme un roitelet. Grâce à ma mère, la maisonnée était faite à ma main comme une troupe d'esclaves. Avec Caroline je jouissais même des joies de la paternité sans avoir été en aucune manière coupable de sa venue au monde.

Je disais à Louise que je préférais mourir plutôt que d'engendrer. Je cassais les reins à son plaisir en me retirant. Je lui expliquais que porter un enfant de moi serait un supplice.

Maxime proposa de m'enfoncer dans l'oreille un tube à lavement pour que les caillots de langage me sortent l'un après l'autre de la bouche. Personne ne rit et, piqué, il s'étendit sur le divan où il fit semblant de dormir. Il finit par se défâcher et bondissant soudain proposa que nous lisions à haute voix des passages du marquis de Sade pour nous ébouriffer la cervelle. Je m'emparai de *Justine* dissimulée derrière tout un fatras d'œuvres latines. Je l'ouvris au hasard et commençai à débiter un dialogue parsemé de culs, de vits, de putains et de foutre. Je lisais vite et fort afin de ne laisser aucune chance à mon *Saint Antoine* d'apparaître sur la scène de ma conscience.

Dix heures sonnèrent à la pendule.

– Poussant un odorant chariot, Julie déboula.

Du café fumant, de la crème, des rôties de pain blanc, d'autres de seigle, des œufs frits, de la charcuterie, du fromage et un compotier de gelée de groseille. Nous sachant soiffards ma mère suivait le convoi avec un grand pot de cidre et une bouteille de vin clairet. Nous bûmes, nous empiffrâmes et pissâmes de concert dans la cheminée en nous amusant à éteindre les flammes et faire grésiller les braises. Nous nous sommes tous trois couchés dans ma chambre où j'avais fait dresser deux lits supplémentaires.

Nous discutâmes à nouveau du *Saint Antoine* au cours de la veillée dans mon cabinet en tisonnant le feu de cheminée. Les compères me reprochaient mon lyrisme et m'engageaient à marcher sur les traces du Balzac traitant de sujets terre à terre comme dans *La Cousine Bette* ou *Le Père Goriot* ce qui m'obligerait au récit sobre sans divagation ni péroraison pour me tenir au plus près du réel. Je vous donne ici la version de Maxime fabriquée après coup dans ses *Souvenirs* qui prétend même que Louis me proposa d'écrire *Madame Bovary*. En fait, Maxime et Bouilhet sont restés fort vagues quant à mon avenir de romancier. D'autant que Louis ne fut pas aussi catégorique que Maxime le prétendit. Quelques jours après cette calamiteuse lecture il me confia qu'il aimait certains passages et si j'avais été trop prolixe en phrases grandiloquentes il suffirait sans doute de trancher dans le vif pour que *Saint Antoine* devienne une œuvre dont je puisse être fier.

Nous avons dormi dans ma chambre.

Nous étions tous installés dans le jardin à midi. Nous étions tristes, ne parlions guère, presque honteux. Moi de leur avoir lu mon œuvre et eux de ne point l'avoir goûtée. Maxime a raconté dans ses *Souvenirs* que je l'avais remercié par la suite à plusieurs reprises de m'avoir opéré douloureusement du cancer du lyrisme. Je ne me souviens pas avoir jamais prononcé pareille phrase. Son ouvrage est aujourd'hui dans le domaine public et je ne puis me retourner vers aucun ayant droit pour lui demander de biffer certaines phrases me concernant, d'en récrire d'autres et même de remanier des pages entières. Si j'avais pu revenir plus tôt j'aurais menacé son éditeur de poursuites s'il avait refusé mes embellissements car la vérité est une forme de beauté.

Une journée ensoleillée d'automne. Après avoir bu quelques litres de café, nous avions si chaud que nous avons entrepris de nous réhydrater à force de cidre. Il était six heures du soir quand nous nous sommes mis à table. Julie avait tué des poulets, nous les avons dévorés sous l'œil maussade de ma mère qui ruminait sa haine envers Maxime et Louis qu'elle jugeait jaloux du talent qu'elle me supposait. Je ne sais plus ce que nous avalâmes après les volatiles mais le dîner dura. À onze heures nous sommes remontés pesamment prolonger la soirée dans mon cabinet de travail. Il prit la fantaisie à Louis de s'emparer de mon manuscrit étalé comme un jeu de cartes sur le bureau et d'en déclamer au hasard des morceaux. Les deux compères de s'esclaffer à chaque phrase et moi de faire semblant de rire en haletant mâchoire déployée. Ce faisant, à coups de petits verres nous avons vidé une bouteille d'eau-de-vie. Maxime s'aperçut alors qu'il était une heure du matin.

– Il est temps d'aller dormir.

J'étais trop attristé par cette séance pour me coucher. J'ai proposé une virée à Rouen. Personne n'a protesté. Nous avons dévalé l'escalier, enfilé nos paletots, glissant chacun une bouteille de calvados dans notre poche. Nous sommes sortis dans la nuit à peine éclairée par une rognure de lune. Nous avons sauté dans la barque à voile avec laquelle je cabotais alentour dès l'arrivée du printemps. Pas un souffle d'air, il fallut nous relayer aux rames. Risquant de faire verser l'embarcation je me suis à un moment dressé les bras en croix à l'avant du bateau en menaçant de me jeter. Nous avons tous trois éclaté d'un tel rire que des canards endormis sur les berges se réveillèrent en sursaut, et, poussant d'affreuses plaintes, s'envolèrent vers les cieux en escadrilles. Plusieurs fois nous nous sommes arrêtés de ramer pour boire sérieusement au goulot en fixant les étoiles. Au fur et à mesure saint Antoine s'amenuisait, un petit bonhomme qui disparaissait à l'arrière-plan de ma conscience. Quand une épidémie d'envie de pisser tomba sur nous soudain, nous nous trouvâmes tous trois queue au vent essayant comme des enfants d'asperger les autres. Il était près de trois heures du matin quand nous sommes arrivés à Rouen. N'était un militaire assoupi assis dans une guérite sans doute chargé de surveiller le monceau de régimes de bananes destinées aux marchands parisiens étalé à même la pierre le quai était désert. Bouilhet dégueulait son dîner, Du Camp récitait à tue-tête une poésie du Normand Jean Trenteville dont je n'ai retrouvé nulle trace sur internet – d'ailleurs ce barde n'a peut-être pas existé et du reste je me demande si Du Camp qui, sous l'effet de l'alcool était souvent sujet au mal de mer, au lieu de débiter des vers ne gerbait pas de conserve avec Louis. Quant à moi je gueulais des extraits de mon *Saint Antoine* en pétant à tue-tête comme le fidèle cochon de l'ermite dont il avait fait son animal de compagnie. Si bien que le militaire se réveilla, brandit son épée et que nous bombardâmes sa guérite avec nos bouteilles.

Nous avons déguerpi, longé des rues, grimpé des ruelles. Nous sommes arrivés devant l'auberge de la mère Macaque tenue depuis son décès l'année passée par son demeuré de fils qui à l'occasion lui servait d'amant. Nous avons tant donné de coups de pied et de poing dans la porte qu'un homme en chemise a fini par l'ouvrir. Nous l'avons poussé, il était léger comme une carte à jouer. Tandis qu'il gisait nous allumions à tâtons les quinquets avec la bougie du malheureux qui avait roulé sous une table. Nous avons trouvé des timbales, une cruche dans laquelle restait un fond de cidre. Nous nous sommes aventurés dans la cave. Nous avons remonté cahin-caha un tonnelet d'un vin aigre dont la pauvre lumière répandue dans la salle ne permettait pas de distinguer la couleur.

L'aubergiste qui avait dû s'arroser avant de nous ouvrir dormait gueule béante à l'endroit de sa chute. Nous vidions le tonnelet à bout de bras, inondant nos visages, trempant nos vêtements. Bouilhet sombra le premier puis ce fut moi qui m'allongeai sur un des bancs pour cuver. Je me souviens avoir rêvé de pendre Louis avec une corde faite des tripes de Maxime. Un songe douloureux qui finit par me réveiller. Je repoussai Maxime, relevai ma chemise et je me suis rendormi sans prendre le temps de me reboutonner.

Le jour nous a réveillés, éclairant une petite flaque de sang noir autour de la tête de l'aubergiste que dans notre soûlographie nous avons pris pour un coussinet. Aucune gazette de la région n'a signalé le décès de ce misérable qu'on crut sans doute d'ébriété tombé tout seul à la renverse. Quand nous revînmes trois mois plus tard la maison était tenue par un couple d'Anglais auquel ne nous est pas venue l'idée de poser la moindre question. J'ai appris l'épouvantable vérité quelque temps après mon décès. Trop tard pour faire rechercher ses restes dans le pandémonium de la fosse commune et lui offrir une sépulture décente.

N'importe, en trop mauvais état pour reprendre la barque nous regagnâmes Croisset en fiacre. Durant le trajet je leur répétai des passages entiers du *Saint Antoine* que je savais par cœur à force de les avoir ressassés dans mon bain. Il m'arrivait même de me regarder dire dans un miroir à main pour voir les mots sortir d'entre mes lèvres. Nous sommes arrivés à Croisset vers midi. Aussitôt nous nous sommes mis à table dévorant les côtelettes et les volailles rôties à tout hasard par Julie au cas où nous serions rentrés à l'heure du déjeuner, soignant notre monumentale gueule de bois au cidre brut, au vin blanc, au bordeaux rouge dont nous bûmes cinq bouteilles. Repus, nous gagnâmes le pavillon où nous fîmes une longue sieste à l'abri des regards et des oreilles de la maisonnée.

Je vantais toujours la mort tellement j'en avais peur. Je la flattais, lui lustrais l'échine pour qu'elle se laisse bercer par mes compliments et tarde à venir me chercher pour continuer à s'en pourlécher. La mort ? Mais je la connaissais, bande de vivants ! Toujours la crise menaçante à l'horizon, au-dessus de moi, prête à fondre. Je suis mort tant de fois que je refusais de mourir une fois pour toutes. Mourir et remourir à l'infini plutôt que de tomber dans la boîte. J'en ai trop vu des agonies, des effondrements, des vies qui passent à la trappe. Je ne voulais pas retrouver Alfred, Caroline, je voulais que me soit accordé le temps de vieillir, de me délabrer, de perdre le dernier de mes cheveux, de le voir tomber sur ma feuille et de le contempler jusqu'à la consommation des siècles.

Aujourd'hui, l'esprit affiné par plus de cent quarante années de mort, je ne peux penser à une fleur sans penser qu'une fois tombés ses pétales elle laissera sa tige comme le corps aux chairs évaporées son squelette.

Cette passion je la racontai deux ans plus tard dans *Mémoires d'un fou*, court roman que je dédiai à Alfred. Il ne fut pas jaloux, je ne l'étais point non plus quand il s'entichait d'une donzelle – seul son mariage fut une offense. Notre amour était une amitié qui était aussi la quintessence de l'amour.

Début juillet 1846, à la veille de son mariage Alfred Le Poittevin était venu me demander de détruire ses lettres au nom de notre amour brisé par sa décision de quitter le saint célibat des artistes. Il prétendit avoir déjà jeté au feu toutes les miennes après les avoir embrassées l'une après l'autre comme des reliques. Je lui ai juré de réduire en cendre toutes celles qu'il m'avait envoyées.

– Nous mentions tous deux.

Il pensait qu'une fois les siennes immolées par mes soins il trouverait le courage de détruire les miennes. Il ne redoutait pas leur publication anthume ni posthume, il craignait simplement le jugement de son épouse ébahie en les découvrant un jour où elle se réveillerait d'humeur fouilleuse ou l'indiscrétion d'un quelconque domestique qui aurait pu vouloir exercer un chantage.

Ce fut sa veuve qui se chargea de sacrifier par paquets entiers les lettres que je lui avais envoyées depuis mon enfance jusqu'à sa mort. Quant à moi, je jetterai au feu les siennes lors du grand autodafé de 1879 auquel assista son neveu Guy de Maupassant. Mais certaines ont survécu malgré la traque de ma nièce et celle de Louis, fils d'Alfred, après le décès de sa mère qui elle-même les avait chassées comme des rats avec répugnance et haine. Par instinct de survie elles ont dû se faufiler par la fente des tiroirs clos pour partir se cacher dans des caves, des souterrains, au fond de potiches au rebut dans un débarras ou s'enterrer à l'instar des icônes ensevelies lors de la révolution russe par de pieux moujiks pour leur éviter d'être profanées par les rouges.

– Allongé rêvassant sur mon canapé.

Je l'entendais parfois se chamailler dans ma chambre à coucher avec madame Arnoux et d'autres personnages moins connus de mon œuvre. Je m'amusais à compter leurs voix. J'en distinguais parfois jusqu'à huit. Je me demandais d'où elles sortaient car je ne me souvenais pas l'avoir à ce point dupliquée dans mon œuvre. L'une après l'autre elles s'amenuisaient. En définitive ne demeurait plus que madame Arnoux à qui Bovary reprochait d'être restée fidèle à son mari volage alors qu'elle avait trompé ce pauvre Charles Bovary innocent comme un ange.

– Par solidarité cocufiez votre époux.

– Hélas, je suis comme vous figée dans un roman depuis belle lurette publié.

Elle lui demandait d'exiger de moi une suite à cette histoire où elle se ferait gamahucher par Frédéric, en présence du corps de l'époux. Excédé je débarquais dans la chambre pour leur demander de rentrer dans leur livre respectif mais elles avaient eu soin de se volatiliser.

Je me reflétais sur son front. Sur ses joues apparaissaient la cour, le portail et de loin en loin le reste du monde. Je voulais parler pour rassurer mon frère mais je voyais dans l'air luisant comme une botte fraîchement cirée le reflet du silence s'échappant à grosses bouffées d'entre mes lèvres.

Achille éclata de rire et entonna une de ces chansons de salle de garde dont les médecins de l'époque avaient en tête tout un répertoire datant de leur jeunesse de carabins. Je ne reproduirai pas les paroles qui s'échappaient du gosier d'Achille sur la route de Pont-l'Évêque cette nuit-là car d'indécentes elles sont devenues criminelles selon les critères moraux d'aujourd'hui.

– Je n'ai pas tardé à chanter avec lui.

Ce cabinet de travail, ce ventre où les personnages avaient été conçus de quelques coups de plume, ce ventre qui les avait portés, cette maternité où ils avaient éclos, cette pouponnière où il les avait patiemment nourris de biberons d'encre noire et changés sur le tapis vert avec du papier blanc immaculé envoyé tout exprès par un papetier de la place de la Madeleine.

Ce cabinet de travail, cette maternité, cette pouponnière. Hamilcar, Pécuchet, Emma Bovary, Félicité, Frédéric Moreau et les foules et les armées. Ils étaient tous nés. Parfois l'un après l'autre, parfois par paires, par douzaines, par bataillons entiers. Il les avait élevés, nourris, changés sur cette table avec en fait de langes du papier immaculé qu'ils souillaient d'encre.

Maintenant que tout se terminait il n'éprouvait pas plus de tendresse pour ses livres que pour les cheveux qu'il avait abandonnés la nuit dernière sur l'oreiller. Mort. Néant. Objets équivalents.

Mardi 11 décembre 2018. 8 h 19 : Départ pour Rouen. Arrivé par le métro à la gare Saint-Lazare, me perds dans la gare. Demande à une dame *Où sont les trains ?* Me répond *À l'étage*. En route, du brouillard partout. Comment vivre à l'année dans un paysage pareil sans se débaucher, boire, ou écrire. Flaubert avait choisi l'écriture. Joël Dupressoir, administrateur de l'association Les Amis de Flaubert et de Maupassant, m'attend à la gare. Homme grand, pas maigre avec un béret sur le crâne. Nous allons à pied jusqu'à l'ancien hôtel-Dieu de Rouen devenu préfecture où se trouve le musée Flaubert et d'Histoire de la médecine. La conservatrice attend un groupe scolaire. Nous nous pressons de commencer la visite. Bizarreries médicales au rez-de-chaussée. Cette partie de l'ancien hôpital est le logement de fonction d'Achille Cléophas Flaubert. Flaubert a vécu là jusqu'à l'âge de vingt-quatre ans. À l'étage la chambre, l'alcôve dans laquelle il est né. Il y a un lit qui n'est pas l'original. J'ai envie de m'allonger là, d'écarter les jambes pour voir l'effet que ça fait de mettre au monde Gustave. Au même étage il y a l'ancienne salle de billard où Flaubert jouait des pièces de théâtre avec ses amis. La pièce est meublée de façon hétéroclite. Un lit pour six malades à l'entrée. Les chambres sont au deuxième étage où la conservatrice a son bureau. Elle est occupée avec les scolaires, nous ne pouvons monter. Dehors, le jardin dont un seul tronc d'arbre mort aujourd'hui et sur lequel on a fait pousser une vigne vierge demeure de l'époque où Flaubert vivait. Au fond du jardin se trouvait l'amphithéâtre où Achille Cléophas disséquait les cadavres. Flaubert pouvait le voir depuis la fenêtre de sa chambre. Les cadavres qu'on s'apprêtait à disséquer étaient alignés dehors. Plusieurs accès à la rue. Si jamais Flaubert voulait faire le mur étant adolescent. Dehors, avenue G. Flaubert, les Flaubert avaient là un appartement du vivant de sa mère. Déjeuner avec Dupressoir *Chez Paul*, brasserie où se sont rencontrés Sartre et Beauvoir du temps où ils enseignaient tous deux en Normandie. Nous partons à Canteleu voir la bibliothèque de Flaubert à la mairie. Joël D. me montre des notes manuscrites trouvées dans les livres. Impressionnant le nombre en définitive restreint de livres – mille six cents, je crois – surtout qu'il y a là aussi les livres du père et de sa nièce Caroline. Il empruntait beaucoup de livres à la bibliothèque et à des particuliers. Sur un petit podium, le fauteuil de Flaubert dont la tapisserie a été restaurée. Je n'ose pas demander à m'y asseoir. Départ pour Croisset. La Seine à cet endroit est devenue une zone où les gros bateaux viennent faire demi-tour. Depuis Flaubert on a remonté les rives et supprimé ou rattaché à la terre des îlots pour en faire des presqu'îles. Bâtiments industriels à la place de la propriété de Flaubert qui était immense et comprenait même une ferme. À la fin Flaubert y vivait seul quand Caroline n'était pas là. L'association Les Amis de Flaubert et de Maupassant a calculé qu'il passait 63 % de son temps hors Croisset, dont 29 % à Paris, 6 % en voyage, 2 % en villégiature et en cure. Le pavillon survivant n'a d'intérêt que parce qu'il ne reste rien d'autre. Bouilhet y a écrit, Flaubert ne l'a occupé qu'une semaine à cause de l'odeur de peinture quand on faisait des réparations après le départ des Prussiens. Un homme qui ressemble à l'écrivain Rambaud vient nous rejoindre. Une seule pièce avec deux fenêtres et deux portes-fenêtres donnant sur la Seine. Dans une vitrine le verre dans lequel Flaubert a bu une dernière fois après sa crise. Un cendrier en cuivre en forme de grenouille dont la gueule ouverte sert d'orifice. Issu du même bloc de cuivre duquel Flaubert et Du Camp ont fait réaliser deux exemplaires identiques. Mariage d'encre. Noces d'encre. Un autre fauteuil de Flaubert, en cuir, et on accepte que je m'y assoie. Photos seul et avec Dupressoir, qui me dit que si la photo passe sur le Net il est viré. M'emmène à cinq cents mètres. Couvent troglodyte. La chapelle où Flaubert est allé entendre une fois la messe de minuit. Me fait visiter le monastère creusé dans la falaise. Je prends des photos du mur. Le sosie de Rambaud faisait des lectures. Pour des raisons de sécurité l'accès est aujourd'hui interdit au public. Retour vers Rouen. Dupressoir me dépose devant la gare. Me promet de me donner les coordonnées d'Yvan Leclerc qui s'occupe de l'édition de la correspondance de Flaubert dans La Pléiade.

Je parvenais à construire des réseaux de fantasmes qui communiquaient par d'invisibles tunnels. Parfois les petites pantoufles de Louise chaussaient les grands pieds d'Alfred.

En arrivant à Alexandrie notre équipement au complet ne pesait pas moins de six cents kilos.

Égypte, désert, à cheval, soleil. Au loin le Sphinx comme un copeau d'éternité.

Relisant le journal de mon voyage en Orient j'ai l'impression aujourd'hui d'une escapade touristique. Impression qu'en fait nous évoluions dans une réserve. Nous traversions les déserts, les villages et les villes en rencontrant des Européens établis dans ces contrées par intérêt ou pour les besoins du pouvoir colonial, croisant des putains, des danseurs, des enfants même parfois que nous dévoyions, sans jamais chercher à nous immerger, à connaître, tant ne nous venait jamais à l'esprit de faire une escapade hors de la tour d'ivoire de notre suffisance, notre vanité d'Européens.

Orient. La Communion des Saints. La communion des mots. Tous les éléments du monde vivant, minéral, éthéré, reliés entre eux par les linéaments de tous les langages de la planète.

– L'Orient.

Une danse perpétuelle. Rien n'était immobile. Les hommes, les femmes, animaux, insectes, il me semblait que tout concourait à une sarabande qui s'achèverait le jour où il ne resterait plus de temps dans aucune pendule de l'univers. Puis soudain le monde se calmait pareil à un animal couvert d'écume qui halète à l'ombre d'un bosquet.

J'avais l'impression de visiter des souvenirs. J'en avais tellement rêvé de l'Orient que je l'avais en moi depuis l'enfance. Les dromadaires, les singes, les buffles me paraissaient aussi familiers que les visages qui surnageaient à la surface de la foule serpentant dans les souks dont il me semblait connaître chaque marchand, chaque gosse s'accrochant à nous pour réclamer l'aumône.

Je vous parle de mes aventures sexuelles pour insuffler un peu d'oxygène dans ce roman que tout entier teinte la mort mais l'artillerie génitale de l'homme ne résiste pas longtemps à la tombe. Il suffit de quelques semaines pour que les insectes nécrophages l'aient tout entier dévorée.

Que ne me suis-je empoisonné à la place d'Emma, vivre trente années encore pour mourir quoi qu'il en soit je n'en vois guère le bénéfice. Trente années où je n'aurai fait que panser mes furoncles, me frotter de mercure afin de modérer ma vérole, m'ennuyer à écrire, à vivre, à maudire l'apparition de la vie après un éternel néant. Trente années, soixante, quatre-vingts, cent, la charité que nous concède l'éternité. Il est indigne de vivre dans ces mesquines conditions. J'ai un profond respect pour mes enfants qui faute d'exister sont demeurés debout et n'ont pas grenouillé dans cette humiliante magouille qu'est la vie. Je suis bon apôtre moi qui fis l'effort de m'arracher à la tombe, me ravalant de la sorte au rang du lecteur dont l'œil racle à l'heure qu'il est cette page tout peureux de la mort sans jouir assez de vivre pour justifier la compromission d'exister. Accepter de vivre humilié par le temps qui au fur et à mesure déchire nos instants dont le nuage de confettis disparaîtra avec nous.

Je vous dis, j'ai écrit *Salammbô* et *L'Éducation sentimentale*, et voilà dix ans de passés. Après avoir vécu restent en vous des années courtes et des événements épars qui vous bouchent l'horizon. Si je n'avais pas d'œuvre ma vie ne comporterait même pas de chapitres. On dirait que seule ma jeunesse a duré, le reste a juste servi à arriver jusqu'au bout. Une bousculade d'années qui se sont précipitées. Alors que la jeunesse prend ses aises. Une vie pourrait s'en contenter. La jeunesse souple, mobile. La suite de l'existence s'est déroulée dans un tunnel dans lequel j'avançais tiré par le temps comme par un câble. Le temps qui me pressait toujours et ne me laissait pas assez d'espace pour réfléchir. Un souvenir compact, toute une vie dans un caillou.

– Il naquit, vécut, nagea. Que de secondes.

Pendant cette décennie la vie dévale. Comme dévalent les années. Des années qui ont dégringolé après mon voyage en Orient ne me reste qu'une galette de souvenirs. Des jours enchevêtrés, secs, indémêlables dont les années qui les contiennent m'ont semblé de plus en plus courtes au fur et à mesure que je me suis rapproché de la mort. Je me demande si j'ai réellement vécu l'entièreté de ma vie. Seuls mes livres disent que oui.

La vie. Patatras. C'est dix ans d'un coup qui sont tombés sur vous comme une tuile d'un toit. La vie va de plus en plus vite. À la fin quand on peut à peine mettre un pied devant l'autre elle se fait bolide, une fusée qui vous emporte en un éclair vers la mort. Le temps est bizarre.

Les manuscrits de Flaubert. Champs de bataille. Chaque livre est une guerre. La recherche d'un style touchant à la perfection institue presque la notion de moralité du texte. Une haine de la répétition confinant au ridicule et d'où sort-elle ?

Il ne s'agit pas de se prendre une seule seconde pour l'ombre de Flaubert. Il s'agit de jouer Flaubert. L'écrivain est un comédien qui invente son texte. Inventer Flaubert comme au théâtre certains metteurs en scène ont la prétention de dépoussiérer Molière. Non, rien de cela. Écrire Flaubert en assumant d'être atteint du syndrome de la fiction. Ne pas se contenter du réel, quant à Flaubert il n'a pas besoin de moi pour exister.

La phrase ne coule plus, je l'arrache et elle me fait mal en sortant. Flaubert, la parturiente. Il hystérise l'écriture, fait de l'écrivain non un héros mais un martyr. Un peintre aurait du mal à se faire plaindre pour chaque coup de pinceau qu'il a bien voulu appliquer sur sa toile. À part Renoir à la fin de sa vie peut-être avec ses mains pansées et son pinceau ficelé à ses doigts.

Flaubert raconte sa vie dans son cabinet au coin du feu, ponctuant ses propos de fréquents *si j'en crois* et citant des auteurs qui après sa mort ont mis ses confidences sur la place publique et dont il n'a pas gardé le souvenir. Il évoque avec indifférence les jugements malveillants à son endroit, les critiques virulentes, comme s'il parlait d'un autre.

Je n'existerai plus. Je laisserai derrière moi un nom de marque. On vendra des culottes Emma, des robes Salammbô, des lotions Charles Bovary. Je serai le gagne-pain de générations de savants dont la seule science sera la science de moi.

Je disais à Louise que je préférais mourir plutôt que d'engendrer. Je cassais les reins à son plaisir en me retirant. Je lui expliquais que porter un enfant de moi serait un supplice.

Les lettres de Flaubert à Louise ne sont pas des lettres d'amour. Plutôt de poussives démonstrations que leur amour est impossible, que du moins il ne durera pas, qu'en tout cas il finira par mourir et même qu'il est déjà mort puisqu'il est entendu qu'il mourra.

Flaubert passe le temps en écrivant à Louise. Il ne se préoccupe pas de l'aimer. Aimer pour lui – au présent – est cependant toujours un sentiment d'hier. Il n'aime pas, il se rappelle avoir aimé, se référant à une époque où en réalité il n'a pas aimé et en réalité il n'aime jamais. Le souvenir ne le tient pas captif, au contraire il le libère des contraintes du présent. Son bonheur est dans la solitude. Pourtant lui faut toujours quelqu'un pour former un binôme. Le Poittevin, Du Camp, Bouilhet, plus tard dans un autre registre, Maupassant. Il supporte mieux la passion avec un homme qui n'implique à l'époque ni vie en ménage ni mariage ni enfant.

Ses sentiments pour Louise sont malgré quelques effusions épistolaires constamment placés sous le signe de l'indifférence. Elle crie, pleure, vocifère. Des clapotis qui viennent mourir sur le mur de sa froideur. Quand il lui parle d'Élisa c'est pour lui dire qu'il n'aimera jamais personne d'autre, que des années plus tard il l'a retrouvée à l'état de ruine. L'amour date toujours de l'avant-veille et finit sordidement. Il aime à fantasmer ce qui fut comme Carthage dans *Salammbô* alors qu'il n'en reste à peu près rien.

Une conjointe n'est pas un souvenir, une idée, une peinture, une musique, c'est un être vivant dont le comportement est labile, au corps encombrant dont il faut tenir compte au jour le jour. Or Flaubert est à la recherche de l'absolue liberté de création. Il se définit comme un artiste, pire, comme un écrivain.

Que la galanterie parfois vénale de Louise Colet ne lui soit jamais reprochée. Si je me réincarnais aujourd'hui comme elle dépourvu de rentes je n'hésiterais pas – moi Flaubert, moi Gustave – à donner de ma personne et à coucher avec la totalité des jurys des prix ainsi que les membres des comités de lecture des maisons d'édition, en outre j'aurais accordé mes faveurs aux patrons et employés de divers ministères, sans compter des présidentes, des présidents, des rois, des reines, leurs cours, leurs arrière-cours et des monastères tout entiers pour essayer d'obtenir un poste d'archange rémunéré par la banque du Vatican. Quant aux journalistes et aux gens de médias pour les combler je serais allé jusqu'à fréquenter les zoos. Mieux vaut prostituer son corps que sa plume à la démagogie, la bien-pensance, la rébellion clientéliste et à la médiocrité le plus souvent innée chez nombre de littérateurs mais parfois aussi, feinte, pour plaire aux amateurs de baroque mal fagoté et *quid* de ceux qui simplifient la langue pour mieux fourguer leur camelote aux populations au langage dévasté par les nécessités du commerce, de l'appauvrissement intérieur du grand troupeau humain dont artistes, parleurs et écrivassiers sont les roquets avides de dévorer les croquettes de la gloire.

Flaubert dit qu'il y avait deux mille personnes à l'enterrement de Bouilhet. À ses obsèques onze années plus tard l'assemblée fut maigre. Amis et relations avaient eu le temps de mourir. En ce temps-là peu d'hommes atteignaient l'âge de cinquante-huit ans. Les femmes étaient plus nombreuses mais guère.

Si on aimait vraiment quelqu'un, on l'abattrait à l'improviste d'un coup de revolver dans le dos pour lui épargner les affres du *mourir* – agonie, angoisse et Cie.

Ses yeux comme des grenouilles – gros et verts.

Gustave ne gueulait pas seulement sa prose. Il gueulait sans cesse et à tout propos déclamait. Il aimait le silence mais ne supportait pas qu'il dure. Flaubert, l'homme qui crie. Dans son dernier bain il devait crier, dans son cabinet de travail, juste avant de s'effondrer, aussi. À Croisset ne régnait le silence que lorsqu'il dormait. Et encore, sans doute hurlait-il dans ses rêves.

Après le voyage en Égypte, Du Camp termine ses lettres à Flaubert en lui offrant sa meilleure accolade – fini le temps des baisers.

Avec le temps, la peau des mains comme une paire de gants distendus et usés.

Les punitions au collège de Rouen consistaient aussi à rester face collée au mur sans avoir le droit de battre la semelle afin de souffrir du froid, à s'agenouiller sur une règle au milieu de l'étude en tenant deux dictionnaires à bras tendus au-dessus de la tête.

D'ailleurs je n'ai pas surgi dans le monde des vivants après cent quarante années de tombe pour faire de cet ouvrage une banlieue de mes biographies. Ici, de mon être profond d'antan je recherche l'essence. J'entends donner de moi une version nouvelle, portant à la connaissance du public certains faits, certaines pensées, certains états d'âme dont nul n'a jamais encore entendu parler. Je remporterai pourtant dans la tombe certains secrets gênants à force d'être intimes dont personne ne saura jamais rien. Selon leur bon plaisir agissent les morts.

Quand Charles Bovary quitta le lycée pour loger à Rouen chez un teinturier de la rue Saint-Amand afin d'étudier la médecine, Achille le vit souvent traverser la cour de l'hôpital pour assister à une opération avec quelques élèves destinés à devenir simples officiers de santé. Il lui arriva de l'inviter à fumer une pipe dans sa chambre. Incommodé sans doute par l'odeur de son tabac turc, l'infortuné s'échappa avec ses vêtements en désordre. Quelque temps plus tard Achille le rencontra dans un cabaret où avec un ami il avait ses habitudes. Ils trouvèrent amusant de lui offrir le bordel. Les trois gaillards montèrent avec trois putains. Sa pudeur paysanne empêcha au dernier moment Charles d'ôter sa chemise. Ils lui bandèrent les yeux et ce fut la tête sous son linge qu'une fellation lui fut prodiguée. Le benêt pensa s'évanouir quand Achille lui cracha en plein visage la semence qu'il avait en hululant abandonnée dans sa bouche croyant s'en être débarrassé entre les lèvres rose thé de la rouquine sur laquelle il avait jeté son dévolu.
– Vicieux. Vicieux.
Il dévala l'escalier sous leurs rires en criant cette insulte qui flattait rudement mon frère en ce temps-là fort paillard. Alors qu'Emma est une créature imaginaire dont les apparitions m'ont toujours semblé suspectes, son discret mari fut un être vivant et quelque part un registre d'état civil doit conserver sa trace. Achille me raconta son histoire lors d'une des rares saouleries que nous partageâmes un soir qu'à l'occasion des vacances de Pâques il me logeait dans son appartement du quartier Latin où il achevait ses études de chirurgie. Quand près de vingt années plus tard parut le roman il ne fit aucune allusion au mari d'Emma qu'il avait si intimement connu. Avec l'âge lui était venu l'oubli des gênantes fredaines de sa vie d'autrefois.

Arrivant avec Achille à Trouville vers sept heures nous avons aperçu une lueur à la fenêtre du pharmacien qui logeait au-dessus de son officine. Nous avons donné de grands coups de canne contre les panneaux de tôle qui protégeaient sa devanture. Un gaillard court, la trentaine, touffe de cheveux poivre et sel au sommet d'un crâne luisant nous ouvrit en robe de chambre à col de mouton.
– Alors ?
– Du café.
– Du pain et du beurre salé.
– Diable, je ne suis pas aubergiste.
Il est tombé dans les bras d'Achille. Ils se connaissaient depuis l'enfance. Ensemble ils avaient couru la campagne et les grèves. Un jour d'orage ils avaient été foudroyés par le même éclair. Ils en conservaient une cicatrice autour du cou. Ils aimaient à prétendre qu'ils avaient été décrochés *in extremis* du gibet.
– En fait, nous étions arrivés la veille au soir.

Avec Maxime nous n'avions certes aucune honte de nos étreintes mais impressionnés par la publication posthume de lettres de Mérimée en 1873 nous craignions que les nôtres subissent un jour le même sort. À l'époque nous n'avions pas fait mystère de cette épuration drastique de notre correspondance où – disions-nous – il n'était guère question que de *dames et de littérature*. De fait, peu nous importait de partager avec la postérité nos théories littéraires qui pour la plupart étaient devenues pour nous caduques avec le temps, moins encore de passer pour des Casanova que du reste nous ne fûmes ni l'un ni l'autre mais nous étions terrifiés à l'idée qu'on découvre l'amour sous la forte amitié qui nous avait liés pendant toutes ces années.

Étrange, Du Camp qui dans ses *Souvenirs* ne cesse d'essayer de rapprocher sa vie de celle de Flaubert vu le flot de pages qu'il consacre à leur relation pour tenter de passer avec lui à la postérité n'a pas cru bon, au lieu de les détruire, de porter toutes les lettres de Gustave chez un notaire avec ordre de ne les faire publier que vingt ans après sa mort quand toutes les dames dont il est soi-disant question dans icelles seront mortes. Le secret qu'il voulait cacher devait être énorme à ses yeux pour valoir l'autodafé de ces lettres qui auraient contribué à sa gloire posthume, et posthume ou anthume, Du Camp de gloire était assoiffé.

Le Poittevin à Flaubert :
Je viendrai te voir lundi. Bandes-tu ?
Si tu venais à me manquer, que me resterait-il ?
Du Camp à Flaubert :
Toi, je t'aime et t'embrasse à t'étouffer.
Je vous embrasse sur vos grands yeux bleus.
Adieu, cher enfant malade. Je t'embrasse de mon plus grand cœur. Tu sais si je t'aime.
Je t'aime de tout mon cœur.
Adieu, je t'embrasse encore et je t'aime toujours.
Donc, te voilà rassuré sur le sort de ce phallus que tu aimes et qui te le rend bien.
Quant à toi, je te baise les couilles.
J'encule le bardache et je t'embrasse à t'étouffer.
Il y a vingt ans que j'entrais dans le golfe de Smyrne après avoir rêvé à toi toute la nuit.
Alfred Le Poittevin, onduleux comme une femme.

Quand nous étions fauchés nous nous rendions dans des établissements interlopes. Des demeures sordides dont le lampion rouge luisait dans la ruelle obscure. Une clientèle de soldats, d'ouvriers, de pêcheurs et de mariniers. Les pensionnaires étaient vieilles, usées dans tous les bordels de la région et parfois elles avaient été envoyées par leur maquereau de Paris, de Londres, de quelque autre capitale européenne pour tirer de leur corps flétri par l'alcool, le temps et les intempéries du métier, quelques ultimes piécettes. Pas de champagne, du mauvais calvados dont nous nous pitanchions avant de foutre dans une chambre éclairée par une chandelle mal mouchée.

Seuls les éclats de rire parvenaient un instant à déchirer le voile de tristesse qui me gâtait la lumière. J'ai toujours cherché à susciter l'hilarité, grimaçant, me contorsionnant, modifiant ma voix pour imiter et moquer. Après mes premières crises mon père me demanda fermement d'arrêter de contrefaire le rictus du vagabond épileptique qui mendiait sur les quais. Je regrette sincèrement de n'être pas mort d'un éclat de rire qui aurait fait exploser mon crâne comme un coup de grisou. L'humanité change chaque année de tragédie mais recycle sans trêve les mêmes ridicules. Vous ne pourriez guère espérer échanger des concepts avec un Néanderthalien mais partageant avec lui quelques pitreries vous ne tarderiez pas à vous esclaffer tous deux comme une paire de singes.

Après avoir été interrogé sur Démosthène, Tite-Live et répondu à des questions touchant les mathématiques, la physique et l'histoire je fus reçu bachelier le 3 août 1840. Mes résultats furent cependant médiocres car à chaque épreuve l'examinateur me questionnait sur la raison de mon départ du lycée. Je lui répondais gaillardement et la plupart du temps l'individu me sacquait par solidarité avec son confrère dont j'avais critiqué la sanction.

En guise de récompense pour ma néanmoins réussite on m'envoya voyager avec un ami de mon père, le docteur Choquet dont l'épouse était maigre et laide. Avant de prendre le bateau pour la Corse nous avons séjourné quelques jours à Marseille à l'hôtel Richelieu tenu par une femme de trente-cinq ans nommée Eulalie Foucaud ainsi que sa mère, petite femme quinquagénaire tannée par le soleil dont elle se préservait pourtant à chaque sortie avec une ombrelle. Un jour que je revenais d'un bain de mer, Eulalie m'entraîna dans sa chambre. Sitôt la porte refermée je l'ai prise dans mes bras et je lui ai appliqué sur la bouche un de ces baisers où un jeune homme jette son âme et qui lui fait répandre à l'instant sa blancheur. Elle ne comprit pas pourquoi je me dérobais soudain et sortais de la pièce, un peu hagard. Dans la nuit, elle vint me surprendre au chaud du lit. Sa poitrine était abondante, des seins entre lesquels on rêve de mourir étouffé les jours d'automne où le moral tombe si bas qu'on imagine quitter la vie.

– Mais rapidement nous nous accouplâmes.

Baisâmes, niquâmes, causâmes, mélangeâmes verbalement nos âmes. Le bateau que nous devions prendre le lendemain fut secoué dans une tempête qui l'obligea à se réfugier en rade de Toulon. Un retard inespéré qui nous permit d'ajouter quelques jours au bonheur.

Nous nous sommes écrit pendant quelques mois en nous promettant de découvrir un moyen de nous retrouver l'été suivant. Dès le mois de février je ne reçus plus de lettres. Je revins plusieurs fois à Marseille. Eulalie avait disparu, sa mère aussi et ni les nouveaux tenanciers ni le personnel ne savaient vers quelle destination ces dames s'était envolées. Je revins une dernière fois en 1857 avant d'embarquer pour Tunis à la recherche des traces de l'ancienne Carthage en prévision de l'écriture de *Salammbô*. Le rez-de-chaussée de l'hôtel avait été transformé en magasin de jouets. Au premier étage s'était établi un perruquier. Je suis monté. La tête renversée tandis qu'il me rasait je contemplai le plafond écaillé et le papier peint qui autrefois recouvrait les murs de la chambre où nous nous étions aimés.

Cette admiration des Français pour les frôleurs, les ministres sans charme réduits à échanger un service contre une feuille de rose.

LE DERNIER BAIN DE GUSTAVE FLAUBERT

Quelques jours avant mon entrée au Collège royal de Rouen un article à son propos était paru dans le *Journal de Rouen*. L'échotier était émerveillé par sa visite. Il s'était pointé un mardi matin à cinq heures moins dix minutes exactement. Les maîtres étaient déjà levés, le censeur et le sous-censeur faisaient leur ronde dans les dortoirs aux lits garnis d'élèves endormis mains sur la couverture pour empêcher que dans leur sommeil elles n'aillent se réchauffer sous le drap. Au premier roulement de tambour du concierge qui traînait à leurs basques avec son instrument, les élèves avaient sauté de leurs lits et commencé à s'habiller avec la précision d'un régiment à la manœuvre. Cependant, le sous-censeur avait noté deux ou trois retardataires arriérés de quelques secondes qui par représailles seraient réveillés le matin suivant à quatre heures. Après avoir fait leur toilette en silence, les élèves étaient revenus dans le dortoir se mettre au garde-à-vous au chevet de leurs lits respectifs. Puis, au claquement de mains du censeur ils s'étaient mis en rang. Le sous-censeur avait alors passé une revue de propreté qui consistait à inspecter les ongles et le mufle de ces marmots à qui la pudibonderie de l'institution interdisait de se dépiauter pour asperger leur corps, puis tout ce monde de descendre au réfectoire sans autre bruit que celui des godillots sur les marches.

Il faut dire que le 6 mars de l'année précédente les élèves s'étaient mutinés à la suite de l'exclusion de l'élève Clouet qui avait refusé de se confesser. Certains professeurs avaient été molestés, le proviseur avait envoyé chercher le recteur. Il fut impuissant à calmer les collégiens furieux qui explosaient les vitres tandis que d'autres s'étaient barricadés dans un dortoir, jetant le mobilier par les fenêtres. En définitive on dut faire appel à la gendarmerie qui n'envoya pas moins de trente hommes pour impressionner les mutins. Il fallut parlementer pour qu'ils acceptent de lever le siège. L'établissement fut alors vidé de ses élèves et resta fermé pendant quinze jours. Le ministre de tutelle donna pour consigne d'instituer dorénavant une discipline de fer dont j'ai bénéficié dès mon arrivée.

Je me suis fait au collège un ami fugace. Un garçon pâle qui lors des récréations restait comme moi en retrait des jeux. Il était affublé du patronyme courtois de Merssibien. Il m'a raconté que ses deux parents étaient morts de phtisie l'an d'avant. Il rêvait de les retrouver. Il me parlait de l'obscurité, du vide, de cet endroit qui n'existe pas et que chacun rejoint quand il n'existe plus. Je ne sais pourquoi il s'était imaginé qu'il y avait devant le pavillon du portier un souterrain qui menait au royaume de la mort. Il suffisait de nuitamment faire sauter la grille et partir contempler ce pays dont nous serions les seuls de toute l'histoire à revenir pour le raconter.

Après le dîner on nous mettait dehors dans le froid pendant une longue demi-heure au cours de laquelle nous étions censés remuer suffisamment pour ne pas attraper une fluxion de poitrine. Fermement décidés à explorer l'au-delà, un soir nous nous éloignâmes de nos condisciples. L'issue était éclairée d'un faible halo projeté par la fenêtre embuée de la cuisine du portier.

– Une grille d'égout de fer rouillé.

Dont nous fîmes sauter le rustique cadenas à coups de pierre. Nous dévalâmes une échelle qui n'en finissait plus. Merssibien avançait en éclaireur tenant haut perchée dans sa main droite une courte chandelle qui jetait sur la paroi une lueur. À l'échelle manquait un barreau et il tomba. Une chute humiliante dans cette boue sortie du ventre de l'humanité dont elle a toujours eu toutes les peines du monde à se débarrasser. Il poussa un cri vertigineux puis ce fut le silence absolu. J'ai hurlé dans l'obscurité car la bougie avait sombré avec lui. Il avait dû se noyer et mourir. Je suis remonté. J'ai rejoint en courant un groupe d'élèves occupés à faire tourner en bourrique un chat errant.

– Le tambour a retenti.

Nous sommes montés au dortoir sans Merssibien. Je l'ai vu toute la nuit en cauchemar. Je ne sais comment il parvint à remonter ni comment il s'y prit pour ne pas réveiller tout le monde par son odeur mais au matin on le retrouva endormi dans son lit comme une statue de bronze. Le pion appela le censeur qui le fit descendre dans la cour. Dans le froid on le débarbouilla en lui jetant force seaux d'eau. Malgré les menaces de punitions il refusa de révéler comment il s'était mis dans un si piteux état. Il entra dans la légende du collège, d'autant qu'il mourut huit jours plus tard d'une pneumonie dont personne n'accusa le censeur d'avoir été la cheville ouvrière.

Vers l'âge de treize ans je dormais avec un poignard sous l'oreiller. J'aurais voulu avoir le courage d'égorger le concierge et de crever son tambour. Ce maudit tambour qui scandait notre emploi du temps, annonçant la fin des cours, des récréations et le moment d'aller avaler le brouet bon à engraisser les porcs dont on nourrissait les pensionnaires. Dans la journée l'arme demeurait dans une poche intérieure de mon uniforme tout exprès pour couper le jarret des enseignants qui nous accablaient de notes désastreuses et perforer le ventre des pions qui prenaient plaisir à nous agenouiller sur l'estrade pour jouir de notre honte.

– Il m'est arrivé d'en menacer comme d'un fleuret un condisciple malotru.

Il me dénonça. L'arme fut confisquée. Prévenu par un mot du proviseur mon père dut parlementer pour m'éviter l'exclusion. J'écopai de cinq cents vers latins.

Un fort vent de romantisme soufflait sur la France en ce temps-là. Un de mes condisciples se pendit un soir avec sa cravate, un autre se tua d'un coup de pistolet. Le premier a laissé une lettre amphigourique où il bredouillait son dégoût de la vie. Un dimanche matin l'autre tira avec un vieux pistolet sur la foule du parvis de la cathédrale. Il rechargea paisiblement l'arme avant de se faire sauter le crâne sans moufter. Ce fut un ouvrier qui récolta la balle en pleine poitrine. Il mourut pendant l'extraction. Nous regrettâmes qu'un notable ne soit pas mort à sa place. Nous nous sommes carapatés pour assister à son enterrement dans un cimetière hors Rouen sans tombe de marbre ni monument. Sa famille nous a chassés en nous jetant des cailloux.

Le style est la mort du commerce du livre, il implique d'employer davantage de mots, de tordre les phrases et au bout du compte le lecteur aura l'impression de lire une langue étrangère qu'il connaît un peu mais lui réclame trop d'effort pour qu'il perde son temps. Seul le style est beau mais il nuit aux affaires.

En 1834 mon père décida que puisque désormais nous passerions une partie des vacances d'été au bord de la Manche j'apprendrais la natation avec un certain Fessart dont le nom de cul fit ma joie. Dès le printemps il donnait ses leçons dans une sorte d'enclos de planches flottant en bord de Seine. L'eau était glacée, on disait que plusieurs de ses élèves étaient morts de fluxion mais de condition robuste je survécus et pris goût à la nage. De passage à Biarritz dans ma vingtième année je fus assez hardi pour plonger dans la tempête à la rescousse de deux frères en train de se noyer. Les vagues les engloutirent cependant tous les deux avant que je les atteigne.

Arrivé à Trouville cet été-là je pus prendre le large. Nager longtemps jusqu'à avoir l'impression d'être désormais trop loin du rivage pour revenir. Le léger frisson d'arriver à bout de souffle sur le sable avec la certitude d'avoir risqué sa vie. Réconforté, sirotant un grog sur la terrasse de l'hôtel, je rêvais d'apercevoir Élisa Schlésinger au loin lançant ses bras dans les airs pour appeler à l'aide avant de disparaître sous les flots. Il m'aurait suffi de quelques instants pour cueillir son corps au fond de l'eau. Il m'aurait fallu l'éternité pour la ramener serrée contre moi – bête à deux dos aux membres légers comme des algues.

La langue ennemie du commerce, de la terreur. Que le monde en fait de phrases soit alimenté en slogans politiques, religieux, commerciaux élaborés par une élite dénaturée qui a raflé la langue à son seul profit.

Malgré sa fortune d'alors Maurice faisait penser à un commis voyageur toujours prompt à amuser la compagnie en racontant des histoires. Il vivait simplement dans le même hôtel que nous, le seul qui existât alors à Trouville. Il louait le deuxième étage ainsi qu'une chambrette sous les toits où il logeait une nurse anglaise en uniforme qui tétait davantage l'appendice du père putatif qu'elle ne langeait la gamine car dès le début de leur relation il trompa toujours Élisa qui – traumatisée par les viols subis avant de le rencontrer – ne pouvait rassasier ses appétits génésiques gigantesques.

Maurice faisait de longues marches solitaires à l'intérieur des terres, rapportant un tonnelet de cidre, un melon colossal, un agneau vivant que personne n'osait exécuter et qui attiré par le soleil couchant courait au loin se noyer. Il organisait des promenades en barque, des pique-niques dans un arbre aux branches larges, basses et accueillantes comme des bancs, des parties de quilles sur le port.

Je mourus sans avoir eu le temps de recevoir des nouvelles d'Élisa qui du reste ne seraient pas arrivées car ses enfants se souciaient peu de m'en donner et l'infortunée n'était plus en état d'écrire.

Je me disais parfois que si Élisa était devenue veuve je l'aurais épousée malgré sa folie. Je n'en suis plus si sûr aujourd'hui car partager sa vie aurait beaucoup perturbé mon existence et mon œuvre en aurait pâti.

Je vous donne ma version des faits. Il me semble du reste avoir été assez bien placé à l'époque dans ce boudoir pour qu'on me juge digne de foi. Les érudits d'aujourd'hui en sont encore à croire Edmond de Goncourt. D'après lui je lui aurais confié que sentant Élisa prête à succomber j'aurais été pris d'une irrépressible envie d'aller aux lieux d'aisance. Je n'ai aucun souvenir de lui avoir fait cette fausse confidence sordide. Les médiocres cherchent toujours à tacher la mémoire des génies qu'ils ont eu la chance de côtoyer. Quant à éviter à tout prix leur société, ce serait accepter de mener la vie d'un anachorète.

Lorsque j'étais à ma table je bougonnais en regrettant de m'être mis en tête d'écrire sur un sujet aussi commun que cette adultère de Bovary, aussi érudit que Salammbô et j'éructai la veille de ma mort d'avoir voulu river son clou à la bêtise humaine en racontant l'histoire de mes deux bonshommes, ce Bouvard et ce Pécuchet qui au cours des dernières années de ma vie n'ont pas arrêté de sauter à pieds joints dans ma pauvre cervelle comme deux sots de votre siècle sur un trampoline de fête foraine.

Certains me prenant pour le pharmacien Homais me racontaient leurs rhumes et leurs coliques, mettant mon silence sur le compte de l'avidité du praticien qui refuse de donner à brûle-pourpoint des consultations *pro bono*.

Né en 1850 le fils de Laure s'appela Guy. On a soupçonné Flaubert d'être son géniteur. Le père de Guy s'appelait Gustave – de Maupassant, certes. Petit garçon, Guy croisa plusieurs fois furtivement Flaubert. Un jour de l'été 1858 que ce dernier était en visite dans la propriété proche du Havre où les Maupassant habitaient Guy tomba devant ses yeux d'un poney sur lequel il avait tenté de se tenir debout. Flaubert l'avait pris dans ses bras et ramené hurlant à sa mère qui avait bassiné à l'eau glacée la bosse qui commençait à croître sur son front. Un incident qui s'était évaporé de la mémoire des deux protagonistes quand ce jour d'octobre 1871 Maupassant gratta à la porte de son domicile parisien du 4, rue Murillo où il séjournait quelques mois par an.

Le mariage me semblait impie. Un crime contre le nécessaire célibat de l'artiste. Plus qu'une trahison le mariage d'Alfred avait constitué pour moi une apostasie. Les musulmans punissent ce crime de la peine de mort. Mon pauvre Alfred mourut deux ans plus tard sans que j'aie prononcé à son endroit la moindre fatwa. Je renouvelais souvent à ma mère ma promesse de l'aimer toujours, de ne jamais aimer une autre femme autant qu'elle et de ne jamais lui infliger de rivale. Elle me regardait, pensive, sans sourire.

– J'aimerais te voir prendre femme, Gustave.

Les fils devaient devenir pères, grands-pères, aïeux, devenir infimes maillons de la chaîne de l'humanité. Il ne fallait pas interrompre le flux, répandre en vain sa semence, laissant derrière soi une mare stérile déjà desséchée sous un tapis de feuilles mortes.

– On pourrait faire construire.

Une maison modeste dans un coin de la propriété où elle emménagerait avec Caroline pour ne rien changer à mes habitudes. Mon épouse et ma descendance vaquant au rez-de-chaussée tandis que j'écrirais à l'étage dans mon cabinet. Mais plutôt que de me voir rester célibataire elle accepterait le cœur léger de me voir partir faire souche à Rouen, à Paris, à l'autre bout de la planète. Elle se contenterait du bonheur de savoir que le fruit de ses entrailles continuait quelque part son parcours d'humain. Elle mourrait heureuse de ne pas laisser derrière elle un fils comme une impasse dans le temps.

Au lieu d'occuper mon insomnie à lire dans le dortoir du collège assoupi il m'arrivait d'enfiler mes chaussures sur mes pieds glacés, de m'habiller par-dessus ma chemise de nuit, de tourner lentement la poignée de la porte et de descendre. La première fois j'avais erré longtemps à la recherche d'une issue sur la cour de récréation. J'avais fini par grimper sur une chaise pour accéder à une haute fenêtre dont la crémone n'était pas verrouillée. Je pris l'habitude d'emprunter ce chemin et pour remonter j'escaladais le tuyau d'évacuation des chenaux. J'arpentais la cour, parfois exécutais des petits sauts, me mettais à courir et soudain brandissais mon bras comme un gourdin pour l'asséner sur le crâne d'un dragon et le jeudi je m'insinuais dans le clocher d'une église.

Quand j'emmenais les domestiques à la messe de minuit à la proche chapelle troglodyte du couvent Sainte-Barbe, j'étais la proie de violentes érections à la vue d'un tableau représentant une Vierge aux yeux fiévreux, au voile impudique laissant deviner des seins blancs ornés en leur extrémité de framboises pâles comme la chair rosée des fraises. N'en pouvant plus de m'être retenu durant l'office, sur le chemin du retour, sous prétexte d'épancher un besoin naturel, je m'éclipsais pour aller dans la Seine jeter ma laitance aux goujons, aux anguilles et aux poissons-chats. Et tous ces visages blafards dont je voyais des foules circuler sur les boulevards en les croyant chacun enfermé dans un bocal d'épicier dont leur tête était le fruit noyé dans le sirop léger.

J'étais le capitaine Nemo. Mon cabinet de travail lambrissé, bâti comme un vaisseau. Un vaisseau submersible capable de descendre loin sous la foule. Pour la contempler parfois à travers un hublot. Pour l'oublier et vivre en compagnie de guerriers antiques, d'archétypes mirobolants, d'êtres disparus absolument aimés. J'étais l'homme de l'eau et je regrette encore aujourd'hui de n'être pas mort noyé dans mon dernier bain.

Ma première relation charnelle avec une femme date de l'hiver 1840. À l'époque, j'étais une beauté. Un jour que j'apparus à Rouen pour la première représentation de *Ruy Blas* tous les regards se tournèrent vers moi. Je me suis rapidement dégradé, dès la trentaine j'étais déplumé, gras, rougeaud et mes quenottes devenues rares étaient noircies par le mercure qu'on m'administrait pour calmer ma syphilis quand elle me causait un chancre.

– Elle se nommait Sophie.

On m'avait dès ma petite enfance inculqué le respect des domestiques. Jamais ne me serait venu à l'esprit d'avoir envers cette jeune fille le moindre geste déplacé. Ce fut elle qui me débaucha. Une après-midi qu'assis à mon bureau je lisais dans ma chambre, elle entra, me tira par les épaules dans le dessein sans doute de me mettre debout et de me pousser vers le lit mais au lieu de me dresser je tombai de ma chaise sur le tapis.

Elle me plaqua au sol et ayant extrait mon bonhomme du pantalon, elle s'en garnit. Une impression que Thomas – un nom qu'entre garçons nous donnions en ce temps-là audit bonhomme – avait enfin trouvé son logis. Le corps d'Alfred ne possédait pas pareille caverne.

– La réalité est différente.

Je viens de vous donner la version bourgeoise de l'initiation ancillaire du puceau de famille que je racontai vingt ans plus tard lors d'un des dîners Magny.

– Un mort se doit de ne point mentir.

Cette Sophie n'existe pas.

Or, le soir où Gautier proposa que chacun raconte sa première fois, redoutant qu'un des dîneurs me dénonce dans ses mémoires, le courage me manqua de passer aux aveux car déjà les amours masculines avaient commencé à quitter lentement les terres de la débauche pour celles de l'anormalité dont je vous ai déjà causé même si elles n'avaient pas encore été coiffées d'un nom par les psychiatres et j'inventai Sophie.

– Les temps ont changé, Dieu merci.

Je pourrais aujourd'hui épouser Alfred, convoler avec Maxime dès mon veuvage et après avoir divorcé de ce sémillant mari épouser en troisième noce Louis Bouilhet. Je prendrais en sus des maîtresses car les femmes me plaisaient aussi ainsi que les animaux.

– Surtout les chevaux et les chiens.

Même si jamais ne m'a jamais traversé l'esprit l'idée saugrenue de les débaucher.

J'aimais écrire la nuit. Depuis longtemps vous ne connaissez plus la nuit. À cette époque l'obscurité tombait avec elle et aucun moyen d'éclairage n'en venait à bout. Les grandes villes étaient éclairées par de mauvais réverbères. La plupart des rues de Rouen se contentaient de la lueur des lanternes que les habitants étaient tenus de suspendre à leur fenêtre. Quand la lune était absente, Croisset était opaque. Seuls quelques fous jetaient leur regard au ciel pour s'étourdir de la lumière des étoiles qui diffusaient une clarté imaginaire sur la campagne. Il était bien rare qu'un navire s'aventure et ses lumières éclairaient à peine son sillage. Les habitations étaient plongées dans la pénombre. La lampe éclairait ma table, le papier blanc semblait lunaire. Le feu de cheminée éclairait comme un crépuscule le reste de la pièce immense. J'étais protégé du monde par le silence qui comme l'obscurité formait autour de mon cabinet de travail une muraille épaisse comme la Normandie.

J'ai toujours aimé le goût de la mélancolie. Une boisson douce, tiède, dont la fadeur même m'enchante et m'apaise. Comme la plupart de mes camarades je baisais régulièrement des putains. Souvent j'errais seul dans les rues louches en me laissant bercer par le souvenir clair-obscur déjà lointain dans ma mémoire alors qu'il prenait sa source quelques semaines, parfois seulement quelques jours plus tôt, des corps et des visages dessinés par les ombres projetées par la faible lumière des lampes qui brûlaient chichement dans les chambres. En passant devant un cabaret borgne j'apercevais un trio de filles que j'avais connues – au sens biblique du terme – en train de ripailler avec un type en habit qui semblait sortir d'un ministère ou d'une banque. L'une m'apercevait, il m'aurait suffi d'un signe pour qu'elle abandonne son fonctionnaire et monte avec moi faire l'amour mais je voulais ne pas troubler la délicieuse mélancolie qui tout en marchant me berçait.

– À cette époque on ne disait pas *faire l'amour* en parlant de putains.

Cependant la résurrection a fait de moi un mort fort moderne qui se doit à l'occasion de manifester sa bonne volonté pour se rapprocher du parler contemporain. Pour éthéré qu'il soit, mon psychisme a évolué avec celui des générations de vivants qui après moi se sont succédé. À présent je considère la prostitution comme un métier anodin.

CHUTIER

Je ne serais nullement affecté si je découvrais dans quelque archive que ma mère l'avait pratiqué pour s'acheter des rubans chamarrés, ma sœur pour m'offrir des pipes en ivoire et si me revenait en mémoire que je louais mes charmes à des rombières et des barbons au temps de ma jeunesse pour m'offrir de chaudes nuits d'agapes et de bamboche au *Rocher de Cancale*.

Oui, *Le Dernier Bain de Flaubert*. Toute sa vie dans la baignoire. Comme si sa mémoire était tombée dedans, s'était répandue, flotte comme les résidus d'un naufrage. Il peut devenir croyant le temps du bain. Il sort de l'eau pour mourir. La porte du cabinet de toilette donne sur la mort. Il l'ignore. Il fait partie de ceux qui ont la chance de ne pas savoir qu'ils s'en vont. Il s'en va en croyant qu'il ne part que le lendemain, mais à Paris par le train. Une mort heureuse un matin d'été.

Un instant Maupassant fut effrayé par cette gueule de chat noir aux yeux innombrables et dut se répéter à voix basse *Non c'est le ciel c'est le ciel c'est le ciel.*

George Sand lui reproche de ne s'occuper que de la forme, surtout dans *L'Éducation*. Et même dans la Bovary. Elle est l'auteure commerciale de l'époque et lui le génie absolu. Combien il a dû souffrir pour ne pas douter. La postérité aura recueilli tout le bénéfice de son extravagant courage.

Un livre à la troisième personne. Il se souvient. Il rêve. Il rêve l'avenir. Il s'est toujours projeté en cachette dans un avenir radieux. Le bonheur des larmes qu'il a si souvent goûté. Les larmes dans lesquelles il s'est baigné. L'eau de son baptême et celle au bout du goupillon que secouera Caroline au-dessus de son cercueil.

Les os ne font pas l'homme mais sans eux les vivants s'effondreraient sur eux-mêmes et les morts ne laisseraient plus rien dans les tombes.

Parfois il me semblait qu'il suffisait de laisser aller le livre comme un cheval débridé. Écrire aveuglément chaque jour. Un beau matin je verrais le livre monter lentement à l'horizon comme une île après les éruptions successives d'un volcan.

Faute de sortir vainqueur de mon combat avec l'écriture je ne me reconnaissais pas le droit d'être au monde. À chaque victoire sur un chapitre dont j'avais fait plusieurs mois le siège avant de le conquérir jusqu'à la dernière apostrophe il me semblait avoir pour quelque temps sauvé mon honneur. Il lui fallait justifier son existence, il n'était pas de ceux qui s'accordent le droit de se laisser doucement rouler sur la pente des années en espérant seulement qu'elle soit longue, que la nourriture soit abondante et que l'estomac garde jusqu'au bout son aptitude à la digérer paisiblement sans nausées ni débordements.

Il rencontre Proust, il lui reproche les répétitions dans le pastiche qu'il fera de lui. Des assonances. On ne me plagie pas impunément. En réalité il était désespéré de ne trouver aucun défaut à ces pages et en découvrant qu'on pouvait si aisément écrire comme lui, alors qu'il suait sang et eau pour la moindre syllabe, il chercha à s'étrangler sans succès. Il éclata de rire en se disant qu'on ne se suicidait pas en pleine agonie ni ne prenait la mouche à tout propos.

Même le ciel gris lui paraissait lumineux et il était ébloui par les étoiles occultées par les nuages. Il souriait tout seul de sa grande bouche dépeuplée où ne restait plus çà et là qu'une dent mal en point. Dans ces moments d'extase il aurait été prêt à croire qu'elles allaient repousser l'une après l'autre comme si celles qu'il avait perdues n'étaient qu'un jeu supplémentaire de dents de lait. Il n'aimait l'argent qu'à l'état de fortune, de fabuleux trésor.

Dans sa jeunesse il imaginait des vies de Sardanapale. À cinquante-huit ans il lui arrivait de croire un instant que le destin lui permettrait bientôt de couvrir sa nièce d'or, de donner des réceptions royales à Croisset, tous ces invités débarquant de Paris d'un grand navire qui jetterait sa passerelle à l'aplomb de la maison. Il imaginait ses amis Zola, Maupassant, Goncourt et même Maxime Du Camp ancien ami, ancien amant, devenu ami épisodique avec le temps. Un banquet d'une journée entière émaillée de jéroboams de Dom Pérignon, de magnums de romanée-conti, de porcelets, de faisans à la broche, de pyramides de foie gras, de fruits d'Afrique, de Chine et d'Océanie.

En désespoir de cause il accepta de devenir bibliothécaire adjoint de la Mazarine. Une sinécure qui ne l'obligeait à rien et si jamais il eut un bureau là-bas, en tout cas il n'y mit pas les pieds. Il avait dû se séparer de sa domesticité qu'il avait pu faire engager par le monastère voisin. Ne restait plus que Suzanne incapable d'entretenir à elle seule ce grand bâtiment que d'ailleurs faute de coûteux travaux l'humidité grignotait peu à peu. Une pièce de débarras avait même vu l'an dernier son plafond s'effondrer une nuit d'orage réveillant Suzanne en sursaut et ne troublant nullement le sommeil du maître dont les ronflements étaient couverts par le tonnerre.

À Louise, il fera l'amour en trombe comme on bouscule un voyageur pressé dans une gare.

Julie s'est assise sans un mot sur le fauteuil de cuir craquelé qui avait un jour échoué dans la pièce et en avait fait son bercail.

Quand on serait lassés de la fuite du temps on lui demanderait de se déployer, de se faire pays. Nous n'aurions plus alors qu'à l'arpenter avec une boussole pour retrouver nos aimés avant nous disparus.

Depuis mon décès j'ai eu la faiblesse de lire beaucoup trop de livres qui me racontaient, me commentaient, me tournaient dans tous les sens possibles. Tout ce fatras m'exaspérait. On m'objectera que j'ai toujours tenu à garder secrètes ma vie et mes pensées profondes mais tant de sottises ont été dites à mon propos que je suis devenu deux siècles après ma naissance un personnage aussi romanesque que ma Bovary.

Il était temps que je me raconte, trop de phrases mal agencées, malsonnantes, grevées de répétitions ont été imprimées à mon sujet. D'ailleurs qui d'autre sait le vrai de mon existence ? Qui peut raconter tous ces épisodes de ma vie dont je n'ai laissé aucune trace ? Il y a prescription aujourd'hui, je suis solidement chevillé au Parnasse, aucun aveu ne peut m'en jeter bas désormais.

Est-ce le récit minutieux de ses journées, ses nuits, ses mois, ses années. Flaubert est-il le récit de sa vie. Ses romans, ses lettres, son journal sont-ils lui. On ne se connaît pas bien soi-même, on se croise, se fréquente, se supporte, se souffre, se cajole mais, non, on se connaît à peine et pourtant on peut se visiter de l'intérieur. Les autres, alors. Raconter l'histoire de quelqu'un ne peut être qu'inventer sa vie. Privilégier un aspect, un livre, une humeur, le bonheur, la mélancolie, le courage, la veulerie n'est autre que faire d'un homme une fiction. Raisonnement cependant excessif, exagéré, désespéré, Flaubert, statue dans l'œuvre, les phrases filaments d'ADN.

Flaubert essaie de s'épargner la corvée de vivre.

En parlant, Flaubert était goinfre de langage jusqu'à l'étouffement.

Flaubert, tristologue.

Le soir, regardant le ciel, il me semblait que le firmament respirait et que les étoiles palpitaient comme des cœurs.

Il essaya en vain de grimper sur une chaise pour dévorer lui-même ces lettres l'une après l'autre si elles s'avéraient trop coriaces pour se laisser réduire en cendre par les flammèches du feu qui n'en pouvait plus d'agoniser dans la cheminée mais il parviendrait coûte que coûte à modifier le regard que porterait sur lui la population du futur car dans ses cerveaux il comptait survivre quelques siècles vaille que vaille.

Une de ces petites pensions de famille perdues dans le bocage où il avait envisagé de finir ses jours si les Commanville vendaient Croisset de son vivant. Il règlerait les mensualités avec la somme économisée en vue de son séjour parisien. D'ailleurs un avatar s'alimente très légèrement, dort à peine, occupe si peu d'espace qu'il peut habiter fort à son aise une chambrette de domestique puisqu'en réalité il existe à peine, juste pour le dit de n'être pas tout à fait mort.

– J'ai causé tout à l'heure avec monsieur Jau de cette amnésie.

Il connaît fort bien ces états post-traumatiques car à la fin du siècle dernier il a subi assez d'électrochocs pour éclairer les Champs-Élysées. Chacune de ces décharges déclenche une crise d'épilepsie de type *grand mal* – dont la description vous fera froid dans le dos si vous traînez vos basques sur un site médical – qui était censé venir à bout de ses accès de mélancolie. Ce qui fait de mon collaborateur un épileptique à la mode de l'asile de fous où ce traitement énergivore lui fut administré par des blouses blanches peu férues d'écologie. Pendant ces orages sa mémoire explosait. Elle se reconstituait lentement au cours des semaines qui suivaient mais certains éclats sont demeurés à jamais perdus.

À ce propos, permettez-moi de reproduire ici un passage d'un de ses livres précédents qu'il avait retranché – le jugeant trop intime – de la version qui fut en définitive publiée.

Sans le savoir je venais pourtant d'entrer dans la nuit noire de la dépression. J'avais souffert de ce mal pour la première fois à l'âge de dix-neuf ans. On m'avait ordonné des médicaments et peu à peu les choses étaient rentrées dans l'ordre sauf que désormais ma vie était peuplée de hauts et de bas.

– Comme tout le monde.

Certes. Mais les hauts donnaient le vertige et les bas relevaient de la spéléologie. Sur les conseils d'un ami qui souffrait d'un mal voisin du mien j'ai commencé dix ans plus tard à fréquenter une psychiatre dont le cabinet en rez-de-chaussée avait le mérite d'être frais l'été car il était situé plein nord. Me furent administrés des seaux d'antidépresseurs, de lithium, de thymorégulateurs, sans compter les soupières de somnifères, d'anxiolytiques et quelques bols de neuroleptiques. Je ne vous parlerai pas des électrochocs dont Antonin Artaud dressa un tableau dantesque alors que par délicatesse ils vous creusent à l'instant un trou de mémoire afin de vous éviter de conserver de ces déflagrations un mauvais souvenir. À la longue, comme à ces périodes sans joie succédaient des moments d'intense excitation intellectuelle, je finis par être soupçonné de cyclothymie, puis on convint de ma maniaco-dépression avant de me qualifier de façon plus moderne de bipolaire. Il est plus élégant de parler de cyclothymie car on vous imagine menant la vie saine d'un pédaleur.

Nous autres bipolaires, appartenons à un club élitiste dont sont exclus les plus extravagants d'entre nous, qu'ils fréquentent les prisons ou les séries américaines qui nous présentent sous un jour déplorable. Un club dont Alexandre le Grand, Socrate et Dieu sont les membres fondateurs, vient ensuite la cohorte des Virginia Woolf, Vincent Van Gogh, Robert Schumann, Friedrich Nietzsche, Charles Dickens, Hemingway, Jackson Pollock, de Gaulle ainsi que deux autres présidents de la Ve République, Churchill, Napoléon, Albert Einstein et la plupart de ceux dont sont garnies les encyclopédies.

Proust qui faisait sans doute partie aussi de notre aimable confrérie parle de nous dans son texte sur les nerveux qu'Yves Saint Laurent a lu in extenso *lors de ses adieux à la haute couture.*

– Cette famille magnifique et lamentable qui est le sel de la terre. Tout ce que nous connaissons de grand nous vient des nerveux. Ce sont eux et non pas d'autres qui ont fondé les religions et composé les chefs-d'œuvre. Jamais le monde ne saura tout ce qu'il leur doit et surtout ce qu'eux ont souffert pour le lui donner.

Bref, sans nous il n'y aurait sur la terre que des troupeaux d'hommes qui ne disposeraient même pas du langage pour déplorer frigorifiés dans leurs grottes que personne ne se soit encore dévoué pour inventer le feu qui aurait réchauffé leur misère. Nous sommes vaniteux, nous autres, nous aimons à oindre de compliments nos plaies, nos bosses, nos crises de désespoir, nos insomnies.

– On se console comme on peut quand on a mal.

La bipolarité comme la noblesse se transmet par le sang. Mon grand-père paternel Louis a fait faillite pour la première fois à l'âge de vingt-quatre ans. Signe d'une exaltation qui l'avait poussé si jeune à entreprendre, de fragilité face aux premières difficultés dans lesquelles il s'était noyé. La Torpédo décapotable dans laquelle il descendait quelques années plus tard fièrement la Canebière avec ses quatre enfants, en monnaie constante vaudrait aujourd'hui plusieurs centaines de milliers d'euros. D'excentricités en mauvaises affaires qui le rendaient neurasthénique et atone durant des mois, il écorna salement son héritage et la dot de ma fille d'armateur de grand-mère. Mort à quarante-quatre ans, il n'avait pas eu le temps de tout perdre et laissa à ses fils cet immeuble dont mon père sortit un jour menottes aux poignets entre deux gestapistes.

– Louis était un original.

J'ai entendu un grand-oncle qualifier ainsi son frère. La bourgeoisie vous a de ces euphémismes.

Mon père était tout aussi maniaco-dépressif que sourdingue comme on disait dans les chansons jusque dans les années 1980. J'ai craint toute ma jeunesse qu'il me lègue sa surdité mais en définitive il ne m'a laissé que sa bipolarité qui de grands-pères en ancêtres, d'ascendants en vertébrés remonte probablement à un aïeul mal luné, animal primitif contemporain de l'époque où on inventa le cerveau.

– Aujourd'hui encore les bêtes parfois en souffrent.

Voyez comme certains chiens sont tristes tandis que leurs confrères chats bondissent sans crier gare comme des furieux.

Permettez-moi au passage de souligner l'excessive propension de monsieur Jau d'user du verbe inventer. *L'époque où on inventa le cerveau, le spermatozoïde, l'orage, la pluie. Un temps où les mains, l'encre, le portail n'avaient pas encore été inventés,* et cætera. Et s'il n'a pas usé de toutes ces occurrences, il en existe un quintal d'autres dont quelque jour un désœuvré pourra s'employer à dresser la liste.

Elle s'était assise à la table de travail du maître, manipulant ses plumes. Elle en avait trempé une dans l'encrier. Elle n'avait pas griffonné YHWH, Parvati, Belzébuth, Iblis sur une feuille de papier qu'elle n'avait conséquemment pas pliée en sept pour exécuter un tour de magie.

Il avait quelquefois abandonné à une femme son corps comme un sac d'organes en se tenant recroquevillé dans une chambre dérobée de son cerveau où nul n'accédait.

Ernest, le gendre-neveu, aurait pu aussi découper les pieds du maître pour faire le pendant de ceux trimillénaires rapportés d'Égypte rangé un temps au fond d'un placard pour empêcher Caroline de les tripoter quand il lui donnait sa leçon d'histoire.

La passion, l'amitié dont la quintessence n'est autre que l'amour. Maxime, ces étreintes, ces cris qui faisaient rire les rameurs étalés sur des nattes qui se rendormaient aussitôt. Les femmes, ces étuis confortables dont je me servais pour aller, venir, flâner confortablement en pensant à Alfred, Louis, Max et d'autres dont toute trace a disparu. L'amour, parfois succédané de l'amitié. Ce n'est pas vrai, j'ai aimé des femmes dont je n'ai cependant jamais été l'ami.

Gertrude Collier avec qui il avait flirté à Trouville en 1842. La famille Collier séjournait à Paris le reste de l'année. Pendant deux ans il dîna souvent chez eux. Ils essayaient de s'isoler dans sa chambre mais la mère veillait, l'obligeant à laisser la porte ouverte pour lui permettre d'écouter le moindre bruit. Son épilepsie déclarée, il resta confiné à Rouen. Les Collier regagnèrent l'Angleterre. Gertrude fut mariée à un sieur Tenant, ils s'écrivirent, se virent sporadiquement jusqu'à la fin de la vie de Gustave. Elle était mariée depuis plusieurs années quand elle lui avait envoyé son image.

– Suzanne poussait un médecin dans la pièce.

Comme un haut tabouret portant au-dessus d'une barbe courte le regard naïf de Charles Bovary. Ce serait lui qui m'examinerait une dernière fois, constaterait ma mort et me fermerait les yeux d'un revers de main.

En tout cas madame Bovary était un bien mauvais barbier.

Du Camp, notre union. Le matin de nos fiançailles quand nous avons échangé nos chevalières après avoir dormi toute la nuit serrés, imbriqués comme peut l'être une paire de mains aux doigts entrelacés. Un instant de bonheur intense et pour la seule fois de ma vie un sentiment de puissance, d'invincibilité, un couple dont les mêmes pensées hantaient les cerveaux, au-dessus de la jalousie, fidèles jusque dans l'adultère tant notre amour était hautain et se souciait peu de l'usage que pouvait faire de son corps l'être adoré puisqu'il n'était que matière. Nous étions des âmes dont l'au-delà était la gloire et l'art à la fois le chemin de croix et la rédemption. Billevesées, qu'au lieu de la cérémonie des anneaux on m'accorde plutôt une étreinte et que je meure dans ses bras sous ses coups de reins comme une maîtresse fragile.

Les personnages de mes romans soudain respectueux. Ils forment cercle autour de moi. Mettent un genou en terre. Les plus croyants font un signe de croix. D'autres se prosternent. Ils me veillent déjà.

Mon œuvre s'évaporera comme la fumée d'un bâton d'encens dont ma mort ne laissera que des cendres. Je n'éprouve pas plus de tendresse envers mes œuvres que pour les cheveux tombés de mon crâne cette nuit sur l'oreiller.

Il l'a vue partir en haussant les épaules. Si le téléphone avait existé elle aurait appelé Caroline pour lui dire que son oncle donnait des signes de gâtisme. Mais elle ne s'est pas senti le courage de lui écrire un mot ou de le dicter en hurlant à la vieille Julie dont malgré l'arthrose et la quasi-cécité la graphie était demeurée élégante et précise.

– Il est grand temps pour moi de me débarrasser de cette ruine.

L'acheteur s'impatientait et l'avait même menacée à mots couverts d'aller planter sa raffinerie à dix kilomètres de là.

Lors de son prochain séjour Caroline lui en parlerait peut-être, évoquant la possibilité de l'installer à Dieppe dans un appartement proche de la maison qu'ils habitaient avec son mari et assez petit pour qu'une domestique puisse le surveiller de jour comme de nuit. Son oncle fulminerait un peu mais celui qui signait *Ta vieille nounou* les lettres qu'il lui envoyait en définitive ferait semblant d'oublier Croisset pour moins souffrir de cet exil.

J'ai eu peur tout à coup que Bovary se dresse, statue de pierre et telle la statue du commandeur me jette dans le royaume des morts.

Mais d'une foule de bouches. Une musique agaçante, rauque, criarde. Un concert de bouches de toutes les femmes croisées dans sa vie. Celles qui l'ont choyé, caressé, aimé. Mère, servantes, amies, amantes dont les paroles s'étaient envolées vers les tropiques et revenaient à tire d'aile dire une dernière fois à celui pour qui elles avaient été formées avant de disparaître avec lui. De temps en temps une voix se détache, s'approche, occupe l'avant-scène. Il la reconnaît, il se souvient de la phrase qu'elle prononce. À moins qu'il ne se souvienne que de l'une et souvent il ne se souvient d'aucune des deux.

Son existence sonore qui fait apparaître visages, paysages et il lui semble même voir le temps. Le temps passé, pas ressuscité mais visible, tangible comme un souvenir net auquel manque une porte pour pouvoir rejoindre les instants qui se trouvent à l'intérieur. Nuage de voix dans le ciel au-dessus de la Seine. Il attend que sa vie explose. Trombes. Qu'elle pleuve, neige, tombe violemment comme la grêle. Assommé, le crâne éclaté par un bloc de glace de souvenirs figés. Sentiment que toute sa vie existe à présent à l'extérieur de lui. Il pense à sa vie comme un encrier répandu.

Les personnages de mes livres en foule. Ils parlent jacassent à l'intérieur du livre. Ils sortent de leur ouvrage pour guerroyer entre personnages de plusieurs versions, ceux de *L'Éducation sentimentale*, par exemple. Puis tout le monde sort de sa cage. Bataille rangée. Massacre. J'assiste à la tuerie. Toute mon œuvre à mes pieds, saignante, geignant et les romans qui s'effacent quand tous leurs protagonistes sont morts.

Je fais du bouche-à-bouche à madame Arnoux sans parvenir à la ranimer.

Un manège. Un carrousel. Tournent les écrivains depuis Homère.

Lisant, prenant des notes, établissant des plans, des scénarios avant d'entreprendre l'écriture du moindre chapitre. Une volonté d'assimiler tout le savoir humain du sujet qu'il allait aborder. Au cours de ces dernières années il avait détérioré sa vue à force de lectures. Il avouait avoir dévoré mille cinq cents volumes pour *Bouvard et Pécuchet*. D'après les nombreux kilos de notes retrouvées on pense qu'il en a lu bien davantage. En réalité il préférait prendre des notes car écrire l'effrayait.

Il ferait apparaître la bataille des Thermopyles. Ce nouveau Xerxès, ce neuf Démophilos, ce rutilant Léonidas qui existeraient pour la première fois sous sa plume. Et ce Second Empire dont il avait vu la naissance et la mort, il fabriquerait son reflet dans le miroir des pages et finalement ce serait l'histoire qui se mirerait dans le livre.

Lui resterait encore à raconter l'histoire du commandant en chef de l'armée du Rhin qui fut condamné pour trahison suite à la défaite de Sedan à être emprisonné au large de Cannes au fort royal de l'île Sainte-Marguerite et qui s'en évada le 17 avril 1874 pour passer en Espagne où il mourut treize années plus tard après avoir survécu au coup de poignard dans la joue d'un voyageur de commerce français nommé Louis Hillairaud qui maladroitement voulut lui appliquer la peine de mort.

Maurice apparaissait lentement derrière elle. Une ombre montée du sol qui peu à peu s'incarnait, pesait sur le tapis dans lequel les talons de ses bottines s'enfonçaient.

Celui réitéré de se voir coupée en deux du sommet du crâne jusqu'au coccyx. De double, elle n'avait pas tardé à devenir triple, tournicoter sans fin dans des histoires qui n'étaient même pas les miennes. Elle continuerait à ramper dans le labyrinthe de mes fantasmes jusqu'à la fin du langage.

C'est alors que tous ces gens du passé apparaissent dans la pièce. La matinée de Guermantes. La matinée de Croisset. Il rencontre Justine et ses malheurs, Juliette et ses prospérités. Liberté avant le quadrillage de la sexualité. Les vivants se mêlent aux morts et finalement débarque le réel en la personne de la cuisinière qui est la dernière à le voir vivant.

Toute mon œuvre alignée dans mon cabinet au garde-à-vous. Alors que je l'inspecte comme un général, Emma Bovary donne le branle à la débandade.

Je vantais toujours la mort tellement j'en avais peur. Je la flattais, lui lustrais l'échine pour qu'elle se laisse bercer par mes compliments et tarde à venir me chercher pour continuer à s'en pourlécher. La mort ? Mais je la connaissais, bande de vivants ! Toujours la crise menaçante à l'horizon, au-dessus de moi, prête à fondre. Je suis mort tant de fois que je refusais de mourir une fois pour toutes. Mourir et remourir à l'infini plutôt que de tomber dans la boîte. J'en ai trop vu des agonies, des effondrements, des vies qui passent à la trappe. Je ne voulais pas retrouver Alfred, Caroline, je voulais que me soit accordé le temps de vieillir, de me délabrer, de perdre le dernier de mes cheveux, de le voir tomber sur ma feuille blanche et de le contempler jusqu'à la consommation des siècles.

Aujourd'hui, l'esprit affiné par plus de cent quarante années de mort, je ne peux penser à une fleur sans penser qu'une fois tombés ses pétales elle laissera sa tige comme le corps aux chairs évaporées son squelette.

Comme le premier bébé venu rêve d'exister et que se rencontrent enfin les gamètes de ses futurs parents qui dépérissent et vont inéluctablement crever s'ils persistent à vivre loin l'une de l'autre.

Bovary serait devenue sa maîtresse ordinaire qui aurait eu le plus souvent pour besogne d'agiter devant ses yeux les pantoufles ou le vieux mouchoir qui avait bu à Mantes le sang de Louise pour faire jaillir le bonheur en une multitude de gouttelettes argentées comme la nuit des flocons dans la clarté d'un flambeau.

Il savait qu'il était au début d'une de ces crises qui le terrassaient depuis l'âge de vingt ans. Des crises qui s'étaient peu à peu espacées jusqu'à ce qu'il ait pu les croire à jamais disparues. Leur retour avait coïncidé avec la ruine de son gendre qui l'avait entraîné dans sa chute et plongé dans l'angoisse de devoir quitter Croisset.

Projetant d'empoigner sa chevelure pour la hisser et la jeter par-dessus bord il se dressa dans la baignoire mais aussitôt elle s'empara de sa verge chiffonnée et la tira de toutes ses forces comme un flic le cordon d'une sonnette d'un appartement où se dissimuleraient Ali Baba et les quarante voleurs.

Il remarqua pour la première fois cette bosse broussailleuse remontant haut comme ces cache-sexes pailletés d'obsidienne préservant la pudeur des vierges qu'il avait vues danser trente ans plus tôt à la lueur des flambeaux au pied du grand temple d'Abou Simbel.

Elle rirait bien le jour où un saligaud de son espèce s'emparerait de lui. Il connaîtrait les affres, le supplice et cette façon de mourir une deuxième fois sous la main d'une brute qui vous arrache l'âme pour la remplacer par une autre de sa composition. Une âme de fantaisie où il aura mêlé ses fantasmes, ses humeurs, son idiosyncrasie. Il aurait beau alors vouloir se débattre il n'aurait plus de corps à remuer et d'ailleurs plus le moindre petit bout de cerveau qui lui permettrait de vouloir.

Une jouissance d'être qui ne sait pas qu'elle est ni qu'elle jouit. Contrairement à la douleur la joie est désincarnée.

Quand les personnages féminins débarquent en récriminant, lui faisant une scène de ménage, en récriminant ils racontent insensiblement leur histoire. Et de ce fait, apparaît peu à peu le roman tout entier.

Hélas, aujourd'hui encore madame Arnoux est toujours contralto et l'ouvrage se termine par cette lourde répétition dont l'esthète se passerait.
– Dommage.
Si toutefois on tenait compte à l'avenir des améliorations du maître, *L'Éducation sentimentale* pourrait désormais à bon droit être considéré comme un chef-d'œuvre.

Flaubert nageait dans la Seine. Prenait tous les risques. Sa mère dépêchait un domestique pour le surveiller.

À la fin de ma première *Éducation sentimentale* mes personnages sont de plus en plus flous. Leur existence devient impossible. Il me semble aujourd'hui qu'un personnage doit se construire comme une maison. Autrement tôt ou tard c'est le roman tout entier qui se fissurera, s'écroulera, tombera en ruine.

Bien qu'initié depuis longtemps à la sexualité par Alfred, le sexe de la femme m'intimidait. Quand il apparaissait dans la psyché de mes masturbations il me semblait parfois hostile, dangereux comme un piège à loup prêt à refermer ses dents sur mon bonhomme. J'étais fort beau à cette époque, même si ma beauté fut passagère et si mes vingt ans l'emportèrent.

Adèle et Adolphe, deux enfants aux caractères opposés dont les gamètes n'étaient pas issus des mêmes testicules et dont Élisa n'eut jamais eu matière à se féliciter d'avoir donné la vie. Quand des années plus tard poursuivie par les créanciers la famille sera repliée en Allemagne, ils iront avec leur mère vendre un hôtel que Schlésinger avait acheté à Trouville quatre ans après l'épisode du manteau bleu, ils en viendront aux mains chez le notaire et trois jeunes clercs ne furent pas de trop pour les séparer.

Dans les années qui viennent, grâce à quelque autre biographe acharné j'en apprendrai de pas mûres sur moi-même. La mort est coquine de me laisser le loisir d'écouter aux portes de la postérité.

En 1837 Trouville n'était encore qu'un village de pêcheurs. Deauville serait créée en 1860 par le duc de Morny, demi-frère de Napoléon III. À sa place, une grève déserte, à l'arrière-plan un marais en forme d'hippodrome qui deviendra un véritable champ de courses en 1863.

Victor Hugo, je l'adulerai jusqu'à ma mort et au-delà car aujourd'hui encore je donnerais un tiers de *L'Éducation sentimentale* pour que reste dans mon cercueil assez de chair pour l'offrir éternellement en pâture à ses vers.

Qu'on soit sinistre ou gai on ne peut refuser à la vie le ridicule. J'étais en bonne voie avec mes bonshommes.

Pourtant nous passions notre temps à évoquer le cul de femmes. À nous raconter nos culbutes avec des filles accueillantes qui étaient le plus souvent putains. Nous ne nous promenions guère main dans la main, ne nous câlinions point mais il nous arrivait de nous serrer violemment dans nos bras comme pour nous arrimer et quand nous avions ce que vous appelez un rapport sexuel notre jouissance était la même que la vôtre aujourd'hui mais nous étions immergés dans un épisode précédent, d'une autre saison, pas même – d'un préquel de celle où vous vivez aujourd'hui. Comment parler de cette histoire d'amour qui n'était qu'une amitié extrême, de cette amitié qui n'était qu'amour. Les mots traversent les époques en se modifiant imperceptiblement à chaque instant. Deux siècles plus tard leur sens a eu le temps de se modifier mais il n'en existe pas d'autre pour exprimer le mot tel qu'il était jadis et aucun bouquet de phrases faites de vocables contemporains ne pourrait en donner une idée rigoureuse. La carrosserie des femmes, celle des hommes se ressemblent de siècle en siècle, leur pensée circule aisément d'une époque à l'autre depuis l'invention de l'écriture mais le goût des mots qu'ils emploient change avec les années.

Je fus doué, précoce tandis que le romancier qui me sert de plume ne commença à écrire qu'à seize ans révolus et mit des années à accéder à la publication alors qu'avant mes onze ans un de mes oncles fit imprimer mon *Éloge de Corneille*.

Comme une lessive perpétuelle dans le tambour d'une machine à laver au programmateur détraqué mais au moteur aussi robuste que l'éternité.

Si son épouse avait été plus maniaque et plus autoritaire elle aurait convoqué son mari en sortant de la morgue, l'accueillant avec une cruche d'eau tiède, une bassine, un morceau de savon, l'obligeant à se frotter vigoureusement les mains tandis que Julie aurait trempé sa lancette dans l'eau bouillante. Si son épouse avait été avant l'heure informée des règles élémentaires de l'asepsie, elle aurait sauvé de nombreuses vies et celle de sa fille Caroline qu'il avait accouchée avec ses doigts infectés par les corps malades ou en voie de décomposition qu'il avait manipulés toute la journée.

Par ailleurs, de mon vivant j'ai été plus idéaliste qu'orgueilleux, la vanité m'est venue beaucoup plus tard en me comparant aux auteurs du XXe siècle au style relâché dont Proust est le parangon.

En outre à l'âge de dix-sept ans, avant d'être exclu du collège j'ai été classé premier en philosophie. Qu'il soit noyé dans les latrines du néant votre âne myope de Sartre qui me traita d'idiot. De son œuvre caduque on ne se souvient plus que du titre calomnieux dont il baptisa le fatras de trois mille pages qu'il me consacra.

Elle est cruelle la mort d'interdire à ceux qui l'ont subie de se rencontrer.

Cent quarante années me séparent de la vie, j'ai eu le temps de changer deux fois de siècle dans l'impuissance absolue qui caractérise cet état. Si les âmes existent, la mienne a dû souffrir de ne pouvoir se manifester, adresser des sourires, des reproches et de temps en temps hurler sa rage quand on s'obstinait à nier tout le reste de mon œuvre pour les beaux yeux de la Bovary dont je n'ai jamais su exactement s'ils étaient noirs ou bleus. Certains de mes souvenirs j'en ai laissé trace dans ma correspondance, je les ai confiés à des écrivassiers qui les ont répétés mais la plupart sont partis avec moi et d'aucuns me reviennent aujourd'hui.

Ils m'apparaissaient comme des bêtes bonnes à sevrer et à s'en aller brouter au champ. Leur bêtise s'était assez développée pour avoir embrassé le monde. Elle traversait l'histoire, l'espace, la pensée et elle avait éclairé le moindre de leurs atomes du flambeau de l'imbécillité.

La légende d'une épousée fuyant éternellement sa nuit de noce aurait pu naître si l'événement s'était déroulé dans le brouillard ou l'obscurité. Mais en cette matinée lumineuse on ne se préoccupa pas davantage que de s'en souvenir.

Le squelette d'un sourire apparut sur ses lèvres.

Le monde entier frétille et les yeux de ces êtres métalliques qui depuis un multivers imbriqué dans la Normandie agrandissent les cellules de son âme qu'ils voient grosses comme des lapins.

À moins que la mort ne veuille aspirer son âme que les extraterrestres n'en finissaient pas de disséquer.

Puisque je n'avais pas les moyens de façonner à mon goût le réel, j'ai choisi de m'en écarter. L'exaltation, les hurlements étaient autant de subterfuges pour m'assommer, m'étourdir suffisamment pour tituber comme un ivrogne et devenir incapable de marcher sur la route bornée des hommes. Au début de ma vie l'écriture me permettait de me venger du quotidien en le tournant en ridicule, de m'inventer des mondes, me jeter dans l'imaginaire en rêvant d'être par lui porté jusqu'à l'incandescence et finir tas de poussière d'étoiles, queue d'une comète perdue dans l'espace.

– Je ne suis pas fou, hélas.

Ma raison contemple douloureusement le cataclysme intérieur.

Je me souviens avoir désiré la folie comme un alcool plus puissant que l'esprit de vin et seul capable de m'arracher à l'ennui d'exister.

J'en suis revenu même si j'ai pratiqué l'écriture de *La Tentation de saint Antoine* comme un exutoire jusqu'à la fin de ma vie. Une fois l'ultime version publiée, je ne pouvais m'empêcher parfois d'en écrire encore, hurlant les mots et les jetant avec volupté dans la cheminée afin que nul jamais ne sache qu'ils ont existé. Plus encore que la condamnation de mon lyrisme par Bouilhet et Du Camp, ce fut deux ans plus tôt la première crise que je subis sur la route de Pont-l'Évêque qui contribua à sonner le glas de cette volonté de basculer dans l'au-delà de la raison. À vrai dire, d'être submergé par la folie, l'excès de pensées et d'illuminations finit par me faire prendre la démence en horreur et le reste de ma vie j'ai bataillé contre ces épisodes infernaux. Le réalisme de la Bovary me permit de m'élever au-dessus du réel en le doublant. Une échappée en créant une histoire qu'on aurait pu confondre avec un morceau du réel. Une réalité créée de toutes pièces, plus limpide, plus implacable, plus accablante que la tragédie même d'exister. Comme disent vos conférenciers, j'y reviendrai.

Louise n'avait guère de talent, ce qui était un solide atout car dans cette société aux mains de mâles il ne s'en trouvait pas le moindre pour jalouser sa plume. On ne peut sérieusement lui tenir rigueur d'avoir eu des liaisons parallèles.

Je me refusais par avance à exercer un métier et considérais la moindre activité rémunérée comme le comble de la bassesse et de la servilité. L'écriture me semblait la seule issue pour m'échapper de ce réel qui ne m'avait pas fait naître assez opulent pour pouvoir le modifier. Construire des palais fabuleux, des navires grands comme des îles. Redessiner les paysages, déplacer des forêts, creuser des lacs, bâtir des montagnes. Inventer des animaux, fabriquer des humains beaux comme des statues. Importer des chutes de neige, des orages, des tremblements de terre, des raz-de-marée, des clairs de lune plus lumineux que le jour.

À l'automne 1846, *Le Colibri* – petite revue rouennaise – publia une nouvelle de mon cru intitulée *Bibliomanie*.

– Vous la lirez, elle conserve sa beauté.

Elle vous donnera une idée de mon obsession pour ces traces dont certains êtres ont dépensé leur vie à recouvrir parchemins et folios.

– Folios, pierre, os, papyrus, parchemin.

Peu importe la matière, on peut fort bien s'en passer, les mots n'ont nul besoin de support et les phrases numériques aux innombrables multiples filent dans l'espace, guirlandes aux lampions de syllabes que déchiffrent des lecteurs exilés voyageant à califourchon sur des années-lumière profilées comme des Chevrolet Bel Air tandis qu'un groupuscule d'aliens se balançant nonchalamment au bout de ficelles quantiques – comme sur une escarpolette attachée à des cordes rescapées de gibets, des enfants de bourreau émerveillés à chaque envolée de jeter leur tête dans le ciel – s'en font des bibliothèques moléculaires en double hélice dans lesquelles piocheront des générations d'infiniment petits désireux de se cultiver afin de grimper dans l'échelle du vivant jusqu'à devenir des mouches, des oisillons, des colibris fondateurs de revues littéraires flaubertivores.

Depuis mon arrivée à Paris je fréquentais l'atelier Pradier, lointaine connaissance de mon père qui lui avait commandé une statue de son maître Laennec dont on a perdu la trace. Ce fut lui qui exécuta après sa mort son buste et celui de ma sœur Caroline qui ne quitta jamais mon cabinet de travail et auprès duquel je mourus. Situé rue de l'Abbaye, cet atelier avait vue sur le clocher de l'église Saint-Germain-des-Prés. Le maître travaillait à l'œuvre en cours sans se soucier des visiteurs scrutant chacun de ses gestes, évaluant monocle à l'œil les formes du modèle qui posait ce jour-là, caquetant entre eux, discutant avec lui d'art, de politique tandis que sa femme le trompait dans la chambre conjugale, celle d'un hôtel, dans l'escalier d'un immeuble où elle se laissait trousser par un impatient las de grimper les marches. Quand en 1845 il eut expulsé l'épouse infidèle elle se réfugia dans un pauvre logement de la rue Laffitte. J'en fus alors l'amant passager et ce fut pour moi qu'elle écrivit les *Mémoires de Madame Ludovica*, récit à peine voilé de ses adultères dont on découvrit après ma mort le manuscrit dans mes archives. Je me suis parfois souvenu de son histoire en écrivant *Madame Bovary*.

Outre Hugo, je rencontrai là au printemps 1843 Maxime Du Camp et trois ans plus tard Louise Colet.

– La peste soit du fat.

Cinq mots empruntés à Molière qui constituèrent la première phrase que je lui adressai à la suite d'une remarque désobligeante qu'il venait de faire à propos de Ronsard, le traitant de vieux soulier. Il me jeta son gant au visage qu'il ramassa par terre en riant. En fait de duel nous sommes allés vider deux bouteilles de juliénas dans un café de la rue de l'Échaudé-Saint-Germain. Nous avons parlé des arts, de la politique et je ne sais trop pourquoi de chiromancie. Une occasion sans doute de nous prendre la main pour lire l'avenir de l'autre auquel nous promettions un destin colossal. Nous nous quittâmes à dix heures du soir après avoir échangé nos adresses.

Chacun attendait que l'autre se signale le premier et nous ne nous sommes revus que six mois plus tard au bal de la Grande-Chaumière. Des filles saoules dansaient dégingandées le chahut-cancan qui plus tard deviendrait French et perdrait son chahut. Nous sommes tombés dans les bras l'un de l'autre et quittâmes les lieux une heure plus tard au bras de deux guenons. J'emploie ici le mot que nous employâmes pour désigner deux jeunes femmes qui ne correspondaient pas à nos canons de beauté. Nous étions misogynes et grossiers en ce temps-là.

– Les morts ont toujours peur qu'on critique leurs us et coutumes.

Si je vivais aujourd'hui je m'astreindrais comme vous autres à trouver jolies toutes les dames, les messieurs de même, les enfants tout autant, leur attribuant à chacun une intelligence comparable, en outre, nonobstant la prospérité, la misère de leurs milieux je leur reconnaîtrais le même droit au bonheur en faisant sonner les mots comme des louis d'or sans écorner mon patrimoine. Du reste la poussière que je suis devenu est d'une bienveillance sans limite, vénère l'humanité, les bêtes, les arbres, les astres, les trous noirs et vomit des torrents de haine à la gueule du Flaubert que je fus et dont je regretterais d'avoir durant cinquante-huit ans habité la cervelle si pareillement à elle je n'étais moi-même sorti du terrain de jeux des vivants.

Nous avons hélé un fiacre. Nous nous sommes retrouvés dans son appartement de la rue Saint-Jacques. Nos deux beautés exigèrent d'être payées avant même d'enlever leur chapeau. L'amour ordinaire n'était pas cher à l'époque tant la misère était grande. Nous les avons consommées dans la chambre. Maxime me laissa son lit et officia sur un court canapé qui les supportait à moitié. Je me suis endormi après ma prestation. À mon réveil j'aperçus les deux filles dans les bras l'une de l'autre assoupies à ma place sur le lit. Quant à moi j'étais par terre tandis que Maxime ronflait sur le canapé.

– Nous nous sommes revus trois jours plus tard.

Il me dévorait du regard, il me trouvait beau. Une beauté qu'il qualifia d'héroïque dans ses *Souvenirs*, appréciant mon teint de lys et de rose, mes yeux énormes couleur vert-de-mer, mes longs cheveux flottant au vent, mes épaules larges, ma haute stature, mon rire éclatant et jusqu'aux gesticulations dont j'accompagnais mes paroles. Quand je parlais de littérature il me semblait qu'il m'admirait. Me voyant merveilleux dans son miroir il ne m'en fallut pas davantage pour lui donner mon amitié.

Il me présenta un ami à lui Louis le Cormenin. Alfred était déjà établi avocat à Rouen mais lors de ses voyages à Paris il se joignait à nous. Nous discutions littérature et bien qu'athées tous les trois nous nous écharpions sur des questions métaphysiques si complexes que saint Augustin lui-même n'aurait rien compris à nos diatribes. Nous buvions encore davantage que nous ne discutions. Je plaisantais, imitais les actrices, me grimais parfois avec des fards achetés dans un bazar. Je hurlais de vieilles grivoiseries dont je riais à m'en tordre tandis que mes camarades riaient de m'en voir rire. Jusqu'à la fin de ma vie je me suis donné en spectacle pour amuser, sans doute par peur de n'être pas assez captivant pour intéresser par ma seule pensée.

– Et puis, j'imaginais que j'étais drôle.

Plus tard je crus séduire la princesse Mathilde en cabotinant. Elle raconta dans ses mémoires que mes œuvres étaient empreintes d'un vain désir d'éblouir les masses. Elle me considérait comme le prototype du bourgeois provincial qui s'imagine avoir le don du comique et ne parvient qu'à étaler son ridicule. Pourtant, elle m'estimait assez brave homme pour m'obtenir la Légion d'honneur à force d'intrigues et me recevoir dans ses résidences jusqu'à la fin de ma vie.

– Les honneurs déshonorent.

Une phrase qui revint souvent plus tard dans ma correspondance. J'ai blâmé Maxime d'être un jour devenu académicien mais pour ma part j'aurais craint l'humiliation d'un échec si je m'étais présenté. Les plus orgueilleux préfèrent mépriser les honneurs plutôt que subir le déshonneur qu'on les leur chipote.

Alfred logeait chez moi. Avec le temps, certains couples abandonnent peu à peu toute activité sexuelle commune. Nous en étions là et je dormais sur le canapé pour lui laisser mon lit. Parfois je le rejoignais au cours de la nuit. Sans l'avoir fait, nous nous serrions l'un contre l'autre comme des amants après l'amour. D'ailleurs il courtisait déjà celle qui deviendrait sa femme. Quant à moi j'éprouvais une certaine fierté de passer pour un séducteur, moi qui l'étais si peu malgré ma fugace beauté.

– En réalité, peu de gens ont eu aussi peu de femmes que moi.

D'hommes encore moins, du reste. Ma sexualité était majoritairement solitaire même quand je plongeais ma ligne dans la mare. Une expression que je glissai un jour à l'oreille d'une prostituée. Elle ne trouva pas drôle ma saillie et je n'en ai laissé trace nulle part.

– Je possédais en rêve l'humanité.

En réalité je convoquais toujours les mêmes personnes. Outre Alfred, Maxime, plus tard Bouilhet, des danseurs orientaux, figuraient quelques femmes, Élisa, Louise de temps en temps et une pléthore de travailleuses du sexe comme on dit aujourd'hui croisées dans un bordel comme on disait alors. J'étais le grand metteur en scène de mon théâtre intérieur. À la demande les protagonistes rejouaient à l'infini des scènes issues de la réalité, même si elles s'en éloignaient à chaque fois tant elles perdaient des détails à force de se répéter et en gagnaient d'autres qui n'avaient pas existé dans la réalité. Peu à peu les scènes devenaient autonomes. Le décor, l'époque, l'action avaient changé et les personnages circulaient d'un fantasme à l'autre. Je mélangeais Alfred et Maxime auxquels j'ajoutais Louise Colet à mon avatar dont ils satisfaisaient tous les désirs comme s'ils étaient les leurs. Parfois ma mère venue de nulle part traversait la scène en chemise et aussitôt je débandais, remballant mon bonhomme en regardant apeuré autour de moi pour vérifier si sautant par magie de mon cerveau elle ne s'était pas matérialisée dans la pièce. Rentrant d'une soirée il m'arrivait de jeter dans ma psyché une inconnue aperçue par la vitre du fiacre en train de courir boulevard des Italiens sous la pluie. Elle se dépouillait de ses habits dégoulinants, son corset se dissolvait, sa chemise s'envolait et apparaissait son corps nu. Il m'excitait d'être un peu lourd, fatigué, vieilli ou maigre, aux fesses et aux seins presque théoriques tant ils étaient grêles.

Quand je fus reçu à la cour et pus baiser en douce dans la pénombre des couloirs la trace des pas de l'impératrice Eugénie sur les épais tapis de la Savonnerie, de retour au bercail il m'arrivait souvent de pousser là-dedans Eugénie comme un gardien un prisonnier au mitard. Je la livrais souvent à Bouilhet. Elle se troussait à son approche afin qu'il puisse en elle propulser son personnage. Je surgissais pour le transpercer avec le mien tandis que sur nous pleuvait le foutre de la figurine pubienne d'Alphonse Daudet arrimé à un violent nuage inverti qui le sodomisait de sa foudre. La plupart de mes fantaisies étaient plus prosaïques et ressemblaient tellement aux vôtres que vous êtes peut-être moi de temps en temps comme si nos personnalités erraient d'un humain à l'autre par-delà l'espace et le temps.

La bêtise, la haine adulent la misère langagière.

– Crapauds, grenouilles, mouches bleues.
Ô censeurs. Ô crapules.
– Allez en paix, salops.
Je ne vous hais point car je suis éternel et vous êtes morts.

On censura Baudelaire avec le même enthousiasme qu'en votre siècle d'autres ont explosé Palmyre, Ninive, Hatra ? Mais non, rien n'exagère dans cette phrase. La seule différence c'est que les juges ne pouvaient rêver à cette époque de faire détruire tous les exemplaires contenant les poèmes qu'ils avaient condamnés. S'ils avaient pu, ils l'auraient fait. Dans aucun jugement – et aujourd'hui encore – ne figure le souci que soit préservé quelque part un exemplaire de l'œuvre censurée afin que même si sa diffusion est proscrite elle continue d'exister à l'abri des regards. Pour les censeurs l'art doit obéir. Les artistes obéissants.

– Vous en êtes ?

Baudelaire fut réhabilité. Mais rassurez-vous il était mort ruiné entre-temps dans l'opprobre, vous l'aviez fait souffrir et votre jouissance ne fut pas sans objet.

La violence de mes propos envers les censeurs. La violence du cri du moineau face à la barbarie des mutilateurs qui agissent au nom de l'État. La violence impuissante de l'artiste bafoué face à la toute-puissance du tribunal, son mépris, son absolue inconscience de ce qu'il fait. Inconscience face au délit qu'il commet devant l'histoire et Baudelaire mort réprouvé, mutilé, foulé aux pieds. Ceux qui l'ont condamné, voilà des gens à haïr jusqu'à la fin des temps.

Après une foule d'autres, longtemps plus tard leurs descendants mutilèrent l'œuvre du propriétaire du cerveau qui temporairement m'héberge pour venger l'honneur bafoué d'un blanc joueur de viole accusé par une femme de chambre à la peau d'une nuance plus sombre originaire d'une ancienne colonie française de l'avoir éclaboussée d'un coup d'archet.

Le signataire de ce livre refuse absolument que j'aborde cet épisode de son existence car il est vivant, artiste et à ce double titre toujours potentiel gibier de justice mais je l'ai éloigné de son écritoire en lui promettant que Salammbô l'attendait à l'autre bout de Paris dans un bar d'hôtel pour lui échanger une nuit d'amour contre un sonnet. Je ferai quant à moi quelques commentaires car de toute éternité il est admis que les morts ont le droit de commenter les décisions de justice.

On ne peut m'accuser d'avoir jamais défendu la démocratie, le suffrage universel, l'égalité entre les hommes mais deux siècles se sont écoulés et revenant parmi vous je suis bien obligé de raisonner avec les valeurs du temps. L'égalité est devenue dans le pays dont si longtemps après je pratique la langue, la clé de voûte. Cependant je constate en passant qu'un particulier a le droit d'en faire assigner un autre par trois avocats dont on peut imaginer, vu leur réputation, qu'ils n'ont pas dû moins coûter d'un million d'euros. Vous me direz qu'un avocat suffit et que trois n'assignent pas davantage qu'un seul. Alors pourquoi prendre la peine de se ruiner de la sorte. Parmi ces sires on compte un président d'honneur de la Ligue des droits de l'homme et un avocat qui défendit autrefois un journal martyr accusé d'avoir publié des caricatures de prophète. Tout individu a droit à un avocat et un avocat n'a aucun compte à rendre quant aux clients dont il assure la défense. Certes, mais quand on a défendu la liberté d'expression à des moments clés de l'histoire, on incarne. Alors on laisse le soin à d'autres de réclamer la condamnation d'un artiste et la mutilation de son œuvre.

La plaidoirie du journal martyr consistait à dire que puisqu'il n'avait pas été condamné quand il caricaturait le pape il n'avait pas à l'être quand il s'en prenait au prophète.

– Le vieux Flau est bien d'accord avec vous.

Mais le pape n'est pas un prophète, il est considéré par l'Église comme un être d'essence terrestre qui une fois mort peut fort bien griller en enfer avec ses confrères Borgia. Or un joueur de viole est un homme comme le pape. En sus, qu'est donc ce roman dont vous trouvez scandaleuse la représentation du violiste, sinon à vos yeux une caricature ? Si je poursuis le raisonnement de ce défenseur, on peut traîner dans la boue le pape mais on se doit de considérer le joueur de viole comme un personnage au-dessus des prophètes, des humains, de tous les saints et divers dieux en lesquels d'aucuns humains placent leurs espérances.

De quoi ces gens-là accusent-ils l'auteur. De raconter que sortant de sa douche le violiste aurait intercepté une chambrière venue changer ses draps et malgré son manque de goût pour la musique lui aurait imposé un récital impromptu.

Mais la version du joueur de viole est tout autre. Écoutons-la.

Me voici sous la douche avec mon instrument, une viole de gambe à l'archet turgescent. Quand pénètre en cet antre une femme de chambre assez haute sur pied dont le ventre se cambre en apercevant ma physionomie. Elle traînait derrière elle un chariot de ménage ce qui m'inquiéta fort car on a vitement d'un balai fait un glaive, d'une serpillère un bâillon, d'une brosse une rapière et d'une éponge une grenade à fragmentation.

– Madame, je suis nu avec mon instrument.

Aussitôt je voulus cacher mon anatomie ainsi que ce dernier sous un peignoir pendu à une proche patère. Je tendis le bras, elle s'en saisit, m'empêchant de la sorte d'accéder à ce voile de pudeur. Ma viole en rougit fort et comment la cacher. Alors s'ensuivit un curieux dialogue.

– Pour deux cents dollars, je peux faire de vous un violiste comblé.

– Madame, c'est fort cher, ma cachemaille n'est pas si potelée.

– Pour cent, vous accéderez à la félicité.

– Eh non, du reste, jeune femme, vu ma position de monarque des centimes, des sous et des bank-notes je n'ai pas l'habitude de débourser le moindre fifrelin pour dans une vivante éparpiller mes notes.

– Vous êtes séduisant, cher monsieur de la Viole et c'est avec plaisir que devant vous je m'agenouille. Ce sera régal pour moi de déglutir gratuitement toutes les notes de la sonate dont vous consentirez à me donner récital.

Le chant de cette sirène m'attirait et bien que je menasse en mon for intérieur un combat gigantesque pour ne point être pris dans ses rets, je finis par succomber tel un marin envoyant son esquif sur une falaise se fracasser.

– Étant fier représentant de la galanterie française, je vous accorde cette gâterie au nom de la patrie.

Alors à l'appât je mordis, sans un cri ma vertu succomba, le piège sur moi se referma et sans coup férir le complot triompha.

Mais au lieu de se dérouler confortablement sur le lit, le récital fut donné en courant le long du corridor, le violiste laissant tomber des notes çà et là sur la moquette, sur la blouse de l'auditrice tandis que d'autres échouaient dans sa bouche.

De fait rien d'illégal dans ce récit et il faudrait être fort bégueule pour trouver sordide le témoignage du musicien.

– C'eût été ma nièce ou la fille de Jau.

Personne n'aurait cru à cette histoire de volontariat. Pourquoi une jeune femme voyant sortir un gros bonhomme nu de sa douche armé de son instrument à l'archet dardé, se serait-elle agenouillée pour lui réclamer une giclée d'arpèges alors que d'autres musiciens de son âge plus habiles, plus frais, plus jolis peut-être, à la main vigoureuse, à l'instrument puissant et mélodieux auraient pu la faire se pâmer dans un contexte romantique et non durant ses heures de travail entre deux cuvettes à frotter.

– Personne, mais.

Ma nièce et la fille de Jau sont blanches. Très blanches, sans aucune trace de couleur, pas noires et issues d'une ancienne colonie française. Or dans l'imaginaire de notre nation la femme noire est obsédée par l'homme blanc plus encore que le maniaque de la chaussure par les cordonniers. Elle est toujours prompte à mettre un genou en terre pour la main sur le cœur se nourrir de la substantifique moelle et recevoir peut-être une piécette du généreux toubab. L'opinion supposa donc que voyant l'archet elle s'était prosternée et certains d'affirmer qu'être auditrice de ce concert fut la chance de sa vie puisque le violiste – afin de prouver au monde qu'elle l'accusait à tort – lui versa quelques mois plus tard une pincée de millions. En cachette de Jau j'ai pu constater que les vidéos de ces déclarations empreintes de racisme proférées par des politiques et des gens de médias persistent sur internet. Un racisme inconscient, ancestral, héréditaire, transmis par les gènes pourris dont nous sommes malgré nous dépositaires avec d'autres plus lumineux, certes.

– Époque oublieuse où les insultes tournent sans fin dans les mémoires.

En sus de Jau, le violiste fut bien obligé par convenance – car après tout dans une démocratie on est bien libre d'écrire tout ce qui vous passe par la tête si on ne le porte pas à la connaissance du public – d'assigner aussi sa maison d'édition. En ces temps, elle faisait partie d'un groupe financier suisse qui englobait rien de moins que la marque Chanel. Mieux valait pour l'attaquant avoir en face de lui le simple Jau plutôt qu'un pareil trust. Le destin arrangea bien les choses. Car ces coûteux avocats au lieu, selon la loi, d'envoyer l'assignation au nom et à l'adresse de l'éditeur – comme l'aurait fait n'importe quel stagiaire – l'envoyèrent au siège de la maison d'édition qui plaida le vice de forme que le tribunal lui accorda avec enthousiasme, estimant que ledit avait subi un dommage considérable qui l'avait empêché de préparer convenablement sa défense alors que le pli fut remis à son secrétaire général qui le lui transmit sept minutes plus tard. La défense de Jau plaida aussi le vice de forme car l'accusation faisait entre autres allusion à une page de son ouvrage qui n'existait pas mais le tribunal l'envoya lanlaire, mutila le livre, coupant le chapitre final sur lequel repose le roman tout entier et même l'avant-dernière phrase – nommément signalée par le tribunal comme accablante pour l'auteur – qui est réellement sortie de la bouche de la soubrette. Phrase désormais interdite, en voici une version artistement codée.

– E. q. t. l. c. o. l. d. d. f. t. c. q. v. a. n.

On le condamna à verser de l'argent au violiste – qu'il n'aurait pas eu s'il n'avait pas donné son coup d'archet, la justice ordonnant en quelque sorte qu'un cachet lui soit versé pour son concert et sans être casuiste on peut sans doute convoquer la morale et s'en offusquer – en sus de la mutilation, le menaçant du paiement d'une somme astronomique par infraction constatée.

– En toute absurdité.

Puisque par contrat l'auteur cède ses droits à l'éditeur pour le reste de sa vie plus soixante-dix années après son décès et qu'ensuite l'ouvrage tombe dans le domaine public. L'auteur ne conserve que le droit moral qui consiste justement à être en droit d'empêcher que son ouvrage soit dévasté.

Lorsque la publication litigieuse ne répond pas à un besoin légitime d'information du public mais au seul agrément des lecteurs le respect de la vie privée s'impose avec davantage de force à l'auteur d'une œuvre romanesque qu'à un journaliste remplissant sa mission d'information. (Arrêt de la 1e Cour de cassation, 9 juillet 2003, n° 00-20.289.)

– Le seul agrément du lecteur.

Pour ces gens-là, le romancier est un animal d'agrément et Rabelais un caniche, Balzac un hamster, Stendhal un canari et Proust le dindon de la farce car aujourd'hui tous les personnages de la *Recherche du temps perdu* porteraient plainte et du livre ne resterait plus pierre sur pierre. Monsieur Jau n'est pas Proust ? Certes, mais à l'époque Marcel Proust lui-même ne l'était pas encore. Quel mépris, quelle morgue.

– J'en pleure, mon vieux Jau.

– Flau mon amour, garde-toi bien de larmer, nous autres artistes ne sommes point des clepsydres.

Monsieur Jau fut assez insolent pour faire appel. Vu d'un œil de magistrat français qu'un romancier ait le front de faire appel, c'est un peu comme pour un videur de boîte de nuit voir un client déjà écarté d'un amical coup de poing revenir le lendemain tenter sa chance avec son pansement sur le nez. Jau fut derechef condamné avec un supplément pécuniaire pour le plaignant.

Ce qui est comique c'est que le plaignant fit appel de son côté de la décision du tribunal d'avoir relaxé l'éditeur en première instance mais dépassa le délai imparti pour le faire.

– Jau est certain que cette faute n'est pas intentionnelle.

Moi aussi, bien entendu. Cependant, si je vivais encore à Croisset je me garderais d'engager un de ces ténors du barreau si nous avions un problème de mur mitoyen, craignant que trop bien défendus les fâcheux voisins se voient grâce à leurs étourderies accorder le droit de bâtir ledit mur entre mes fesses écartelées.

– Jau aurait dû accabler la soubrette.

L'accuser du crime de faux témoignage. Car il s'agissait bien de deux crimes qui se regardaient en chiens de faïence dont l'un excluait l'autre et l'autre impliquait l'un. Jouer de la viole en présence d'une personne qui ne veut pas de l'archer du musicien est considéré à juste titre comme un crime. Mais mentir quand on sait que de la sorte on peut envoyer cet homme en prison pour soixante-dix années, c'est après tout un crime qui vaut bien le premier.

– Jau a mal choisi, il fallait accabler la Noire et sauver le Blanc.

De son Amérique lointaine la jeune femme n'aurait pas bronché. Si elle avait eu malgré tout l'audace de se manifester, il se serait trouvé pléthore d'immondes pour lui faire remarquer qu'elle n'avait même pas la reconnaissance du ventre envers ce violoneux qui avait comblé ses sens avec son instrument et cette France qui avait autrefois généreusement colonisé son pays natal.

D'ailleurs le tribunal, la cour, auraient tenu rigueur à la soubrette d'avoir menti. Oui, elle a menti comme beaucoup de candidates au droit d'asile qui doivent convaincre qu'un retour dans leur pays natal les mettrait en danger. L'intermédiaire qui organise leur exil leur fait apprendre par cœur une histoire tragique afin d'attendrir le juge. Or poussée par son propre avocat, la soubrette a révélé lors d'un interrogatoire que le viol en Guinée dont elle avait fait état devant les services du département de l'Immigration était inventé, même si par ailleurs elle avait été réellement violée là-bas en d'autres circonstances et si elle avait été mariée de force à quatorze ans. Pourquoi ne pas avoir alors raconté le viol authentique ? Elle avait été élevée pour obéir, à l'intermédiaire comme aux autres hommes.

Cependant, de son côté le violiste a menti aussi en annonçant aux policiers venus l'interpeller dans l'avion qui devait le ramener en France qu'il n'avait jamais joué de la viole à aucune chambrière de l'hôtel, pour ensuite reconnaître le contraire, dire qu'il s'agissait d'une relation tarifée, puis en définitive dire *pas du tout* puisque c'était la jeune femme éblouie par son instrument qui lui avait réclamé un coup d'archet.

– Les mensonges des Blancs sont vite pardonnés.

Le tribunal n'en parla pas, les médias l'ont oublié. Le mensonge de la femme noire ne s'effacera jamais.

– Jusqu'à sa mort elle en gardera la marque au fer rouge sur sa peau d'ébène.

– De fait, le tribunal considéra que le violiste était à la fois la victime de monsieur Jau et de la femme de chambre. Gentil musicien à l'archet respecté en France à l'égal du mètre étalon soigneusement conservé sous trois cloches de verre au pavillon de Breteuil. D'ailleurs la France toujours pardonna le violiste. Lors du concert qu'il donna dans une autre suite d'hôtel avec des spectatrices rémunérées par une entreprise prévaricatrice, le tribunal considéra que même si l'une d'entre elles avait été solidement tenue pendant le récital – elle se débattait, hurlait, sans compter que par le conduit étroit de son oreille les arpèges avaient du mal à se faufiler et qu'un assistant dut aller à la salle de bains chercher un onguent pour faciliter sa mélomanie – notre violiste fut acquitté avec les félicitations du jury.

– Les citations à comparaître sont nombreuses mais on ne convint jamais qu'il avait cassé les oreilles de quiconque et c'est le père de Jau qui était sourd.

Justice temporaire et futile, puisque toujours le temps donne raison à l'artiste. Sont à plaindre ceux qui concourent aux autodafés. Comme d'habitude l'évolution des mœurs les rattrapera. Mutiler une œuvre d'art – un roman est une œuvre d'art quelles que soient les qualités ou les défauts qu'on lui prête, comme une peinture, une musique, un monument – demande de l'abnégation, du courage car ce sera dur plus tard d'être traité de Pinard.

– Vous avez jugé monsieur Jau au nom de la loi ?

Mais au nom de cette même loi vous eussiez pu l'acquitter et chercher noise à la partie civile pour plainte abusive. Au nom de la loi vous auriez pu le relaxer comme l'éditeur pour vice de forme.

Il suffira même d'une pincée d'années pour que l'œuvre soit réimprimée dans son intégralité sans que la société ose faire état de la condamnation pourtant jamais abrogée.

– N'est-ce pas, Louis Calaferte ?

Ton *Septentrion* interdit en 1963, reparu tel quel en 1984, qui oserait le faire saisir aujourd'hui ? Et tous les autres romans qui ont subi le même sort – acculant parfois les auteurs au suicide, beaucoup voyant leur inspiration, leur force de créer à jamais tarie par la ruine et l'outrage – et ont été réédités depuis. Et toi Jean-Jacques Pauvert poursuivi pendant dix années pour avoir osé publier à visage découvert l'*Histoire de Juliette* que je lus de mon vivant dans une édition anonyme et toi Régine Deforges condamnée pour avoir publié *Le Con d'Irène* du gigantesque Aragon et fus traitée de salope en plein tribunal par un poisseux vice-président.

Mesdames et Messieurs les juges, si vous étiez allés dans le pays d'origine de la chambrière vous sauriez qu'il est des contrées où les femmes n'ont aucun droit, sont excisées à dix ans au couteau, sont enceintes à douze et réduites à l'état de machines à mômes jusqu'à la ménopause. Cela n'a rien à voir ? Je vous laisse – dames et sieurs au cœur menu – ce mystère, pour vous apprendre à raisonner.

– Tout cela n'engage que moi, Gustave Flaubert.

Protégé par la mort des tracasseries administratives. Quant à monsieur Jau il attend d'être décédé pour donner le fond de sa pensée. En amour comme en affaires de justice, la gentillesse passe pour une faiblesse alors que c'est le contraire exactement. Son silence face au jugement qui condamna son livre aura été une forme d'amour pour ses profanateurs qu'en tant qu'êtres humains il chérit, se promettant même d'aller jusqu'en enfer plaider leur cause auprès de Lucifer.

Mais me direz-vous le livre de Jau fut mutilé pour diffamation alors que les tribunaux se gardent bien de le poursuivre pour ses atteintes aux mœurs. Évidemment, la justice a beau chérir la censure, à chaque époque elle change de motif car le précédent est usé jusqu'à la corde d'avoir trop nui à l'art, à la culture, à la civilisation. Aujourd'hui on ne défend plus l'honneur des maris bafoués mais celui des violistes quand ils sont assez aisés pour s'offrir des avocats en diamant car confortés par la présence de ces amis de l'absolue liberté de création, les censeurs n'ont eu aucun scrupule à mutiler le livre. Ces glorieux avocats sont pareils à ces percepteurs connaissant si bien les ruses de l'administration pour confondre les fraudeurs qu'ils deviennent sur le tard – retournant leur veste – d'autant meilleurs conseillers fiscaux.

La disette de mots raréfie le réel. Sans phrase complexe la pensée boite. Quand vous ne saurez plus votre nom vous ne saurez plus qui vous êtes. Le langage est une lumière, il éclaire, il illumine. Plus on perd de mots plus le jour se lève tard, tombe tôt, moins les journées sont radieuses et même la nuit est grise car les étoiles s'éteignent au fur et à mesure qu'elles perdent leur identité.

De vos jours à force de ne voir en elle qu'un utilitaire la langue perd ses fruits, ses branches et s'atrophie. Certains de vos enfants ne connaissent plus le mot automne et ce sont les saisons elles-mêmes qui disparaissent. Ceux qui les encouragent à s'exprimer avec leurs propres mots sont des maltraitants. Au lieu de les habituer à se contenter de leur misère jetez-les dans la chambre forte du langage afin qu'ils puissent un jour décrypter le monde.

Française, ma langue ? Que désormais la langue soit milliardaire dans toutes les monnaies de la planète, des univers, des siècles et des millénaires. Mieux vaudrait encore une langue mêlée que de misérables bribes de français incapables de raconter la réalité. Quand le mot *mélancolie* se sera dissous cette nuance de tristesse aura disparu avec lui. Quand *suranné* sera mort et *enchantement*, *merveille*, *félicité*, *euphorie*, un pan de la réalité se sera effondré. L'intelligence s'atrophie à chaque mot qui sombre. Que la langue soit hétéroclite, faite de français, d'espagnol, de portugais, d'anglais, de russe, de norvégien, de néerlandais, d'océanien, de chinois. Tous je les accueille, les noms,

les verbes, les adjectifs, les insultes, pourvu qu'ils nomment, qu'ils disent, qu'ils pourfendent, qu'ils exultent, qu'ils causent. Tout crie, mais rien ne dit. Que le silence advienne mais que le bavardage intérieur prolifère, que la pensée gagne des territoires inconnus, qu'elle s'installe partout et construise des raisonnements, des poèmes, des œuvres comme on bâtit des temples, des tours, des villes. Que le mot partout soit, dise, conclue, précède. Penser, dire, nommer, construire des histoires, bâtir de toutes pièces des idées productives comme des usines. Que soient dites même des choses encore impensées, la langue prémonitoire qui soupçonne le futur, le pousse, le propulse. À soi seul le rythme de la phrase est un explorateur. Le tangage infini du langage emporte si loin que lorsqu'on ouvre les yeux on aperçoit tout autour de soi un paysage inconnu, des forêts, des histoires, des beautés neuves.

Agonie de l'esprit. Les mots, les mots, abreuvez les enfants, les adultes et les vieux de mots nouveaux, antiques, surannés, inventés, encore gluants de venir de naître. Réduire le vocabulaire, couper la langue à la langue c'est le génocide de la pensée et le crématoire de la liberté. Sans mots vous serez même incapable de vous apercevoir que vous ne pensez pas, que depuis si longtemps n'avez pas pensé, que vous ne penserez plus jamais et alors vous n'aurez plus d'avenir humain et alors faute de mots en vous pour le ressusciter vous n'aurez plus de passé et alors l'espèce humaine sera devenue une race de bestiaux. Qui seront vos propriétaires ? Qui gardera votre étable ? Qui vous conduira à l'abattoir ?

Bibliographie

Gustave Flaubert, *Œuvres complètes*, tomes I et II, Paris, Gallimard, « Bibliothèque de la Pléiade », 1951.

Gustave Flaubert, *Œuvres de jeunesse*, Paris, Gallimard, « Bibliothèque de la Pléiade », 2001.

Gustave Flaubert, *Œuvres complètes 1845-1851*, Paris, Gallimard, « Bibliothèque de la Pléiade », 2013.

Gustave Flaubert, *Œuvres complètes 1851-1862*, Paris, Gallimard, « Bibliothèque de la Pléiade », 2013.

Gustave Flaubert, *Correspondance*, tomes I, II, III, IV, V, Paris, Gallimard, « Bibliothèque de la Pléiade », 1973-2007.

Actes du colloque de Cerisy, *La Production du sens chez Flaubert*, sous la direction de Claudine Gothot-Mersch, Paris, Union générale d'éditions, 1975.

Juliette Azoulai, *L'Âme et le corps chez Flaubert. Une ontologie simple*, Paris, Classiques Garnier, 2014.

Pierre-Marc de Biasi, *Gustave Flaubert. Une manière spéciale de vivre*, Paris, Grasset, 2009.

Roland Biétry, *Flaubert, un destin*, Le Mont-sur-Lausanne, LEP, 2011.

Michel Brix, *L'Attila du roman. Flaubert et les origines de la modernité littéraire*, Paris, Honoré Champion, 2010.

Frederick Brown, *Flaubert. A Life*, Londres, Pimlico, 2007.

Catalogue d'exposition, *Élevé dans les coulisses d'Esculape. La jeunesse de Gustave Flaubert à l'hôtel-Dieu de Rouen*, Rouen, musée Flaubert et d'Histoire de la médecine, 2010.

Louise Colet, *Une histoire de soldat*, Paris, Hachette Livre / BNF, 2014 [1856].

Caroline Commanville, *Souvenirs intimes* [en ligne], site internet du Centre Flaubert, laboratoire CÉRÉdI, Université de Rouen [1886].

René Descharmes, *Flaubert. Sa vie, son caractère et ses idées avant 1847*, Montréal, Donald Lacoste, 2014 [1909].

Jacques-Louis Douchin, *Le Bourreau de soi-même. Essai sur l'itinéraire intellectuel de Gustave Flaubert*, Paris, Archives des Lettres modernes, 1984.

Jacques-Louis Douchin, *Le Sentiment de l'absurde chez Gustave Flaubert*, Paris, Archives des Lettres modernes, 1970.

Maxime Du Camp, *Souvenirs littéraires*, Paris, Aubier, 1994 [1882].

René Dumesnil, *Le Grand Amour de Flaubert*, Genève, Éditions du Milieu du Monde, 1945.

Bernard Fauconnier, *Flaubert*, Paris, Gallimard, 2012.

Flaubert. Revue critique et génétique [en ligne], n° 3, *Flaubert, le désir amoureux*, sous la direction de Pierre-Marc de Biasi, Paris, Institut des textes et manuscrits modernes, 2010.

Michel Foucault, *Histoire de la sexualité*, tomes I, II, III, Paris, Gallimard, 1976-1984.

Docteur Germain Galérant, *Flaubert et le secret de madame Schlésinger. La vérité*, Luneray, Éditions Bertout, 1997.

Joëlle Gardes, *Louise Colet, du sang, de la bile, de l'encre et du malheur*, Paris, Éditions de l'Amandier, 2015.

Edmond et Jules de Goncourt, *Journal*, tomes I, II, III, Paris, Robert Laffont, 2014.

Edmond et Jules de Goncourt, *Œuvres complètes*, tomes I, II, Paris, Gallimard, Bibliothèque de la Pléiade, 2019.

Henri Guillemin, *Flaubert devant la vie et devant Dieu*, Paris, Plon, 1939.

Jean-Benoît Guinot, *Dictionnaire Flaubert*, Paris, CNRS Éditions, 2010.

Gustave Flaubert, Alfred Le Poittevin, Maxime Du Camp, *Correspondances*, Paris, Flammarion, 2000.

Gustave Flaubert, Guy de Maupassant, *Correspondance*, Paris, Flammarion, 1993.

Gustave Flaubert, *Lettres inédites à Raoul-Duval*, Paris, Albin Michel, 1950.

https://flaubert.univ-rouen.fr

Jean de La Varende, *Flaubert par lui-même*, Paris, Seuil, 1951.

Michel Larivière, *Les Amours masculines de nos grands hommes*, Paris, La Musardine, 2014.

Guy de Maupassant, *Étude sur Gustave Flaubert*, 1884.

Pierre Ménard, *Les Infréquentables Frères Goncourt*, Paris, Tallandier, 2020.

Maurice Nadeau, *Gustave Flaubert, écrivain*, Paris, Maurice Nadeau, 1980.

Oliver Hermia, *Flaubert et une gouvernante anglaise*, Publications de l'Université de Rouen et du Havre, 2011.

Gillian Pink, « Les Lettres du grenier : nouvel éclairage sur Juliet Herbert », *Revue d'Histoire littéraire de la France*, juillet-septembre 2012, Presses universitaires de France.

Francine du Plessix Gray, *Mon cher volcan ou la vie passionnée de Louise Colet*, Paris, Jean-Claude Lattès, 1995.

Henri Raczymow, *Pauvre Bouilhet*, Paris Gallimard, 1998.

Marthe Robert, *En haine du roman. Étude sur Flaubert*, Paris, Balland, 1982.

Jean-Paul Sartre, *L'Idiot de la famille*, tomes I, II, III, Paris, Gallimard, 1988 [1971-1972].

Gisèle Séginger (dir.), *Dictionnaire Flaubert*, Paris, Honoré Champion, 2017.

Gisèle Séginger, *Flaubert. Une poétique de l'histoire*, Presses Universitaires de Strasbourg, 2000.

Sinha Shumona, *Assommons les pauvres !*, Paris, Éditions de l'Olivier, 2011.

Albert Sonnenfeld, « La Tentation de Flaubert », *Cahiers de l'Association internationale des études françaises*, vol. 23, 1971.

Francis Steegmuller, *Flaubert and Madame Bovary. A Double Portrait*, New York, Viking Press, 1939.

Albert Thibaudet, *Gustave Flaubert*, Paris, Gallimard, 1982 [1935].

Henri Troyat, *Flaubert*, Paris, Flammarion, 1988.

Michel Winock, *Flaubert*, Paris, Gallimard, 2013.

Le site internet de l'Association Les Amis de Flaubert et de Maupassant (remarquable site...)

etc.

Remerciements

Yvan Leclerc, professeur émérite à l'université de Rouen, Faculté des Lettres et Sciences Humaines, directeur du Centre Flaubert du CÉRÉdI, éditeur avec Jean Bruneau du tome V de la *Correspondance* de Flaubert dans la Bibliothèque de la Pléiade.

Joël Dupressoir, administrateur de l'association Les Amis de Flaubert et de Maupassant.

Du même auteur

Seule au milieu d'elle
Denoël, 1985

Les Gouttes
Denoël, 1985

Cet extrême amour
Denoël, 1986

Sur un tableau noir
Gallimard, 1993

Stricte intimité
Julliard, 1996
et « Folio », n° 4971

Histoire d'amour
Verticales, 1998
et « Folio », n° 3186

Clémence Picot
Verticales, 1999
et « Folio », n° 3443

Fragments de la vie des gens
Verticales, 2000
et « Folio », n° 3584

Autobiographie
Verticales, 2000
et « Folio », n° 4374

Promenade
Verticales, 2001
et « Folio », n° 3816

Les Jeux de plage
Verticales, 2002

Univers, univers
prix Décembre
Verticales, 2003
et « Folio », n° 4170

L'enfance est un rêve d'enfant
Verticales, 2004
et « Folio », n° 4777

Asiles de fous
prix Femina
Gallimard, 2005
et « Folio », n° 4496

Microfictions
prix France Culture/Télérama
Gallimard, 2007
et « Folio », n° 4719

Lacrimosa
Gallimard, 2008
et « Folio », n° 5148

Ce que c'est que l'amour
et autres microfictions
« Folio », n° 4916

Sévère
Seuil, 2010
et « Points », n° P2591

Tibère et Marjorie
Seuil, 2010
et « Points », n° P2785

Claustria
Seuil, 2012
et « Points », n° P2950

La Ballade de Rikers Island
Seuil, 2014
et « Points », n° P4018

Bravo
Seuil, 2015
et « Points », n° P4384

Cannibales
Seuil, 2016
et « Points », n° P4634

Microfictions 2018
prix Goncourt de la nouvelle
Gallimard, 2018
et « Folio », n° 6672

Papa
Seuil, 2020
et « Points », n° 5299

RÉALISATION : NORD COMPO À VILLENEUVE-D'ASCQ
ACHEVÉ D'IMPRIMER SUR ROTO-PAGE
PAR L'IMPRIMERIE FLOCH À MAYENNE
DÉPÔT LÉGAL : MARS 2021. N° 145366 (97742)
Imprimé en France